民國文化與文學 ^{研究}_{文叢}

十 六 編

李 怡 主編

第 **7** 冊

周氏兄弟文章觀的生成與嬗變

李 樂 樂 著

國家圖書館出版品預行編目資料

周氏兄弟文章觀的生成與嬗變／李樂樂 著 -- 初版 -- 新北市：
花木蘭文化事業有限公司，2023〔民112〕
目 4+244 面；19×26 公分
（民國文化與文學研究文叢 十六編；第 7 冊）
ISBN 978-626-344-529-1（精裝）
1.CST：周樹人 2.CST：周作人 3.CST：周建人
4.CST：文學評論 5.CST：中國文學史
820.9   112010624

特邀編委（以姓氏筆畫為序）：

丁　帆　　　王德威　　　宋如珊
岩佐昌暐　　奚　密　　　張中良
張堂錡　　　張福貴　　　須文蔚
馮　鐵　　　劉秀美

ISBN-978-626-344-529-1

民國文化與文學研究文叢
十六編　第七冊　　　　　ISBN：978-626-344-529-1

周氏兄弟文章觀的生成與嬗變

作　　者　李樂樂
主　　編　李　怡
企　　劃　四川大學中國詩歌研究院
總 編 輯　杜潔祥
副總編輯　楊嘉樂
編輯主任　許郁翎
編　　輯　張雅淋、潘玟靜　美術編輯　陳逸婷
出　　版　花木蘭文化事業有限公司
發 行 人　高小娟
聯絡地址　235 新北市中和區中安街七二號十三樓
　　　　　電話：02-2923-1455／傳真：02-2923-1452
網　　址　http://www.huamulan.tw 信箱 service@huamulans.com
印　　刷　普羅文化出版廣告事業
初　　版　2023 年 9 月
定　　價　十六編 18 冊（精裝）台幣 45,000 元

周氏兄弟文章觀的生成與嬗變

李樂樂 著

作者簡介

李樂樂，1988 年生。山東淄博人。文學博士。四川大學外國語學院助理研究員。主要從事周氏兄弟文章觀與思想、二周文學翻譯實踐與理論研究，並從事文學創作。在《中國現代文學研究叢刊》《現代中國文化與文學》《勵耘學刊》《中國圖書評論》等期刊發表學術論文、譯作和書評文章多篇，合著《「文」的傳統與現代中國文學》（2018）一部。

提　　要

　　書稿聚焦周氏兄弟的文章觀，通過追問近現代文學進化過程中被忽略的「文章」一環，補充既往研究未能夠充分解釋的一部分書寫現象。在探討二周有別於同時代文學話語的同時，也注意到各自不能被對方化約的獨特性。書稿指出，支撐二周「文章」寫作的基本觀念最初是在留日時期形成，中經「文學革命」的洗禮，看似在純文學的擠壓下潛入隱層，實則「文章觀」作為被創生的資源，始終都是二周與純文學理念拉開距離、推動近現代文學視域更新的基本框架。具體包括以下幾個方面：聚焦留日時期「新生」甲、乙兩編搭建的「新文章」框架，分析其有別於西方「純文學」與傳統「文」的獨特面向；繼而從語言文字學這一維度入手，探討二周從文學復古轉向白話新文學的「發生機制」，及 1930 年代重啟舊體詩創作等問題，把握「復古」與「反復古」之間的複雜關聯；進一步關注 1930 年前後魯迅《漢文學史綱要》、周作人《中國新文學的源流》重敘文章史的思路，追問兩部文章史著呈現的理想文章形象，並以同期胡適、傅斯年等敘史話語為參照，提煉「魏晉文」與「唐宋文」之間的權力更迭這一主體線索。書稿首次系統梳理與比較二周自清末「文章新生」運動到 1930 年代「文章書寫」的完整歷程，展現從傳統文章觀到近現代文學觀念轉型過程中的複雜交錯狀態。

鬱結、盤桓與頓挫：中國現代文學中的國家—民族敘述——《民國文化與文學研究文叢·十六編》引言

李　怡

　　1921 年 10 月，「新文學運動以來的第一部小說集」由上海泰東圖書局推出〔註1〕，這就是郁達夫的《沉淪》。從 1921 年至 1923 年，這部小說集被連續印刷十餘次，銷量累計至 20000 餘冊，在新文學初創期堪稱奇觀。「對於他的熱烈的同情與感佩，真像《少年維特之煩惱》出版後德國青年之『維特熱』一樣」〔註2〕，因為，「人人皆可從他作品中，發現自己的模樣。……多數的讀者，由郁達夫作品，認識了自己的臉色與環境」〔註3〕。當然，小說中能夠引起讀者共鳴的應該有好幾處，包括性愛的暴露、求索的屈辱等等，但足以令讀者產生一種普遍的情緒激昂的還是其中那種個人屈辱與家國命運的相互激蕩和糾纏，這樣的段落已經成為了中國現代文學史引證的經典：

　　　　他向西面一看，那燈檯的光，一霎變了紅一霎變了綠的，在那裡盡它的本職。那綠的光射到海面上的時候，海面就現出一條淡青的路來。再向西天一看，他只見西方青蒼蒼的天底下，有一顆明星，在那裡搖動。

　　　　「那一顆搖搖不定的明星的底下，就是我的故國，也就是我的

〔註1〕成仿吾：《〈沉淪〉的評論》，《創造》季刊 1923 年 2 月第 1 卷第 4 期。
〔註2〕匡亞明：《郁達夫印象記》，載《郁達夫研究資料》，北京：知識產權出版社，2010 年，第 52 頁。
〔註3〕賀玉波編：《郁達夫論》，上海：光華書局，1932 年，第 84 頁。

生地。我在那一顆星的底下，也曾送過十八個秋冬。我的鄉土嚇，我如今再不能見你的面了。」

他一邊走著，一邊盡在那裡自傷自悼的想這些傷心的哀話。走了一會，再向那西方的明星看了一眼，他的眼淚便同驟雨似的落下來。他覺得四邊的景物，都模糊起來。把眼淚揩了一下，立住了腳，長歎了一聲，他便斷斷續續的說：

「祖國呀祖國！我的死是你害我的！」

「你快富起來，強起來吧！」

「你還有許多兒女在那裡受苦呢！」〔註4〕

在這裡，一位在異質文明中深陷焦慮泥淖的中國青年將個人的悲劇置放在了國家與民族的普遍命運之中，並且在自己生命的絕境中發出了如此石破天驚般的吶喊，一瞬間，個人的生存苦難轉化為對國家與民族的整體控訴，鬱積已久的酸楚在這一心理方式中被最大劑量地釋放。這也就是作者自述的，「眼看到的故國的陸沉，身受到的異鄉的屈辱」〔註5〕，「我的消沉也是對國家，對社會的。現在世上的國家是什麼？社會是什麼？尤其是我們中國？」〔註6〕所以，在文學史家看來，這部作品的顯著特點就在於「性、種族主義、愛國主義在他心底裏全部纏結在一起」〔註7〕。

《沉淪》主人公于質夫投海之前的這一段激情道白擊中的是近代以來中國人的普遍心理與情緒，1921 年的「《沉淪》熱」、百年來現代中國文學與現實人生的不解之緣從根本上都與這樣的體驗和情緒緊密相關：在中國現代文學的普遍主題中，國家觀念和民族意識的凸顯格外引人注目，或者說，個人命運感受與國家、民族宏大問題的深刻聯繫就是我們文學的最基本構型。

在很大的程度上，我們的中國現代文學研究自始至終都沒有否認過這一基本事實。1922 年，胡適寫下新文學的第一部小史《五十年來中國之文學》，就是以「國」定文學，是為「國語的文學」。1923 年，瞿秋白署名陶畏巨發表新文學概觀，也是以「西歐和俄國都曾有民族文學的先聲」為參照，將新文學

〔註4〕郁達夫：《沉淪》，《郁達夫文集》第一卷，廣州：花城出版社，1982 年，第 52 ～53 頁。

〔註5〕郁達夫：《懺餘獨白》，《郁達夫文集》第七卷，廣州：花城出版社，1982 年，第 250 頁。

〔註6〕郁達夫：《北國的微音》，《郁達夫文集》第三卷，廣州：花城出版社，1982 年，第 91 頁。

〔註7〕李歐梵：《李歐梵自選集》，上海：上海教育出版社，2002 年，第 38 頁。

視作「民族國家運動」的一部分，宣布「他是民族統一的精神所寄」〔註8〕。
王瑤的《中國新文學史稿》奠定了新中國現代文學的學科基礎，在以「新民主
主義革命」為核心話語的歷史陳述中，「外爭國權，內除國賊」、「民族解放」
的政治背景十分清晰。唐弢主編《中國現代文學史》繼續依託「新民主主義革
命時期」的階級狀況展開，反對帝國主義對中華民族的侵略、挽救民族危機也
是這一歷史過程的重要組成部分。新時期以降，被稱作代表「新啟蒙」思潮的
二十世紀中國文學觀更是將國家民族的現代化進程作為文學探索的基本背
景，明確指出：「爭取民族的獨立解放，民族政治、經濟、文化，民族意識的
全面現代化，實現民族的崛起與騰飛，是本世紀全民族的中心任務，構成了時
代的基本內容，社會歷史的中心，民族意識的中心，對於這一時期包括文學在
內的整個意識形態起著一種制約作用，決定著這一時期文學的性質、任務、歷
史內容，以及歷史特徵，等等。」〔註9〕新時期影響中國現代文學研究的思想，
在內有李澤厚《中國現代思想史論》的「啟蒙／救亡雙重變奏」說，在外則有
夏志清《中國現代小說史》的「感時憂國」說，它們的思想基礎並不相同，但
卻在現代文學的國家民族意識上有著高度的共識。直到新世紀以後，儘管意識
形態和藝術旨趣的分歧日益加大，但是平心而論，卻尚未發現有誰試圖根本否
認這一基本特徵的存在。

　　在我看來，《沉淪》主人公于質夫將個人的悲劇追溯到國家民族的宏大命
運之中，於生存背景的揭示而言似乎勢所必然，不過，其中的心理邏輯卻依然
存在許多的耐人尋味之處：于質夫，一個多愁善感而身心孱弱的青年在遭遇了
一系列純粹個人的生活挫折之後，如何情緒爆發，在蹈海自盡之際將這一切的
不幸通通歸咎於國家的弱小？這是羸弱者在百般無奈之下的洗垢求瘢、故入
人罪，還是被人生的苦澀長久浸泡之後的思想的覺悟？一方面，我不能認同徐
志摩當年的苛刻之論：「故意在自己身上造些血膿糜爛的創傷來吸引過路的人
的同情」〔註10〕，那是生活優渥的人的高論，顯然不夠厚道，但是，另一方面，
從1920年代的爭論開始，至今也有讀者無不疑惑：「『零餘人』不僅逃避承擔
時代的重任，而且自身生活能力低下，在個人情慾的小圈子裏執迷不悟，一旦

〔註8〕陶畏巨：《荒漠裏》，《新青年》季刊1923年12月20日第2期。
〔註9〕陳平原、黃子平、錢理群：《二十世紀中國文學三人談——民族意識》，《讀書》
　　　1985年第12期。
〔註10〕見郭沫若：《論郁達夫》，載《回憶郁達夫》，長沙：湖南文藝出版社，1986年，
　　　第3頁。

得不到滿足，連生命也毫不猶豫地捨棄。這樣的人物是時代的主旋律上不和諧的音符，他的死是一種歷史的必然。郁達夫在作品主人公自殺前加上這麼一條勉強的『尾巴』，並不能讓主人公的思想高尚起來。」〔註11〕郁達夫恐怕不會如此的膚淺，但是《沉淪》所呈現的心理邏輯確有微妙隱晦之處，至少還不曾被小說清晰地展開，這就如同現代文學史上的二重組合——個人悲劇／國家民族命運的複雜的鏈接過程一樣，其理昭昭，其情深深，在這些現象已經被我們視作理所當然的歷史事實之後，我們是不是進一步仔細觀察過其中的細節？究竟這些「國家觀念」和「民族意識」有著怎樣具體的內涵，有沒有發生過值得注意的重要變化，它們彼此的結構和存在是怎樣的，是不是總是被奉為時代精神的「共主」而享有所向披靡的能量，在它們之間，內在關聯究竟如何，是不容置辯的相互支撐，一如我們習以為常的「國家民族」的關聯陳述，還是暗含齟齬和衝突？

這就是我們不得不加以辨析和再勘的理由。

一

中國現代文學在表達個人體驗與命運的時候，總是和國家與民族的重大關切緊密相連，然而，「國家」與「民族」這兩個基本語彙及其現代意涵卻又是近代「西學東漸」的一部分，作為西方思想文化的複雜構成，其本身也有一個曲折繁蕪的流變演化歷史。所以，同一個「國家觀念」與「民族情懷」的能指，卻很可能存在著千差萬別的所指。

大約是從晚清以降，中國知識界開始出現了越來越多的「國家」與「民族」的表述，以致到後來形成了大家耳熟能詳的名詞、概念、主義和系統的思想。自 1960 年代開始，當作為學科知識的「民族學」等需要進一步理性建設的時候，人們再一次回過頭來，試圖深入追溯「民族」理念的來源，以便繪製出清晰的知識譜系，這樣的追溯在極左年代一度中斷，但在新時期以後持續推進；新時期至今，隨著政治學、社會學、文化學領域對中外文明史、國家制度史的理論思考的展開，「國家」的概念史、意義史也得到了比較充分的總結。

百餘年來中國知識分子對「民族」的理解來源複雜，過程曲折，我們試著將目前學界的考證以圖表示之：

〔註11〕 吳文權：《感性縱情與理性斂情——從〈沉淪〉和〈遲桂花〉看郁達夫前後期的創作風格》，《重慶工學院學報》2005 年第 7 期。

考證人	時間結論	來源結論	最早證據	學界反應
林耀華《關於「民族」一詞的使用和譯名問題》(《歷史研究》1963年第2期)	不晚於1900年	可能從日文轉借過來	章太炎《序種姓上》	1980年代以後不斷更新中國學者的引進、使用時間
金天明、王慶仁《「民族」一詞在我國的出現及其使用問題》(《社會科學輯刊》1981年第4期)	1899年	從日文轉借過來	梁啟超的《東籍月旦》	韓錦春、李毅夫等考證《東籍月旦》作於1902年；此前梁啟超已經使用該詞
彭英明《中國近代誰先用「民族」一詞？》(《社會科學輯刊》1984年第2期)	1898年6月	近代中國開始使用	康有為的《請君民合治滿漢不分摺》	經過多人考證，最終確認康有為此摺乃是其1910年前後所偽造
韓錦春、李毅夫《漢文「民族」一詞的出現及其初期使用情況》(《民族研究》1984年第2期)	1895年	從日文引入	《論回部諸國何以削弱》(《強學報》第2號)	新世紀以後開始被人質疑
韓錦春、李毅夫編《漢文「民族」一詞考源資料》,(中國社會科學院民族研究所民族理論研究室1985年印)	近代中國人開始使用	在中國古代典籍中未曾出現，近代以前「民」、「族」是分開使用的		新世紀以後開始被人質疑
彭英明《關於我國民族概念歷史的初步考察》(《民族研究》1985年第2期)	1874年前後使用	可能來自英語	王韜《洋務在用其所長》	
臺灣學者沈松僑《我以我血薦軒轅——皇帝神話與晚清的國族建構》(《臺灣社會研究季刊》第二十八期，1997年12月)	20世紀中國知識分子	從日文引入		新世紀以後開始被人質疑

【英】馮客《近代中國之種族觀念》（楊立華譯），江蘇人民出版社 1999 年	1903 年，晚清維新派，梁啟超首次使用		
茹瑩《漢語「民族」一詞在我國的最早出現》（《世界民族》2001 年第 6 期）	唐代	與「宗社」相對應，但與現代意義有差別	李筌所著兵書《太白陰經》之序言：「傾宗社滅民族」
黃興濤《「民族」一詞究竟何時在中文裏出現？》（《浙江學刊》2002 年第 1 期）類似觀點還有方維規《論近代思想史上的「民族」、「Nation」與中國》（香港《二十一世紀》2002 年 4 月號）	1837 年或之前出現；1872 年已有華人在現代意義上加以使用	很可能是西方來華傳教士的偶然發明	《論約書亞降迦南國》（1837 年 10 月德國籍傳教士郭士臘等編撰《東西洋考每月統記傳》）
邸永君《「民族」一詞見於〈南齊書〉》（《民族研究》2004 年第 3 期）	南齊	中國自身的語彙，意義與當今相同	道士顧歡稱「諸華士女，民族弗革」（《南齊書》卷 54《高逸傳·顧歡傳》）
郝時遠《中文「民族」一詞源流考辨》（《民族研究》2004 年第 6 期）	就詞語而言至少魏晉以降即有；古漢語「民族」一詞在 19 世紀 70 年代或之前傳入日本	古漢語「民族」一詞在中國有早於日本的且接近現代的含義；國人對「民族」對應的西文 nation、volk 及其含義的理解，無疑主要來自日本翻譯的西學著作；中國現代民族（nation）觀念受到日譯西書的影響	從魏晉以降至清，作為詞語使用不絕，總體傾向於各種具體的族群分類，現代抽象的意義概念屬於近代產物；日文「民族」為中文輸入的結果，與近代中國的西書漢譯有關

　　此表列出了新中國成立至今學界所考證的概念史，以考證出現的時間為序。從中，我們大體上可以知道這樣一些基本事實：

1. 在近現代中國的思想之中，雙音節詞彙「民族」指的是經由長期歷史發展而形成的穩定共同體，它在歷史、文化、語言等方面與其他人群有所區別，「血緣、語言、信仰，皆為民族成立之有力條件」〔註12〕。相對而言，在古代中國，「民」與「族」往往作為單音節詞彙分開使用，「族」更多的指涉某一些具體的人群類別，近似於今天所謂的「氏族」、「邦族」、「宗族」、「部族」等等，所以在一個比較長的時間裏，我們從「民族」這個詞語的近現代含義出發，傾向於認定它的基本意義源自國外，是隨著近代域外思潮的引進而加進入中國的外來詞語，大多數學者認為它來自日本，原本是日本明治維新之後對西方術語的漢譯，也有學者認為它可能就是對英文的中譯。

2. 漢語詞彙本身也存在含義豐富、歷史演變複雜的事實，所以中國學者對「民族」的本土溯源從來也沒有停止過。雖然古代文獻浩若煙海，搜索「民族」一詞猶如大海撈針，史籍森森，收穫艱難，然而幾經努力，人們還是終有所得，正如郝時遠所總結的那樣，到新世紀初年，新的考證結論是：在普遍性的「民」、「族」分置的背景上，確實存在少數的「民族」合用的事實，而且古漢語的「民族」一詞，已經出現了近似現代的類別標識含義，在時間上早於日本漢文詞彙。在日本大規模地翻譯西方思想學術之前，其實還出現過借鑒中國語彙譯述西方書籍的選擇，日本漢文中的「民族」一詞很可能就是在這個時候從中國引入的。「『民族』一詞是古漢語固有的名詞。在近代中文文獻中，現代意義的『民族』一詞出現在 19 世紀 30 年代。日文中的『民族』一詞見諸 19 世紀 70 年代翻譯的西方著述之中，係受漢學影響的結果。但是，『民族』一詞在日譯西方著作中明確對應了 volk、ethnos 和 nation 等詞語，這些著作對 nation 等詞語的定義及其相關理論，對清末民初的中國民族主義思潮產生了直接影響。『民族』一詞不屬於『現代漢語的中—日—歐外來詞。』」〔註13〕

3. 「民族」一詞更接近西方近代意義的廣泛使用是在日本，又隨著其他漢文的西方思想一起再次返回到了中國本土，最終形成了近現代中國「民族」概念的基本的含義。

總而言之，「民族」一語，從詞彙到思想，都存在一個複雜的形成過程，這裡有歷史流變中的意義的改變，也有中國／西方／日本思想和語言的多方

〔註12〕梁啟超：《中國歷史上民族之研究》，《飲冰室合集》第 8 冊，北京：中華書局，1989 年，第 860 頁。

〔註13〕郝時遠：《中文「民族」一詞源流考辨》，《民族研究》2004 年第 6 期。

對話與互滲。從總體上看，現代中國的「民族」含義與西方近代思想、日本明治維新後的思想基本相同，與古代中國的類似語彙明顯有別。1902 年，梁啟超在《論中國學術思想變遷之大勢》一文中，第一次提出了「中華民族」的概念，五年後的 1907 年，楊度《金鐵主義說》、章太炎《中華民國解》又再次申述了「中華民族」的觀念，雖然他們各自的含義有所差異，但是從一個大的族群類別的角度提出民族的存在問題卻有著共同的思維。民族、中華民族、民族意識、民族主義、民族復興，串聯起了近代、現代、當代中國思想發展的重要脈絡，儘管其間的認知和選擇上的分歧依然存在。

與「民族」類似，中國人對「國家」意義的理解也有一個複雜的演變過程，所不同的在於，如果說在民族生存，特別是中華民族共同命運等問題上現代知識分子常常聲應氣求的話，那麼在「國家」含義的認知和現實評價等方面，卻明顯出現了更多的分歧和衝突。

「國家」一詞在英語裏分別有 country、nation 和 state 三個詞彙，它們各有意指。Country 著眼於地理的邊界和範圍，側重領土和疆域；nation 強調的是人口和民族，偏向民族與國民的內涵；state 代表政治和權力，指的是在確定的領土邊界內強制性、暴力性的機構。現代意義上的國家概念就是政治學意義的 state。作為政治學的核心術語，state 的出現是近代的事，在這個意義上說，古代社會並沒有正式的國家概念。這一點，中西皆然。

就如同「民」與「族」一樣，古漢語的「國」與「家」也常常分置而用。早在先秦時期，也出現了「國」與「家」的合用，只是各有含義，諸侯的封地謂之「國」，卿大夫的封地謂之「家」，這是不同等級的治理區域；然而不同等級的治理區域能夠合用為「國家」，則顯示了傳統中國治理秩序的血緣基礎。先秦時代，周天子治轄所在曰「天下」，周天子的京師曰「中國」，「禮崩樂壞」之後，各諸侯國的王畿也稱「中國」，再後，「中國」範圍進一步擴大，成了漢族生存的中原地區具有「德性」和「禮義」的文明區域的總稱，最早的政治等級的標識轉化為文化優越的稱謂，象徵著「華夏」（「以德榮為國華」〔註14〕）之於「夷狄」的文明優勢，是謂「中國有文章光華禮義之大」〔註15〕。「天下」與「中國」相互說明，構成了一種超越於固定疆域、也不止於政治權力的優越

〔註14〕 上海師範大學古籍整理組校點：《國語》，上海：上海古籍出版社，1978 年，第 183 頁。

〔註15〕 （漢）孔安國傳，（唐）孔穎達等正義：《尚書正義》，上海：上海古籍出版社，1990 年，第 43 頁。

的文明自詡。隨著非漢族統治的蒙元、滿清時代的出現，「中國」的概念也不斷受到衝擊和改變，一方面，蒙古帝國從未被漢人同化，「中國」一度失落，另一方面，在清朝，原來的「四夷」（滿、蒙、回、藏、苗）卻被重新識別而納入「中國」，而夷狄則成了西洋諸國。儘管如此，那種文明的優越感始終存在。到了晚清，在「四夷」越來越強大的威懾下，「中國」優越感和「天下」無限性都深受重創，「近代中國思想史的大部分時期，是一個使『天下』成為『國家』的過程」〔註16〕，這裡的「國家」觀念就不再是以家立國的古代「國家」了，而是邊界疆域明確、彼此獨立平等的國際間的政治實體，也就是近現代主權時代的民族國家。1648 年《威斯特伐利亞和約》的簽訂，標誌著歐洲國家正式進入主權時代。到 19 世紀，一個邊界清晰、民族自覺的民族國家成為了國際外交的主角。國家外交的碰撞，特別是國際軍事衝突的失敗讓被迫捲入這一時代的中國不得不以新的「國家」觀念來自我塑形，並與「天下」瓦解之後的「世界」對話，一個前所未有的民族─國家的時代真正到來了。現代中國的民族學者早就認識到：「民族者，裏也，國家者，表也。民族精神，實賴國家組織以保存而發揚之。民族跨越文化，不復為民族；國家脫離政治，不成其為國家。」〔註17〕

然而，正如韋伯所說「國家」（state）是「到目前為止最複雜、最有趣」的概念〔註18〕，一方面，「非人格化」的現代國家觀念延續了古羅馬的「共和」理想，國家政治被看作超越具體的個人和社會的「中立」的統治主體，一系列嚴謹、公平的社會治理原則成為應有之義，另外一方面，從西方歷史來看，現代意義的國家的出現與十七、十八世紀絕對王權代替封建割據，與路易十四「朕即國家」（L'État, c'est moi）的事實緊密相關，這些原本與中國歷史傳統神離而貌合的取向在有形無形之中進入了現代中國的國家理念，成為我們混沌駁雜的思想構成，那些巨大的、統一的、排他性的權力方式始終潛伏在現代國家的發展過程之中，釋放魅惑，也造成破壞。此外，置身普遍性的現代民族國家的歷史進程，中國的民族─國家的聯結和組合卻分外的複雜，與西方世界主

〔註16〕 【美】約瑟夫‧列文森著、鄭大華、任菁譯：《儒教中國及其現代命運》，桂林‧廣西師範大學出版社，2009 年，第 84 頁。

〔註17〕 吳文藻：《民族與國家》，《人類學社會學研究文集》，北京：民族出版社，1990年，第 35～36 頁。

〔註18〕 Max Weber, "'Objectivity' in Social Science and Social Policy," in The Methodology of Social Sciences, trans. & ed., Edward A. Shils & Henry A. Finch, Glencoe: The Free Press, 1949, p. 99.

流的單一民族的國家構成，多民族的聯合已經是中國現代國家的生存基礎，在我們內在結構之中，不同民族的相互關係以及各自與國家政權的依存方式都各有特點，當然從「排滿革命」到「五族共和」，也有過齟齬與和解，民族主義作為國家政治的基礎，既行之有效，又並非總能堅如磐石。

二

西方馬克思主義的重要代表弗雷德里克・詹姆森有一個論斷被廣泛引用：「所有第三世界的本文均帶有寓言性和特殊性：我們應該把這些本文當作民族寓言來閱讀，特別當它們的形式是從占主導地位的西方表達形式的機制——例如小說——上發展起來的。」「第三世界的本文，甚至那些看起來好像是關於個人和利比多趨力的本文，總是以民族寓言的形式來投射一種政治：關於個人命運的故事包含著第三世界的大眾文化和社會受到衝擊的寓言。」〔註 19〕魯迅的小說就是這一論斷的主要論據。拋開詹姆森作為西方學者對魯迅小說細節的某些誤讀，他關於中國現代文學與國家民族深度關聯的判斷還是基本準確的。中國現代文學史上的幾乎每一場運動都與民族救亡的目標有關，而幾乎每一個有影響的作家都有過魯迅「我以我血薦軒轅」式的人生經歷和創作衝動，包括抗戰時期的淪陷區文學也曾經以隱晦婉曲的方式傳達著精神深處的興亡之歎。即便文學的書寫工具——語言文字也早就被視作國家民族利益的捍衛方式，一如近代小學大家章太炎所說：「小學」「這愛國保種的力量，不由你不偉大。」〔註 20〕晚清語言改革的倡導者、切音新字的發明人盧戇章表示：「倘吾國欲得威振環球，必須語言文字合一。務使男女老幼皆能讀書愛國。除認真頒行一種中國切音簡便字母不為功。」〔註 21〕

只是，詹姆森的「民族寓言」判斷對於千差萬別的「第三世界」來說，顯然還是過於籠統了。對於這一位相對單純的現代民族國家的學者而言，他恐怕很難想像現代的中國，既然有過各自不同的「國家」概念和紛然雜陳的「民族」意識，在真正深入文學的世界加以辨析之時，我們就不得不追問，這些興亡之

〔註 19〕【美】弗雷德里克・詹姆森：《處於跨國資本主義時代中的第三世界文學》，見張京媛主編《新歷史主義與文學批評》，北京：北京大學出版社，1993 年，第 234、235 頁。

〔註 20〕章太炎：《我的生平與辦事方法》，《章太炎的白話文》，瀋陽：遼寧教育出版社，2003 年，第 74 頁。

〔註 21〕盧戇章：《中國第一快切音新字》原序，《清末文字改革文集》，北京：文字改革出版社，1958 年，第 2 頁。

慨究竟意指哪一個國家認同，這民族情懷又懷抱著怎樣的內容？現代中國知識分子所經歷的複雜的國家—民族的知識轉型，因為情感性的文學的介入而愈發顯得盤根錯節、撲朔迷離了。

在中國新文學史的敘述邏輯中，近現代中國的歷史進程就是一個義無反顧的棄舊圖新的過程。

王瑤《中國新文學史稿》一開篇就認定了五四新文學的「徹底性」與「不妥協性」：「反帝反封建是由『五四』開始的中國現代文學的基本特徵，這裡『徹底地』、『不妥協地』兩個形容詞非常重要，這是關係到對敵鬥爭的重大課題。」〔註22〕

唐弢主編《中國現代文學史》這樣立論：「清嘉慶以後，中國封建社會已由衰微而處於崩潰前夕。國內各種矛盾空前尖銳，社會危機四伏。清朝政府極端昏庸腐朽。」「為了挽救民族危亡的命運，從太平天國到辛亥革命，中國人民進行了一次又一次的革命鬥爭。」「在這一歷史時期內，雖然封建文學仍然大量存在，但也產生了以反抗列強侵略和要求掙脫封建束縛為主要內容的進步文學，並且在較長的一段時間裏，不止一次地作了種種改革封建舊文學的努力。」「『五四』文學革命運動的興起，乃是近代中國社會與文學諸方面條件長期孕育的必然結果。」〔註23〕

嚴家炎主編《二十世紀中國文學史》的最新表述：「歷史悠久的中國文學，到清王朝晚期，發生了前所未有的重大轉折：開始與西方文學、西方文化迎面相遇，經過碰撞、交匯而在自身基礎上逐漸形成具有現代性的文學新質，至五四文學革命興起達到高潮。從此，中國文學史進入一個明顯區別於古代文學的嶄新階段。」〔註24〕

這都是中國現代文學研究的經典性論述，它們都以不同的方式告訴我們，自晚清以後，中國的社會文化始終持續進步，五四新文學展開了現代國家—民族的嶄新的表述。從歷史演變的根本方向來說，這樣的定位清晰而準確，這就如同新文化運動領袖陳獨秀在當時的感受：「我生長二十多歲，才知道有個國

〔註22〕王瑤：《中國新文學史稿》上冊，《王瑤文集》第 3 卷，太原：北嶽文藝出版社，1995 年，第 7 頁。

〔註23〕唐弢主編：《中國現代文學史》，北京：人民文學出版社，1979 年，第 1～2 頁、6 頁。

〔註24〕嚴家炎主編：《二十世紀中國文學史》，北京：高等教育出版社，2010 年，第 1 頁。

家，才知道國家乃是全國人的大家，才知道人人有應當盡力於這大家的大義。」
〔註25〕換句話說，是在歷史的進步中我們生成了全新的國家—民族意識，而
新的國家—民族憂患（「盡力於這大家的大義」）則產生了新的現代的文學。

但是，這樣的棄舊圖新就真的那麼斬釘截鐵、一往無前嗎？今天，在掀開
新文學主流敘述的遮蔽之後，我們已經發現了歷史場域的更多豐富的存在，在
中國現代文學（而不僅僅是現代的「新文學」）的廣袤的土地上，歷史並非由
不斷進化的潮流所書寫，期間多有盤旋、折返、對流、纏繞……現代的民族國
家——中華民國雖然結束了君主專制，代表了歷史前進的方向，但卻遠遠沒有
達到「全民認同」的程度，在各種形式的理想主義的知識分子那裡，更是不斷
遭遇了質疑、批評甚至反叛，而「民族」所激發的感情在普遍性的真誠之中也
隱含著一些各自族群的遭遇和體驗，何況在中國，民族意識與國家觀念的組合
還有著多種多樣的形式，彼此之間並非理所當然的融合無隙。這也為現代文學
中民族情感的轉化和發展留下了豐富的空間。

1933 年 8 月，上海世界書局出版了錢基博的《現代中國文學史》。這部早
期的中國現代文學史著也是最早標舉「現代」之名的文學論著。然而，有意思
的是，與當下學者在「現代性」框架中大談「民族國家」不同，錢基博的用意
恰恰是借「現代」之名表達對彼時國家的拒絕和疏離：「吾書之所為題現代，
詳於民國以來而略推跡往古者，此物此志也。然不題民國而曰現代，何也？曰
『維我民國，肇造日淺，而一時所推文學家者，皆早嶄然露頭角於讓清之末
年；甚者遺老自居，不願奉民國之正朔；寧可以民國概之！』」〔註26〕「不願
奉民國之正朔」就必須以「現代」命名？錢基博的這個邏輯未必說得通，不過
他倒是別有意味地揭示了一個重要的事實：「一時所推文學家者」成長於前朝，
甚至以前朝遺民自居，缺乏對這個新興的民族國家——中華民國的認同。近年
來，隨著現代文學研究空間的日益擴大，一些為「新文化新文學」價值標準所
不能完全概括的文學現象越來越多地進入了文學史家的視野，所謂奉「民國乃
敵國」的文學群體也成了「出土文物」，他們的獨特的感受和情感得以逐漸揭
示，中國現代作家的精神世界的多樣性更充分地昭示於世。正如史學家王汎森
所說：「受過舊文化薰陶的讀書人在面對時代變局時，有種種異於新派人物的

〔註25〕陳獨秀：《說國家》,《陳獨秀著作選》第一卷，上海：上海人民出版社，1993
　　　　年，第 44 頁。
〔註26〕錢基博：《現代中國文學史》，上海：上海世界書局，1933 年，第 8～9 頁。

回應方式，包括與現代截然迥異的價值觀和看法。以往我們把焦點集中在新派人物身上，模糊或忽略了舊派人物。」「儘管我們無須同意其政治認同，可是的確值得重新檢視他們的行為與動機，以豐富我們對近代中國思想文化脈絡的瞭解。」〔註27〕這樣一些拒絕認同現實國家的知識分子還不能簡單等同於傳統意義上的「遺民」，因為他們的焦慮不僅僅是對政權歸屬的迷茫，更包含了對現代社會變遷的不適，和對中西文化衝突的錯愕，這都可以說是現代文化進程中的精神危機，是不應該被繼續忽視的現代文學主流精神的反面，它包含了歷史文化複雜性的幽深的奧秘。「清遺民議題呈現豐富的意涵，除了歷史上種族與政治問題外，也跟文化層面有著密切的關聯。他們反對的不單來自政治變革，更感歎社會良風善俗因而消逝，訴諸近代中國遭受西力衝擊和影響。」「充分顯現了忠清遺民的遭遇及面對的問題，固然和過去有所不同，非但超乎宋元、明清易代之際士人，而且在心理與處境上勢將愈形複雜。」〔註28〕在「現代文學」的格局中，他們或以詩結社，相互唱酬追思故國，「劇憐臣甫飄零甚，日日低頭拜杜鵑」〔註29〕；或埋首著述，書寫「主辱臣死」之志，吟詠「辛亥濺淚」之痛〔註30〕，試圖「託文字以立教」；或與其他文學群體論爭駁詰，一如林紓以「清室舉人」自居，對陣「民國宣力」蔡元培，反對新文化運動，增添了現代文壇的斑斕。在這一歷史過程中，一些重要代表如王國維的文學評論，陳三立、沈曾植、趙熙、鄭孝胥等人的舊體詩，辜鴻銘的文化論述，都是別有一番「意味」的存在。

中華民國是推翻君主專制而建立起來的「民族國家」，然而，眾所周知的史實是，這個國家長期未能達成各方國民的一致認同，先是為創立民國而流血犧牲的國民黨人無法接受各路軍閥對國家的把持，最後是抗戰時代的分裂勢力（偽滿、汪偽）對國民政府國家的肢解，貫穿始終的則是左翼知識分子對一切軍閥勢力及國民黨獨裁的抨擊和反抗，雖然來自左翼文學的批判否定還

〔註27〕王汎森：《序》，林誌宏著《民國乃敵國也：政治文化轉型下的清遺民》，北京：中華書局，2013 年，第 2 頁。

〔註28〕王汎森：《序》，林誌宏著《民國乃敵國也：政治文化轉型下的清遺民》，北京：中華書局，2013 年，第 3、4 頁。

〔註29〕丁仁長：《為杜鵑庵主題春心圖》，《丁潛客先生遺詩》，第 32 頁，廣州九曜坊翰元樓刊行 1929 年刻本（轉引自 110 頁）。

〔註30〕「主辱臣死」語出清末湖北存古學堂經學總教習曹元弼，晚清經學家蘇輿著有《辛亥濺淚集》（長沙龍雲印刷局石印本），作於辛亥年間，凡四卷，收錄七言絕句 33 首。

不能說他們就是「民國的敵人」，因為在推翻專制、走向共和、反抗侵略等國家大勢上，他們也多次攜手合作，並肩作戰，但是，關於現代國家的理想形態，左翼知識分子顯然與國家的執政者長期衝突，形成了現代史上最為深刻的無法彌合的信仰分裂。另外，數量龐大的自由主義知識分子群體，其思想基礎融合了近代以來的西方啟蒙思想和中國傳統士人精神，作為現代社會的公民，民主、自由、科學的理念是他們基本的立世原則，雖然其中不乏溫和的政治主張者，甚至也有對社會政治的相對疏離者，但都莫不以「天下大任」為己任，他們不可能成為現實國家秩序的順從者，常常表達出對國家制度和現狀的不滿和批評，並以此為自我精神的常態。在民國時代，真正不斷抒發對現實國家「忠誠無二」的只有三民主義、民族主義文學運動的參與者以及國家主義的信奉者。但是，問題在於，與國民黨關聯深厚的三民主義、民族主義文學運動卻始終未能成為文學的主導力量，至於各種國家主義，本身卻又與國民黨意識形態矛盾重重，在文學上影響有限，更不用說其中的覺悟者如聞一多等反戈一擊，在抗戰結束以後以「人民」為旗，質疑「國家」的威權。

總而言之，在現代中國的主流作家那裡，國家觀念不是籠統的一個存在，而是包含著內部的分層，對家國世界的無條件的憂患主要是在族群感情的層面上，一旦進入現實的政治領域，就可能引出諸多的歧見和質疑，而且這些自我思想的層次之間，本身也不無糾纏和矛盾，于質夫蹈海之際，激情吶喊：「祖國呀祖國！我的死是你害我的！」在這裡，生死關頭的情感依託是「祖國」，說明「國家」依舊是我們精神的襁褓，寄寓著我們真誠的愛，然而個人的現實發展又分明受制於國家社會的束縛，這種清醒的現實體驗和篤定的權利意識也激發了另外一種不甘，於是，對「國家」的深愛和怨憤同時存在，彼此糾結，令人無以適從。

關於民國，魯迅也道出過類似的矛盾性體驗：

> 我覺得彷彿久沒有所謂中華民國。
>
> 我覺得革命以前，我是做奴隸；革命以後不多久，就受了奴隸的騙，變成他們的奴隸了。
>
> 我覺得有許多民國國民而是民國的敵人。
>
> 我覺得有許多民國國民很像住在德法等國裏的猶太人，他們的意中別有一個國度。
>
> 我覺得許多烈士的血都被人們踏滅了，然而又不是故意的。

我覺得什麼都要從新做過。〔註31〕

在這裡，魯迅對「民國」的失望是顯而易見的：它玷污了「革命」的理想，令真誠的追隨者上當受騙。然而，當魯迅幾乎是一字一頓地寫下「中華民國」這四個漢字的時候，卻也刻繪了對這一現代國家形態的多少的顧惜和愛護，猶如他在《中山先生逝世後一週年》中滿懷感情地說：「中山先生逝世後無論幾週年，本用不著什麼紀念的文章。只要這先前未曾有的中華民國存在，就是他的豐碑，就是他的紀念。」〔註32〕從君主專制的「家天下」邁入現代國家，民國本身就是這樣一個「先前未曾有」的時代進步的符號，也凝聚著像魯迅這樣「血薦中華」的知識人的思想和情感認同，所以在強烈的現實失望之餘，他依然將批判的刀鋒指向了那些踏滅烈士鮮血的奴役他人的當權者，那些污損了民國創立者的理想的人們，就是在「從新做過」的無奈中，也沒有遺棄這珍貴的國家認同本身。在這裡，一位現代作家於家國理想深深的挫折和不屈不撓的擔當都躍然紙上。

民族認同通常情況下都是與國家觀念緊緊聯繫的。但是，近現代中國，卻又經歷了「民族」意識的一系列複雜的重建過程，而這一過程又並不都是與國家觀念的塑造相同步的，這也決定了現代中國文學民族意識表達的複雜性。在晚清近代，結束帝制、創立民國的「革命」首先舉起的是「排滿」的旌旗，雖然後來終於為「五族共和」的大民族意識所取代，實現了道義上的多民族和解。但是，民族意識的整合、中華民族整體意識的形成並沒有取消每一個具體族群具體的歷史境遇，尤其是在一些特殊的歷史時期，這些細微的民族心理就會滲透在一些或自然或扭曲的文學形態中傳達出來。例如從穆儒丐到老舍，我們可以讀到那種時代變遷所導致的滿人的衰落，以及他們對自己民族所受屈辱的不同形式的同情。老舍是極力縫合民族的裂隙，在民族團結的嚮往中重塑自身的尊嚴，「老舍民族觀之核心理念，便是主張和宣揚不同民族的平等和友好。他的全部涉及國內、國際民族問題的著述，都在訴說這一理念。他一生中所有關乎民族問題的社會活動，也都體現著這一理念。」〔註33〕穆儒丐則先是書寫著族人命運的感傷，在對滿族歷史命運的深切同情中批判軍閥與國民黨

〔註31〕魯迅：《忽然想到》，《魯迅全集》3卷，北京：人民文學出版社，2005年，第16～17頁。

〔註32〕魯迅：《中山先生逝世後一週年》，《魯迅全集》7卷，北京：人民文學出版社，2005年，第305頁。

〔註33〕關紀新：《老舍民族觀探賾》，《中國現代文學研究叢刊》2015年第4期。

政治，曲曲折折地修正「愛國」的含義：「我常說愛國是人人所應當做的事，愛國心也是人人所同有的，但是愛國要使國家有益處，萬不能因為愛國反使國家受了無窮的損害。國民黨是由哄鬧成的功，所以雖然是愛國行為，也以哄鬧式出之。他們不能很沉著的埋頭用內功，只不過在表面上瞎哄嚷，結局是自己殺了自己。」〔註34〕到東北淪陷時期，他卻落入了日本殖民者的政治羅網，在意識形態的扭曲中傳遞著被利用的民族意識。同為旗人作家，老舍與穆儒丐雖然境界有別，政治立場更是差異甚巨，但都提示了現代民族情感發展中的一些不可忽略的複雜的存在。

除此之外，我們會發現，作為一種總體性的民族意識和本族群在具體歷史文化語境中形成的人生態度與生命態度還不能劃上等號。例如作為「中華民族」一員的少數民族例如苗族、回族、蒙古族等等，也有自己在特定生存環境和特定歷史傳統中形成的精神氣質，在普遍的中華民族認同之外，他們也試圖提煉和表達自己獨特的民族感受，作為現代中國精神取向的重要資源，其中，影響最大的可能就是沈從文對苗文化的挖掘、凸顯。在湘西這個「被歷史所遺忘」的苗鄉，沈從文體驗了種種「行為背後所隱伏的生命意識」，後來，「這一分經驗在我心上有了一個分量，使我活下來永遠不能同城市中人愛憎感覺一致了」〔註35〕。沈從文的創作就是對苗鄉「鄉下人」生命態度與人生形式的萃取和昇華，為他所抱憾的恰恰是這一民族傳統的淪喪：「地方的好習慣是消滅了，民族的熱情是下降了，女人也慢慢的像中國女人，把愛情移到牛羊金銀虛名虛事上來了，愛情的地位顯然是已經墮落，美的歌聲與美的身體同樣被其他物質戰勝成為無用的東西了」〔註36〕。

三

國家觀念與民族意識的多層次結合與纏繞為中國現代文學相關主題的表達帶來了層巒疊嶂的景象，當然也大大拓展了這一思想情感的表現空間。從總體上看，最有價值也最具藝術魅力的國家—民族表現，最終也造成了中國現代作家最獨特的個人風格。

〔註34〕穆儒丐：《運命質疑》（6），《盛京時報・神皋雜俎》1935 年 11 月 21、22 日。
〔註35〕沈從文：《從文自傳》，《沈從文全集》第十三卷，太原：北嶽文藝出版社，2002 年，第 306 頁。
〔註36〕沈從文：《媚金、豹子與那羊》，《沈從文全集》第五卷，太原：北嶽文藝出版社，2002 年，第 356 頁。

在中國現代文學中，雖然對國家、民族的激情剖白也曾經出現在種種時代危機的爆發時刻，但是真正富有深度的國家—民族情懷都不止於意氣風發、高歌猛進，而是纏繞著個人、家庭、地域、族群、時代的種種經歷、體驗與鬱結，在亢奮中糾結，在熱忱裏沉吟，在焦灼中思索，歷史的頓挫、自我的反詰，都盡在其中。從總體上看，作為思想—情感的國家民族書寫伴隨著整個中國現代文學跌宕起伏的歷史過程，在不同的歷史關節處激蕩起意緒多樣的聲浪，或昂揚或悲切，或鏗鏘或溫軟，或是合唱般的壯闊，或是獨行人的自遣，或是千軍萬馬呼嘯而過的酣暢，或是千廻百轉淺吟低唱的婉曲，或者是理想的激情，或者是理性的思考，可以這樣說，現代中國的國家—民族書寫，絕不是同一個簡單主題的不斷重複，而是因應不同的語境而多次生成的各種各樣的新問題、新形式，本身就值得撰寫為一部曲折的文學主題流變史。在這條奔流不息的主題表現史的長河沿岸，更有一座座令人目不暇給的精神的雕像，傲岸的、溫厚的、孤獨的、內省的……

從晚清到新中國建立的「現代」時期，中國文學的國家—民族意識的演化至少可以分作五大階段。

晚清民初是第一階段。在國際壓迫與國內革命的激流中，國家—民族意識以激越的宣言式抒懷普遍存在，改良派、革命派及更廣大的知識分子莫不如此。正如梁啟超所概括的，這就是當時歷史的「中心點」：「近四百年來，民族主義，日漸發生，日漸發達，遂至磅礴鬱積，為近世史之中心點。」〔註37〕從革命人于右任的「地球戰場耳，物競微乎微。嗟嗟老祖國，孤軍入重圍。」（《雜感》）「中華之魂死不死？中華之危竟至此！」（《從軍樂》）到排滿興漢的汗血、愁予之「振吾族之疲風，拔社會之積弱」〔註38〕，從魯迅的《斯巴達之魂》、《自題小像》到晚清民初的翻譯文學乃至通俗文學都不斷傳響著保衛民族國家的豪情壯志。亦如《黑奴傳演義》篇首語所說：「恐怕民智難開，不知感發愛國的思想，輕舉妄動，糊塗一世，可又從哪裏強起呢？作報的因發了一個志願，要想個法子，把大清國的傻百姓，人人喚醒。」〔註39〕近現代中國關於民族復興的表述就是始於此時，只是，雖然有近代西方的民族—國家概念的傳入，作為

〔註37〕梁啟超：《論民族競爭之大勢》，《飲冰室文集》之十第10頁，中華書局1989年版。

〔註38〕《崖山哀》，《民報》1906年第二號。

〔註39〕彭翼仲：《黑奴傳演義》篇首語，1903年（光緒二十九年）3月18日北京《啟蒙畫報》第八冊。

文學情緒的宣言式表達有時難免混雜有中國士人傳統的家國憂患語調。

五四是第二階段。思想啟蒙在這時進入到人的自我認識的層面，因而此前激情式宣言式的抒懷轉為堅實的國家—民族文化的建設。這裡既有作為民族文化認同根基的白話文—國語統一運動，又有貌似國家民族意識「反題」的個人權力與自由的倡導。白話文運動、白話新文學本身就是為了國家的新文化建設，傅斯年說得很清楚：「我以為未來的真正中華民國，還須借著文學革命的力量造成。」〔註40〕胡適說：「我的『建設新文學論』的唯一宗旨只有十個大字：『國語的文學，文學的國語』。我們所提倡的文學革命，只是要替中國創造一種國語的文學。」〔註41〕這裡所包含的是這樣一種深刻的語言—民族認識：「事實上，因為一個民族必須講一種原有的語言，因此，其語言必須清除外來的增加物和借用語，因為語言越純潔，它就越自然，這個民族認識它自身和提高其自由度就越容易。……因此，一個民族能否被承認存在的檢驗標準是語言的標準。一個操有同一種語言的群體可以被視為一個民族，一個民族應該組成一個國家。一個操有某種語言的人的群體不僅可以要求保護其語言的權利；確切而言，這種作為一個民族的群體如果不構成一個國家的話，便不稱其為民族。」〔註42〕後來國語運動吸引了各種思想流派的參與，國家主義者也趕緊表態：「近來有兩種大的運動，遍於全國，一種是國家主義，一種是國語。從事這兩種運動的人不完全相同，因此有人疑心主張國家主義者對於國語運動漠不關心，甚至反對，這就未免神經過敏，或不明了國家主義的目的了。國家主義的目的是什麼，不外『內求統一外求獨立』八個大字，現在我要借著這次國語運動的機會，依著國家主義的目的，說明他與國語運動的密切關係，並表示我們國家主義者對於國語運動的態度。」〔註43〕而在近代中國，對「國家主義」的理解有時也具有某些模糊性，有時候也成為對普泛的國家民族意識的表述，例如梁啟超胞弟、詞學家梁啟勳就認為：「國家主義與個人主義，似對待而實相乘，蓋國家者實世界之個人而已。」〔註44〕陳獨秀則說：「吾人非崇拜國家主義，而作絕對之主張。」「吾國國情，國民猶在散沙時代，因時制宜，

〔註40〕 傅斯年：《白話文學與心理的改革》，《新潮》1919 年 5 月第 1 卷第 5 期。

〔註41〕 胡適：《建設的文學革命論》，胡適選編《中國新文學大系·建設理論集》，上海：上海良友圖書印刷公司，1935 年，第 128 頁。

〔註42〕 【英】埃里·凱杜里著、張明明譯：《民族主義》，北京：中央編譯出版社，2002年，第 61～62 頁。

〔註43〕 陳啟天：《國家主義與國語運動》，《申報》1926 年 1 月 3 日。

〔註44〕 梁啟勳：《個人主義與國家主義》，《大中華雜誌》1915 年 1 月第 1 卷第 1 期。

國家主義，實為吾人目前自救之良方。」「近世國家主義，乃民主的國家，非民奴的國家。」〔註45〕五四的思想啟蒙雖然一度對個人／國家的關係提出檢討和重構，誕生了如胡適《你莫忘記》一類號稱「只指望快快亡國」的激憤表達，表面上看去更像是對國家─民族價值的一種「反題」，但是在更為寬闊的視野下，重建個人的權力與自由本身就是現代民族國家制度構建的有機組成，我們也可以這樣認為，在五四時期更為宏大而深刻的文化建設中，個人意識的成長其實是開闢了一種寬闊而新異的國家─民族意識。劉納指出：「陳獨秀既將文學變革與民族命運相聯繫，又十分重視文學的『自身獨立存在之價值』，他的文學胸懷比前輩啟蒙者寬廣得多。」〔註46〕

　　1920中後期至1930後期是第三階段。伴隨著現代國家民族的現代發展，中國文學所傳達的國家─民族意識也在多個方向上延伸，不同的文學思潮在相互的辯駁中自我展示，三民主義、民族主義、國家主義、自由主義、左翼無產階級、無政府主義對國家、民族的文學表達各不相同，矛盾衝突，論爭不斷。其中，值得我們深究的現象十分豐富。三民主義、民族主義對國家、民族的重要性作出了最強勢的表達，看似不容置疑：「我們在革命以後，種種創造工作之中，要創造一種新文藝，要創造出中華民族的文藝，三民主義的文藝。因為文藝創造，是一切創造根本之根本，而為立國的基礎所在。」〔註47〕然而，國家─民族情懷一旦被納入到政治獨裁的道路上卻也是自我窄化的危險之舉，三民主義、民族主義文學的強勢在本質上是以國民黨的專制獨裁為依靠，以對其他文學追求特別是左翼文藝的打壓甚至清剿為指向的，在他們眼中，「民族文藝最大的敵人，是普羅毒物，與頹廢的殘骸，負有民族文化運動的人，當然向他們掃射。」〔註48〕這恣意「掃射」的底氣來自國家的政治權威，例如委員長的宣判：「要確定，總理三民主義為中國唯一的思想，再不好有第二個思想，來擾亂中國」〔註49〕。這種唯我獨尊的文學在本質上正如胡秋原當年所批評的那樣，是「法西斯蒂的文學（？），是特權者文化上的『前鋒』，是最醜陋的警犬，他巡邏思想上的異端，摧殘思想的自由，阻礙文藝之

〔註45〕陳獨秀：《今日之教育方針》，《青年雜誌》1915年1月15日第1卷第2號。

〔註46〕劉納：《嬗變》修訂版，北京：中國人民大學出版社，2010年，第19～20頁。

〔註47〕葉楚傖：《三民主義的文藝底創造》，《中央週報》1930年1月1日。

〔註48〕劉百川：《開張詞》，《民族文藝月刊》創刊號，1937年1月15日。

〔註49〕蔣介石：《中國建設之途徑》，《先總統蔣公全集》第1冊，臺北：中國文化大學出版社，1984年，第557頁。

自由創造」〔註50〕。國家主義在思維方式上與三民主義、民族主義如出一轍，只不過他們對國民黨的文藝政策尚有不滿，一度試圖獨樹旗幟，因而也曾受到政府的打壓；在文學史的長河中，國家主義最終缺少自己獨立的特色，不得不匯入官方主導的思潮之中。在這一時期，內涵豐富、最有挖掘價值的文學恰恰是深受官方壓迫的左翼無產階級文學、自由主義文學，甚至某些包含了無政府主義思想的文學。左翼文學因為其國際共產主義背景而被官方置於國—民族的對立面，受到的壓迫最多；自由主義、無政府主義因為對個人權力與自由的鼓吹也被官方意識形態視作危險的異端。但是，平心而論，在現代中國，共產主義、自由主義和無政府主義本身就是思想啟蒙的有機組成，而思想啟蒙的根源和指向卻又都是國家和民族的發展，因此，在這些個人與自由的號召的背後，依然是深切的國家—民族情懷，正如自由主義的領袖胡適所指出的那樣：「民國十四五年的遠東局勢又逼我們中國人不得不走上民族主義的路」，「十四年到十六年的國民革命的大勝利，不能不說是民族主義的旗幟的大成功」〔註51〕。換句話說，在自由主義等文學思潮的藝術表現中，存在著國際／民族、國家／個人的多重思想結構，它們構織了現代國家—民族意識的更豐富的景觀。

抗戰時期是第四階段。因為抗戰，現代中國的民族復興意識被大大地激發，文學在救亡的主題下完成了百年來最盪氣迴腸的國家—民族表述，不過，我們也應該看到，由於區域的分割，在國統區、解放區和淪陷區，國家—民族意識的表達出現了較大的差異。在國統區，較之於階級矛盾尖銳的 1920～1930年代，國家危亡、同仇敵愾的大勢強化了國家認同，民族意識更多地融合到國家觀念之中，「抗戰建國」成為文學的自然表達，不過，對國家的認同也還沒有消弭知識分子對專制權力的深層的警惕，即便是「戰國策派」這樣自覺的民族主題的表達者，也依然自覺不自覺地顯露著民族情懷與國家觀念的某些齟齬〔註52〕。在解放區，因為跳出了國民黨專制的意識形態束縛，則展開了對「民族形式」問題的全新的探索和建構，其精神遺產一直延續到當代中國，

〔註50〕 胡秋原：《阿狗文藝論》，《文化評論》1931 年 12 月 25 日創刊號，參見上海文藝出版社編輯《中國新文學大系 1927～1937 第 2 集文藝理論集 2》，上海：上海文藝出版社，1987 年，第 503 頁。

〔註51〕 胡適：《個人自由與社會進步》，《獨立評論》1935 年 5 月 12 日第 150 號。

〔註52〕 參見李怡：《國家觀念與民族情懷的齟齬——陳銓的文學追求及其歷史命運》，《文學評論》2018 年第 6 期。

成為了二十世紀下半葉中國國家—民族文學表達的重要內容。在淪陷區，文學的國家表達和民族表達曖昧而曲折，除了那些明顯「親日媚日」的漢奸文學外，淪陷區作家的思想複雜性也清晰可見，對中華民族的深層情懷依然留存，只不過已經與當前的「國家」認同分割開來，因為滿漢矛盾的歷史淵源，對自我族群的記憶追溯獲得鼓勵，卻也不能斷言這些族群的認同就真的演化成了中華民族的「敵人」。總之，戰爭以極端的方式拷問著每一個中國作家的靈魂，逼迫出他們精神深處的情感和思想，最後留給歷史一段段耐人尋味的表達。

抗戰勝利至新中國成立是第五階段。抗戰勝利，為國家民族的發展贏來了新的歷史機遇，如何重拾近代以後的國家—民族發展主題，每一個知識分子都在面對和思考。然而，歷經歷史的滄桑，所有的主題思考也都有了新的內容：例如，近代以來的民族復興追求同時還伴隨著一個同樣深厚的文藝復興或曰文化復興的思潮，兩者分分合合，協同發展，一般來說，在強調國家社會的整體發展之時，人們傾向以「民族復興」自命，在力圖突出某些思想文化的動態之時，則轉稱「文藝復興」，相對來說，文藝復興更屬於知識界關於國家民族思想文化發展的學術性思考。抗戰勝利以後，國家—民族話題開始從官方意識形態中掙脫出來，民族復興不再是民族主義的獨享的主張，它成為了各界參與的普遍話題，因為普遍的參與，所以意義和內涵也大大地拓展，不復是國民黨政治合法性的論證方式，左翼思想對國家—民族的表述產生了更大的影響，這個時候，作為知識界文化建設理想的「文藝復興」更加凸顯了自己的意義。這是歷史新階段的「復興」，包含了對大半個世紀以來的國家—民族問題的再思考、再認識，當然也包含著對知識分子文化的自我反省和自我認識。早在抗戰進行之時，李長之就開始了對五四新文化運動的反思，試圖從發揚本民族文化精神的角度再論文藝復興，掀起「新文化運動的第二期」，1944 年 8 月和1946 年 9 月，《迎中國的文藝復興》一書先後由重慶與上海的商務印書館推出「初版」，出版的日期彷彿就是對抗戰勝利的一種紀歷。新的民族文化的發展被描述為一種中西對話、文明互鑒的全新樣式：「近於中體西用，而又超過中體西用的一種運動」，「其超過之點即在我們是真發現中國文化之體了，在作徹底全盤地吸收西洋文化之中，終不忘掉自己！」〔註 53〕這樣的中外融通既不是陳腐守舊，又不是情緒性的激進，既不是政治民族主義的偏狹，又不等同於一般「西化」論者的膚淺，是對民族文化發展問題的新的歷史層面的剖解。

〔註 53〕李長之：《迎中國的文藝復興》，上海：上海商務印書館，1946 年，第 58 頁。

　　無獨有偶，也是在抗戰勝利前後，顧毓琇發表了多篇關於「中國的文藝復興」的文章，1948 年 6 月由中華書局結集為《中國的文藝復興》，被視作「戰後『復員』聲中討論中華民族復興問題的比較系統、全面的論著」〔註 54〕。在顧毓琇看來，文藝復興才是民族復興的前提，而「創造精神」則是文藝復興的根本：「中國的文藝復興乃是根據於時代的使命，因此不能不有創造的精神。中國的文藝復興，乃是根據於世界的需要，因此不能違背文化的潮流。以文化的交流培養民族的根源，我們必定會發揮創造的活力，貫徹時代的使命。」〔註 55〕1946 年初，誕生了以《文藝復興》命名的重要文學期刊，「勝利了，人醒了，事業有前途了。」〔註 56〕《文藝復興》的創刊詞用了一連串的「新」，以示自己創造歷史的強烈願望：「中國今日也面臨著一個『文藝復興』的時代。文藝當然也和別的東西一樣，必須有一個新的面貌，新的理想，新的立場，然後方才能夠有新的成就。」「抗戰勝利，我們的『文藝復興』開始了；洗蕩了過去的邪毒，創立著一個新的局勢。我們不僅要承繼了五四運動以來未完的工作，我們還應該更積極的努力於今後的文藝復興的使命；我們不僅為了寫作而寫作，我們還覺得應該配合著整個新的中國的動向，為民主，絕大多數的民眾而寫作。」〔註 57〕創造和新並不僅僅停留於理想，《文藝復興》在 1940 年代後期發表了一系列對個人／國家／民族歷史命運的探索之作：小說《寒夜》、《圍城》、《引力》、《虹橋》、《復仇》，戲劇《青春》、《山河怨》、《拋錨》、《風絮》，以及臧克家、穆旦、辛笛、陳敬容、唐湜、唐祈、袁可嘉等人的詩歌；求新也不僅僅屬於《文藝復興》期刊一家，放眼看去，展開全新的藝術實踐的不只有解放區的「大眾化」，1940 年代後期的中國文學都努力在許多方面煥然一新，中國現代作家的自我超越也大都在這個時期發生，巴金、茅盾、沈從文、李廣田……

　　此時此刻，思想深化進入到了一個新的歷史階段，一些基於國家、民族現狀的新的命題出現了，成為走向未來的歷史風向標，例如「民主」與「人民」，解放區的政治建設和文化建設是對這兩個概念的最好的詮釋。不過，值得注意

〔註 54〕《顧毓琇全集》編輯委員會：《顧毓琇全集・前言》，《顧毓琇全集》第 1 卷，
　　　　瀋陽：遼寧教育出版社，2000 年，第 3 頁。
〔註 55〕顧一樵：《中國的文藝復興》，原載《文藝（武昌）》1948 年 3 月 15 日第 6 卷
　　　　第 2 期。
〔註 56〕李健吾：《關於〈文藝復興〉》，《新文學史料》1982 年第 3 期。
〔註 57〕鄭振鐸：《發刊詞》，《文藝復興》1946 年 1 月 10 日創刊號。

的是，這兩大主題也不僅僅出現在解放區的語境中，它們同樣也成為了戰後中國的普遍關切和文學引領。前者被周揚、馮雪峰、胡風多番論述，後者被郭沫若、茅盾、艾青、田漢、阿壟、聞一多熱烈討論，也為穆旦、袁可嘉、朱光潛、沈從文、蕭乾深入辨析，現實思想訴求與藝術的結合從來還沒有在藝術哲學的深處作如此緊密的結合〔註58〕。「人民」則從我們對國家—民族的籠統關懷中凸顯出來，成為一個關乎族群命運卻又拒絕國民黨專制權力壓榨的強有力的概念，身在國統區的郭沫若與聞一多等都對此有過深刻的闡發。左翼戰士郭沫若是一如既往地表達了他對專制強權的不滿，是以「人民」激活他心中的「新中國」：「文藝從它濫觴的一天起本來就是人民的。」「社會有了治者與被治者的分化，文藝才被逐漸為上層所壟斷，廟堂文藝成為文藝的主流，人民的文藝便被萎縮了。」「一部文藝史也就是人民文藝與廟堂文藝的鬥爭史。」「今天是人民的世紀，人民是主人，處理政治事務的人只是人民的公僕。一切價值都要顛倒過來，凡是以前說上的都要說下，以前說大的都要說小，以前說高的都要說低。所以為少數人享受的歌功頌德的所謂文藝，應該封進土瓶裏把它埋進土窖裏去。」〔註59〕曾經身為「文化的國家主義者」的聞一多則可謂是經歷了痛苦的自我反省和蛻變。激於祖國陸沉的現實，聞一多早年大張「中華文化的國家主義」〔註60〕，但是在數十年的風雨如晦之後，他卻幡然警悟，在《大路週刊》創刊號上發表了《人民的世紀》，副標題就是：「今天只有『人民至上』才是正確的口號」。無疑，這是他針對早年「國家至上」口號的自我反駁。這樣的判斷無疑是擲地有聲的：「假如國家不能替人民謀一點利益，便失去了它的意義，老實說，國家有時候是特權階級用以鞏固並擴大他們的特權的機構。」「國家並不等於人民。」〔註61〕倡導「人民至上」，回歸「人民本位」，這是聞一多留在中國文壇的最後的、也是最強勁的聲音，是現代中國國家—民族意識走向思想深度的一次雄壯的傳響。

〔註58〕 參見王東東：《1940年代的詩歌與民主》，臺北：政治大學出版社，2016年。
〔註59〕 郭沫若：《人民的文藝》，1945年12月5日天津《大公報》。
〔註60〕 聞一多：《致梁實秋》（1925年3月），《聞一多全集》第12卷，武漢：湖北人民出版社，1993年，第214頁。
〔註61〕 聞一多：《人民的世紀》，原載於1945年5月昆明《大路週刊》創刊號，《聞一多全集》第2卷，武漢：湖北人民出版社，1993年，第407頁。

目

次

緒　　論⋯⋯⋯⋯⋯⋯⋯⋯⋯⋯⋯⋯⋯⋯⋯⋯⋯ 1

第一章　周氏兄弟文章觀的最初形態⋯⋯⋯⋯⋯ 9

　第一節　還原一場討論──近代學人論「文章」
　　　　　的起點（上）⋯⋯⋯⋯⋯⋯⋯⋯⋯⋯ 10

　　一、一節課和一個概念：《文心雕龍劄記》與
　　　　「文章」⋯⋯⋯⋯⋯⋯⋯⋯⋯⋯⋯⋯⋯ 12

　　二、「移人情」與文章框架的「翻轉」⋯⋯⋯ 19

　　三、遲來的回應：《文學總略》兩處「不必要」
　　　　的改動⋯⋯⋯⋯⋯⋯⋯⋯⋯⋯⋯⋯⋯⋯ 22

　第二節　還原一場討論──近代學人論「文章」
　　　　　的起點（下）⋯⋯⋯⋯⋯⋯⋯⋯⋯⋯ 31

　　一、近代「文章」的角力場：從《文章源始》
　　　　《論文學》到《摩羅詩力說》《論文章之
　　　　意義》⋯⋯⋯⋯⋯⋯⋯⋯⋯⋯⋯⋯⋯⋯ 31

　　二、「自文字至文章」：周氏兄弟的「接受」
　　　　與「克服」⋯⋯⋯⋯⋯⋯⋯⋯⋯⋯⋯⋯ 36

　第三節　文章觀的文體意識──以「散文詩」為
　　　　　中心⋯⋯⋯⋯⋯⋯⋯⋯⋯⋯⋯⋯⋯⋯ 41

　　一、別一種「散文詩」──以《小約翰》
　　　　《西山小品》為樣本⋯⋯⋯⋯⋯⋯⋯⋯⋯ 41

二、「散文詩」的問題意識 ……………… 47

三、從「散文詩」到「雜文」的路 ………… 53

四、餘音 ……………………………………… 56

第四節　作為方法的「東西甌脫間」——「域外
　　　　文章」及其眼光 ……………………… 58

一、一個有趣的認識現象——因何是
　　「古怪」？ ……………………………… 58

二、近世文明／文學認識裝置及「世界文學
　　空間」 ………………………………… 61

三、「否定性」的文明史觀——《人之歷史》
　　《文化偏至論》為核心 ………………… 65

四、所謂「甌脫」與「南北東西」——
　　「文野之見」的歷史承續 ……………… 68

五、作為方法的「東西甌脫間」——批判的
　　方法與「文章新生」的隱喻 …………… 71

第五節　「其名為風」與周作人的文章理念 …… 80

一、所謂「天籟」：什麼是文章之美？ …… 80

二、「齊物」的語言文字觀：「文辭之本」與
　　「相互之具」 ………………………… 86

三、「風」的話語策略：非政治的政治性 … 93

第二章　「復古」與「反復古」的文章經驗……… 101

第一節　形的復古：民初魯迅的「文學復古」和
　　　　「白話新文學」 …………………… 103

一、與新文學同步展開的金甲文視野 ……… 105

二、「《說文》之茷莠」和章太炎「古文
　　四種」 ………………………………… 111

三、「正篆」祛魅與漢字形體「通變」認知 ·· 114

四、從「著之竹帛」到「有聲的中國」 …… 115

第二節　聲的復古（上）：魯迅近體詩韻與
　　　　《成均圖》音理之關聯 …………… 120

一、奇特的韻腳：「古音」與「近體」的
　　混搭 ………………………………… 121

二、《成均圖》及其「韻轉理論」 ………… 124

三、韻與詩 ………………………………… 130

第三節　聲的復古（下）：「別造伽陀」與周作人
　　　　的「雜詩文」實驗…………………………133
　一、周作人的「舊詩」退化史……………134
　二、「別造伽陀」：六朝佛經翻譯與「雜詩」
　　　體式的自覺…………………………138
　三、「雜詩文」的思路延伸及限度…………143
附錄　青年魯迅的「音韻新知」與近體詩「通韻」
　　　別解——從《章太炎說文解字授課筆記》
　　　談起………………………………………147
　一、「說文」之前的「音韻課」………………149
　二、周樹人的詞條：「對轉」「旁轉」及
　　　「合韻」……………………………152

第三章　文章史的重敘…………………………157
第一節　魯迅《漢文學史綱要》名義重釋………157
　一、《綱要》及其特性…………………………160
　二、「漢文學」的脈絡…………………………164
　三、「漢文學」的淵源：「漢學に所謂文學」·171
　四、「漢文學」的邏輯：一個「國學」的
　　　反命題………………………………177
第二節　魏晉文與唐宋文的來回：1917～1927····185
　一、從「古代」的題名說起………………187
　二、被擠壓的「中古」：「文起八代之衰」····192
　三、《綱要》「文筆之辨」的敘說資源………199
　四、被擠出的「魏晉自覺論」……………205
第三節　《中國新文學的源流》：如何想像
　　　　「近代文」…………………………209
　一、「近代文」的概念生成………………210
　二、《源流》與1930年代北大國文系………215
　三、想像「近代文」的方式………………219

結語　作為一種視域的近現代文章觀…………223

參考文獻………………………………………231

後　記…………………………………………241

緒　論

一

「文章」這個詞，相對於壓倒性的「文學」（literature），已經很少出現在對於中國現當代文學的敘述中，不過，在新文學醞釀、發生的歷史節點上，「文章」確曾是一個被不同力量反覆借用、篩選、著力更新的高頻詞。而且，與套用日製新詞的「文學」相比，文章勉強可以對應十九世紀以來西方逐漸窄化的literature 一詞。早在 1866 年張德彝就在《航海述奇》中以「文章」指代過literature，雖未必產生多大影響，卻可以代表傳統文人初次遭遇「泰西」新概念時，比較「原初」的印象。

應該看到，從 1890 年王韜《西學原始考》開始頻繁使用「文學」，到 20 世紀初一系列文學史著相繼出版，至少在此之前，literature 的漢文指涉並未固定下來。一方面，1822 年馬禮遜所編《華英字典》中，literature 對應是「學文」〔註1〕，麥都思 1840 年代編著的《英華詞典》也是此種譯法〔註2〕，與之相似的還有「文筆」「文墨」等，「文學」偶而也出現在諸義項中。西方傳教士傾向於以著述、文獻概括 literature，這與詞典編纂者自身的知識結構有密切關係，馬禮遜等人從古典 literature 尤其是傳教士的身份出發（literature 在基督教中，範圍大致與經典文獻相當），必然首先指向「學文」「文墨」之類。

〔註 1〕〔英〕馬禮遜：《馬禮遜文集‧華英字典（影印版）》第 6 卷，大象出版社，2008 年 3 月，第 258 頁。原版在 1822 年出版，即 Robert Morrison. *A dictionary of the Chinese language, Part the third, English and Chinese*, Macao: The Honorable East India Company's Press, 1822.

〔註 2〕W. H. Medhurst. *English and Chinese Dictionary*, Shanghae: The Mission Press, 1848, p. 797.

　　由此反觀晚清張德彝的「文章」取徑，恰與之相映成趣，張是京師同文館培養的首批譯員之一，對「literature」的規範化譯語應不隔膜，不過，當他在異域真正接觸到現代西方戲劇等文類，在話語資源中檢索過後，並未依循西人字典、辭典中的譯詞通例，而是選用當時近代學人更熟悉、與十九世紀 literature 也更形似的「文章」。這一「自覺」或「頑固」，說明張德彝處理異域經驗的方式，仍是站在一個穩固、優越的「文章（詩文）」結構上，而與晚清近代諸多「文學」的言說相對。緣此，異質的 literature 也需先經過「文章（詞章）」這一程序的折射，才能「順利」進入國人的觀照範圍。中西譯者各從自家的經典體系出發，「學文（文學）」、literature 與「文章」之間的這種視域錯位，背後種種，既關涉到十九世紀西方 literature 概念的進一步窄化，也有來自中西不同語言文字、文學文體等固有藩籬的限定。

　　如果說，《航海述奇》將 literature 譯作文章，語境還相對單純，基於長久以來形成的漢文化優越感。那麼，時隔僅三十餘年，當周氏兄弟在日本全面體驗到 literature 等異域新潮，並自覺轉向中國文藝與文化更新時，「文學」一詞經日本重返，意義已經發生了明顯變動，與之相伴的諸概念之間關係更複雜，也更有分析的必要。與籌備《新生》雜誌幾乎同步，周氏兄弟 1907 年明確以「文章」替換「文學」這一時人通譯，在《讀書雜拾》等這一時期較早、也比較零散的論文中，援引西人著述時也一律將「文學史」改稱「文章史」，如「法人洛利氏著《文章通史》」「克洛頗特庚《俄國文章論》」等。〔註3〕這一「細節」到隨後發表於《河南》上的論文則體現得更清晰，以《論文章之意義暨其使命因及中國近時論文之失》（以下簡稱《論文章之意義》）《摩羅詩力說》二文為例，論者不惜傷筋動骨，一系列以「文學」為名的通行著作，如《文學史》《文學概論》《文學通論》等，通通被改譯為《文章史》《文章論》《文章通論》，且在引文部分也一一更正。因之出現了一組頗有意味的對立，被重新改寫的「文章」與實在無法更名的「中國近時論文」，後者如陶曾佑《中國文學之概觀》、金松岑《文學上之美術觀》、林傳甲《中國文學史》等，雙方對中國「文學」或「文章」應為何物的理解，對話和隔膜都異常鮮明。

　　重新回到 1908 年前後中國文學的歷史語境來看，這一時段也是周氏兄弟「文學觀念」破舊覓新的過渡期，此前對於文學只是「喜歡」，還屬個人趣

〔註3〕周作人：《讀書雜拾》，《周作人散文全集》第1卷，鍾叔河編訂，廣西師範大學出版社，2009年4月，第63、66頁。

味，文學實踐方面也主要受梁啟超「新文體」特別是「新小說」，以及林譯外國小說等國內新潮的帶動，尚未也無暇形成自身的文學觀。而當 1906 年魯迅從仙臺重返東京，經過質學、醫藥、學術等等「新路」的嘗試，關注點逐漸從物質轉入到個體精神層面，終而擇定「要弄文學了」〔註4〕。魯迅著手籌備獨立的文學雜誌《新生》，原因即在於「以為文藝是可以轉移性情，改造社會的」〔註5〕。雖在文學之用的出發點上，延續的仍是經世致用的底色，不過，其視域已擴展至十九世紀以來的世界文學、文化態勢，具體到對新的文藝或文學理論的建構上，也正在形成自己的思路，「比較既周，爰生自覺」，其間變動最集中體現在「文章」及「美術文章」的名下。受到魯迅影響，周作人的「文章」觀念也在這一時期棄舊更新，後來他在《書房一角》中回述做文章的「起點」問題，「我寫文章，始於光緒乙巳（1905 年），於今已有三十六年了。」〔註6〕主要包括翻譯、批評、隨筆（或稱讀書錄，即抄書體）三種，而 1905 年以前周作人所寫舊體詩文、所作八股策論，甚至是模擬新文體而成的幾篇「報章文字」，如《說生死》《論不宜以花子為女子之代名詞》等，統統都不在他所劃定的新的「文章」範圍內。需要注意的是，1905 年除了周作人反覆強調的翻譯作品，如《俠女奴》《玉蟲緣》外，緊隨其後 1906 年初就有了第一篇小說試作《孤兒記》，不過寫到後來「虛構」乏力，只能從雨果另一個短篇《窮漢克羅德》（Claude Geaux）中截取一段譯出，「孤兒的下半生遂成為 Claude」〔註7〕。此後，1913 年《周作人日記》載「抄舊作小說一首，題曰《黃昏》」〔註8〕，新文學後又有《真的瘋人日記》，與後期他更多注目尺牘、文抄等非虛構文章不同，事實上一直到新文學初期周作人所描述的「文章」都並未忽視小說創作，甚至小說最初正是這一文章理想的重心所在。

　　處在中西古今「文」「文學」「文章」「純文學」及 literature 諸概念紛繁交錯的角力場中，或許是經過一場深刻的反思與意見商討，周氏兄弟於 1908 年

〔註4〕魯迅：《自傳》，《魯迅全集》第 8 卷，人民文學出版社，2005 年 11 月，第 401 頁。
〔註5〕魯迅：《域外小說集序》，《魯迅全集》第 10 卷，人民文學出版社，2005 年 11 月，第 176 頁。
〔註6〕周作人：《〈書房一角〉原序》，《周作人散文全集》第 8 卷，鍾叔河編訂，廣西師範大學出版社，2009 年 4 月，第 392 頁。
〔註7〕周作人：《學校生活的一葉》，《周作人散文全集》第 2 卷，鍾叔河編訂，廣西師範大學出版社，2009 年 4 月，第 826 頁。
〔註8〕魯迅博物館藏：《周作人日記（影印本）》上冊，大象出版社，1996 年 12 月，第 439 頁。

前後集中發力，以「文章」為名對眾聲喧嘩的中國文苑施以「和平而不倚」〔註9〕的意見擇取，其重建的「文章」架構，一開始就有相對穩定的概念邊界，這具體表現在《論文章之意義暨其使命因及中國近時論文之失》與《摩羅詩力說》中。同時應該看到，近代以來，圍繞「美術」「文章」的討論較早發生於1906年前後的《國粹學報》上，劉師培等以《文章源始》為起始，把駢文提升為「文章」正體，既是對桐城古文提出的挑戰，也是面對西方 literature 也即純文學衝擊的自衛反應。這場關於中國「文章」的溯源與討論，前後持續一年有餘，後更進一步與章太炎形成對話，章、劉二人分別運用小學功底為「文」和「文章」畫界，觀點針鋒相對，或標舉駢文，或強調晚周魏晉，但無論文體意識還是文學視域，回返的主要還是本土文脈的既有經驗。與此相比，1908年前後周氏兄弟所論「中國文章」「希臘新文章」等，其藉以更新中國藝文的理論架構，包括論說十九世紀後期世界「大文」的當下視域，並非單向度的歐化、歸化「框架」所能解釋。換言之，周氏兄弟在文化、思想價值上「別立新宗」的複雜性，集中表現在這一時期「文章」概念的重新打造上。此後，二人相繼下場為文學革命吶喊，事實上也成為新文學陣營推選出的創作和理論重鎮，而實際上，二周對於時人通用、已成正格的「文學」卻多有迴避，更常使用「文章」指涉自己、他人創作，也包括古代、異域的作品，其創作實踐與文學理念仍可上溯到留日時期形成的「新文章」質素。

隨著近現代「純文學」觀念的確立，傳統文脈中諸多「非文學」的成分（包括舊體詩詞，述學、應用之文，如論說、尺牘、日記等）被從文苑清除，或至少置身「雜」的邊緣地帶，新文學同時也構建起秩序井然的四體劃分（小說、詩歌、戲劇、散文）。然而，理論上的通盤預定，並不代表實際創作中也能另起爐灶，起步階段被斷然割捨的上述「非文學」文體，被否定的「非現代」語言文字（與白話、歐化對應的文言），尤其是不大合乎四體劃分的「文章變體」（集中表現為文體滲透的寫作形式），如魯迅「每寫些小說模樣的文章」〔註10〕，作雜文而有小說氣，周作人聲明「我讀小說大抵是當作文章去看」〔註11〕，以

〔註9〕 獨應（周作人）：《論文章之意義暨其使命因及中國近時論文之失（上）》，1908年5月《河南》第4期。

〔註10〕 魯迅：《〈吶喊〉自序》，《魯迅全集》第1卷，人民文學出版社，2005年11月，第441頁。

〔註11〕 周作人：《明治文學之追憶》，《周作人散文全集》第9卷，鍾叔河編訂，廣西師範大學出版社，2009年4月，第382頁。

及廢名所自述的用唐人寫絕句的方法寫小說，與聶紺弩的援雜文入詩等，在在都以創作事實的密集呈現，侵入文學的領域，顛覆此前「純」與「雜」的理論預設。

此前，站在傳統「文脈」的角度反思純文學的侷限，已較充分。同時需要注意的是，從「文」入手，雖然皆能倒推有源，卻仍顯零散與隔膜，原因可能在於，相關論說基於一個假設的前提：作為傳統與歐化兩套「合法」的資源，「文」與「純文學」介入現當代文學實踐的方式，仍然是二馬並馭、各行其道的狀態。事實上，這一思路既與事實隔膜，本身也難以回應現當代文學複雜、多樣的創作態勢。即以對魯迅小說、雜文的闡釋為例，談及小說創作時，主要是在「文學概論」的座標內打量，以肯定其文學性與創造力，而涉及雜文寫作，又需及時切換到傳統「文」的立場，改用另一套話語申訴創作的合理性，似乎不如此，雜文的身份便要曖昧難言。與雜文這一「非文學」的寫作形式相似，還有周作人提供的更加難以言說的文抄體，諸如此類的「邊緣」寫作在周氏兄弟文學生命中水到渠成，卻也是現代文學長期以來的一個爭議所在，研究者一時找不到貼切對待的話語，或出於純文學的標準簡單否定，或在傳統文脈上按圖索驥，實際都未能盡如人意。

二

現在我們談到「文章」，更多還是把它限定在古代文學的框架內，大致與「古典散文」等同，當「文章」被納入到現代文學的研究視野，作為一截「進化」的中間物被「文學」或「文」照亮，其形象也始終定格在「散文」的裂變。此外還有「應用文章」或「文章做法」，實指的大多是已不被文苑承認的應用文類，或日常文字寫作，如謝无量 1918 年《應用文章義法》指散體古文為應用文章，同期《新青年》上劉半農、錢玄同等圍繞「應用文章」展開討論，到1930 年代隨著新文學鞏固起權威性，葉聖陶等編寫的《文章例話》《文章做法》等被視作中學教育國語作文的模範。經此改寫，文章寫作進一步與現代文學創作有了「質」的分別。上述種種，無論將「文章」縮小到特指散文、應用文，或單純把它視作一種前現代的、用以拼貼與補助新文學的既有遺產，兩種用法基本可以涵蓋現在所謂的「文章」範圍，卻在某些關節上存在「缺失」，未能關注到「文章」本身可能擁有的更大能量。譬如，對「文章」一詞的淵源和特質缺少追問，沿用的還是明清以來被時文（如《文章軌範》）、古文（如《古文

辭類纂》）選本所層層篩選過的「文章」範圍（正是在這一路徑上，文章窄化為一種文體，與新文學的散文，甚至應用文類，建立了直接關聯），對近代「文章」與「文學」在競爭過程中的自我更新少有脈絡梳理，對於它在後新文學時期的在場和在場的方式，及其與當代「漢語書寫」之間的糾纏與分野，相關研究都比較薄弱，或至少言說未明。

如前所述，晚清近代「文學」尚未定名，並非唯一的選擇，以「文章」為名收拾國粹、更新文脈，也是可選的思路之一。從劉師培、章太炎到周氏兄弟，乃至胡適、廢名等等，近現代學人對於「文學」雖多有隔膜，對「文章」卻表現出持續的關注與探討的熱情，所以要在這條變化的脈絡上，集中探討周氏兄弟的文章觀，除了二人確曾有意使用「文章」翻譯「literature」這一事實外，還基於三方面的考慮。其一，魯迅與周作人歷來被推重為新文學寫作的扛鼎之人，尤其在更多延續著中國傳統文章脈絡的散文寫作上，不僅舊學深厚，且頗多變體、創格的書寫形式，譬如「散文詩」「雜詩」「雜文」等，既有舊的或是某一來自西洋的品種差可對應，又非他者所能完整解釋，而雜用古今兩種文學視角參照闡發，則顯得零散，未能知其所以然。實際上，這種跨文體寫作和逸出「現代」軌範的自信，還應回到周氏兄弟自身對漢語寫作的根本觀念和自覺實踐上考察，進一步挖掘 1908 年前後具有「起點」意義的文章觀，或可觸及二人在現代文學作家中的獨特淵源。其二，「文章」之於周氏兄弟，也是一個自覺建構、可與摩登文學觀相對的概念，且愈到後期，文章話語愈發表現出它的創造力和生機。因此，從晚清「新文章」這一起點入手，也許能更貼切地闡發此後一系列文體概念，諸如美文、雜文、散文詩、文抄體等等；其三，比較周氏兄弟的意義還在於，二周從幾乎同源的文章基點出發，後來又分別走向不同的方向，同中之異也很明顯。如果說，上述兩點主要還是重在考察「文章觀」與同時代人的不同，為現代文學研究提供另一條參考路徑，第三點則聚焦周氏兄弟之間，二周源流極為相近，各自的獨特性也只有在全面比照中才能發現完全，而且，從「起點」處分析「文章」的同源異流，及異流背後的匯通，包括追問文章與思想之間的密切關聯，也有不可替代的價值。

由此出發，本書嘗試回應以下兩個問題。首先，新文學之後通行的「文章」，是一個被窄化的概念，主要指應用文類或日常作文，與文法、修辭、國語教育等語言文字的應用密切相關。一方面，是受到日本一系列修辭學著作如《文章講話》的影響，另一方面，也有明清以來古文和八股文選本等「文章做

法」的記憶。在這一「文章」概念的遮蔽下，以周氏兄弟為代表的「文章」敘述，之於文學創作的密切關係，往往被忽略或誤讀。這裡將首先釐清文章和語言文字、文章和散文、文章和時文的差異，在晚清近代的歷史場景下，以「文章」拎出一條中國近現代文學轉換的思路；其次，在既往的認識中，周氏兄弟後期不斷以寫作挑戰文學概論式的創作形式，由「純」入「雜」的轉換路徑，在當時及以後都面臨「創作力」衰竭的質疑。之所以得出這樣的結論，在於論者主要從外在於二人的「純文學」或「雜文學」標準出發，雖意見褒貶不一，實際上都未充分發掘周氏兄弟自身文章寫作的獨特性。研究試圖回到「文章」這一脈絡的起點，回應後來的「轉向」是否真正發生，又或者在何種程度上發生的問題。

需要強調的是，「文章」在近現代中國本身就含義複雜，對周氏兄弟所論「文章」更需要細緻釐清，如果簡單以通用「文章」或「文」套現，分析起來難免會隔靴搔癢，至少無法抵達二人文章寫作的實質。譬如，上述論文在具體論說中，「文章」往往又可以置換為「古文」「散文」「雜文學」甚至「修辭」「作文」等等，不同形質的概念之間相互混雜，以此論彼，「文章」視角的分析也就失去了自身的意義。有鑒於留日時期魯迅、周作人確曾計劃以「文章」為名倡導文學革新，多篇論文著意圍繞「文章」有了相對成形的架構，那麼，以《論文章之意義》《摩羅詩力說》等文本細讀為中心，結合同時期可能產生過影響的中日「近時論文」語境，並參之以其他資料，如同期著譯與後期回憶文字佐證，初步勾勒出 1908 年「文章」一詞被賦予的新內涵，在此基礎上，才能進入下一步對周氏兄弟文章觀的論述。可以說，從「文章」入手對周氏兄弟的作品與精神展開深入探問，還有進一步可闡發的空間。

這裡「文章觀」包含的內容較為廣泛，不僅指向作家本身對文章性質、功能、框架的理解與建構，也包括「文章」與同時代「純文學」「文」等概念構成的彼此衝撞同時也互相滲透的關係網格，在此脈絡上，時間層面還涉及如何處理本國古典與近現代西方兩條脈絡的關聯問題。目前有關「文章」的敘述相對薄弱，究其實質，還是站在「文學」或「文」的既得視角上，俯瞰與此相關的「文章」局部，忽視了近現代中國文學經歷大變局及以後，與之平行的「文章」作為一個主體本身的營造與發展。實際上，正是在「文學」壓倒性的公共話語場中，周氏兄弟的「文章」敘述愈發體現出其獨特性與整體性，對其內涵做出重新釐定，本身就是新、舊文學「更替史」的一部分，在這中間發生的種

種新變與遺留，也都參與決定了現代文學這條地上河的流向和流量。

筆者認為，支撐周氏兄弟「文章」寫作的觀念或理論，最初是在異域的日本形成，這一特定的時空背景及其擁有的最「古」（章太炎的文字復古和文學論說）且最「新」（十九世紀以來世界文學的閱讀視野）的話語資源背景不容忽視，之間的張力和新的創生，應有更詳盡分析。而且，以《論文章之意義》與《摩羅詩力說》為代表的兩組論文，雖同源甚至有可能存在互相修改，周氏兄弟這一時期表現出來的分別也值得注意。實際上，只有將周氏兄弟的「文章」觀念落實在晚清、日本的文論話語場，才能從「起點」處為後來的文學寫作和變體一一探源、賦形。緣此，本書擬對周氏兄弟的文章敘述做一番整體探察，通過追問晚清文學進化中被忽略的「文章」一環，聚焦周氏兄弟留日時期提煉出的這一概念，分析其由來路徑，及其在日後新文學創作和理論中的影響或實存，並在此基礎上比較二周異同，回答此前研究有所忽略或闡釋未足的地方。與此同時，視野延及當下諸文類創作，試從「文章」視角補充此前「純文學」「雜文學」包括「文」所未能夠充分解釋的創作現象。

第一章　周氏兄弟文章觀的最初形態

　　本章主要分析「新生」時期周氏兄弟「文章觀」生成的初步形態。在清末古今中外文學、文化的整體視野下，二周「新文章」觀念表現出有別於同時代人的獨特面向，其獨特性不僅僅在於二周文學視野上的博覽旁收，譬如及時閱讀、吸納十九世紀末歐美、日本最新潮的作品、文論，更在於能在充分佔有傳統與域外資源的前提下，在細部論說、著譯實踐和理論架構之間保持一種張力和互動。

　　1908 年前後由《新生》甲、乙兩編共同搭建的新文章觀念，具體涉及文體意識、文明眼光、語言文字三個方面。二周最初對文章理論性的設計，主要表現在《新生》甲編，即河南時期的論文，以周作人《論文章之意義暨其使命因及中國近時論文之失》為主體，結合魯迅留日時期對《小約翰》文體的獨特興趣及日後闡述，主要解決的是文章觀的具體框架設計問題。周氏兄弟所重建的「文章」架構一開始就有相對穩定的概念邊界，其中「散文詩」是新文章理論框架的關鍵所在。與此相應，《新生》乙編即兩冊《域外小說集》，與魯迅《文化偏至論》一起，處理的是面對近現代西方文學的取捨方式，或眼光問題，同時這也直接折射出二周本身對中國新文學的想像方式。可以認為，支撐周氏兄弟「文章」寫作的觀念或理論，最初是在異域日本形成，這一特定的時空背景及其擁有的最「古」（章太炎的文字復古及文學論說）且最「新」（十九世紀以降世界文學的閱讀視野）的話語資源背景不容忽視。

　　應該看到，從留日時期汲取章太炎、劉師培以及日人「文章」語境，論說「中國新文章」，到經過「文學革命」的洗禮，「文章」看似在文學的擠壓下潛入隱層。而實際上，作為一種被創生的資源，「文章」始終是周氏兄弟與文學

拉開一定距離，用來論說自家與他人創作，包括古代、異域文人作品的重要話語，這些都可以從留日時期二周的「文章」敘述中找到根柢和出發點。

第一節　還原一場討論——近代學人論「文章」的　起點（上）

> 魯迅聽講，極少發言，只有一次，因為章先生問及文學的定義如何，魯迅答道：「文學和學說不同，學說所以啟人思，文學所以增人感。」先生聽了說：這樣分法雖較勝於前人，然仍有不當。郭璞的《江賦》，木華的《海賦》，何嘗能動人哀樂呢。魯迅默然不服，退而和我說：先生詮釋文學，範圍過於寬泛，把有句讀的和無句讀的悉數歸入文學，其實，文字與文學固當有分別的，《江賦》、《海賦》之類，辭雖奧博，而其文學價值就很難說。〔註1〕

每當需要闡釋魯迅、章太炎文學觀念的不同，上述這一段話經常被引用。不過，這裡需要特別留意許壽裳「轉述」中出現的「文學」一詞。事實上，如果結合章太炎、二周當時的語詞習慣，尤其是他們對於「文」「文章」「文學」等概念的嚴格界定來看，這一回憶雖大致不差，但其中牽涉到的關鍵細節還有必要再作辨析。事實上，只有確認這場師弟討論真正的角力場，才有可能進一步觸及所謂的分歧，同時這也直接影響到後文我們對周氏兄弟文章觀的再定位。

近代受西學新潮的衝擊，一般學者都傾向直接承用日譯新語，以王國維、梁啟超等為代表，「文學」一詞即是在這一歷史背景下被引入，並通用至今。不過，具體到章太炎以及受到他影響的周氏兄弟，他們面對「新學語」卻表現出相當程度上的審慎或「潔癖」，有時甚至寧願自鑄新詞，以避免名實不符帶來的概念混亂。首先是章太炎，他對「文學」的理解有一個變化的階段。1902年《文學說例》一文較早套用了來自西方的文論資源，其中「文學」一詞也是襲用日譯，直接對應 literature，如「希臘文學，自然發達……徵之禹域，秩序亦同」「其（指語錄、演說等）與文學殊途，而工拙異趣」等等，尚未表現出對於「外來詞」與「本土概念」之間錯位的敏銳感受。不過，章太炎很快就放棄了這一用法，到1906年《國學講習會略說》（後文簡稱《略說》）收錄三篇演講《論語言文字之學》《論文學》《論諸子學》，「語言文字（學）—文（學）

〔註1〕許壽裳：《亡友魯迅印象記》，峨眉出版社，1947年10月，第30～31頁。

—諸子（學）次序謹嚴〔註2〕，這裡「學」明確是針對前面的對象而言，若單獨拈出「文學」一項，應解作「（關於）『文』的學問」，即太炎所說「論『文』之法式」〔註3〕，而非「文」之外還有一物曰「文學」。至於周氏兄弟，同期受章太炎「正名」思路的影響，力求名實相符，以1907年前後著眼更新文藝為開端，均有意迴避當時作為新學語的「文學」一詞，而改用「文章」。

　　1908年夏為能「瞭解故訓，以期用字妥帖」〔註4〕，二周始隨章太炎聽講《說文》，到次年春夏間因許壽裳、魯迅先後歸國中止。前文已述，章太炎、魯迅當時都不太可能使用「文學」一詞指代詩文或literature，事實上，許壽裳的表述過於「清晰」「流暢」，應是順應後來通行的「文學」（literature）用法，下意識對討論過程當中可能出現的「凹凸」信息做了「平面化」的處理。實際上，如果師生之間的確發生過這樣一次討論，吸引雙方真正關注且多有纏繞的概念也應該是「文章」，而非「文學」。所以說到「如果」，是因為後來研究者對這段回憶的真實性提出疑問，理由是，章太炎早在兩年前（1906年）《論文學》《文學論略》中，已明確提到「或言學說、文辭所以異者，學說在開人之思想，文辭在動人之感情」，他正是在反駁過這一觀點之後，拋出了自己的著名論斷：「文之為名，包舉一切著於竹帛者而言之。故有成句讀之文，有不成句讀之文。」考慮到當時二周與章太炎尚未結識，「或言」一說針對魯迅在時間上明顯不可能。謝櫻寧《是魯迅在與章太炎辯論文學的定義麼——〈文學總略〉異文錄》即持此種看法，進而質疑這場討論發生的可能性，認為「恐怕許壽裳的記憶有誤，甚至於張冠李戴了」〔註5〕。此後，木山英雄「文學復古」與「文學革命」嘗試處理這一問題，提示早在1907年初二周合譯《紅星佚史》一書的序言中，已經「使用了與《文學論略》中所引完全相同的用語強調了『學說』與『文辭』的不同」〔註6〕，即「學以益智，文以移情，能移人情，

〔註2〕同一結構也呈現在當時國學班授課，及1910年《國故論衡》。
〔註3〕章炳麟（章太炎）：《論文學》，《國學講習會略說》，東京秀光社，1906年9月，第33頁。
〔註4〕錢玄同：《我對於周豫才君之追憶與略評》，1936年10月30日《師大月刊》第30期。
〔註5〕謝櫻寧：《章太炎年譜摭遺》，中國社會科學出版社，1987年12月，第35頁。
〔註6〕〔日〕木山英雄：《文學復古與文學革命——木山英雄中國現代文學思想論集》，趙京華編譯，北京大學出版社，2004年9月，第223～224頁。不過，木山又據此判定「《文學論略》的這一批判以章和周氏兄弟平常的執論為基礎的可能性非常之大」，時間明顯不合。

文責以盡，他有所益，客而已」一句，直接將「移人情／增人感」視作文章使命，亦即《摩羅詩力說》所稱「文章之職與用」。也就是說，早在 1908 年民報社問學之前，二周與太炎的文論話語之間已構成隱然相對的態勢，其後發生課上辯難並非沒有可能。此外，陳雪虎《「文」的再認：章太炎文論初探》、牟利鋒《文化突圍與文類重構——魯迅後期雜文的生成（1927～1936）》等多直接引用許壽裳這段回憶，在此基礎上比較魯迅與章太炎文學觀的差異。

需要注意的是，1947 年許壽裳《亡友魯迅印象記》一書面世時，昔日同學中周作人、錢家治均在世，特別是周作人對於「魯迅故事」多有匡謬，卻從未在這一問題上提出異議。並且，許壽裳只是陳述討論內容，自始至終都未提到這是《文學論略》「或言」的出處，或其就是指向魯迅云云。在「或言」與「討論」之間建立指向關係，是後來研究者基於兩段話語的相似性得出的一個想當然預設。換言之，許壽裳回應的真實性與「或言」一說是否指向魯迅，是兩個完全不同的問題，時間線上的矛盾只能說明「指向關係」的虛設，至於「課上討論是否發生」則屬別一問題，不應混為一談。應該看到，強調學說與文學不同，或直接復述英國文學批評家德·昆西（De Quincey）「知的文學」與「情的文學」之分野，本身就是當時日本學界及近代中國學人接受、模擬近代歐洲認知範型，藉此謀求本土 literature 自律性的一個毋庸置疑的「前提」，太炎的批評並非一定要有明確指向。並且，為提出自家論點，而預先假設一個辯駁對象，甚而將對方的觀點推演到極致，這也是傳統「作論」常見的修辭。其實還存在另一種可能，《論文學》《文學論略》等文本中重複出現的這一批評話語，借助章太炎的影響力幾成「經典」，卻無法真正說服當時選擇以「取今復古」這一獨特方式面向西方 literature 概念敞開的周氏兄弟，甚至可能會給後者的文章觀造成一定程度上的擠壓，魯迅後來在課上重提舊說，正是期望藉此機會與太炎之間展開一場正面交流。

一、一節課和一個概念：《文心雕龍劄記》與「文章」

作為魯迅多年摯友，許壽裳的回憶材料一直保有相當的可信性，具體到這場課上討論，尤其後半段「退而和我說」一部分，為我們提供了魯迅面對章太炎「無句讀文」給出的最直接反饋。不過，考慮到年代相隔久遠，轉述者的措辭甚至句式有可能隨周邊文獻、概念衍變等發生或多或少的「變形」，但在根本的方向性上出入不大，這就需要後來的研究做適當剝離，以分辨最初體貌。換言之，在正式進入內容辨析之前，首先需要落實這場討論的歷史細節，具體

從許壽裳提供的這段回憶入手，結合太炎東京講學期間的相關材料佐證，追問這場討論在多大程度上可能發生，及發生當時的具體語境如何。〔註7〕

　　1908年3月章太炎開始在大成中學設班，按既定順序「先講小學，繼文學」〔註8〕，前往聽講者眾多，包括錢玄同、龔未生、朱希祖、朱蓬仙等。至同年夏，大成中學的《說文》課尚未講完，又經魯迅、許壽裳提議，龔未生居中聯絡，周作人與錢家治參與，章太炎在民報社增設一小班，1908年7月16日重新從小學講起，錢玄同、朱希祖等四人也一併轉來聽課。同年10月下旬《民報》遭遇「禁止發刊」，太炎力爭上訴，同期也在斷續授課〔註9〕。次年（1909年）3月終於授完「小學」，3月11日開講「文學」，內容以闡發《文心雕龍》為主，可稱《文心》課。關於這門《文心》課，留存下來的資料不多，上海圖書館現藏兩份當時的授課筆記，收入黃霖編著《文心雕龍匯評》一書附錄，現合稱《文心雕龍劄記》兩種。〔註10〕兩份筆記內容相仿、詳略互參，大致可以呈現一個相對完整的《文心》課講授情況。〔註11〕其中，第一份筆記正

〔註7〕 關於小班《說文》課的起止情況，參考董婧宸：《章太炎〈說文解字〉授課筆記史料新考》，《北京師範大學學報（社會科學版）》，2017年第1期；侯桂新：《章太炎東京講學史實補正》，《魯迅研究月刊》，2016年第1期。

〔註8〕 錢玄同：《錢玄同日記（整理本）》上冊，楊天石主編，北京大學出版社，2014年8月，第124頁。「先講小學，繼文學」是太炎一貫的講授順序，不僅1906年《國學講習會略說》、1910年《國故論衡》沿此順序安排，民初章太炎北上開設國學講習所仍以此為序，「講學次序，星期一至三講文科的小學，星期四講文科的文學，星期五講史科，星期六上講玄科」。參見顧頡剛：《古史辨第一冊自序》，《顧頡剛全集》第1卷，中華書局，2010年12月，第20頁。

〔註9〕 9月上旬，因各人學校開學，課程一度中輟。不久後繼續授課，查《錢玄同日記》，截止1908年11月1日，已經講到《說文》卷十的兔部。

〔註10〕 參見《章太炎講授〈文心雕龍〉紀錄稿兩種（整理稿）》，黃霖編著：《文心雕龍匯評》，上海古籍出版社，2005年6月，第167～176頁。第一份講義題名「文心雕龍劄記」，第二份講義內封無題字，黃霖編著《文心雕龍匯評》誤將「文學定誼詮國學講習會略說」這一小標題作為整篇講義的題名。

〔註11〕 第一份筆記題作「文心雕龍劄記」，正文前有部分內容，相當於「前言」。正文共八篇，封面署「籛棘汵記文心雕龍劄記 槁本」，注有「藍本五人 錢東潛 朱逖先 朱蓬仙 沈兼士 張卓身」。其中籛棘汵（錢東錢）即錢玄同，查《錢玄同日記》1909年3月22日「借逖先、未生、卓身、兼士及余自己五本《文心雕龍》劄記，草錄一通」，應指這份筆記；第二份篇幅稍長，無標題，共十八篇，《原道第一》題下又有「文學定誼詮國學講習會略說」一行數語，相當於第一份的前言部分。參見董婧宸：《章太炎〈說文解字〉授課筆記史料新考》，《北京師範大學學報（社會科學版）》，2017年第1期；童嶺：《上海圖書館藏〈章太炎先生文心雕龍講錄兩種〉簡述》，《古代文學理論研究》，2005年第23輯。

文前有一則相當於「前言」的總論，這在後一份筆記中被簡化，併入《原道第一》的開篇，不過又附一小標題「文學定誼詮國學講習會略說」，指明這一節內容當與 1906 年《國學講習會略說》中的《論文學》一篇互詮。如前所述，《略說》是太炎東渡後「講演國學」的初步成果，1906 年 9 月一經印出即借《民報》與章太炎的雙重影響行銷甚廣〔註12〕，當時身在東京的二周自然也在籠罩之中。二周這方面的資料已不可查，不過據《錢玄同日記》，1906 年 9 月 19 日「購《民報》與《國學講習會略說》等」〔註13〕，推知《略說》很可能隨《民報》一同發賣，錢玄同幾乎在出版後馬上購得，一定程度上也可以說明對太炎同樣抱以密切關注的周氏兄弟的反應。實際上，《略說》包括其中的《論文學》構成當時投入章門聽講的青年學子課前必要的知識儲備。並且很明顯，當 1909 年小班課開講《文心雕龍》，章太炎仍然以簡短的開場重申了《論文學》的主體意見，此即以「文學定誼」提問諸生的用意。

　　值得注意的是，第二份筆記最後附有一張進度表，顯示當時《文心》課的講授進度，自 3 月 11 日開始至 4 月 8 日結束，每週四上午授課，前後共用五周講完〔註14〕。許壽裳《紀念先師章太炎先生》一文回憶他在 1909 年「三月，便因事告歸」〔註15〕，《亡友魯迅印象記》亦提到「我四月間歸國就職」〔註16〕，似乎當時完整聽下來的只有《說文》。但許壽裳所說是陰曆，錢玄同等人的筆記卻按陽曆，兼之 1909 年陰曆還有一個閏二月，兩種算法之間存在不小出入。若將《文心》課的起止時間換算成陰曆，為二月二十日到閏二月十八日，許壽裳與魯迅尚未回國，時間上完全有「繼續聽講」的餘裕。〔註17〕事

關於這兩份講義的具體內容，參見黃霖編著：《文心雕龍匯評》，上海古籍出版社，2005 年 6 月。

〔註12〕當時在《民報》第 7、8 期接續登出《國學講習會序》《國學振起社廣告》等，預告太炎講學及講義發行事，「且將編為講義，月出一冊」。參見國學講習會發起人：《國學講習會序》，1906 年 9 月 5 日《民報》第 7 期。

〔註13〕錢玄同：《錢玄同日記（整理本）》上冊，楊天石主編，北京大學出版社，2014 年 8 月，第 58 頁。

〔註14〕課程進度與《錢玄同日記》所記大致匹配。

〔註15〕許壽裳：《紀念先師章太炎先生》，《許壽裳文集（下卷）》，百家出版社，2003 年 5 月，第 530 頁。

〔註16〕許壽裳：《亡友魯迅印象記》，峨眉出版社，1947 年 10 月，第 36 頁。

〔註17〕結合許壽裳回憶與魯迅博物館、魯迅研究室編《魯迅年譜（第一卷）》，同時參考林辰《魯迅歸國的年代問題》等，基本可以認為魯迅的歸國時間在 1909 年 8 月。

實上，直到 1909 年春夏師弟間仍然保持著密切聯繫，如當年 5 月前後太炎寫信邀請二周一起學梵文，開篇即言「數日未晤」。〔註 18〕

尤其是，1909 年 3 月 4 日最後一節《說文》課「遭遇變故」〔註 19〕，章太炎因未繳民報社的罰金而被日本警局拘留，許壽裳還曾與魯迅一起商議，後挪用自己經手的一筆印書費用代繳，太炎得以當天獲釋〔註 20〕。其後未見有《說文》補課記錄〔註 21〕，第二周緊接著開講《文心雕龍》。那麼於情於理，許壽裳與二周至少也應該一同聽過章太炎「獲釋」後的第一堂課，即 3 月 11 日的「文學定誼」。所謂「文學定誼」相當於《文心》課的內容介紹或開場白。按照章太炎的體系設計，「文」包括一切著之竹帛者，分文字（不成句讀文）與文章（成句讀文，也稱文辭）兩類。「文學」即「論文之法式」，參考太炎弟子朱希祖《文學論》一文「言文體，即所謂式……言做法，即所謂法」〔註 22〕，可知「法」「式」二項相當於文體研究（文體論）、文章做法（創作論），則太炎所論「文學」屬於「文章學」的範圍。至於所謂「定誼」即「定義」〔註 23〕，「文學定誼」也就是要釐定「文學」這門學問的研究對象——「文」——之內涵與外延。同時需要留意，課程既以講授《文心雕龍》為主，討論範圍主要涉及詩、賦、雜文、書記等成句讀的文章一類，那麼根據具體授課場景，參照《國學講習會略說·論文學》等理論文本，可推知章太炎課上所問，實際上是「文學」這一門學問的研究對象——「文章」——定誼如何。這一嚴格區分「文學」與「文章」，務求名實相副的態度在很大程度上也影響了魯迅，直到新文學後 1927 年魯迅仍然在一次演講中提醒大家注意概念的混淆，指出時人「往往分不清文學和文章」，申明「研究文章的歷史或理論的，是文學家，是學者；做做詩，或戲曲小說的，是做文章的人，就是古時候所謂

〔註 18〕 章太炎：《與周豫才、周作人》，馬勇整理：《章太炎全集·書信集（上）》，上海人民出版社，2017 年 4 月，第 356 頁。

〔註 19〕 查《錢玄同日記》，1909 年 3 月 3 日「晚間有警察來炎處促其去」，次日課程臨時調動，「禮拜日之《說文》班，本應移今日，以昨晚事，今日報講」。參見《錢玄同日記（整理本）》上冊，楊天石主編，北京大學出版社，2014 年 8 月，第 148 頁。

〔註 20〕 《〈民報〉關係雜纂》甲秘第一〇四號《關於章炳麟之釋放》。轉引自李潤蒼：《章太炎等反對日本政府封禁〈民報〉的鬥爭》，《歷史檔案》，1983 年第 4 期。

〔註 21〕 研究者推斷最後一節《說文》應該為複習課，參見侯桂新：《章太炎東京講學史實補正》，《魯迅研究月刊》，2016 年第 1 期。

〔註 22〕 朱希祖：《文學論》，1919 年 1 月《北京大學月刊》第 1 卷第 1 號。

〔註 23〕 段玉裁《說文解字注》「誼、義古今字。周時作誼，漢時作義，皆仁義字也。」

文人，此刻所謂創作家。」〔註24〕這裡顯然是以「文學」為「文章之學」，與章太炎相通。

　　關於太炎所問「文章」的定詁如何，也是此前周氏兄弟嘗試解決的首要問題。周作人1907年發表於《河南》的《論文章之意義暨其使命因及中國近時論文之失》（下文簡稱《論文章之意義》）一文已經嘗試給出自己的答案。這裡有必要交代一下「意義」二字所指，《論文章之意義》在主體結構上大量參考了美人韓德（Hunt）《文學概論》（Literature: Its Principle and Problems）第二、第十二章，即 A Definition of Literature、The Mission of Literature。這裡「意義」即 definition 的譯語，與我們現在所理解的「作用、價值」有別，更接近「文學定詁」之「定詁」，意即「內容所指」。〔註25〕該文綜衡既往有關「文章之意義」（Definition of Literature）的論說，以為「其說偏倚，多持極端而自解之，非以文章為一切學問通名，即為專主娛樂之事。」〔註26〕周作人更傾向於在「學問」與「唯美（娛樂）」之間尋得某種平衡，為此引入韓德《文學概論》給出的「文章」定義：

　　　　惟其義主折衷，而說近似者，則如近時美人宏德（Hunt）之說，庶得中庸矣。宏氏《文章論》曰：「文章者，人生思想之形現，出自意象、感情、風味（Taste），筆為文書，脫離學術，遍及都凡，皆得領解（Intelligible），又生興趣（Interesting）者也。」〔註27〕

　　雖則《論文章之意義》有關「文章」定義的闡述基本來自對韓德原著的節譯，但也不應忽略譯者本身的主動性，如「文章者必非學術者也」「文章須能感（Sensible）耳，猶言貴能神明相通。其形雖成於文字，而靈思所寄，有更玄崇偉妙，不僅及一二點畫而止者」「他如一切教本，以及表解統計、方術圖

〔註24〕魯迅：《讀書雜談》，《魯迅全集》第3卷，人民文學出版社，2005年11月，第459頁。

〔註25〕中國傳統文論中也有這種用法，如劉勰《文心雕龍‧檄移第二十》「管仲呂相，奉辭先路，詳其意義，即今之檄文」，大致為「內容所指」的涵義，近代日人就這一涵義進一步引申，引入語言學的領域，「意義」指詞語最穩定的概念義，「一つの語が文脈を離れてもさし得る内容」（大意為，「一個詞離開上下文也可以指的內容」）。

〔註26〕獨應（周作人）：《論文章之意義暨其使命因及中國近時論文之失（上）》，1908年5月《河南》第4期。

〔註27〕獨應（周作人）：《論文章之意義暨其使命因及中國近時論文之失（下）》，1908年6月《河南》第5期。

譜之屬，亦不言文」等表述，很容易讓人聯想起 1906 年章太炎以「表譜簿錄」
為根柢的文論取向。並且，周作人在參照韓德原著、提倡「折衷」「中庸」的
同時，更直截表達出自己的意見，「其說偏倚，多持極端而自解之，非以文章
為一切學問通名，即為專主娛樂之事。」這裡特別拈出作為「偏倚」之一端的
「為一切學問通名」，持之與太炎《論文學》「或言」一段對讀，二者至少在客
觀上表現出潛在的對話性。不排除周作人包括魯迅 1907 年前後建構新文章的
理論體系時，選擇直面並主動回應太炎文論的問題意識。

　　重新回看《文心雕龍劄記》，章太炎第一課開篇即交代「文」之範圍，
「古者凡字皆曰文，不問其工拙優劣，故即簿錄表譜，亦皆得謂之文，猶一
字曰書，全部之書亦曰書。」又「《文心雕龍》於凡有字者，皆謂之文，故
經、傳、子、史、詩、賦、歌、謠，以至諧、隱，皆稱謂文，唯分其工拙而
已。此彥和之見高出於他人者也。」〔註28〕意見大致與《論文學》相同。太炎
這裡有意暗示出《論文學》與《文心雕龍》間的脈絡淵源，此說後來成為弟子
朱希祖「章先生以無句讀文與有句讀文並立」乃「大氏宗法劉氏」一說的來源
〔註29〕。然而需要注意的是，從 1906 年《論文學》到 1909 年講授《文心》，
章太炎對劉勰文論的態度有一個前後變化，在最早提出「無句讀文」這一概
念的《論文學》中，並未出現對《文心雕龍》的肯定意見，反而將之與《文選》
同列。直到 1910 年《文學總略》才有所調整，將「兼收文筆」的《文心》與
「無分駢散」的《論衡》並置，部分地承認其合理性，「《論衡》所說，略成條
貫。《文心雕龍》張之，其容至博。顧猶不知無句讀文。此亦未明文學之本柢

〔註28〕黃霖編著：《文心雕龍匯評》，上海古籍出版社，2005 年 6 月，第 167～168 頁。
〔註29〕朱希祖：《文學論》，1919 年 1 月《北京大學月刊》第 1 卷第 1 號。朱希祖且
　　　　以《文心雕龍》文體論的最末一篇《書記》提到的政務場合中六類二十四種應
　　　　用文體為證，「劉氏《文心雕龍·書記第二十五》云：『總領黎庶，則有譜、籍、
　　　　簿、錄。醫、曆、星、卜，則有方、術、占、式。申憲、述兵，則有律、令、
　　　　法、制。朝市徵信，則有符、契、券、疏。百官詢事，則有關、刺、解、牒。
　　　　萬民達志，則有狀、列、辭、諺。並述理於心，著言於翰。』則舉無句讀文之
　　　　圖畫、表譜、簿錄、算草皆括之矣。星家必有圖畫，曆家必有算草，史書地志
　　　　則無句讀文更多矣。」但朱希祖所引這段話未完，劉勰隨後即明確交代「雖藝
　　　　文之末品，而政事之先務也」，將其放在文苑的邊緣位置。且劉勰看重醫、曆、
　　　　星、卜等作為六經支流的身份，源於其「依經立義」的儒家文論思想，雖在範
　　　　圍上可能出現若干重合，但與語言文字形式層面上「旁行邪上，條件支分」的
　　　　「無句讀文」概念無涉。《文心雕龍》上卷共二十篇文體論，論文先於敘筆，
　　　　《書記》又為敘筆的最末一篇，此一次序安排已能說明問題。

也。」〔註30〕如果考慮到清中葉以來阮元代表的文選派將《文心雕龍》視作文筆論的重要資源，特別是 1905 年劉師培「隱法《雕龍》」〔註31〕的《文說》及《論文雜記》《文章源始》等，章太炎對《文心雕龍》的態度變化，或許有重新闡釋這一六朝經典文論以與劉師培對壘之意。1909 年春夏間太炎所授《文心雕龍》，正處於此一脈絡中，除開篇重申「文學定誼詮國學講習會略說」外，《原道第一》還特別拈出「故形立則章成矣，聲發則文生矣」一句，認為「『文』『章』二字，當互調，當云『形立則文成，聲發則章生。』樂竟為一章。」〔註32〕這一意見明顯是為了隨順自家的「文」「章」訓詁，事實上，章太炎對於劉勰文論的詮釋，主要還是依己意闡發，表現出鮮明的我注六經色彩，而作為此一階段的成果，不久後《文學總略》一篇即選擇性地吸收了《文心》課上的新見。

　　既有此前《論文學》等建構在先，太炎對於課上要講的內容已然成竹在胸，但在給出最後的結論之先，師生之間的互動是必要環節，這一課堂情境恰好貼合《亡友魯迅印象記》所說「章先生問及文學的定義如何」。只不過許壽裳在關鍵信息上也有「誤記」。首先，師生間的問答雖然是從「文學定誼」起步，但章太炎真正要提問的是「文（之學）」這門學問的研究範圍，站在魯迅的角度，他也只能以「文辭」或「文章」作答。〔註33〕結合二周同期文論如《〈紅星佚史〉序》《論文章之意義》《摩羅詩力說》等，可推知答語大抵不出「學以益智，文以移情」「文章者，人生思想之形現，出自意象、感情、風味，筆為文書，脫離學術」「一切美術之本質，皆在使觀聽之人，為之興感怡悅。文章為美術之一，質當亦然」〔註34〕等表述範圍；其次需要注意的是，在章太炎這裡，「文章」與「文字」分別對應著成句讀文、無句讀文，構成「以有文字著於竹帛」的整個漢文書寫體系。結合《文心雕龍》的實際觀照範圍，及二周所論「文章」，三者表面上可以接通的只能是其中「成句

〔註30〕章氏學（章太炎）：《文學總略》，1910 年 6 月 26 日《國粹學報》第 6 卷第 5 期。

〔註31〕劉光漢（劉師培）：《〈文說〉序》，1905 年 6 月 22 日《國粹學報》第 1 卷第 5 期。

〔註32〕黃霖編著：《文心雕龍匯評》，上海古籍出版社，2005 年 6 月，第 168 頁。

〔註33〕不言「文學」而論「文章／文辭」，不僅在章太炎與周氏兄弟身上為然，劉師培（1907 年之前）論及本土文脈也很少使用「文學」一詞。這種對新名詞的敏感與謹慎態度，包括回應問題的角度，屬於晚清至少一部分漢學／樸學根底者共有的文論特徵。

〔註34〕令飛（魯迅）：《摩羅詩力說（上）》，1908 年 2 月《河南》第 2 期。

讀文」的部分。〔註 35〕

二、「移人情」與文章框架的「翻轉」

　　應該看到，1906 年章太炎針對漢文章書寫的諸多弊病，慘淡經營，建構起以表譜、簿錄、算草、圖書（指「地圖之列名」）等「無句讀文」為根柢的「（漢）文」體系。表面上而言，章太炎把「無句讀文」列入文體譜系之中，似乎使「文」的內涵顯得漫無邊際。但其目的卻在以此為津梁，提出一種漢文章書寫的理想形態，即如《〈國故論衡〉出版廣告》所述，「循此以求問學之塗，窺文章之府，庶免擿埴冥行之誤，亦知修辭立誠之道」。1910 年出版的《國故論衡》以《文學總略》領起「中卷文學七篇」，將此一用心揭示得更顯豁，「凡無句讀者，各以專門為業，今不逭論。有句讀者，略道其原流利病，分為五篇。非曰能盡，蓋以備常文之品而已。」〔註 36〕與之相對，周氏兄弟在赴民報社聽課前夕，業已憑藉《摩羅詩力說》《論文章之意義》等《河南》上的一系列長篇論文，通力合作，以本土「文章」為名吸收並改造 19 世紀歐洲的純文學（literature）內涵，搭建起自家嚴密的理論界說。換言之，不僅二周以文章為名發起傳統文脈的更新運動，章太炎権論「文（之）學」，強調「以文字為根柢」，但他真正要討論的對象也仍然是連屬文字、有所起止的「文章／文辭」，或更準確說，太炎明確以創造出某種接近「無句讀性」的成句讀書寫為最高理想。如此，雖則師弟間在「文章是否增人感」這一觀點上針鋒相對，卻基本可以保證對話暢通的可能性。

　　如果暫時離開前文提到的「指向關係」這一預設，重新檢視「討論非假」且「『或言』早出」二者共存的情況，當被迫返回到種種預設的起點，也就不得不考慮還有這樣一種可能性：從魯迅這方面而言，「學說所以啟人思，文章所以增人感」一句作為答語，本身就是對太炎《論文學》《文學論略》所立駁論的援引。與此同時，雖然同樣以「文章」為名，二周建構起來的文章實體與劉師培以駢文、律詩為中心的「彣彰」已有顯著分別，前者在一定程度上已經脫離了傳統文筆、駢散之辨等格局，從而在一個新的維度上與章太炎的

〔註 35〕章太炎《文學總略》肯定劉勰《文心雕龍》「其容至博」，又指出「顧猶不知無句讀文，此亦未明文學之本柢也。」參見章氏學（章太炎）:《文學總略》，1910年 6 月 26 日《國粹學報》第 6 卷第 5 期。

〔註 36〕章太炎:《正言論》，《章太炎全集·國故論衡先校本、校定本》，上海人民出版社，2017 年 4 月，第 55 頁。

「文辭／文章」輪廓直接對話。換言之，當魯迅重提舊說，一定程度上是主動站在章太炎的對立面，也在「期冀」對方能夠給出一個更新的、更有說服力的回應。

另一方面，上文「復盤」了整個課上對話後，可以發現這場討論真正的矛盾點，也許還不在表面上的「文章感人與否」，事實上雙方所論本身就不是同一個「文章」。或更準確說，雖同樣選擇以「文章」為名收攏與安置傳統文脈，以與近代西洋 literature 對照，但在具體設計方案上卻有顯著區別，這一點直接反映在《論文學》《論文章之意義》給出的文章概念、內部框架上。此一「文章」實體的落差，至少在作為「持異見者」的魯迅這裡應有清晰感知。因此，當雙方各自攜帶既有「文章」概念切入 1909 年這一場課堂討論，由此打開的實際是兩個「文章」及其背後的語言文化視野彼此衝撞的歷史場域，其中「感人與否」作為一方所持重要指標，其被凸顯成為焦點之一也是理所應當。需要注意的是，作為主動挑戰章太炎意見的一方，魯迅當時的文章意見，自覺或不自覺，都勢必在討論的過程中「侵入」到太炎的主場範圍。換言之，兩個「文章」概念的相互衝撞與改寫，構成這場討論的真正角力場。為便於分析對照，現提煉《論文學》（圖1）〔註37〕與《論文章之意義》（圖2）的文章框架如下：

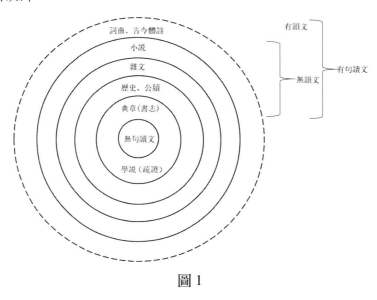

圖1

〔註37〕原為縱向表格形式，為能更清晰地呈現章太炎文章框架的基本結構，現調整為同心圓形式。

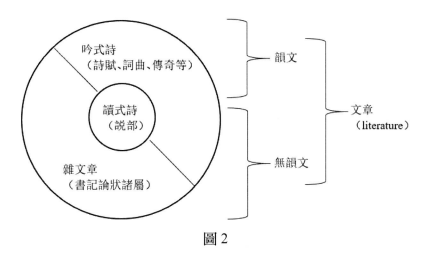

圖2

　　首先，如圖所示，章太炎與周氏兄弟在韻文方面意見無甚差別，這裡暫且不論中西「韻文」的形象差異，僅就「有韻為詩」這一點而言，中西詩歌也存在某種「普遍性」，即，作為「詩（韻文）」的合法性比較容易判定。正因為此，章太炎與二周不同程度地均在韻文上一筆帶過，將重點放在討論「文章中的非韻文」這一方面。不僅《論文學》認為歌詩別為一格，在其文律的統轄範圍之外，理論上尤其用力於以「無句讀性」論證無韻文寫作，《論文章之意義》構建文章框架時，吟式詩也只是被列出，散文詩以及向外延伸的雜文章才是周作人真正的重心所在。

　　其次，在文章框架的整體格局上，從章太炎《論文學》到周作人《論文章之意義》呈現出從「典章（書志）學說（疏證）」到「雜文小說」的中心位置之顛倒。需要注意的是，這種文章框架的「翻轉」同時也暗示出深層結構上的「相通」性，彼此相反而皆相成。無韻文中，章太炎以典章（書志）、學說（疏證）為重，強調「專尚激發感情者，惟雜文小說耳」，故將二者置於文苑最末。進而又批評當時一般以能動感情為文辭之要者，認為弊在「彼專以雜文小說之能事，概一切文辭」，並針鋒相對地提出「欲以書志疏證之法，施之於一切文辭」。〔註38〕如此，《論文學》以「無句讀文」為虛置的中心，由中心向邊緣不斷散播而構成一個同心圓結構，章太炎特重文體的秩序性，強調「夫解文者，以典章學說之法，施之歷史公牘，復以施之雜文，此所以安置妥帖也。不解文者，以小說之法，施之雜文，復以施之歷史公牘，此所以齟

〔註38〕章炳麟（章太炎）：《論文學》，《國學講習會略說》，東京秀光社，1906年9月，第39、42、54頁。

骸不安也。」〔註39〕呈現出一個由內向外，聲音性逐漸增強而文字性同步流失的文章框架。頗有意味的是，到了《論文章之意義》中，處於章太炎文章框架最邊緣的雜文、小說二項反而構成主體部分，其中「散文詩」作為文章的結構性核心，成為「純」與「雜」之間一處被預留的交換空間，是「文章／無韻文」與「文學」（literature）交接過程中「最小限度」的調和之舉。與此同時，周作人又收攏書、記、論、狀諸體歸入「雜文章」，實際肯定了後者的「文章性」。在這樣一種結構設計中，「雜文章」與「散文詩」之間本身就具備某種相通性，二者之間預留的通路，保證了後來二周通過不同方式完成的「文章」回返。〔註40〕

三、遲來的回應：《文學總略》兩處「不必要」的改動

　　1906 年章太炎《論文學》最早提到「或言學說、文辭所以異者，學說在開人之思想，文辭在動人之感情」，上接對於「文」「辭」二字的辨析，在他看來，「辭為口說，文為文字」，由辭到文，表現了人類從口說到筆述的歷史進程，這明確針對晚清阮元一脈的文言說，後者正是以有韻與否區分文、辭。章太炎卻指出，僅就成篇之文來說，「韻文駢體，皆可稱辭，無文辭之別也」，「由是言之，文辭之分，矛盾自陷」。〔註41〕緊隨其後，「或言」一段實際也在這一駁論體系中，如果說，阮元區分文筆、文辭，還只是形式上的聲韻問題，劉師培進一步將其完善，充分調用六朝文論如蕭統、蕭繹相關言說，以為「文章之界，至此而大明」〔註42〕。體現在同期《文章源始》《文章學史〉序》《論文雜記》，特別是體系性的《文說》等文論中，劉師培不僅利用小學家法，將「韻」成功改寫為更寬泛的「出口成誦」，更兼顧到內容上的情思文采，如《和聲篇第三》開篇定性，「物失其平則鳴，情動於中則言；情感於物，則形於聲；聲能成文，斯謂之音。」〔註43〕可見「情—聲—文」之間的次序井然。繼引《金樓子·立言篇》「吟詠風雅，流連哀思，斯謂之文」等，

〔註39〕章炳麟（章太炎）：《論文學》，《國學講習會略說》，第 56～57 頁。

〔註40〕具體參見本章第二節《文章觀的文體意識——以「散文詩」為中心》。

〔註41〕章炳麟（章太炎）：《論文學》，《國學講習會略說》，東京秀光社，1906 年 9 月，第 37～38 頁。

〔註42〕劉師培：《論文雜記》，《劉師培全集（第二冊）》，中共中央黨校出版社，1997 年 6 月，第 258 頁。

〔註43〕劉光漢（劉師培）：《文說·和聲篇第三》，1906 年 2 月 13 日《國粹學報》第 2 卷第 1 期。

將聲、情糅合成一體，如此則文、筆之辨的結構更穩固，也更趨近於新的「破體」。

結合這一知識背景來看，《論文學》一篇從「聲韻」到「感情」逐層破題，不久又更名《文學論略》連載於《國粹學報》，「前之昭明，後之阮氏」，鋒芒所向卻在「文選」一派清季中興的集大成者——劉師培。考慮到當時二人之間的親密關係，太炎既未指名，言下也還留有餘地。不過《論文學》一文明言「以學說與文辭對立，其規摹雖稍寬博，而其失也在惟以彣彰為文，而不以文字為文，故學說之不彣者，則悍然擯之於文辭之外」〔註44〕，某種程度上卻是主動將劉師培「文章論」先一步劃定到了「學與文分」這一對立陣營中。耐人尋味的是，此後作為對章太炎批評的某種回應，「『彣彰』即『文章』別體」「學與文分」等話語先後復現於劉師培《論近世文學之變遷》（1907年）、《廣阮氏文言說》（1909年前後）等文章中。應該看到，章、劉二人意見針鋒相對，知識結構卻也嚴密對應，體現在「文章定誼」這一關鍵問題上，《論文學》著力說明「文」「彣」之辨，劉師培論文同樣也沿這一理路，《廣阮氏文言說》以「彣彰」釋「文」，證得「『文』以『藻繢成章』為本訓」〔註45〕，亦在太炎此前的推斷範圍以內。事實上，上述整個對話過程中，「章」之一字只是順帶提及，殊無單獨訓釋的必要。

頗有意味的卻是，到了1910年由《論文學》《文學論略》修改、增補而成的《文學總略》中，開篇部分在梳理「文」「文學」「彣彰」諸概念外，又花費相當筆墨，轉入對「章」字的訓詁。現將《文學總略》一文首段摘引如下（下劃線標出，為新增部分）：

> 文學者，以有文字著於竹帛，故謂之文；論其法式，謂之文學。凡文理、文字、文辭，皆稱文。言其彩色發揚，謂之彣。以作樂有闋，施之筆札，謂之章。《說文》云：「文，錯畫也。象交文。」「章，樂竟為一章。」「彣，㦸也。」「彰，文彰也。」或謂「文章」當作「彣彰」，則異議自此起。傳曰「博學於文」，不可作「彣」。《雅》曰「出言有章」，不可作「彰」。古之言文章者，不專在竹帛諷誦之

〔註44〕 章炳麟（章太炎）：《論文學》，《國學講習會略說》，東京秀光社，1906年9月，第42～43頁。

〔註45〕 劉師培：《廣阮氏文言說》，《劉師培全集（第三冊）》，中共中央黨校出版社，1997年6月，第87頁。此前《文章源始》一文「上古之前，文訓為字；中古以降，『文』訓為『章』」，重心同樣也是落在「文」上。

間。孔子稱堯舜「煥乎其有文章」，蓋君臣朝廷尊卑貴賤之序，車輿
衣服宮室飲食嫁娶喪祭之分，謂之文；八風從律，百度得數，謂之
章。文章者，禮樂之殊稱矣。其後轉移施於篇什。太史公記博士平
等議曰：「謹案詔書律令下者，文章爾雅，訓辭深厚。」此寧可書作
「彣彰」耶？獨以五采彰施五色，有言黻、言黼、言文、言章者，
宜作「彣彰」。然古者或無其字，本以「文章」引申，今欲改「文章」
為「彣彰」者，惡夫沖淡之辭，而好華葉之語，違書契記事之本矣。
孔子曰：「言之無文，行而不遠。」蓋謂不能舉典禮，非苟欲潤色也。
《易》所以有《文言》者，梁武帝以為文王作《易》，孔子遵而修之，
故曰「文言」，非矜其采飾也。夫命其形質曰文，狀其華美曰彣，指
其起止曰章，道其素絢曰彰，凡彣者必皆成文，凡成文者不皆彣。
是故摧論文學，以文字為準，不以彣彰為準。〔註46〕

先引《說文》「章，樂竟為一章」，又引《禮記・樂記》「八風從律，百度
得數，謂之章」，證明「章」最初指樂聲有序、不失雅正〔註47〕，「其後轉移施
於篇什」。因此，「命其形質曰文」，「指其起止曰章」，這裡「章」屬單元，「文」
乃素質，「文章」即獨立成章的文字〔註48〕，也就是太炎所說「成句讀文」。章
太炎不厭其煩，在《論文學》基礎上增加了一倍多的篇幅闡明「章」字訓詁，
說明從《論文學》到《文學總略》的訓詁場域已經發生明顯轉移。前文已述，
劉師培雖一度熱衷「文章」論述，但與太炎有相同的訓釋邏輯，即將「章」字
置於附庸地位，特別是對於作為「文言說」一派清末壓陣大將的劉師培而言，
「文」與「文章」殊無區別。因此，章、劉二人的矛盾焦點實際上始終都在
「文」字的辨析。同時考慮到1908年間雙方關係決裂，潛在的意見辯難也戛
然而止，且劉師培1907年赴日不久後即興趣轉移，「美術」「彣彰」等言說大
體也在《論文學》一文的輻射範圍內，少見有新的建構，此後更捲入到政治糾
紛，用心早已不在榷論文章之上。換言之，《文學總略》一文的內容改動，無
論在時間還是內容上都不像是針對劉師培而發。

考慮到章太炎在1908年下半年到1909年間，為周氏兄弟等開設過講學

〔註46〕章太炎：《文學總略》，《章太炎全集・國故論衡先校本、校定本》，上海人民出
版社，2017年4月，第47～48頁。

〔註47〕《章太炎說文解字授課筆記》釋「章」字為「樂竟」，遵循《說文》本義。後
段玉裁注《說文》，補充「章」為「歌所止曰章」，也是對同一意義的引申。

〔註48〕這一用法較早出現在《史記・儒林外傳》「文章爾雅，訓辭深厚」一句。

課程，內容涉及《說文》《文心》，授課期間更與魯迅就文章的性質問題有過討論。周氏兄弟業已在《河南》發表一系列論文，有意迴避「文學」，使用「文章」論說中國 literature。到 1910 年太炎《文學總略》著意完善對於「文章」特別是「章」「彰」二字的訓詁，其主要的對話對象已經從舊日「論敵」轉向新一代的文章理想醞釀者。應該看到，章太炎 1910 年間補苴舊說，在無句讀文、文辭（成句讀文）的論述之外，重點彌縫此前並不重要的「文章」一項〔註49〕，若單就一個「文」的自洽系統而言，《文學總略》的理論補苴，甚至不如此前《論文學》《文學論略》既有的結構圓滿，譬如「章」字，以及下文將要論及的「學說者獨不可感人耶」一段，此類刻意為之的修補實際上逸出了太炎「以文字為本」的核心軌道，不僅並非必要，可能還會危及已相當穩固的無句讀文系統。若無具體的言說對象，這樣一種「無的放矢」的理論繳繞，絕非章太炎的行文作風。換言之，《文學總略》所以進一步突出「文章」，應是在這個「概念」上感應到了新的刺戟。與其說來自劉師培，更可能是來自重新接續「美術」「文章」脈絡，且有自家新意闡發的周氏兄弟。

特別需要留意的是，《論文學》中「或言」一段，到了《文學總略》同樣發生明顯調整，章太炎不再否認「文辭（包括學說）」的感動性本身，其在羅列《江賦》《海賦》等舊例之後，又增加了一段「文」以何種方式與「感情」相關聯的解析。一方面淡化對於「增人感」「興會神味」等論文標準的批評，至少未再將其直接放在「文」「無句讀」等概念的對立面。更重要的是，章太炎獨闢蹊徑，補充了一部分「感情」維度的理論闡釋，通過站在讀者接受的角度，將文辭的「感動」性分為「自感」與「感人」兩種。

> 其專賦一物者，若孫卿有《蠶賦》《箴賦》，王延壽有《王孫賦》，禰衡有《鸚鵡賦》，侔色揣稱，曲成形相，嫠婦孽子，讀之不為泣，介冑戎士，詠之不為奮。當其始造，非自感則無以為也，比文成而感亦替。此不可以一端論也。且學說者獨不可感人耶？凡感於文言者，在其得我心。是故飲食移味、居處縕愉者，聞勞人之歌，心猶怛然。大愚不靈、無所憤悱者，睹眇論則以為恒言也。身有疾痛，聞幼眇之音，則感概隨之矣。心有疑滯，睹辨析之論，則悅懌隨之

〔註49〕此前《文學論略》已有這種「文章」用法，但並未給出理論概括。在已經確認「無句讀文—成句讀文」穩定體系的情況下，「文章」這一概念也的確沒有專門提出的必要。

矣。故曰發憤忘食，樂以忘憂。凡好學者皆然，非獨仲尼也。以文辭學說為分者，得其大齊，審察之則不當。〔註50〕

章太炎認為文辭伴隨感動而生，部分肯定了「情感」要素，但他將「感人」限定在作者創作維度，即「自感」，從而與「感他」「移人情」等區分開。在太炎看來，作品一旦完成，也就脫離了作者生發「作意」的具體心境，「文成而感亦替」。與其說作者、作品本身能夠「增人感」「啟人思」，不如說是部分讀者在某一特定境遇中的「得我心」。而且，讀者的知識視野、身心狀況也因人各異，能否「感人」及「感動」的程度如何，這些在「文辭」之外的效果既難齊一，如果將這種相對性推演到極致，就可以順利掐斷周氏兄弟所看重的閱讀接受環節。

應該看到，從作者、作品到讀者這一情緒感應結構，是周氏兄弟所描述的文章理想狀態。魯迅《摩羅詩力說》盛讚浪漫派詩人雪萊、拜倫「凡萬匯之當其前，皆若有情而至可念也。故心弦之動，自與天籟合調，發為抒情之什，品悉至神，莫可方物」〔註51〕，此為詩的生成過程，其作用人心亦同此理，「故凡一字一辭，無不即其人呼吸精神之形現，中於人心，神弦立應」。〔註52〕如此則形成「外物（天籟）—詩人（作品）—讀者（感應）」之間的通路，此即魯迅所述詩力感人的整個過程，「蓋詩人者，攖人心者也。凡人之心，無不有詩，如詩人作詩，詩不為詩人獨有，凡一讀其詩，心即會解者，即無不自有詩人之詩。無之何以能解？惟有而未能言，詩人為之語，則握撥一彈，心弦立應，其聲激於靈府，令有情皆舉其首」。〔註53〕在這一以「（心中之）詩／（真之）心聲」為主導的表達通路中，魯迅特別強調「情」與「誠」的重要性，前者為詩（文章）的內容，後者相當於品質，「心聲者，離偽詐者也」，「天時人事，胥無足易其心，誠於中而有言」。〔註54〕與之相似，周作人《論文章之意義》標舉美術（即藝術，範圍囊括文章）與文章，亦曰「凡自土木金石繪畫音

〔註50〕 章氏學（章太炎）：《文學總略》，1910 年 6 月 26 日《國粹學報》第 6 卷第 5 期。
〔註51〕 令飛（魯迅）：《摩羅詩力說（下）》，1908 年 3 月《河南》第 3 期。據北岡正子《摩羅詩力說材源考》一書，這句話來自對濱田佳澄《雪萊》的意譯。參見〔日〕北岡正子：《摩羅詩力說材源考》，何乃英譯，北京師範大學出版社，1983 年 5 月，第 70～71 頁。不過魯迅又根據自身需要，做了一定程度上的刪節與修改。
〔註52〕 令飛（魯迅）：《摩羅詩力說（下）》，1908 年 3 月《河南》第 3 期。
〔註53〕 令飛（魯迅）：《摩羅詩力說（上）》，1908 年 2 月《河南》第 2 期。
〔註54〕 迅行（魯迅）：《破惡聲論》，1908 年 12 月《河南》第 8 期。

樂以及文章，雖耳目之治不同，而感人則一。特文章為物，獨隔外塵，託質至
微，與心靈直接，故其用亦至神。言，心聲也；字，心畫也。自心發之，亦以
心受之。感現之間，既有以見他緣，亦因可覘自境。」〔註55〕以為文章發生於
「感應（他緣）」與「表現（自境）」之間，依賴於「由心及心」的群體同感作
用。後來魯迅《儗播布美術意見書》追溯美術起源，將之歸於人的「受」「作」
二性，「受者譬如曙日出海，瑤草作華，若非白癡，莫不領會感動；既有領會
感動，則一二才士，能使再現，以成新品，是謂之作。」〔註56〕此與「感現之
間」仍屬同一結構。以上，從「感現之間」「受作二性」，到在此基礎上的「攖
人心者」「人得攖者」，前者側重文章的生成，後者對應文章之力（作用），由
此以文章為中心串聯起（作者）表現與（讀者）感應這一互動關節，這是二周
提出「新文章／新的心聲」的基本結構。

　　這裡需要注意周氏兄弟論述「文章增人感」「由心及心」的邏輯源頭。就
其論述方式而言，一定程度上可以追溯到 18 世紀末 19 世紀初德國浪漫主義
先驅、啟蒙主義代表人物赫爾德〔註57〕及其同感說（Einfühlung，也譯移情
論）。此前已有研究者論及周氏兄弟早期文章更新運動與赫爾德之間的關聯
性，陳懷宇較早留意周作人對赫爾德「國民心聲」思想的關注，指出在《論文
章之意義》一文中已經提到「德人海勒兌爾（Herder）字之曰民聲。」〔註58〕
需要注意的是這句話的上下文，緊接前文提到的周作人有關文章「感現之間」
的論述，說明「心聲」與「增人感」之間存在密切關聯。李音《作為民族之聲
的文學──魯迅、赫爾德與〈朝花夕拾〉》一文更明確指出「『心聲』之說本是
赫爾德最引人矚目的原創思想之一」，魯迅早期文藝運動正在赫爾德文化民族

〔註55〕獨應（周作人）：《論文章之意義暨其使命因及中國近時論文之失（上）》，1908
　　　　年 5 月《河南》第 4 期。
〔註56〕周樹人：《儗播布美術意見書》，1913 年 2 月《教育部編纂處月刊》第 1 卷第 1
　　　　期。
〔註57〕與 18 世紀末 19 世紀初英國浪漫主義詩論相呼應，「同感」（Einfühlung）作為
　　　　心理學、哲學專業術語，較早出現在德國浪漫主義之父、哲學家赫爾德的著作
　　　　中，隨後羅伯特‧費舍在此基礎上將「同感」引入美學維度。另外，英籍美國
　　　　心理學家鐵欽納（Edward Bradford Titchener）在 1909 年出版的《思維過程的
　　　　實驗心理學講座》中，又據這個詞創造出英文的「empathy」。參見張堅：《「精
　　　　神科學」與「文化科學」語境中的視覺模式》，《文藝研究》，2009 年第 3 期；
　　　　張穎：《19 世紀法國美學中的表現與同情》，《文藝爭鳴》，2021 年第 1 期。
〔註58〕陳懷宇：《赫爾德與周作人──民俗學與民族性》，《清華大學學報》，2009 年第
　　　　24 期。

主義、浪漫主義思想的輻射範圍以內。〔註59〕

赫爾德以歌謠、文章為「國民心聲」（Stimmender Völker）〔註60〕的理解框架，與「同感說」（Einfühlung）、「民族精神」（Volkgeist）等概念緊密聯繫在一起。所謂「同感」指一種進入他人內心世界、感受與領會異己經驗、與他人心心相印的能力，「我們感受到自身的存在，是在身外之物中，我們渴望它，為它而活，在它裏面我們的一豐富為二、二豐富為多。……這樣我們的心靈中就有了豐富細膩、繽紛多彩的情感世界。不妨這樣說，我們的心靈和生命成了欲望的『和諧之琴瑟』，是日愈純粹、永無滿足之永恆想念的藝術創造。」〔註61〕赫爾德以此溝通詩人與群體（民族）之間的精神關聯，「說到底，一個民族的詩人乃屬於它。他們用它的語言思考；他們在它的場境中運用他們的想像；他們感知它的需求，如此浸淫而成長，作詩也是為著這些。一個民族和它的詩人以共同的語言、思想、需要和情感血肉相連」，又「人的情感是繁多的音弦，詩人總要撥動多根，甚至是全部，樂聲方能高遠，情感的世界神秘莫測，渾然整體，不可分割。」〔註62〕沿此進一步追問，就涉及赫爾德思想與二周前期「移情機制」的影響關係問題。

基於歐洲近代浪漫主義民族運動的「同感論」，其關鍵正在民族與詩人的情感連接。二周這一時期的「移人情」論述，也同樣強調在特定時代的精神背景下，個人與群體基於「同感」這一情感結構而發生的「心」與「聲」的彼此系聯，同時，在深層結構上更與《樂記》《文心雕龍》等中國傳統文論中的「感物」說相呼應。〔註63〕而這也正是章太炎《文學總略》中嚴格區分「自感」與

〔註59〕 李音：《作為民族之聲的文學——魯迅、赫爾德與〈朝花夕拾〉》，《中國現代文學研究叢刊》，2021 年第 12 期。

〔註60〕 1922 年周作人在《〈歌謠〉發刊詞》中搜求各地歌謠，是為「編成一部國民心聲的選集」。陳懷宇指出「所謂國民的心聲應該即是周作人前文所說的『德人海勒兇爾（Herder）字之曰民聲』；即赫爾德所編 Stimmender Völker 一書。」參見陳懷宇：《赫爾德與周作人——民俗學與民族性》，《清華大學學報》，2009 年第 24 期。

〔註61〕 〔德〕約翰·哥特弗雷德·赫爾德：《愛與自我》，《反純粹理性——論宗教、語言和歷史文選》，張曉梅譯，商務印書館，2010 年 2 月，第 103 頁。

〔註62〕 〔德〕約翰·哥特弗雷德·赫爾德：《比較各民族古今詩歌之結論》，《反純粹理性——論宗教、語言和歷史文選》，張曉梅譯，商務印書館，2010 年 2 月，第 146、149 頁。

〔註63〕 「同感說」亦與中國傳統「感物」理論部分相通，如《禮記·樂記》「樂者，音之所由生也；其本在人心之感於物也。」又「凡音之起，由人心生也。人心

「感他」，藉此切斷「由己（作者）及他（讀者）」這一閱讀接受環節的用心所在。太炎通過突出「感人」的相對性，少見地嘗試在「文字」之外，處理並消解文辭（文章）、學說之分這一老問題，從而再一次成功地將討論的範圍限定在作者、讀者之外，作為一個孤立物存在的「文」自身。這種思路上接魏晉嵇康《聲無哀樂論》〔註64〕，更有通向西方接受美學的可能性。只不過，章太炎原本就是為了回應某一個具體問題，才暫時逸出「無句讀」的自洽體系，當局部的突圍過後，這一理論延展也就戛然而止。換言之，為能應對來自魯迅的「挑戰」，章太炎被迫「置換」自己的立場，甚至也不再否定「文辭（包括學說）」的感動性本身，從此前「學說、文章不分，文章不以感人為主」的嚴密理論架構中退後一步，轉而提出「非自感則無以為也」這一新的判斷。為此，如何重新解釋「感人」與「文辭」之間的相對關係，就成為章太炎論述能否自洽的關鍵。

雖然無法確證章太炎是否曾經讀到，或至少留意過二周當時發表在《河南》雜誌上的《摩羅詩力說》《論文章之意義》等系列論文，但早在1908年7月二周正式前往民報社聽課之前，雙方已經通過龔未生、陶成章等有所來往，如周作人譯作《一文錢》在《民報》第21期發表之前「請太炎先生看過，改定好些地方」〔註65〕，另外因為周作人熟習英語，曾應太炎之邀助其翻譯《郰波泥沙陀》（後未落實），那麼至少章太炎對這兩位同鄉後學有所留意。尤其是不久後師弟課上討論，重提「文辭與學說不同」這一舊問題，都有可能刺激章太炎重新思考、鞏固其文論。如此到1910年《文學總略》，「或言學說文辭所由異」一段在原來分論縱橫、名家的基礎上，補入一段「形似」西方接受美學的「自感說」，這在業已相當嚴密的文論體系中顯得「突兀」，且這一細部在此

之動，物使之然也。感於物而動，故形於聲。」強調主體之「心境」受到外物的觸動而產生創作衝動，成為六朝時期《文賦》「緣情體物」、《文心雕龍‧物色第四十六》「物色之動，心亦搖焉」的理論來源。

〔註64〕在論證邏輯上，或許受到嵇康《聲無哀樂論》的啟發。傳統儒家藝術觀念認為，藝術以情感為基礎，是人心為外物所觸動的結果，如《樂記》「凡音之起，由人心生也。人心之動，物使之然也」，嵇康為解構「聲與政通」的儒家音樂理論，強調藝術的獨立審美價值，《琴賦》「是故懷慼者聞之，莫不憯懍慘悽，愀愴傷心，含哀懊咿，不能自禁。其康樂者聞之，則欨愉歡釋，抃舞踊溢，留連瀾漫，噉嚛終日。若和平者聽之，則怡養悅愉，淑穆玄真，恬虛樂古，棄事遺身。」即認為音樂美的本質在於「自然之和」，而不在它一時所引起的、因人而異的哀樂之感。

〔註65〕知堂（周作人）：《關於魯迅之二》，1936年12月1日《宇宙風》第30期。

後《國學概論‧文學之派別》（1922 年）、《國學講演錄‧文學略說》（1935 年）等文論中未見進一步展開，可推知當時應係有感而發。需要注意的是，章太炎強調「非自感則無以為也」，觸及同時代人所未能探討的「文章接受」層面，目的在於切斷作者與讀者之間一層被預設的、接近透明的「感／被感」關係，從而保留作為一個自足體的文章，幾乎是以一種「精確對位」的方式表現出「解構」二周文論的意圖，可與周氏兄弟「文章存乎感現之間」展開直接對話。概言之，1910 年前後真正對章太炎文論構成挑戰的，應即周氏兄弟在新的維度上提煉出來的「文章」概念，後者一定程度上刺激太炎重新「完滿」了自己關於「文學」「文章」的論說。

事實上，二周強調以「詩力」為中心的情感遷流，建構從「感於物而作」到「移於情而受」這樣一種高度提純的理想過程，本質在於賦予作家（詩人）以人群中的先覺者、啟蒙家的優越地位，這與尼采的「超人」形象呼應，進一步強化了青年魯迅對於文章存在、作用方式的想像，此即後來《〈吶喊〉自序》所自省的「我決不是一個振臂一呼應者雲集的英雄」〔註66〕之意。與此相對的是，章太炎在部分肯定文辭（文章）感人的同時，強調「情感不可以一端論」〔註67〕，即閱讀環節的情感觸發並不單單取決於作者與文章本身的情感注入，文章一旦完成，作者的情感注入亦隨之消歇，更重要還在於讀者與作品之間的「遇見」方式。這取決於讀者自身的具體條件，如「飲食移味、居處縕愉者」無法理解勞役之歌的愁哭，假若身體為病痛所折磨，聽到精微靡麗的音樂，自然也容易為之感動。《文學總略》強調「非自感則無以為」「比文成而感亦替」等，主旨正在要解構《摩羅詩力說》《論文章之意義》「以能移人情為文章之職與用」的觀點，以及詩人的優越地位。

可以認為，1909 年章太炎與魯迅圍繞「文章（文辭）」概念的課上問答，推動了不久後《國故論衡》中卷特別是《文學總略》一篇的兩處修定。就在《國故論衡》一書正式發行同時，《國粹學報》第 6 卷第 4 期刊出一則《〈國故論衡〉出版廣告》，說明「此書為餘杭章先生近與同人討論舊文而作」〔註68〕，所論「舊文」當也包括《國學講習會略說》中《論文學》一篇，亦即《文學總

〔註66〕魯迅：《〈吶喊〉自序》，《魯迅全集》第 1 卷，人民文學出版社，2005 年 11 月，第 441 頁。這裡的「我」特指以詩人為預言家、先覺者的青年時期的魯迅。

〔註67〕章太炎撰，龐俊、郭誠永疏證：《國故論衡疏證》，中華書局，2008 年 6 月，第 264 頁。

〔註68〕《〈國故論衡〉出版廣告》，1910 年 5 月 28 日《國粹學報》第 6 卷第 4 期。

略》的原初形態。事實上，就 1910 年 6 月發行的《國故論衡》而言，小學、諸子兩卷篇目大多都在 1908 下半年到 1910 年間《國粹學報》陸續刊出，屬於相當有規範、計劃性的學術整理〔註 69〕。相較而言，文學卷的完成略顯「倉促」，除《原經》一篇曾在入集前單獨發表外〔註 70〕，《文學總略》是由舊文改作，此外《明解故》（上、下）《論式》《辨詩》《正齋送》等所論不僅不是無句讀文，主要還是文辭中距離無句讀素質最遠的雜文〔註 71〕、詩賦與哀誄。換言之，以《文學總略》領銜的「中卷文學七篇」一半以上的篇幅都用來討論「以激發感情為要」的「箴銘哀誄詩賦詞曲雜文小說之類」〔註 72〕，說明「激發感情／增人感」這一維度 1910 年前後躍升為章太炎榷論文學的核心問題意識。這一聚焦「增人感」並切入讀者接受層面的闡釋維度，與此前章太炎與劉師培膠著於「文言」「駢散」的對話場域已有顯著分別，太炎文論顯然在這裡遭遇到了新的挑戰，抑或某種「吸引力」。

第二節　還原一場討論——近代學人論「文章」的起點（下）

一、近代「文章」的角力場：從《文章源始》《論文學》到《摩羅詩力說》《論文章之意義》

以日本為中介接受西方文論影響，近代中國學人主張「知／學」與「情／文」二分，以此為標準區分純文學、雜文學（或非文學）的看法並不少見。具體到 1906 年章太炎《論文學》一文發表以前，王國維《論哲學家與美術家之天職》（1905 年）較早提到「戲曲小說之純文學」〔註 73〕。考慮到章太炎 1902 年前後一度以「和漢文籍」為「吾儕之江海」〔註 74〕，所撰《文學說例》更首

〔註69〕《民報》1908 年 10 月間遭查禁，章太炎將更多精力用於講學，閒時與諸弟子討論舊文，這也促成了《國故論衡》的整理出版。

〔註70〕《原經》一篇作於 1908 年，次年修定後發表於《國粹學報》第 5 卷第 10 期。《文學總略》雖也刊於《國粹學報》，但與《國故論衡》的出版同步。

〔註71〕雜文所列六種，至少論說（包括連珠）、對策、雜記都屬論式一類。

〔註72〕章炳麟（章太炎）：《論文學》，《國學講習會略說》，東京秀光社，1906 年 9 月，第 42 頁。

〔註73〕王國維：《論哲學家與美術家之天職》，1905 年 5 月《教育世界》第 99 期。

〔註74〕馬勇整理：《章太炎全集·書信集（上）》，上海人民出版社，2017 年 4 月，第 118 頁。

次引入與西方 literature 相對的「文學」概念，到 1906 年 6 月底東渡後又迅速購閱日人在哲學、文學方面的最新譯著〔註75〕，其對「純文學」這一名稱及其背後的知識結構應不陌生。〔註76〕此外，1901 年到 1902 年章太炎任教東吳大學期間，與同事黃人過從甚密，後者頗受 19 世紀英美文學批評的影響。1904 年黃人為授課方便始撰講義《中國文學史》，後於 1911 年正式出版，這是近代國人較早一部接受純文學觀念，並以此重敘文學史的著作。該書分論部分「文學定義」一節主要參照太田善男《文學概論》的說法，不僅涉及「知的文學」「情的文學」之分野，且認為「美之文學屬於後者，以感情為最精之本質」，強調「文學者摹寫感情」「以感動人情為主」等。〔註77〕因現有資料有限，尚無法確認黃人 1906 年之前的講義是否已出現這一特點，但此一面向異域新知敞開的文化視野，與 1902 年前後的章太炎可謂志趣相投，二人當時應有不少意見交流。〔註78〕

換言之，最初《論文學》《文學論略》「或言」一段不可能來自魯迅，亦未必有具體所指，其所針對的更有可能是近代中日學界模擬 19 世紀歐洲「文學」（literature）話語的最新趨勢。如果說上述諸人大多限於西學脈絡上的轉述，那麼與之相較，立足傳統文脈內部且與章太炎在知識視野、理論建構上都旗鼓相當的劉師培，文論新變及其影響亦不容忽視。1907 年初劉師培發表《論近世文學之變遷》一文，通過上溯袁枚、孫星衍「以考訂經史者為考據，

〔註75〕據《宋教仁日記》，章太炎抵東京後初見宋教仁，曾專門詢問他日本近年來的哲學著譯，「甫通姓名，即談及哲學研究之法，詢余以日本現出之哲學書以何為最？」同年秋，章太炎為籌備國學講習會事，又與宋教仁討論作文一科的教授方法，其中就涉及論理學（Logic）、修辭學（Rhetorics）等新概念。參見《宋教仁日記》，湖南省哲學社會科學研究所、古代近代史研究室校注，湖南人民出版社，1980 年 9 月，第 200、249 頁。

〔註76〕《論文學》一篇批評近人以「壯美」、「優美」論文，「或云壯美，或云優美，學究點文之法，村婦評曲之辭，庸陋鄙俚，無足掛齒。而以是為論文之軌，不亦過乎？」所指應為王國維。參見王國維：《紅樓夢評論（未完）》，1904 年 6 月《教育世界》第 76 期。

〔註77〕黃人：《中國文學史》，楊旭輝點校，蘇州大學出版社，2015 年 4 月，第 59〜60 頁。考慮到太田善男《文學概論》一書正式出版於 1906 年 9 月，無法確認此前黃人所編講義是否已經表現出以情論文的傾向。

〔註78〕黃鶴翀《黃慕庵家傳》記章、黃二人交遊情況，「相與講論數月，慕庵（指黃人）自以為弗如」，又蕭蛻《黃摩西遺稿序》提到黃人「時與章太炎先生善，而論議多相左」。參見黃人著，江慶柏、曹培根整理：《黃人集》，上海文化出版社，2001 年 8 月，第 358、365 頁。

抒寫性靈者為著作」一說，肯定其為「不易之確論」，明確提出了「學與文分，義理考證之學，迥與詞章殊科」的對比性命題。〔註79〕這篇文章雖在時間上晚於《論文學》，不過「文言說」與「學（考據、徵實）與文（詞章、性情）分」兩條脈絡的結合，應予太炎以不小衝擊。章、劉 1903 年訂交，到 1907 年劉師培應邀赴日前雙方多有書信往返，「或談學問，或敘離別，或述期望，或致推挹，讀之可見二君彼時交誼之篤」〔註80〕。劉師培東渡後更一度與太炎共寓，交往益密。而隨著 1907 年劉師培文論觀的逐漸成熟與興趣轉移，其在「文言說」的基礎上有意吸收「學與文分」，以《國粹學報》為主陣地將美術文章的觀念植入到傳統文脈內部的逼人氣勢，實際構成章太炎最觸目可及的語境。

不過，劉師培所論「抒寫性靈」「發於性情」等均重在作者、作品自身，未嘗觸及讀者接受層面，且持論並不絕對，往往反覆落入舊窠臼中。就在正式提出「學與文分」的《論近世文學之變遷》一文末尾，劉師培又一次重申了漢學家的立場，「乾、嘉之際通儒輩出，多不復措意於文，由是文章日趨於樸拙，不復發於性情，然文章之徵實莫盛於此時。特文以徵實為最難，故枵腹之徒多託於桐城之派以便其空疏，其富於才藻者則又日流於奇詭。」〔註81〕其肯定清儒考據、注疏等徵實類文章，幾乎與太炎同一筆調，如此則「知（徵實）、情（性情）二分」的衝擊力與新鮮感，復又自掩於既有的漢宋、文筆、駢散等舊格局中。

前文已述，章太炎《文學總略》一篇不吝篇幅修補「文」「章」訓詁、嚴格區分「自感」與「感他」，這一更動與劉師培文論關係不大，更可能指向民報社聽講的周氏兄弟。同時應該看到，著眼「文章」這一概念慘淡經營，期望以此溝通本土文脈與純文學的這一思路，從劉師培到二周之間也呈現出某種延續性。頗有象徵意味的是，就在劉師培興趣轉向同時，1907 年 9 月周作人在《天義報》發表了一組短文《讀書雜拾》〔註82〕，是周氏兄弟以「文章」為名

〔註79〕劉光漢（劉師培）：《論近世文學之變遷》，1907 年 3 月 4 日《國粹學報》第 3 卷第 1 期。

〔註80〕錢玄同：《〈章太炎黃季剛二君關於劉申叔君之文十首〉案語》，劉師培：《劉申叔遺書（第一冊）》，萬仕國點校，廣陵書社，2014 年版，第 18 頁。

〔註81〕劉光漢（劉師培）：《論近世文學之變遷》，1907 年 3 月 4 日《國粹學報》第 3 卷第 1 期。

〔註82〕《讀書雜拾》共六則，前五則介紹域外「文章」及其作者，末後一則落實到對中國「文章之力」的追問，可視作「文章新生」計劃的周邊。

對譯 literature 的最早記錄，《天義報》的編輯正是劉師培、何震夫婦，包括作為「新生甲編」主要陣地的《河南》，同樣以劉師培為實際編輯〔註83〕。概言之，無論從發表陣地，還是文論詞彙如「文章」尤其是「美術文章」「純粹文章」等來看，作為文論新秀的周氏兄弟身上都很難擺脫劉師培影響的痕跡。

王風敏銳注意到從劉師培到二周「文章」思路上的關聯性，「似乎是有意顯示歷史的聯接，就在劉師培拋棄『美術』這一概念的 1908 年，在實際由他主編的《河南》上，周氏兄弟發表了一系列論文。」〔註84〕現在重新來看二周對「文章」之名的整理與選擇，其間有多少劉師培的影響已難確證，不過劉師培 1905 年到 1906 年集中發表《文章源始》《〈文章學史〉序》等一系列文章，圍繞中國傳統文脈內部的「美」之闡發可謂嚴密，至少構成後來者論說同一（或相近）話題時難以繞過的影響來源。處在這一背景下，當 1909 年魯迅在課上重提舊論，章太炎最初捕捉到的很可能也正是其與 1907 年劉師培文論間的「形似性」。不過，即便魯迅「文章和學說不同」與劉師培「學與文分」的表述近似，二者背後所依靠的資源、論證思路，包括描述的文章具體內涵已有明顯不同，由此導致 1909 年發生在《文心》課上的師生討論，實際上呈現出某種「錯位」。即是說，討論並沒有如魯迅所預期，能夠在雙方所持兩種「文章」邏輯的正面對撞中展開，這一點從章太炎幾乎與《論文學》「雷同」的答語，以及魯迅「默然不服」的反應都可見一斑。只不過，即或此前章太炎對二周發表在《河南》上的文章未曾留意，但是隨著師生之間一度「討論舊文」，圍繞「文」「文章」等概念發生新的意見交流與碰撞，太炎對此「異見」不可能視而未見，這也可以解釋因何遲至一年多後《文學總略》才給出新的、針對性的回應。

無論 1908 年二周《摩羅詩力說》《論文章之意義》嘗試回應 1906 年在留日學生中影響深遠的《論文學》《文學論略》，還是 1910 年章太炎《文學總略》

〔註83〕關於劉師培是否編輯《河南》這一問題，後來又有爭議，不過周作人《魯迅的青年時代》既然提到「（《河南》）總編輯是劉申叔，也是大家知道的。」又同期在回覆吳海發的書信中，進一步解釋「編輯人為劉申叔……與河南無關，不過因其學問聞名，且其時亦搞革命，故請其擔任編輯。」至少可以說明二周當時如此認為。參見《周作人散文全集》第 12 卷，鍾叔河編訂，廣西師範大學出版社，2009 年 4 月，第 617 頁；吳海發：《說我珍藏的周作人先生的來信》，《魯迅研究動態》，1987 年第 9 期。

〔註84〕王風：《劉師培文學觀的學術資源與論爭背景》，《世運推移與文章興替——中國近代文學論集》，北京大學出版社，2015 年 1 月，第 78 頁。

重新回顧一年前《文心》課上的師弟問答，章太炎與周氏兄弟之間圍繞「文章」的反覆辯難，呈現出這樣一種「潛在」而「清晰」的對話性。置身於這樣一種互動場域中考察清末周氏兄弟「文章新生」的理論架構，《摩羅詩力說》標舉「詩力」〔註85〕這一關鍵詞，態度鮮明，本身就直接對應德昆西所說「力／情之文章」（literature of power）。魯迅強調「一切美術之本質，皆在使觀聽之人，為之興感怡悅。文章為美術之一，質當亦然」〔註86〕，所著意突出的也在「移人情」的屬性。與之相較，周作人的意見更趨平和，陳雪虎注意到《論文章之意義》一文「以探求『文學性』為文論的基本思路，企圖在以『情感』為指標的文學觀與章太炎的以『文字』為中心的文學觀盡力地做了最大可能的調適。」〔註87〕一方面，《論文章之意義》後半部分批評「中國近時論文之失」，明確提到林傳甲《中國文學史》、金松岑《文學上之美術觀》等，但其最重要的批評文字實際上寓於前半部分有關「文章之意義」與「使命」的闡發中，特別是「文章者必非學術者也」「他如一切教本，以及表解統計、方術圖譜之屬，亦不言文」等表述，在在與章太炎《論文學》核心性的意見針鋒相對。另一方面，周作人通過標舉「意象」「感情」「風味」三事，指出「感情之說則又易入淺薄一流」，力求在學說與感情（美術）兩種偏至間尋求某種「平衡」狀態，這又使他區別於當時一般「純文學」論家，說明周作人是在部分接受章太炎觀點的基礎上，嘗試做出某種調和，「夫言文章者，其論旨所宗，固未能盡歸唯美，特泛指學業，則膚泛而不切情實，亦非所取。」可以說，體型相當於一小篇「文章概論」的《論文章之意義》，某種程度上構成與章太炎《論文學》《文學總略》、劉師培《文章源始》《論文雜記》等同時代「文章革命者」之間既繼承又否定、默然不服的同時仍保持基本認同的複雜對話關係。

同時需要補充的是，以 1906 年《論文學》為開端，章太炎建構了一個以「文字性」為核心，延展而至於「文辭」的自洽體系，其中反對將「增人感」視作文辭的唯一標準，也從屬於這一以「文字」描述（同時限制）「文章」的框架本身。實際上，如果單獨拿出「文」之總目下的「文辭」一項，章太炎其實並不反對「動人感情」，甚至可以認為，太炎對文辭（或文章）感情喚起作

〔註85〕這裡所謂「詩」具有象徵性，實際相當於 literature，即魯迅正文中所標舉的「文章」。

〔註86〕令飛（魯迅）：《摩羅詩力說（上）》，1908 年 2 月《河南》第 2 期。

〔註87〕陳雪虎：《「文」的再認——章太炎文論初探》，北京大學出版社，2008 年 7 月，第 302～303 頁。

用的期待不下於周氏兄弟。與後來形成的一般印象不同，就在 1906 年夏秋《論文學》發表同期，章太炎在影響頗大的《東京留學生歡迎會演說辭》中，開篇聲稱「近日辦事的方法……第一要在感情」，「用宗教發起信心，增進國民的道德」與「用國粹激動種性，增進愛國的熱腸」二項即是從這條感情主脈上生發。太炎並且宣稱，就國粹這一維度而言，從語言文字到文章（文辭）均與「能動感情」緊密相關，「文辭的本根，全在文字，唐代以前，文人都通小學，所以文章優美，能動感情。兩宋以後，小學漸衰，一切名詞術語，都是亂攪亂用，也沒有絲毫可以動人之處。」〔註88〕一方面強調文章以文字為根基，同時突出文章自身的「感動」作用，在這篇太炎赴日後第一次的公開演講中，「感情—國粹—小學—文辭—動人感情」構成一個「始於感情，終於感情」的連環，這可能也是最初吸引周氏兄弟前往民報社聽講《說文》課，「欲從先師（章太炎）處曉解故訓，以期用字妥帖」〔註89〕的原因之一。一定程度上可以說，正是章太炎關於「文章」與「情感」之間關係的理想化表述，及其充滿個性與情感力量的文章（如《獄中贈鄒容》等獄中詩作、《民報》時期的戰鬥文章等），作為一個時代的經典樣本深切打動、感染了周氏兄弟，推動他們以一種鄭重之態選定「改革文章」這一志業，從而與晚清文學的一般潮流區分開〔註90〕。

二、「自文字至文章」：周氏兄弟的「接受」與「克服」

前文已述，近代學人沿用日譯「文學」（literature）一詞，在文學的範圍、定義、特性等方面大抵也引用西學（或日文譯著）為據，以此直接替換（淘洗）「文學」舊義，是彼一時代的主流做法。有感於西方純文學話語的壓迫性進入，章太炎、劉師培以各自方式整理中國傳統文論，雖立場、主張有所不同，但著力點都在追問「漢文」的獨特性，即旨在發掘一種「漢文所有而西方所無」的質素。劉師培指出「儷文、律詩為諸夏所獨有，今與外域文學競長，惟資斯體」〔註91〕，與此相似，當章太炎稱語言文字（包括文章）、歷史為「中

〔註88〕太炎：《演說錄》，1906 年 7 月 25 日《民報》第 6 期。
〔註89〕錢玄同：《我對於周豫才君之追憶與略評》，1936 年 10 月 30 日《師大月刊》第 30 期。
〔註90〕具體指閱讀梁啟超《論小說與群治之關係》，包括接觸和譯介西方純文學作品（如《哀塵》）等。
〔註91〕劉師培：《國學學校論文五則》，1913 年 2 月《四川國學雜誌》第 6 期。

國獨有之學，非共同之學」〔註92〕，「獨有言文歷史，其體則方，自以己國為典型，而不能取之域外」〔註93〕，包括他將無句讀文視作漢文有別於域外拼音文字的基本特質，所秉持也正是「諸夏所獨有」的言說立場。事實上，若將這樣一種傾向推演至極端，結果自然是將漢語言文字、文章相對於異域鏡像的一部分「不共性」，誤認作漢文（包括漢字、文章）本身。換言之，《論文學》《文學總略》等探討的對象其實並非「文辭」或「漢文」，而是章太炎在放大一部分「不共性」的基礎上重構出來的理想漢文形態。

正如王風所強調，「發生在晚清的這場文學論爭其戰場實際上是在語言文字領域。」「章、劉之間的相合處可以說是漢學家文論普遍遵循『小學為文章之始基』這一原則的必然產物，他們在『小學』與『文學』關係上的分歧只是侷限於語言文字的性質這一層面。……內涵不一但持論相近。無論主張『質言』還是『文言』，在『自古詞章，導源小學』這一點上，二者沒有分歧。」〔註94〕這一定程度上是源於面對歐洲文學壓倒性的話語權力，特別是近代中日重複性話語表述，一部分學人產生的民族文化危機感，「彼論歐洲之文，則自可爾，而復持此以論漢文。吾漢人之不知文者，又取其言以相矜式，則未知漢文之所以為漢文也。」〔註95〕與此同時，「自古詞章，導源小學」也構成章、劉之間圍繞「文章」能夠展開對話的前提。

章太炎認為漢文的獨特性，在於無法完全被聲音包納的書面維度。《論文學》指出「文字本以代言，其後則有獨至」，又《訄書重訂本・訂文・正名雜義》「文辭雖以存質為本幹，然業曰『文』矣，其不能一從質言，可知也。」〔註96〕即是說，文從言發，而在表達功能上漢字進一步克服了語言，由此催生文字對於語言的反哺，從而在更高的維度上實現「言文一致」的可能性，此即太炎改「小學」為「語言文字之學」的用心所在。與之相比，同時代論者一般

〔註92〕章太炎：《答張庸問（一九一二年四月八日至九日）》，《章太炎全集・太炎文錄補編（上）》，上海人民出版社，2017 年 4 月，第 430 頁。

〔註93〕章太炎：《自述學術次第（一九一四年五至六月間）》，《章太炎全集・太炎文錄補編（下）》，上海人民出版社，2017 年 4 月，第 500 頁。

〔註94〕王風：《劉師培文學觀的學術資源與論爭背景》，《世運推移與文章興替——中國近代文學論集》，北京大學出版社，2015 年 1 月，第 62、75 頁。

〔註95〕章炳麟（章太炎）：《論文學》，《國學講習會略說》，東京秀光社，1906 年 9 月，第 57～58 頁。

〔註96〕章太炎：《訂文・附正名雜義》，《章太炎全集・〈訄書〉初刻本、〈訄書〉重訂本、檢論》，上海人民出版社，2014 年 4 月，第 216 頁。

都是從「舊小學」（側重形體）或西方拼音文字（重視聲音）等既有知識體系出發，分析中國文字與文章，自然容易造成在漢文認知上的障壁。可以說，從本根上認知漢字、漢文章，這是章太炎小學的突破處，周氏兄弟也正是經此得以「從根本上認識了漢文」。如果說，太炎敏感於漢文的獨特性，提煉出漢字包括漢文從語言出發，其後則有獨至的規律，那麼這一點也滿足了一位「革命家」對歷史民族、保存國粹的論述需求。章太炎的漢語言文字理論建構，所擅在「一返其本」，其偏怙也在於此，即如魯迅後來批評乃師「因為先生把他所專長的小學，用得範圍太廣了。」〔註97〕同時也是在這裡，出現了章太炎和周氏兄弟「文章觀」的兩種思路。

周作人後來在《魯迅的青年時代》中談到章太炎對他們的影響方式，「魯迅對於國學本來是有根柢的，他愛楚辭和溫李的詩，六朝的文，現在加上文字學的知識，從根本上認識了漢文，使他眼界大開，其用處與發見了外國文學相似」〔註98〕，又「（章太炎）每星期日上午在《民報》社講《說文》，我們都參加了，聽講的共有八人。魯迅借抄聽講者的筆記清本，有一卷至今還存留，可以知道對於他的影響。表面上看得出來的是文章用字的古雅和認真……在他豐富深厚的國學知識的上頭，最後加上這一層（指文字學的知識）去，使他徹底瞭解整個的文學藝術遺產的偉大」〔註99〕。周作人所描述的魯迅重新發現「漢文」的認知結構，具體即在「新生」運動同期發生的傳統「文章」與「文字學」的這種相遇，值得深入探析。更具體說，周氏兄弟的「文章趣味」經由章太炎提供的語言文字眼光重新「篩汰」與「再造」，產生了「從根本上認識了漢文」這樣的新質變化。尤其需要注意的是，在周作人看來，這一質變與「發見了外國文學」二者相輔翼，構成魯迅新文章計劃的完整面目。〔註100〕

換言之，周氏兄弟從章太炎提供的這一平臺起步，同時參照域外同時代文學及19世紀以降歐美文學的批評話語，藉此多重視域的交錯與融合，發現了橫亙於章太炎面前的另外一層障壁，即，當「文」成句讀之後，「文章」作

〔註97〕 魯迅：《名人和名言》，《魯迅全集》第6卷，人民文學出版社，2005年11月，第346～347頁。

〔註98〕 周作人：《魯迅的青年時代（十二）‧再是東京》，《周作人散文全集》第12卷，鍾叔河編訂，廣西師範大學出版社，2009年4月，第616頁。

〔註99〕 周作人：《魯迅的青年時代‧魯迅的國學與西學》，《周作人散文全集》第12卷，鍾叔河編訂，廣西師範大學出版社，2009年4月，第638頁。

〔註100〕 本章第四節《作為方法的「東西甌脫間」——「域外文章」及其眼光》重點討論這一內容，此處暫不展開。

為一個有機的完成物，同樣也別有獨至。此為「從語言到文字」，繼而「自文字到文章」的完整質變過程。如果模仿章太炎區分文、言不共性的論述邏輯，亦可以表述為「文章本由文字連屬而成，其後則有獨至」「業曰文章，其不能一從文字亦可知」。至此，在接受同時超越章太炎的理論建構之後，二周才能真正回過身去，重新審視語言、文字之間的普遍共通性。即是說，「語言—文字—文章」構成一個需要逐層深入、不斷剝開才能看到文章本體的認知結構。二周經此完成遞進，經歷了「文」的物質性和對物質性的克服，在一個差異性（民族性、地域性等）與共通性（普遍性，或世界性）共存的網格當中，真正意識到漢語文章之美的存在。與此同時，在本質上，仍能將文章（literature）還原到它最初的狀態——即與「人」的無限接近的同構物。

從章太炎到周氏兄弟的主要區別在於，前者選擇以「文字性／漢字性」為核心討論與改造「文辭」，正是基於這種有意為之的「錯位性」，漢文章憑藉這一「不共性」與西方文學區分開。與此相較，周氏兄弟的文章觀及其框架，處理的是中國傳統「文」脈如何自我更新、如何容受（或面對）西方純文學觀的問題。二周在吸收、消化太炎文字學的基礎上，進一步從「文字性」出發討論「漢文章」與西方 literature 對接的可能性。以《論文章之意義》《摩羅詩力說》及《域外小說集》為代表的清末文章新生運動，提供了近現代中國文章轉換的具體思路，同時也具有一定的普泛性。

此一發軔於清末時期《論文章之意義》《摩羅詩力說》等論文的基本思路，之後不斷鞏固與完善，貫通於周氏兄弟後來的論述與寫作中，仍然表現出了某種頑強的延續性。到了 1926 年魯迅撰寫《漢文學史綱要》第一節《自文字至文章》時，為這一文章形象給出自家更完整的判斷，「今之文字，形聲轉多，而察其締構，什九以形象為本柢，誦習一字，當識形音義三：口誦耳聞其音，目察其形，心通其義，三識並用，一字之功乃全。其在文章，則寫山曰崚嶒嵯峨，狀水曰汪洋澎湃，蔽芾蔥蘢，恍逢豐木，鱒魴鰻鯉，如見多魚。故其所函，遂具三美：意美以感心，一也；音美以感耳，二也；形美以感目，三也。」又「文章之事，當具辭義，且有華飾，如文繡矣。」〔註101〕需要注意的是，《自文字至文章》一節徵引《說文》《易》《釋名》《文心雕龍》等，通過文字考據重敘「文章」形象，可以與章太炎《論文學》《文學總略》、劉師培《文章

〔註101〕魯迅：《漢文學史綱要》，《魯迅全集》第 9 卷，人民文學出版社，2005 年 11月，第 354、356 頁。

源始》《文說》等對讀。

> 由前言更推度之，則初始之文，殆本與語言稍異，當有藻韻，
> 以便傳誦，「直言曰言，論難曰語」，區以別矣。然漢時已並稱凡等
> 於竹帛者為文章（《漢書》《藝文志》）；後或更拓其封域，舉一切可
> 以圖寫，接於目睛者皆屬之。梁之劉勰，至謂「人文之元，肇自太
> 極」（《文心雕龍》《原道》），三才所顯，並由道妙，「形立則章成矣
> ，聲發則文生矣」，故凡虎斑霞綺，林籟泉韻，俱為文章。其說汗漫，
> 不可審理。稍隘之義，則《易》有曰，「物相雜，故曰文。」《說文解
> 字》曰，「文，錯畫也。」可知凡所謂文，必相錯綜，錯而不亂，亦
> 近麗爾之象。至劉熙云「文者，會集眾彩以成錦繡，會集眾字以成
> 辭義，如文繡然也」（《釋名》）。則確然以文章之事，當具辭義，且
> 有華飾，如文繡矣。《說文》又有彣字，云：「䜌也」；「䜌，彣彰也」。
> 蓋即此義。然後來不用，但書文章，今通稱文學。〔註102〕

首先，對《文心雕龍》所描述的「其容至博」的「自然之文」，魯迅認為
「其說汗漫，不可審理」，將之排除在「從文字到文章」的範圍之外；其次，
在語言文字學這一文章表達的根本問題上，確認了中國文章「遂具三美」的
獨特性，由此可以窺見前期章太炎的影響力；最後，由文字入手，而又不限
於文字，將文章從文字學的統轄中獨立出來，提煉出中國「文章」之理想界
域──「藻韻」和「人情」。這一思路也構成統領整部《漢文學史綱要》的核
心思想。從當時很可能出自授課者本人魯迅之手的一份課程說明來看，《漢文
學史綱要》旨在「略述中國自語言而有文字，由文字發為文章，歷兩漢六朝
唐宋以迄清末之繁變情形，使學生明瞭歷代文學之大要。」〔註103〕明確以小
學知識為起點，從漢字性導出文章寫作，這一論述邏輯無疑脫胎於同時超越
了章太炎的文章論。〔註104〕如是，無論內容還是形式，中國文章都被重新建
構（或描述）為一個體系自洽的創作物，形成了二周其源可溯、又別立新宗
的文章觀。

〔註102〕魯迅：《漢文學史綱要》，《魯迅全集》第9卷，第355～356頁。

〔註103〕《國文系改稱國學系之理由草案（續）》，1926年10月9日《廈大週刊》第
158期。

〔註104〕事實上，魯迅這裡援引《文心雕龍·原道第一》「形立則章成矣，聲發則文生
矣」一句，也很容易讓人聯想起1909年春夏間章太炎在民報社《文心》課上
煞費苦心的「改字」之舉。

第三節　文章觀的文體意識——以「散文詩」為中心

　　一般而言，現代文學中的「散文詩」是一個（準）文體概念，直接來源於域外波德萊爾、屠格涅夫〔註105〕創造的 Petit poème en Prose。不過，當該詞出現在周氏兄弟筆下，卻表現出極大的含混性，或曰「跨文體性」（inter-），事實上，二周至遲在 1907 年前後已經遭遇「散文詩」一詞，並以此介入對中國文章的論說，只是這一文論概念及其背後的問題意識，與後來新文學中逐漸崛起的散文詩體明顯異樣，二周也有意加以區別，更傾向使用前者。這之後，周氏兄弟先後用「散文詩」指代過小說、小品文、獨語體散文等，概念外延還可以包納到後來的雜文和文抄體。尤其後兩種，今天看來都是與「詩」，甚至與文學絕緣的新格式。

　　既往關於「散文詩」的討論，主要集中在它是否構成一種文體，或究竟是哪一種文體，這在某種程度上遮蔽了二周對同一字面的採用，以及在這一「別樣」概念背後可能更重要的——他們對文學的獨特理解方式。可以說，從留日時「散文詩」意識的初步形成，到此後逐步隨創作實踐而擴容，逐漸獲得話語自信，「散文詩」都是關聯周氏兄弟文章觀的一個不可或缺的關節。

一、別一種「散文詩」——以《小約翰》《西山小品》為樣本

　　1927 年 1 月，在「烏合叢書」系列的《彷徨》書後，附有一則《小約翰》的廣告，內容如下：

> 　　和蘭望藹覃作，魯迅譯。是用象徵來寫實的童話體散文詩。敘約翰原是大自然的朋友，因為要求知，終於成為他所憎惡的人類了。前有近世荷蘭文學大略，作者的評傳及照像。〔註106〕

　　現在大致認為，這則「廣告語」的撰寫者即是魯迅本人，時間在 1926 年 8 月前。〔註107〕需要注意的是「用象徵來寫實的童話體散文詩」一句，直接來自對德文序言（即廣告中提到的「近世荷蘭文學大略」）和書後一篇作者

〔註105〕屠格涅夫的作品被承認為典型的「散文詩」，主要是指他晚年出版的《老年》（Senilia）。集中所收多為屠格涅夫旅居法國期間所作，本身就是在與法國文壇的密切互動中完成。這之後，在俄羅斯《歐洲消息》等刊物上，屠格涅夫的作品才被正式冠以「散文詩」之名。

〔註106〕魯迅：《彷徨》，北新書局，1927 年 1 月。

〔註107〕胡從經：《〈《未名叢刊》與《烏合叢書》廣告〉子目考索（續）——魯迅佚文鉤沉》，《社會科學輯刊》，1982 年第 1 期。

評傳的「雜湊」。

魯迅後來回憶留日時第一次在德文雜誌《文學的反響》（*Das litterarische Echo*）上「遭遇」到《小約翰》的情況，「內中有著這書的紹介和作者的評傳」，意外引起他閱讀的興趣，因在東京書店四處尋購不得，又向德國訂購，為此還等待了三個月之久。〔註108〕這裡提到的「評傳」，魯迅1926年翻譯《小約翰》時一併將其譯出附於書後，文章出自比利時詩人波勒‧兌‧蒙德〔註109〕之手，這也在一定程度上影響到評傳的語言表述方式。在這篇最初使得魯迅對《小約翰》發生極大興趣的評傳中，望‧藹覃首先被描述為一位出色的詩人，他的劇作《弟兄》（現一般譯作《兄弟們》）「是一篇戲曲底敘事詩」，《小約翰》及其續篇則是「象徵底散文詩」。〔註110〕這種直感的、印象式的點評，與德文序言中所說「象徵寫實底童話詩」一起，無疑對於當時的魯迅產生了強烈吸引，甚至可以說，兩篇評介文章所塑造的文本形象，之於魯迅的影響不亞於《小約翰》著作本身。

多年後，《小約翰》廣告中「用象徵來寫實的童話體散文詩」一句，明顯是對上述片段的「拿來」，意義卻並非為了宣傳那麼簡單。魯迅同時在譯者序中，又復引用這些片段，並且換成自己的話，稱《小約翰》是「無韻的詩」「成人的童話」。至少可以說明，魯迅本身也是在這樣一個「散文詩」的概念上接受、體認《小約翰》的文本意義，並認為它有不可忽視的價值。然而應該看到，1920年代以波德萊爾作品為代表的散文詩（Petit poème en Prose）已經被植入中國文壇，一定程度上獲得了典型意義，魯迅這時卻稱一篇童話體小說是「散文詩」，實在有點反常，何況，他本身也正是波德萊爾散文詩的初期譯介者之一。

同樣反常的還有周作人對於自己新詩集的描述方式。1929年8月他在為《過去的生命》所作序中，直接稱這些作品尤其是末後的兩首為「別種的散

〔註108〕 魯迅：《馬上支日記》，《魯迅全集》第3卷，人民文學出版社，2005年11月，第353頁。

〔註109〕 波勒‧兌‧蒙德（P. de Mont，1857～1931）是詩人、文學評論家，同時也是一位藝術家，為北部比利時人，因以荷蘭語寫作，且受荷蘭印象畫派的影響，被認為是可以代表荷蘭印象派文學的重要作家，《小約翰》德文版序言的作者可能因此將他誤認作荷蘭人。

〔註110〕 魯迅：《〈小約翰〉引言》，《魯迅全集》第10卷，人民文學出版社，2005年11月，第286頁。

文小品」〔註111〕。需要注意，「小品」這個概念也曾被周氏兄弟用來指代過短篇小說，如《〈域外小說集〉略例》所稱「近世小品」，到新文學後仍在沿用〔註112〕，並非現在我們所理解的 Essay 或隨筆一端。應該看到，有意「混淆」或「調和」文體，似乎是周氏兄弟文學評論與創作的一個顯著特徵。就周作人1929 年出版的詩集《過去的生命》而言，收錄 1919 年到 1923 年間詩作 27 題36 首，《病中的詩》《過去的生命》等標準的新詩之外，兩首《西山小品》（《一個鄉民的死》《賣汽水的人》）作於 1921 年 8 月底，現在來看只能算作「典型」的散文，或更具體可稱敘事類散文，周作人卻將之納入一本「新詩集」中，且著意強調，言下不無對話的期待。兩首小品最初是以日文寫成，寄往友人武者小路實篤的雜誌《生長的星之群》〔註113〕發表，周作人自己又很快譯回中文，刊於 1922 年 2 月 10 日《小說月報》「短篇與長篇小說」欄。在中日期刊上同步發表，可見周作人對這一文學樣式頗有信心。

　　兩首《西山小品》很容易讓人聯想起周作人 1911 年回國後不久，所錄一篇寫生文「Souvenir du Edo」。該文作於回國之前，周作人後來曾在《知堂回想錄》中慨歎，「擬作寫生文，而使用古文辭」〔註114〕，認為是一種錯位，而事實上，錯位的也還包括語言文字本身造成的隔閡。《西山小品》先用日文寫成，似乎也是為能夠更貼近寫生文的原生形態。關於日本明治時期的寫生文如何對周作人產生影響，已有不少研究者論及，這裡只需補充一點，寫生文最初衍生於俳句改革中，後又延伸到隨筆散文以及夏目漱石的小說創作，也就是說，寫生文在日本文壇的橫向展開，本身就是一個難以被西方「文學概論」所消化的、軌道之外的寫作現象。這一寫作現象與周氏兄弟同期在理論上開始提煉、試驗的「散文詩」，也有極大的相通性。周作人對於寫生文的愛

〔註111〕周作人：《〈過去的生命〉序》，《周作人散文全集》第 5 卷，鍾叔河編訂，廣西師範大學出版社，2009 年 4 月，第 574 頁。

〔註112〕1928 年 5 月魯迅在《〈奔流〉》一則編校後記中，即稱《流浪者》等四篇巴羅哈的短篇小說為「小品」。參見《魯迅全集》第 7 卷，人民文學出版社，2005年 11 月，第 166 頁。

〔註113〕兩首《西山小品》完成不久，9 月 1 日即寄《生長的星之群》（日本雜誌《生長する星の群》），很快收到武者小路實篤的答覆，並於當年 12 月發表。同時，周作人又將其譯回中文，發表於《小說月報》第 13 卷第 2 號（1922 年2 月 10 日）。

〔註114〕周作人：《知堂回想錄（八九）·俳諧》，《周作人散文全集》第 13 卷，鍾叔河編訂，廣西師範大學出版社，2009 年 4 月，第 574 頁。

好、模擬，具體到《西山小品》這類「日文到中文」的逆向譯介，無論嘗試的成功與否，可能都是基於對這一寫作形態在漢語文章中是否同樣可行的現實關切。〔註115〕

重新回到《過去的生命》，問題可能會呈現得更清晰。區別於寫生文「詩—散文—小說」的運動軌跡，在周作人，方向同時也可以相反：從散文而回流到詩。《西山小品》是小品散文，也還是詩，只是何謂「別種的散文小品」、為什麼「別種的散文小品」能夠歸為「詩」，他在這篇簡短的詩集序言中並未細論，此處可以引《西山小品》寫作同期周作人在《美文》中的相關表述補充。周作人自言所以提倡「美文」，是要「給新文學開闢出一塊新的土地」，這在當時主要指向一類「記述的」（descriptive）、「論文式」（Essay）的文章，值得注意的卻是周作人對它的描述方式：「讀好的論文，如讀散文詩，因為它實在是詩與散文中間的橋。」〔註116〕這裡，同樣調用了「散文詩」的概念，而且進一步揭明，詩、小說等只是在體裁上區分，「若論性質則美文也是小說，小說也就是詩」〔註117〕，由此來看，「散文詩」顯然不是指文體，而是形式之上的某種「性質」，文體與文體「彼此穿越」（inter-）的空間。

《西山小品》以及同期《畫夢》《尋路的人》等敘事抒情文，包括《夏夜夢》（十則）、《星裏來的人》一類小說體，記事抒情等因子雜糅，均可視作實踐這一「散文詩」理想的有效成績。沿著這一思路，《域外小說集》所開闢的短篇小說形象甫成經典，周作人反而在《美文》《〈晚間的來客〉譯後附記》中一再稱賞庫普林，「就因為要表示在現代文學裏有這一種形式的短篇小說。」〔註118〕而且，也不僅從論文向詩、向小說「滲透」，如有好的文章出現，這一通道同樣可以回返，如周作人評價廢名的小說《橋》，「廢名所作本來是小說，

〔註115〕兩篇文章發表於《小說月報》時，文前還有一篇 1921 年 12 月 15 日所作附記，申明「此刻重寫，實在只是譯的氣分，不是作的氣分。中間隔了一段時光，本人的心情已經前後不同，再也不能喚回那時的情調了。」對於這兩篇小品被譯回中文後的效果，周作人自己似乎並不滿意，只是他歸罪於「時間」，更像一種修辭策略。查《周作人日記》可知，周作人譯回中文的時間其實還要更早，在日文完成不到兩周之後，1921 年 9 月 13 日即「抄譯前作西山小品了」。參見魯迅博物館藏：《周作人日記（影印本）》中冊，大象出版社，1996 年 12 月，第 199 頁。

〔註116〕周作人：《美文》，《周作人散文全集》第 2 卷，鍾叔河編訂，廣西師範大學出版社，2009 年 4 月，第 356 頁。

〔註117〕周作人：《美文》，《周作人散文全集》第 2 卷，第 356 頁。

〔註118〕周作人：《〈晚間的來客〉譯記》，1920 年 4 月 1 日《新青年》第 7 卷第 5 號。

但是我看這可以當小品散文讀，不，不但是可以，或者這樣更覺得有意味亦未可知。」〔註119〕「詩」和「小說」「戲劇」諸文體混合，而以「散文詩」或「別種的散文小品」這一「超文體」的概念激活既定系統，亦即在新文學的框架中，提醒文體僵化的可能。這一思路，我們同樣也能在魯迅對《小約翰》或相似作品的敘述中發現，屬於二周共享的文論經驗。

查周作人日記可以發現，「散文詩」的經驗可能本身就有《小約翰》的文本形象參與其中。1916 年 11 月 12 日，《周作人日記》有一條「得北京八日函，晚閱《小約翰》敘論了」〔註120〕。考慮到他不懂德文，《小約翰》當時也未出英譯或世界語譯本，這篇敘論應該是魯迅當時一部分未能完成的譯稿。也就是說，1906 年魯迅購入《小約翰》後，的確一直有意譯出〔註121〕，1916 年曾一度試譯，並將敘論部分寄予周作人共閱。那麼，既然讀過這篇譯序，對於其中被反覆強調的「散文詩」這一關鍵詞，周作人至少也能有所瞭解。更何況，作為從《河南》到《域外小說集》一系列文章計劃的「獨應」者，二人或許早有關於「散文詩」的意見交流。

這裡需要重新回到作為譯語出現的「散文詩」一詞。結合魯迅一貫的硬譯作風來看，《小約翰》作者評傳中的「散文詩」直接對譯的應是德文 Prosadichtung，這與波德萊爾散文詩（Dichtungen in Prosa）〔註122〕之間有微妙區分。Prosadichtung 由 prosa、dichtung 兩部分合成，基於德語語法的特點，如果形容詞（或作形容詞用的名詞）與它所修飾的名詞關係密切，可以連寫呈現為一個完整的詞。〔註123〕實際上，德文的這一語法特點與魯迅對翻譯中「底」和「的」二字的嚴格區分十分接近〔註124〕，如 social being 譯為「社會

〔註119〕周作人：《〈中國新文學大系·散文一集〉導言》，《周作人散文全集》第 6 卷，鍾叔河編訂，廣西師範大學出版社，2009 年 4 月，第 732 頁。

〔註120〕魯迅博物館藏：《周作人日記（影印本）》上冊，大象出版社，1996 年 12 月，第 639 頁。

〔註121〕魯迅《馬上支日記》即曾談到，購得此書後，「想譯，沒有這力。後來也常常想到，但總為別的事情岔開。」參見《魯迅全集》第 3 卷，人民文學出版社，2005 年 11 月，第 353 頁。

〔註122〕魯迅早年購入的德譯本波德萊爾作品集（*Charles Baudelaire's Werke in deutscher Ausgabe*）第一卷 *Dichtungen in Prosa und Novellen*，「散文詩」即作 Dichtungen in Prosa。參見北京魯迅博物館編：《魯迅手跡和藏書目錄（3）·西文部分》，1959 年 7 月版，第 50 頁。

〔註123〕魯迅在翻譯中，很可能就受到自己所熟悉的德文邏輯的影響。

〔註124〕1924 年魯迅在翻譯廚川白村《苦悶的象徵》時，序言中曾特別說明對「底」

底存在」，因為人的存在同時也在社會中，二者構成一個新的指涉，亦即「形容詞與名詞相連成一名詞者」〔註125〕，如 grossen, finstern Stadt 則譯作「大而黑暗的都市」，因其性質不變，重心仍在最後的中心詞上。這裡有一個最簡單的區分標準，前者的「底」字也可省略。沿此一翻譯邏輯嘗試倒推，Dichtungen in Prosa 如果直譯，應為「散文形式（體式）的詩」，Prosadichtung 更接近「散文（底）詩」。

而且，比起德語或荷蘭語原文，更重要還在於信息傳遞的過程中，魯迅對「散文詩」的具體理解方式，至少在最終呈現出的「象徵寫實底散文（底）詩」這一漢語字面上，「散文」與「詩」之間重構為一個整體，並非一般所理解的偏正結構。尤其是相對於「象徵」「寫實」而言，「散文」與「詩」在譯者看來顯然有更密切的關係。實際上，這也是周氏兄弟所習用的「散文詩」概念，與通常新文學所認可的「prose poem」或「petit poème en prose」之間性質有別，更強調「散文」和「詩」二者「混合」後的新形態。更為重要的是，這種「新形態」是在否定既有邊界（譬如散文與詩）的意義上產生，這也就意味著，它將在任何時候都具有否定性，或曰未完成性。也許正是為了凸顯兩個「散文詩」的內涵不同，周作人 1921 年著手譯介波德萊爾時，使用了「散文小詩」這一譯語〔註126〕，「散文」與「詩」之間的關係明顯被區隔開。如前所述，這一自覺還可以上溯至魯迅「遭遇」《小約翰》的留日時期，實際上，在周作人寫於 1908 年的《論文章之意義暨其使命因及中國近時論文之失》（下文簡稱《論文章之意義》）一文中，已經約略勾畫出這樣一個「散文詩」的概念。前文言及，《論文章之意義》是周氏兄弟繼「新生」計劃夭折後，為催促中國文章更新而作的一篇重要論文，論文綜合西方尤其是 19 世紀以來的各家文論，試圖為中

「的」兩字的不同處理，「凡形容詞與名詞相連成一名詞者，其間用『底』字」，如 social being 是「社會底存在」，此外，「形容詞之由別種品詞轉來，語尾有 -tive, -tic 之類者，於下也用『底』字」，如 romantic 譯為「羅曼底」。大致可概括為，在偏正結構中，若修飾語和中心語有性質上的關聯，而非附加或限定，應用「底」，魯迅有時也會為求通順而省略「底」字，於意義無害。反之，如果形容詞和名詞之間的關係不夠密切，或只是偶而呈現，不能構成一個完整主體，則用「的」字，且一般情況下不會省略。這一翻譯原則和魯迅所熟悉的德文本身語法特點十分接近。

〔註125〕魯迅：《〈苦悶的象徵〉引言》，《魯迅全集》第 13 卷，人民文學出版社，2005 年 11 月，第 19 頁。

〔註126〕而非「小散文詩」。

國新文章勾畫一個理想框架，題目中所謂「意義」相當於 definition〔註 127〕，目的在為文章劃界，這一訴求與此前章太炎的《文學論略》、劉師培《文章原始》近似。〔註 128〕換言之，《論文章之意義》是一篇頗具野心、帶有宣言性質的簡寫版「文學概論」，雖由周作人主筆，而在整體的立論與框架設計上，應屬兄弟二人共同商討的結果，具體到其中的「散文詩」，用來單指「說部」，即高度契合魯迅最初從《小約翰》兩篇評介文字上「捕獲」到的文本形象。

關於「散文詩」在《論文章之意義》中如何被呈現，又因何呈現，將是下文要討論的重點。這裡需要強調的是，今天我們嘗試理解周氏兄弟所謂「散文詩」，所以會產生文體混亂的觀感，或直接將其與新文學初期的文體錯認混為一談，實際基於一個很成問題的前提：作為現代文體的「散文」與「詩」，二者似乎是不言自明的。而事實上，當近現代中國學人使用這一概念時，具體到二周以及更早的王國維等，「散文」一詞還未被假借、塑造成一個文體指稱〔註 129〕。換言之，討論「散文詩」及其背後有可能折射的問題意識，首先需要一個「時差」上的調整，即要重新回到概念「發生」的起點即 1907 年前後，在周氏兄弟面對外來資源、文章傳統的接受和轉換過程中，在「散文詩」與歷史語境的多重互動中做出更具體的梳理、探討。

二、「散文詩」的問題意識

這裡提到周氏兄弟留日期間可能會有的問題意識，絕非空想。事實上，置身中西「文學」包括「文類」相遭遇、對接的歷史過程，如何領受一套陌生、新鮮的文論話語、如何對待既有文類的「事實存在」與「無處安放」等，都或多或少會介入近現代中國學人關於文學（或文章）的表述中。尤其是對於 20 世紀文章更新早有自覺的周氏兄弟，這一點體現得更加明顯。

此前，作為「東洋」範本的日本主要選擇了一種相對簡單、決絕的方式，大體是按照 19 世紀逐漸成形的「西方文學史」這一鏡像描述己身。從明治後

〔註 127〕太田善男《文學概論》也是此種用法，如周作人所重點參考的第三章第一節《文學の意義》。

〔註 128〕較之魯迅《摩羅詩力說》《文化偏至論》等文章的「偏至」，周作人這篇論文對象明確（主要探討中國文章的邊界、使命問題），意見持中（援引、參考東西方近時關於文學的論說），可視作此前流產的「新生計劃」的理論主幹。

〔註 129〕「散文」明確作為一個文體指稱，是通過北京大學英文門、國文門之間的互動完成，時間應在 19 世紀 20 年代前後。

期湧現的大部分文學史敘述來看，一方面摒除在日本文學中佔有重要位置的漢詩、漢文，另一方面將物語、俳句及模擬西方而成的新體詩和小說，分門別類地歸置在西方小說、戲劇、詩歌三體名下，至於餘下的所謂「雜文學」則被籠成一團不明之物。這一選擇與日本自身「脫亞入歐」的時代訴求密切相關。與此同時，逐漸成形的明治文學及其自我敘述，對於當時主要通過日人著譯瞭解西洋、走向「西化」的中國學人也產生了不小的示範作用。比如，對近代中國學子包括周氏兄弟產生過巨大感召作用的梁啟超及其文界革命，選取的也是這一思路。與此相較，在對異域 literature 的新鮮感過後，反諸己身，二周很快又在一個新的「取今復古」的文章視域中糾正了事實偏差，意識到中國文章所要解決的不僅是如何趨新這一普遍性命題，更重要的還在於「我」要如何直面「古源」與「新泉」兩種書寫體系（包括語言文字及文化背景）的對接。這在一定程度上可能受到章太炎同期文論的啟發和帶動。《論文章之意義》一文初現雛形的「散文詩」，即是此一思考過程的初步斬獲。具體言之，「散文詩」概念的被拿來與化用，所嘗試回應的主要就是如何準確描述、安置文章「純」「雜」二分的邊界問題。

作為周氏兄弟留日時期構建「文章觀」的重要材源，太田善男《文學概論》（1906 年）雖有不少研究者論及，其中的問題意識包括解決這一問題的方式，尚未引起充分留意。太田將文學分為純文學（Pure-literature）和雜文學（Mixed-literature）兩類，前者訴諸情感，後者訴諸知，這在當時已是一般通識。不過，當言說純文學時，太田又套用了德國美學家哈特曼（Eduard von Hartmann）的藝術分類法，認為純文學即是詩（Poem），其下包括吟式（singable）、讀式（readable）兩類，吟式詩也稱律文（verse）詩，有敘事詩、抒情詩和劇詩三種，讀式詩亦即散文（Prose）詩，分敘事文、抒情文和小說等。沿著這一思路，原書第四章《詩とは何ぞや（何謂「詩」）》對「散文詩」一項有更詳細解說，太田主要著眼於「律格」這一形式（form）上的標準，指出「前者可稱為格律詩或韻文，後者可以稱美文或散文詩」〔註 130〕。二者之間區別主要在於是否嚴格地遵守律格，即是說，所謂「散文詩」並非真正無律，只是一種「不全律格」（semi-rhythm）。這裡實際上涉及兩個「詩」的概念，將作為西方文學

〔註 130〕〔日〕太田善男：《文學概論》，東京博文館，1906 年 9 月，第 81 頁。引文為筆者試譯，對應原文為「前者は律文詩一に韻文と雲ふべく、後者は美文若しくば散文詩といふことを得べし。」

源頭的 verse / poem 與日漸擴展了疆域的 19 世紀 poetry / literature 一併而論，同時仍以合律與否作為判別當下文學「邊界」的第一標準。

也因此，「散文詩」在這裡暴露出概念的矛盾性，即無限地趨向一種 prose verse，換言之，律文（verse）和散文（prose）難於區分。為了彌合錯位，太田又特別強調並不存在真正無律的詩，並以《力士參孫》為例，指出雖不押韻（blank verse），卻有抑揚，此外如字數整齊亦可稱詩，實際將律格泛化為聲音節奏，「有人認為沒有韻律便不成詩，其實這是一個極大的謬誤。」〔註 131〕換言之，只要被稱為詩，就一定有律，這裡存在明顯的邏輯倒置。從太田最後選定的文學品類來看，「俳句」「和歌」「新體詩」「小說」「日記」「隨筆」「物語」，後四種顯然屬於「散文詩」，則真正合律的「律語詩」比例偏小，甚至於我們也很難說，小說、日記和隨筆是「不全律格」。

事實上，對於居於「聲律框架」邊緣的隨筆和日記等，太田善男論證其為「詩（純文學）」的思路是，既然小說相當於律語詩中的劇詩，美文則相當於其中的抒情詩、敘事詩，「哈特曼認為讀式詩即為小說，但我以為除小說之外還應加入美文。這是因為，如果說小說能與格律詩中的劇詩相抗衡的話，則美文可與抒情詩敘事詩相比較。」〔註 132〕也就是說，用來論證美文〔註 133〕有詩性的，是小說的詩性，是這一極富設計感的框架本身，至於小說是否有「詩」性、因何有詩性，卻並不能由這個聲音框架證明。比較而言，對於自己不太熟悉的西方文學，太田的言說反而通順，「オード」（Ode）、「ソング」（Song）、「ソネット」（Sonnet）、「ドラマ」（Drama）、「ノヴェル」（Novel）諸文類，其中只有小說歸入散文詩，這也更符合哈特曼原來的分類。然而，問題的實質可能在於，如果將西方文學（這裡具體到更重音節性、口述傳統的德國文學）發展的歷史作橫向抻開，投射成為後進國族當下文學的一個理想鏡像，那麼在事實和鏡像之間將永遠存在一個時間差，指向作為鏡像模擬者注定將不斷

〔註 131〕〔日〕太田善男：《文學概論》，第 88 頁。原文為「世には押韻なき故を以て沒韻律語（Blank verse）を詩と解せざる輩あれどこれ太だしき誤謬なりと雲はざるべからず。」

〔註 132〕〔日〕太田善男：《文學概論》，第 115 頁。原文為「ハルトマンは、讀式詩即はち小說なりと說きたれども予は小說以外に、美文なるものをも加へんとす。蓋し小說は律語詩の劇詩に拮抗し、美文は抒情詩敘事詩に比較し得可き者なればなり。」

〔註 133〕太田善男用「美文」指代敘事文、抒情文，應是直接對應當時日本文壇正在興起的寫生文。

模擬的滯後性。一方面，要把西方文學新的潮頭——小說，自身有豐富歷史書寫傳統的隨筆、物語等，統一收納到純文學（詩）中，另一方面，本身又意識不到，或尚無力改寫「西方文學」的發生秩序及其描述方式（如先有韻文後有散文、韻文優於散文等）。站在這種不斷趨新的立場上，試圖回應文學（詩）是什麼、文學將為何物等關乎近現代民族自身的問題時，很容易陷入循環論證。具體到太田所論「散文詩」及整個「詩」的系統，同樣也呈現出對「聲律」（verse）乃純文學的普遍性特徵這一有關 World Literature（或更準確說，Western Literature）「發生期」規律的模仿與復述，而與近現代西方文學中逐漸崛起小說、隨筆等「散文寫作」構成一種反向，後者的運動軌跡是從有韻向無韻的擴展。〔註 134〕

前文已經提到，太田的文學框架來自哈特曼，應是間接參考了森鷗外所譯、德國美學家哈特曼的《審美綱領》（原名 Die Philosophie des Schöne，現譯《美的哲學》）。在哈特曼的整體藝術視野下，詩（Dichtung）〔註 135〕屬於藝術中的「空想」（Phantosia，英語對應 imagination）一類，又分 Versen（律文）和 Prosa（散文）兩種語言形式，前者包括敘事詩（Gattungsidee，譯作「個想」）、抒情詩（Individualidee，譯作「類想」）和戲劇（Mikroksmus，譯作「小天地想」），後者具體指小說（Prose Fiction）。森鷗外將 Versen、Prosa 分別譯作吟體詩、讀體詩，與律文詩、散文詩構成同義異語的關係。太田善男基本挪用了森鷗外的譯法，又在細節上加以補綴，區分出兩種詩歌體式，「一種是用來詠唱的『吟式詩』，另一種是用來閱讀的『讀式詩』」〔註 136〕，以此介入對本民族「詩（純文學）」形象的言說。需要注意的是，日語中的「吟」和「讀」一定程度上都與聲音關聯密切，多少也能夠反映太田自己對詩／純文學的理解。

「讀式」（readable）與「散文」（prose）的等同關係，基於語言文字的合

〔註 134〕譬如小說，從史詩到「epic in prose」的路徑，是逐漸脫「韻」、趨於純散文（prose writing）的寫作。

〔註 135〕德語中詩（poetry）的對譯為 Dichtung 一詞，有時也用來表示口述文藝，尤其 18 世紀後期到 19 世紀隨著德國浪漫主義思潮的興起，「詩」的形象被書寫為偏重感性經驗、生命本質的語言表達。

〔註 136〕〔日〕太田善男：《文學概論》，東京博文館，1906 年 9 月，第 60 頁。原文為「その外形はこれを謳ふべきもの（吟式詩）と讀むべきもの（讀式詩）との二つに分つを得可し」。

音性〔註137〕，這在德語以及重視訓讀的日語中可能還沒有太大差別，而在以漢字為書寫工具的中國文章中，二者卻並非一對同義異語。如果說，吟唱主要是訴諸耳的聲音，宣之於口，是為吟誦，「讀」則主要訴諸目，甚至於心，漢字的象形、形聲在這方面有更大的發揮空間。查 1908 年章太炎《說文解字》授課筆記，「審其意曰讀」〔註138〕，籀、讀二字互訓，指的是通過文辭抽繹其意，這與章太炎所闡釋的「文」之特性——「以有文字著於竹帛」明顯有淵源關聯。至於留日時期的周氏兄弟，通過民報社的《說文》課及太炎同期文論，也有可能深化對中國文章（或文辭）獨特性的理解。這一點，在後來魯迅《擬播布美術意見書》（以下簡稱《意見書》）中有更顯豁的表述。已有學者指出，《意見書》前三節（即主體理論部分）基本上來自太田善男《文學概論》，但在第二節《美術之類別》中魯迅直接略過哈特曼的框架，改用英人珂爾文的分類法。〔註139〕具體表現在，認為「文章」兼具「聲之美術」「模擬美術」「非致用美術」三種屬性，並且在「文章，是為音美」這一普適性的判斷後，緊接著又追加了一個例外情況，「顧中國文章之美，乃為形聲二者，是又

〔註137〕太田善男《文學概論》中，著意強調日本「詩」的音樂性，認為與「歌」更近，和「漢詩」有所分別，故稱「和歌」「國詩」等，這在一定程度上可以代表當時日人的共識。因此，當轉述中國傳統詩論時，太田善男的重心在於說明「詩言志」，而有意弱化「歌永言」的一面。

〔註138〕魯迅、朱希祖等人皆有筆記留存，內容大致相同。參見章太炎講授，朱希祖、錢玄同、周樹人記錄：《章太炎說文解字授課筆記》，王寧整理，中華書局，2010 年 1 月，第 103 頁。

〔註139〕張勇：《魯迅早期思想中的「美術」觀念探源——從〈擬播布美術意見書〉的材源談起》，《中國現代文學研究叢刊》，2017 年第 3 期。張勇論文中推測魯迅棄用哈特曼分類框架的原因，認為「可能是魯迅覺得哈特曼的分類方法過於煩瑣的緣故」。實際上，哈特曼使用的是「演繹法」，在大的框架上務求簡明可操作，尤其當應用於中國文學時，這種「演繹」及其「簡明性」則更明顯。與哈特曼相比，珂爾文的框架明顯來自對具體事項的「歸納」，框架上反而還要更零散、煩瑣。由此言之，《擬播布美術意見書》一文棄用哈特曼分類法的原因可能主要在於：魯迅認為基於概念演繹的方法，不適用於描述藝術，或更具體的中國文章本身。此外，高利克指出《擬播布美術意見書》所借鑒的珂爾文「美術」分類法，很可能來自大英百科全書 1910 年的第 11 版。參見〔斯洛伐克〕瑪利安·高利克：《中國現代文學批評發生史（1917～1930）》，陳聖生等譯，社會科學文獻出版社，1997 年 11 月，第 232 頁。考慮到魯迅不通英文，翻譯有可能借助周作人或他人的幫助，同時 1910 年這一時間點，也可以解釋二周此前在《論文章之意義》《摩羅詩力說》等論文中闡釋「（美術）文章」這一關鍵概念時，未使用珂爾文分類法的原因。

非此例所能賅括也」〔註140〕。即是說，在魯迅看來，不符合這種普遍性框架的「中國文章」，其特殊性有必要被重新提出與看見。在這份著眼整體「美術（藝術）」的《意見書》中，「文章」並非主體，一處小的補注也就更能說明問題。此後，魯迅1926年著手編寫《漢文學史綱要》，第一篇《自文字至文章》總論「漢文學」的性質，「意美以感心，一也；音美以感耳，二也；形美以感目，三也」，思路仍在同一延長線上。

　　如是，重新回到《論文章之意義》對「散文詩」範圍的處理來看，太田所謂「散文詩」包括小說、抒情文、敘事文等，在日本文學中具體對應的文類，如表1所示。與之相比，二周將「書記論狀諸屬」統一打包劃入到雜文章〔註141〕，看似更苛刻，「散文詩」一項只剩「說部」一種（參見下表2）。就實際效果而言，不同於太田善男以「文學性」劃分等級，在《論文章之意義》一文中，「雜文章」和「純文章」在訴諸文學（literature）的「興會神味」上並無質的區分，或者說，二者的區別只會因地、因時、因主體不同而生。具體就本書所論「散文詩」，實際上是「純」「雜」之間一處被預留的交換空間。只不過，對於晚清逐漸萌生自覺意識的文學（文章）而言，感動性特強的小說尤其短篇無疑將要佔據一個重要位置，被視作此一時代的文學之尖端。換言之亦可以說，當周氏兄弟最初注目於文章更新事業起，「小說」就是被他們最先選定的一種「散文詩」體式。

表1：太田善男《文學概論》分類框架

文學	純文學，即詩（主情的）	律文詩（吟式詩）	俳句、和歌、新體詩
		散文詩（讀式詩）	小說、日記、隨筆、物語
	雜文學，即文（主知的）	評論文、敘述文	

表2：周作人《論文章之意義》分類框架

文章（主情的）	純文章，即詩	吟式詩（律文詩）	詩賦、詞曲、傳奇
		讀式詩（散文詩）	說部之類
	雜文章，即文	書、記、論、狀等	

〔註140〕周樹人：《擬播布美術意見書》，1913年2月《教育部編纂處月刊》第1卷第1期。

〔註141〕獨應（周作人）：《論文章之意義暨其使命因及中國近時論文之失（上）》，1908年5月《河南》第4期。

三、從「散文詩」到「雜文」的路

　　當 1906 年被《小約翰》作者評傳所吸引，按照「散文詩」（Prosadichtung）一詞想像、理解這部童話體小說時，魯迅、周作人也同時遭遇並直接處理了中國文章中的「散文詩」這一新的形態，以此為中心，盡可能地容納漢語言文字賦予的文章特性。周氏兄弟這一問題意識及其解決方式，構成了此後新文學白話文體建構的一個重要起點，後者正是通過不斷試煉 prosa（主要指現代白話文）的成色，創造出新的自我表達方式，以可能不夠圓滿的工具以及寫作主體對語言文字的體認和利用，實現「（散）文」向「詩」的交通和轉換。不過，這裡需要說明的是，考慮到「散文詩」產生於它的對立面，即以西方話語為主導的權力結構中，最初只是作為對後者的抵抗（或補充），屬於「（散）文」與「文學」交接過程中「最小限度」的調和之舉。不過，後來伴隨二周文章觀念的逐漸穩固，各有不同類型的實踐創獲，「散文詩」才真正能夠導出「詩」的發現與自覺。因此，也許換用所謂純文學的話語表述，反而更容易說明「散文詩」的問題意識本身，即所謂的超文體性或非詩學。

　　為能更清晰說明二周「散文詩」概念的獨特性，現將《論文章之意義》與太田善男《文學概論》的基本結構對照如下：

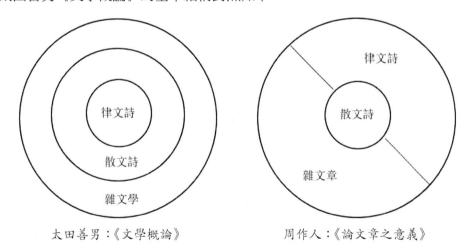

太田善男：《文學概論》　　　　　　　周作人：《論文章之意義》

　　《論文章之意義》一文實際是在探討、確定了中國文章的特性後，在這一理想文章內部嵌入傳統「詩─文」和西方「韻─散」兩個框架，二者參差，同時也構成性質上的相互「補給」。「散文詩」作為實現這一「補給」的通道，成為純雜之間、不同文體之間可以相互流轉、滲透的橋樑，或可稱之為「流動的文體」。之後，「散文＋詩」的組合又不斷被用來描述和創生過新的體式，

不僅《小約翰》是「童話體散文詩」，霍桑的《重述的故事》等短篇小說是散文詩，當「說部」確立了純文學的一席之地後，同樣的位置又先後容納過小品散文〔註142〕、獨語體散文〔註143〕等，後者亦常常被視作「散文詩」的正格。而事實上，從「（散）文」的邊緣地帶出發，用書寫挑戰、通向成為「詩」的可能，這一思路也適用於《野草》中戲劇體的《過客》、箴言式的《死火》以及《我的失戀》這首「擬古的新打油詩」，甚而還可覆蓋二周後期通過不同方式所完成的「文」的回返，即如雜文、讀書隨筆等臻於成熟、對近現代「純文學」審美經驗構成極大挑戰的兩種文體創造。

　　1930 年代因為性之所異，二周在文章理論與創作上各有不同斬獲，甚至一定程度上表現出對立態勢。如在 1930 年代小品文爭論中，魯迅《小品文的危機》稱小品文為「小擺設」，呼籲像「匕首和投槍」一樣「鋒利而切實」的戰鬥文章，周作人《關於寫文章》則以「小擺設」與「祭器」針鋒相對。二周因此各被推為「戰鬥」雜文與「平淡」小品的代表，似乎面貌迥異〔註144〕，但事實上，若就基本的文章框架而言，無論小品、雜文還是讀書隨筆，均與周氏兄弟明確的文章觀相聯絡，雙方可能表現出具體的差異，同時更有深層結構上的相通性。前文已述，周作人最初為新文學輸入隨筆小品（當時稱「美文」），明確調用了「散文詩」這一「流動的文體」。與此相似，魯迅 1935 年《且介亭雜文》序《徐懋庸作〈打雜集〉序》等針對外界對雜文的批評聲音，首先確認「『雜文』也不是現在的新貨色，是『古已有之』的」〔註145〕這一身份，解釋所謂雜文，即「編年的文集」，「只按作成的年月，不管文體，各

〔註142〕即 Essay，包括敘事、抒情文，以及學術性評論等，這也是此前《論文章之意義暨其使命因及中國近時論文之失》歸入雜文章的一群。新文學初起之際，「創作」熱鬧，而白話散文的寫作較遲，為此周作人借「散文詩」重敘其地位，稱為「美文」。

〔註143〕《野草》長期被視作散文，直到後來 1932 年魯迅在《〈自選集〉自序》中自報家門，稱「有了小感觸，就寫些短文，誇大點說，就是散文詩」。參見《魯迅全集》第 4 卷，人民文學出版社，2005 年 11 月，第 469 頁。

〔註144〕需要注意，1930 年代以後周作人的意見表達更隱晦，常要面臨被苦雨齋弟子包括林語堂「同化」的困境。因此，對周作人與林語堂等「表面相似」的話語，至少應有所分別。即以 1930 年代晚明小品熱為例，推舉公安竟陵、闡適小品等，更多還是周作人用以言說自家「近代散文」的話語策略，並非其真正用心所在。

〔註145〕魯迅：《〈且介亭雜文〉序》，《魯迅全集》第 6 卷，人民文學出版社，2005 年 11 月，第 5 頁。

種都夾在一處，於是成了『雜』」〔註146〕。在這之後，魯迅著重對雜文進行理論闡釋，隱現的主要還是三十年前兄弟二人建構起來的「散文詩」這一流動性文體空間。「小說和戲曲，中國向來是看作邪宗的，但一經西洋的『文學概論』引為正宗，我們也就奉之為寶貝」〔註147〕，點明如今「小說」「戲曲」諸類若干年前亦曾處在邊緣的位置，由此牽連到當下正被一眾批評家所「圍剿」的雜文，戲言稱「雜文發展起來，倘不趕緊削，大約也未必沒有擾亂文苑的危險。以古例今，很可能的，真不是一個好消息。」〔註148〕其間暗示出來的，仍然是在僵硬框架以外，文章體式本身的流動屬性，或曰新文章的敞開性。

需要注意的是魯迅論證雜文合法性的思路，「我們試去查一通美國的『文學概論』或中國什麼大學的講義，的確，總不能發見一種叫作 Tsa-wen 的東西。」〔註149〕持「文學概論」「純文學」為標準按圖索驥，同時代文學批評對雜文的質疑與打壓，其出發點正在這裡。魯迅事實上是將「雜文」放到此前「散文詩」的位置上，通過這一迥異於同時代人的言說方式，「文章（觀）」才真正顯露出鋒芒所在。如果說，從留日時期為「小說」正名，到新文學後介紹與創作「散文詩（文體）」「小品」「隨筆」包括「文明批評」與「社會批評」等，周氏兄弟在文章框架內的一系列文體更新，大部分都還可以在西方文學中找到對應，如小說之於 Fiction、散文詩之於 Poème en prose、小品隨筆之於 Essay 以及同一脈絡上的「文明批評」與「社會批評」等。那麼，隨著純文學概念的僵化，特別是 1930 年代二周文章創作漸趨成熟，終於逐步顯現出其與 literature 框架上的差別。〔註150〕

當魯迅選擇以「Tsa-wen」為名反向叩問 literature 的有效性，實際撕下一般言說「文學」者的假面，使主張「文藝的永久性」「文藝的普遍性」包括「為藝術而藝術」的諸論家露出麒麟皮下的馬腳。與魯迅「雜文這東西，我卻恐怕要侵入高尚的文學樓臺去的」〔註151〕的表述相似，周作人論及更具挑戰

〔註146〕魯迅：《〈且介亭雜文〉序》，《魯迅全集》第 6 卷，第 5 頁。

〔註147〕魯迅：《徐懋庸作〈打雜集〉序》，《魯迅全集》第 6 卷，人民文學出版社，2005 年 11 月，第 301 頁。

〔註148〕魯迅：《徐懋庸作〈打雜集〉序》，《魯迅全集》第 6 卷，第 301 頁。

〔註149〕魯迅：《徐懋庸作〈打雜集〉序》，《魯迅全集》第 6 卷，人民文學出版社，2005 年 11 月，第 300 頁。

〔註150〕近現代文章更新的首要任務，即在吸收域外文體，二周的文章框架當時尚未有機會具體表露與 literature 的相異性。

〔註151〕魯迅：《徐懋庸作〈打雜集〉序》，《魯迅全集》第 6 卷，第 300～301 頁。

性的讀書隨筆，同樣也有以退為進的自信。1935 年覆友人約稿信稱，「足下需要創作，不佞只能寫雜文，又大半抄書，則是文抄公也，二者相去豈不已遠哉。但是不佞之抄卻亦不易」〔註 152〕，顯然是刻意與純文學的散文理念拉開距離，1939 年《春在堂雜文》更直接拉來「一代經師而留心輕文學」的俞樾為雜文說法，表明「我理想中好文章無非如此而已」〔註 153〕，與魯迅大體也是同一理路。換言之，與前期以散文詩為橋樑相似，二周後期都是通過對雜文的理論闡釋，集中傳達出「文章觀」的結構敞開性。

質言之，當周氏兄弟討論「散文詩」或「雜文」，並非按照一般理解是在散文、詩的文體意義上接受西方散文詩（Prose Poem），將其固定化為新文學中某類文體。因為經歷過近代文章、文學的混戰局面，「散文詩」（Prosadichtung）作為近現代文章更新背景下產出的一個獨特概念，是詩與文章之間實現「文體轉換」及「新文體生成」的一個自由空間。也正是借助這一預留的園地，周氏兄弟此後不斷帶來新的表達方式，顛覆早前自身也曾參與塑造的、主要是效法西方文學概論所推動的文學秩序，以文章構成對於純文學經典化的再次反撥，從而在相對「邊緣」的位置上重新激活了新文學的傳統。

「故執旋機以運大象，得環中以應無窮」〔註 154〕，「散文詩」為文章虛構出一個「環中」的位置，一定程度上可以解決、消納中西對接過程中的諸多不齊，而且，通過對「散文」（prose）與「詩」（poem）這一對並不完全匹配的概念的理解，文章各部得以圍繞此一虛空的軸心彼此聯結、轉換，並隨著主體對現實人生、語言文字的把握情況，創造與嘗試新的文體。換言之，「散文詩」之於二周的意義遠非某一確定的文體，若論體裁，它實際上「空無所指」。同樣，各種文章體式無論新舊、合法抑或邊緣，也都有通過這一「餘地」自我試驗的機會。

四、餘音

1917 年周作人在日記中已將梭羅古勃的《燭》稱作散文詩，這篇「散文詩」後來收入 1921 年群益書店版《域外小說集》中，劃歸近世「小品」。1919

〔註 152〕周作人：《〈苦竹雜記〉題記》，《周作人散文全集》第 2 卷，鍾叔河編訂，廣西師範大學出版社，2009 年 4 月，第 847 頁。

〔註 153〕周作人：《春在堂雜文》，《周作人散文全集》第 8 卷，鍾叔河編訂，廣西師範大學出版社，2009 年 4 月，第 392～383 頁。

〔註 154〕章太炎：《正言論》，《章太炎全集・國故論衡先校本、校定本》，上海人民出版社，2017 年 4 月，第 45 頁。

年周作人還曾將它譯成白話，附於《新青年》第 6 卷第 2 號補白〔註155〕，屬於「也還值得譯成白話，教他尤其通行」〔註156〕的一類。此外群益版《域外》還收有五篇須華勃的「擬曲」，與其稱作小說，倒不如說更接近希臘文學中從「詩」向「劇」的過渡形態。正如前文已經指出的，「散文詩」呈現出「小說」「戲劇」「詩歌」等文體之間的「流動狀態」，這顯然不同於劉半農開始翻譯屠格涅夫作品時，誤將作為具體文體的散文詩歸為小說的情況，前者是文章主體性創造的自由空間，後者本身就產生在一個自身標準缺失的文論體系中。

　　劉半農於 1917 年任教北大，成為《新青年》同人之一，當年秋冬與周氏兄弟尤其周作人的關係迅速熟稔，這與二人此前同為《中華小說界》撰稿，在文字上互相留意有關〔註157〕。1918 年前後劉半農對 Prose Poem 這一文體的理解逐漸貼近波德萊爾、屠格涅夫等散文詩的本義，其間不能忽視與二周的交遊因緣。據《周作人日記》顯示，1918 年 2 月 16 日劉半農借ボドレエル（Baudelaire）詩集一本，並於 3 月 26 日歸還。〔註158〕這本詩集 1917 年 11 月 26 日從紹興家中寄到，應即周作人留日時購入的 Frank Pearce Sturm 英譯本 *The Poems of Charles Baudelaire*〔註159〕。同樣，魯迅也購有波德萊爾詩作的德文譯本，第一卷收錄 Dichtungen in Prosa 即散文體詩。據《魯迅日記》，1912 到 1921 年期間未見這本詩集的購買記錄，則德文譯本很可能購於留日時期。〔註160〕即是說，雖然早在留日階段周氏兄弟均曾留意、購閱波德萊爾

〔註155〕白話譯文版《蠟燭》，附於周作人譯契訶夫《可愛的人》一篇之後，《新青年》目錄未列出。已有研究者提出譯者可能就是周作人，參見彭明偉：《周氏兄弟的翻譯與創作之結合：以魯迅〈明天〉與梭羅古勃〈蠟燭〉為例》，《魯迅研究月刊》，2008 年第 9 期。實際上，這一補白亦有前例可循，在上一期即《新青年》第 6 卷第 1 號《鐵圈》後，亦附有一篇《虛弱的小孩》，為周作人譯、梭羅古勃《屏兒》的白話版。

〔註156〕魯迅：《〈域外小說集〉序》，〔英〕淮爾特等著：《域外小說集》，周作人譯述，群益書社，1921 年。

〔註157〕劉半農 1915 年翻譯擬曲，即告白說是受「啟明」的影響。

〔註158〕魯迅博物館藏：《周作人日記（影印本）》上冊，大象出版社，1996 年 12 月，第 733、740 頁。

〔註159〕該書為 The Canterbury Poets 系列。1913 年周作人曾集中購入該系列其他圖書，如 *Contemporary Belgian Poetry* 與 *Contemporary French Poetry* 等。

〔註160〕周作人回憶談到他們留學期間受到日本文壇上大談自然主義的影響，也留意到自然主義文學的誕生地法國的作家、作品，視野轉而延及「詩人波特萊耳，威耳倫的一二小冊子」。參見知堂（周作人）：《關於魯迅之二》，1936 年 12 月 1 日《宇宙風》第 30 期。

的散文詩，卻並未著手翻譯，甚至也不在他們最初的譯介計劃中。

如前所述，周氏兄弟對兩種散文詩的差別有相當的自覺。本書主要討論構成二周文章觀重要一部的「別種散文詩」，至於文體意義上的散文詩不在關注的範圍內，這裡只簡略交代：二周早在留日時就已經接觸到波德萊爾、屠格涅夫的散文詩作品，至遲 1918 年前後開始正式提及、評價，但其翻譯行為明顯滯後。直到 1920 年代二周才先後譯出波德萊爾的散文詩，同時也表明了自己的態度。即是說，對於散文詩這一文體而言，譯介或不譯介的標準其實相當主觀，主要基於主體對中國新文學的判斷與預期。這一「功利性」的態度，首先要求寫作者或文學言說者對自身有清晰認知，「比較既周，爰生自覺」。在一般「進化論」的常軌上，我們傾向於認為，周氏兄弟是著力引介西方「新潮」並以此為模範更新中國文章的急先鋒，事實卻是，從一開始面向西方文學時，他們就擁有一個明確的「主體眼光」，經歷過短暫的模仿階段後，對這種以外物為轉圜的文學改良，二周迅速失去了興趣。也正因為此，波德萊爾等人的散文詩，還需伴隨五四過後的時代情緒，伴隨這一時代情緒中文學的遲緩或偽飾，特別是伴隨主體對「苦悶的象徵」「現代人的悲哀」等現實人生精神質素的真切感受，才能被真正看見與發現。可以說，在感情取得共鳴的方式上，兩種散文詩的寫作在 1920 年代中期出現一次偶然「匯流」，某種程度上與小說、美文、小品等相似，波德萊爾、屠格涅夫代表的這一文體，構成周氏兄弟「散文詩」（即「文章」）思路的一個即時性實現方式。

第四節　作為方法的「東西甌脫間」──「域外文章」及其眼光

一、一個有趣的認識現象──因何是「古怪」？

1902 年初，內田魯庵編輯的《學燈》雜誌發起過一場「十九世紀に於ける歐米の大著述に就ての諸家の答案」問卷調查，一共列出六個問題，邀請各學科八十位知名學人作答。其中，第五個問題是「十九世紀後半の傑作」（master-works during the latter part of the 19th century），明治文學界受邀作答的有評論家上田敏、作家德富蘆花等等。當時的投票結果從高到低排序，依次為：（一）左拉《盧爾德》、（二）左拉《羅馬》、（三）柯南・道爾、（四）埃德蒙・戈斯、（五）安德路朗、（六）佈雷特・哈特、（七）史蒂文森、（八）梅

瑞狄斯、（九）約翰·莫雷、（十）沃爾特·佩特、（十一）哈代、（十二）亨利·詹姆斯、（十三）約翰·華生、（十四）約翰·羅斯金、（十五）斯蒂芬·菲利普斯、（十六）丁尼生、（十七）馬克·吐溫。很明顯，英、法、美三國作家壟斷了「同時代域外傑作」的第一梯隊，法國的左拉穩居榜首，英國作家數量最多。〔註161〕

　　《泰晤士報》（*London Times*）很快於同年 2 月 14 日評論了這場問卷，對明治日本的文明程度頗多讚賞，卻對這一文學排名不以為然。理由是，哈代、梅瑞狄斯、馬克·吐溫這樣的「第一流」作家排名靠後，暢銷英語世界（前殖民地）的吉卜林作品甚至一票未得。該報導還在結尾處特意轉引了這份排名，稱如此排序為「curious order」，言下之意，名單避開了第一流的吉卜林，而將不入流的左拉奉為榜首，說明日本物質文明雖然取得極大進步，文學趣味卻有待提升。〔註162〕然而，今天我們再看這份名單，19 世紀後期是俄國文學的黃金時代，湧現出托爾斯泰、陀思妥耶夫斯基、契訶夫、屠格涅夫等多位重量級作家，名單中竟無一入選；比較而言，史蒂文森、梅瑞狄斯的排名已經有點虛高，僅次於左拉的柯南道爾後來甚至算不上嚴肅文學作家，至於「帝國作家」吉卜林，其作品熱度一定程度上伴隨著英帝國海外殖民的擴張史，一戰之後已經少有提及。

　　不過，所謂 curious 的描述這裡頗有意思。就 19 世紀建構成型的世界文學（Weltliteratur）而言，與西方發現東方這一歷史過程同步，世界文學以民族／國民文學為基本單位，更多表現為一種單向度的、從邊緣（東方）向中心（西方）的靠攏。其中，先進國或稱文明國（包括自動帶入文明國價值觀念者）不僅向外輸出文學概念、經典作品，同時也劃定了一個先定的文學價值序列（correct order），對後進國（或非文明國）有「天然」的規訓作用。在這種情

〔註161〕「1. ミィル・ゾラ『ルルド』；2. ゾラ『ローマ』；3. コナンドイル；4. エドモンド・ゴス；5. アンドリュー・ラング；6. ブレット・ハート；7. ロパート・ルイス・スティヴンソン；8. ジョージ・メレディス；9. ジョン・モーレイ；10. ウォルター・ペエター；11. トマス・ハーデイ；12. ヘンリ・ジェームズ；13. イァン・マクラァレン；14. ジョン・ラスキン；15. スティーヴン・フィリップス；16. ロード・テニソン；17. マーク・トェー。」原文無中譯，正文引用部分為筆者試譯，關於這份問卷的具體情況，參見〔日〕木村毅：《丸善百年史（上卷）》第二編，東京丸善株氏會社，1980 年，第 457～473 頁。

〔註162〕〔日〕木村毅：《丸善百年史（上卷）》第二編，東京丸善株氏會社，1980 年，第 471 頁。

況下，只有顛倒或超出了一定秩序所能描述的「文學世界」之學習者（包括不合格、不乖順兩種），才有可能被稱作 curious。對於西歐而言，明治日本首先是一個合格的學習者，截至《學燈》20 世紀初發起這場問卷之前，英文學在日本仍然佔據顯要位置，這一點從名單中數量最多的維多利亞文學評論家和人類學家等可見一斑。與此同時，19 世紀末 20 世紀初歐洲文學空間經歷過一次權力更迭，英文學的宗主國地位受到歐洲大陸的衝擊，法文學逐漸接任成為新的中心。日本文壇也及時跟進，積極譯介、模仿法國自然主義小說，這一點也充分體現在左拉的突出位置上。換言之，日本這份名單之所以 curious，正是因為它實現了模式轉換，已經開始接收另一個中心的規訓，不再是英文學的簡單追隨者。事實上，與一力趨新的日本相比，維多利亞時代的文學規範包括它對於整個世界文學的判斷，已經處在一個相對「落後」的位置。此後不久，日本又在日俄戰爭期間，掀起了一場譯介俄國作家作品的高潮，英文學的比重進一步被壓縮，終而形成法、俄、英文學三分的格局。木村毅將明治三十年代完成的這一「模式」更替，概括為「這不僅僅意味著，日本對外國文學的趣味，從英文學到大陸文學的轉移，同時更重要的是，說明一直無意識、無選擇地接受泰西思潮的日本文化界，意識到了所謂的近代思潮的感染」〔註163〕，這裡所謂「近代思潮」，指的就是來自法國的自然主義小說。同時，這也是二周留學日本期間，籌備、完成《域外小說集》的最直接文化環境。

有趣的是，當初在日人看來，《域外小說集》也屬「古怪」或「二三流」（second and third-rate works）。1909 年《日本與日本人》雜誌第 508 期「文藝雜事」欄，登出了一則《域外小說集》的出版消息，記者對周氏兄弟不無好感，同時也奇怪於他們不大注意「單純的法國作品」，反而通過英語、德語重譯一些相對更偏僻的歐陸文學，尤其關注「德國、波蘭那裡的作品」。〔註164〕這一印象後來被不斷強化，即是說，認為《域外》譯者是出於某一種侷限（如，文學眼光不高，又或者，存在文學之外的意識形態尺度，後一種看法相對更常見，以「弱小民族」或「弱國模式」為代表），錯過了英法德以及意大利、西

〔註163〕原文為「これは單に、日本の外國文學嗜好が、英米から大陸へ轉移しかかってきたという事を意味するのではない。なかば無意識、無選擇で泰西思潮を送迎してきた日本の文化界が、いわゆる近代思潮の感化を意識しはじめたという事を意味する。」參見〔日〕木村毅：《丸善百年史（上卷）》第二編，東京丸善株氏會社，1980 年，第 483 頁。

〔註164〕轉引自〔日〕藤井省三：《日本介紹魯迅文學活動最早的文字》，《復旦學報》，1980 年第 2 期。

班牙等一般意義上的西歐文學國，而選擇一些文學／文明程度不高的古怪國度的作家作品。

通過傚仿最中心、最西方的文明（文學）模式，快速實現本國文化的更新換代，是 19 世紀以來後進國家謀求近代化的常見思路，以日本最先完成，也最典型。事實上，面對從來如此的「傳統」崩壞，後進國出於「被落後」的焦慮，往往容易表現出對「規範」或「標準」的情熱，這無可厚非。只不過，後來明治思路也日漸暴露出它的弊端，柄谷行人在談到日本近代文學的先天不足時，有過這樣的反問，「如果他們視為模範的西洋之正常性其本身是異常的，那該怎麼辦呢？」〔註 165〕這裡涉及標準（order）的「相對性」問題，即是說，所謂文學的「第一流」（トップクラス，top class，mainstream）或「正確」（correct）從何而來？誰才能做出這一判斷？對於這類認識現象的「根底」，包括「怎麼辦」的追問進一步導向的可能性，當時及之後都少有人涉及。

就文學本身的價值而言，「冷僻，遠離主流」也是後來我們對《域外》一般的印象，這背後所體現的是言說者一種來自框架內部的、似乎從來如此的優越感。竹內好站在反思明治文學近代化的立場上，對認為《域外》「古怪或二三流」的看法表示懷疑，為了說明問題，他提煉出後進國文學（包括文化）走向「近代」的兩種思路，即「森鷗外類型」與「魯迅類型」〔註 166〕，前者積極地擁抱西歐的黃金律，後者選擇一種自覺與主流相區別的、極具主體批判性的接受或「拿來」方式。不過，問題有必要進一步說透，即，魯迅究竟從這些在當時（甚至也包括現在）大多數人看來，只能算二、三流的作家作品中，看見了什麼，以至於給出「文術新宗」的評價？

二、近世文明／文學認識裝置及「世界文學空間」

上文說到，某一方之所以能夠給出 curious 的評價，前提在於評價者自認在知識（或能力）上佔優勢，即存在並且其本身也正處在這樣一種文明／非文明、先進／落後二元結構的上端，具體到英國之於日本，日本對於《域外》，諸如此類的「文學」判斷，本質上都可以歸於一種權力話語。

近代以來，伴隨「西歐」對「東方世界」的發現，民族學、體質人類學、

〔註 165〕〔日〕柄谷行人：《日本現代文學的起源》，趙京華譯，生活‧讀書‧新知三聯書店，2003 年 1 月，第 71 頁。

〔註 166〕〔日〕竹內好：《近代的超克》，李冬木等譯，生活‧讀書‧新知三聯書店，2005 年 3 月，第 209～211 頁。

民族心理學等學科逐漸興起，提供了用來描述異域、落後地區形象的「科學」方式。這裡，認識的框架（相當於世界觀，具體指文野之見）先於認識的方式存在，因此，不同的「科學」類目之間擁有極高的重合度，這一點集中表現在「東／西」這一地理分別上。

茲舉人種學一例說明，19 世紀西方人類學家、地理學家圍繞世界人種／地區的劃分，提出過不同的方案，如布魯門巴赫（Blumenbach）的五分法〔註167〕，布戎、萊瑟姆（Latham）的三分法等，不過大體的思路一致。其中，三分法相對簡單，在當時被普遍接受，進入東亞後直接催生了福澤諭吉「文明開化論」，對近代日本產生了深遠影響。所謂三分法，是將世界人種分為非洲人種（Atlantidae）、蒙古人種（Mogolidae）與歐洲人種（Lapetidae），依次對應時間軸上的野蠻、半開化與文明三個階段，這一分法巧妙糅合了體質人類學、地理學、歷史語言學，尤其以進化論（或歷史進步主義）為理據，在時間軸與空間軸上逐節對應。其中，東亞的中國、日本屬於半開化的蒙古人種，即黃種人。三分法在晚清中國學人中被引為共識，較早見於康有為《日本書目志》所收《人種篇》，周作人後來文章說及「中日同是黃色的蒙古人種」「亞細亞人豈將淪於劣種乎」〔註168〕等，仍然可見到這一影響的痕跡。1899 年，梁啟超在《清議報》上發表《文野三界之別》一文，又參照福澤諭吉《文明論概略》，正式為近代中國輸入「文明—半開化—野蠻」的文明進化理論，並揭示「以西洋文明為目的」的近代化方案，即「走向近代」等於「走向西洋」的思路。

在這一大環境中完成知識儲備，且切身感受到民族空間擠壓的周氏兄弟，也很早就表現出對東西空間、民族現實的關注。查《周作人日記》，1902 年 9 月 25 日收到魯迅寄自日本的包裹，其中有一套當年 8 月三松堂發行的《最近清國疆域分圖》地圖集〔註169〕，除收中國各省地圖之外，還附有《亞細亞全圖》《世界圖》等。周作人對這份《亞細亞全圖》觀摩最細，晚年審訂日記，

〔註167〕德國解剖學與生理學家布魯門巴赫，按照體質人類學的知識，將世界人種分為高加索人種、蒙古亞種、美洲人種、埃塞俄比亞人種和馬來人種，以高加索人為優質人種，並沒有表現出文明等級色彩。這之後，地理學家布戎又將布魯門巴赫的五分法進一步修改，主要是將人種、文野和具體的空間結合，後來又簡化出三分法，擴大了理論的影響。

〔註168〕周作人：《日本管窺之二》，1935 年 7 月 1 日《國聞週報》第 12 卷第 25 期。

〔註169〕周作人 1902 年 9 月 25 日日記，「接日本函……《最近清國疆域分圖》一本（全，七月新出）」。參見魯迅博物館藏：《周作人日記（影印本）》上冊，大象出版社，1996 年 12 月，第 353 頁。

還特地在上方圈注，當時應該給予他不少震動。僅日記所載，次年 5 月 2 日「上午看地圖，亞洲一份」，5 日「考究地圖，亞洲大陸黃色渲染者，日就削矣，觸目驚心，令人瞿然」。〔註 170〕

值得注意的是，三松堂後來又於 1905 年發行了同一系列的《五大洲分圖》，周氏兄弟當時已在日本留學，應該更易接觸。其中《歐羅巴全圖》一幅，可見 20 世紀之初歐洲大陸的空間歸屬，如，芬蘭、波蘭歸入俄羅斯，匈牙利屬於奧匈帝國，三者顯然屬於現實政治版圖上的「亡國」或「弱小者」，即後來被反覆敘出的反壓迫民族，此其一。更重要的是，與這一現實政治處境同步，芬蘭長期都被西歐視作「東方」或「準東方」，18 世紀中後期的歐洲人種學說將芬蘭人劃為蒙古人種的後裔，東歐的波蘭、俄國，更是「半開化」的、只能被奴役的斯拉夫人（slav 一詞，即與英語中 slave、法語 esclave 有淵源關係）。此外，挪威等其他北歐國，以及位於中歐的德國，是日耳曼民族，與文化資本積累更多的拉丁民族相比較，同樣也被視作歐洲內部的邊緣，如德國長期被稱作「森林民族」。至於長期處在德國文化輻射下的北日耳曼諸邦，如挪威、丹麥等，即便位置高過「蒙古後裔」的芬蘭，其在「文明的西歐」看來，也只能是北方蠻族。

如果按照這種讀法，將這幅《歐羅巴全圖》與《亞細亞全圖》連讀，呈現的實際上是一幅「20 世紀初歐亞大陸的文明等級地圖」。其中，從西歐文明國向東，依次漸及芬蘭代表的北歐諸邦，俄國、波蘭等東歐國家，終而遠到泰東的亞細亞，人種、地區的文明程度逐次遞減，同時這也能折射出「世界文學（文明）」的秩序。

在這一語境下，《域外》所以被視作「古怪或二三流」，一定程度上也是就當時「非歐羅巴」地區的語言、文學，與作為「19 世紀文學主流」（Hauptströmungen）的英、法文學之間的「空間距離」而言，此後這一刻板印象不斷被鞏固。實際上，在 19 世紀後期「西歐文明」認知裝置的規訓之下，《域外小說集》所「看見」的北歐、東歐，因為民族、地域、語言甚至人種等條件的限制，一開始就不具備進入「同時代世界一流文學」的資格。

〔註 170〕　魯迅博物館藏：《周作人日記（影印本）》上冊，大象出版社，1996 年 12 月，第 390～391 頁。這很容易讓人聯想起 1898 年魯迅在寄周作人的一封信中，詳細描述《知新報》第 45 期所載《列強瓜分中國圖》，「言英日俄法德五國，謀由揚子江先取白門，瓜分其地，得浙英也。」參見《周作人日記（影印本）》上冊，大象出版社，1996 年 12 月，第 5 頁。

不過應該看到的是，周氏兄弟包括近代的日本學人，他們藉以敲開「世界文學」的語言工具，主要還是英文，通過這一語言通道也不得不一併接收文字背後的認識裝置。如，在英文學的視野當中，隨著「歐美」向「世界」的延伸，凡爾納、威爾斯的科學探險小說，哈葛德、吉卜林的異域傳奇等，在當時受到廣泛歡迎，其突出特點表現在對「空間」的征服，並擴展到月球、地心、北極等，其中一個「被描述」的東方是現實中最重要的面向。不容忽視的是，即便作者並非有意識地帶入某一價值觀，這類作品依然延續了早期《魯濱遜漂流記》的經典「帝國敘述」，即，一位闖入異域／東方的白種人、與現代文明相隔絕的蠻荒之地、「愚昧的土著」或「高貴的野蠻人」，以及吸引眼球的愛情、探險或謀殺等情節，以上要素構成相類似的故事框架。作品背後傳達的文明對野蠻的設定和同化，也暗合 19 世界文明秩序的規定性。而焦士威奴的科學小說、哈葛德的探險小說，頗受梁啟超、林紓等清末譯者青睞，此前也是周氏兄弟初次「嘗試」文學翻譯時最先接觸的對象，據魯迅回憶當時的情況，「我們曾在梁啟超所辦的《時務報》上，看見了《福爾摩斯包探案》的變幻，又在《新小說》上，看見了焦士威奴所做的號稱科學小說的《海底旅行》之類的新奇。後來林琴南大譯哈葛德的小說了，我們又看見了倫敦小姐之纏綿和非洲野蠻之古怪。」不過，似乎很快就有了「受騙」的感覺，或者說，當《域外》接通「世界文學」視域的同時，周氏兄弟便開始自覺抵抗隱藏在語言、文學背後的這一套認識裝置，尤其是在強調個性與自由精神的魯迅這裡，這份「多疑」表現得更敏銳，甚至「偏激」。譬如，對有著「匈加利的哈葛德」之稱的小說家育珂，尤其是育珂頗受英文學世界歡迎的牧歌傳奇等作品的認識，魯迅和周作人之間已經顯露出分歧。〔註 171〕

實際上，當「某一種文學」形象被經典化，尤其是在 19 世紀逐漸推展的「純文學」概念的掩護下，其經典性和超時空的一面越來越凸顯，則任何關於「意識形態」與「普遍性」的質疑，先天就會被認為是落後（backward）、沒有教養（uncivilized）和應該羞恥的。這中間的邏輯可以簡寫為，西歐文學＝

〔註 171〕周作人開始翻譯育珂的《黃華》是在 1910 年，當時魯迅已經歸國。應該看到，當時明確列入到《域外》「新譯豫告」中的《神蓋記》《並世英雄傳》等中長篇小說尚未譯完，周作人卻另起爐灶，轉而翻譯他當時更加偏愛的、育珂的田園牧歌式小說《黃華》，其中顯示出的二周在文學眼光上的微妙差異，頗耐人尋味。可以佐證的是，魯迅回國之後曾幫忙聯繫出版《炭畫》，對《黃華》卻未置可否，實際上，《黃華》遲至 1920 年間才由周作人轉託蔡元培商定後於 1925 年出版。

世界文學＝純文學＝近代文學，否則，即是支流、非純與不具備「普適性」的，至少只能算「二三流或古怪」，此外並沒有其他選擇。考慮到 19 世紀西方「發現」東方，與「東方」向西方對接這一雙線推進的「世界文學建構」過程，對於迫切需要擺脫「落後」設定的接受者而言，接受一套現行的標準其實是最容易的選擇，而很難對「裝置問題」產生自覺，更遑論有質問的勇氣。

這裡，需要簡單提及魯迅與德譯「世界文學」（Weltliteratur）的關係。如前所述，德語包括德語文學，在 18 世紀之前的歐洲並非一種優勢／文明語言，1780 年普魯士國王腓特烈二世就認為，德語和法語相比是一種「半野蠻」（halb barbarische Sprache）和「粗糙」（Grob）的語言。此後赫爾德、格林等學者致力於本民族語言、文化的復興，德國文學的傳統逐漸得到整理。到 19 世紀中後期，受德意志民族統一的政治訴求及出版業的推動，歌德提出的「世界文學」之視野才真正得到落實，這一視野主要以普魯士為中心，牽及北歐、東歐，可以概括為「日耳曼地區文學及其周邊」。〔註172〕如此，在西歐系統的英文學、法文學前後相接的「大脈絡」下，處在「半開化與半文明之間」的德語文學視野之崛起，具體到其所延展的「更東方、同時也意味著更真實與完整」的「世界文學」之認知，在一定程度上就有了重新激活「文學秩序」的意義。雖則這一「世界文學」同樣也有其中心性（即普魯士帝國統一的意識形態屬性），不過，對「有心人」而言，另一個中心的轉換／出現，本身也就暗含著抵抗、突破既有認識裝置的意義，譬如，在周氏兄弟翻譯、出版《域外小說集》同時，夏目漱石於 1909 年 3 月和他的學生小宮豐隆一起定期組織德文學讀書會，其中，閱讀俄國作家安德列耶夫的作品就是重要內容。

重新回到《域外》，如果說周氏兄弟在芬蘭、波蘭、匈牙利等「古怪的民族」這裡發現了「文本之內」，或甚至有可能「超乎具體文本」之上的「秘密」，那麼這一問題意識，最根本地就源於這些「異域新聲」對東、西方文明眼光的顛覆，即所謂的「評驚文明」之眼光。

三、「否定性」的文明史觀——《人之歷史》《文化偏至論》為核心

前已述及，19 世紀「西歐文明秩序」對世界空間的劃分，很大程度上是以進化論為理論始基。其中的關係複雜糾纏，在《世界秩序與文明等級》一書

〔註172〕關於德國 19 世紀中後期「世界文學」的相關論述，參見熊鷹：《魯迅德文藏書中的「世界文學」空間》，《文藝研究》，2017 年第 5 期。

的序言中，劉禾將文明論與進化論之間的這種「歷史同構關係」概括為：「歐洲人在海外探險的過程中，將分布在空間的人群差異整理為歷史的差異，也就是把空間的分布詮釋為時間的分布，又將時間的差異解釋為文明進化程度的差異。」〔註173〕即空間問題時間化，時間問題歷史化，其核心在於單一中心（西歐）、直線式（與時間成正比）的文明進化史觀。

這一歷史進步主義的理念，基於歐洲啟蒙時代的理性思想（如亞當斯密的社會階段論），同時也受近代以來地理大發現的鼓舞，其構擬本身就帶有樂觀主義的色彩，甚至「在時間上早於達爾文提出的生物進化論」〔註174〕。即是說，在某種程度上，應該對生物進化論與社會進步理論有所區分。不過，這一「空間化」的文明秩序，當時之所以被東亞學人所普遍接受，也正是因為它能夠同時為文明的後進者們預定了一個「進化」的美好未來，或曰「標準」，即「西化之文明／文學」。

不同於這種單向度的、絕對樂觀的「文明遞進論」，周氏兄弟在留日時期，通過「文章新生」視角展開的，首先就是對所謂文明話語，即「文明究竟為何物」這一根本性問題的追問：「第不知彼所謂文明者，將已立準則，慎施去取，指善美而可行諸中國之文明乎，抑成事舊章，咸棄捐不顧，獨指西方文化而為言乎？」〔註175〕需要注意的是，與這篇《文化偏至論》發表同時，魯迅另外撰有一篇《人間之歷史》，兩篇論文分別從文明發展形態和生物進化論的角度，梳理既有的知識譜系。結合前述「歷史進步主義理念」之構擬，則這兩篇論文前後相應，有意識地釐清科學的生物進化論與人類社會（文明）的發展形態，表現出某種計劃性。〔註176〕

〔註173〕 劉禾：《序言：全球史研究的新路徑》，《世界秩序與文明等級：全球史研究的新路徑》，劉禾主編，生活·讀書·新知三聯書店，2016 年 4 月，第 5 頁。

〔註174〕 相關論述，參見劉禾：《國際法的思想譜系：從文野之分到全球統治》，《世界秩序與文明等級：全球史研究的新路徑》，劉禾主編，生活·讀書·新知三聯書店，2016 年 4 月，第 168 頁。

〔註175〕 迅行（魯迅）：《文化偏至論》，1908 年 8 月《河南》第 7 期。

〔註176〕 周作人回憶中提到，魯迅前期讀《天演論》而對進化論發生興趣，後來接觸丘淺次郎的《進化論談話》，才算真正瞭解進化論。嚴復所譯《天演論》，以斯賓塞的社會進化論改寫了原著赫胥黎（包括達爾文）的生物進化說，所謂「適者生存」傳達出的強烈意識，適應了晚清民族危機下救亡圖存的社會心理。不過，也將生物進化論與社會進步理論混同處理，從《文化偏至論》等文章來看，魯迅對這種直線遞進的社會進步理論並不完全認同，周作人的回憶應該接近真實情況。

　　具體到集中梳理「文明發展史」的《文化偏至論》一文中,「蓋文明之朕,固孕於蠻荒,野人狉獉其形,而隱曜即伏於內。文明如華,蠻野如蕾,文明如實,蠻野如華,上徵在是,希望亦在是。」〔註177〕這裡,「蕾—華—實」構成一組頂針式的喻體,將文野之間的關係「相對化」,相應的,文明發展的具體形態也不再是「野蠻—半開化—文明」的直線性遞進。也就是說,真正的文明進化,需要主體不斷檢省自身,以恢復「野蠻」時期面對「文明」的最初否定精神,只有獲得這種否定精神,人才擁有克服自身、檢視他者的能力,也只有在不斷重溫「發展之初」自由狀態的過程中,文明才能有所發展。所謂文明史,也正是無數次這種「內部否定」的斷點之連接,屬於一種文化系統實現自我發展的最理想狀態。在魯迅看來,尼采代表的歐洲新神思宗、拜倫領銜的摩羅派詩人,便是從19世紀歐洲文明的身體內部生長出來的否定性因素,同時也預示了「二十世紀新文明」的方向。

　　如此,二周綜合得出的文明進化觀,甚至是可逆的,某種程度上呈現出需要不斷循環(或否定)的特徵,更準確地說,在「野蠻—文明」的進化鏈條上,作為某一階段文明的既得者,如果故步自封,也可能倒退成為「野蠻人」甚至「蟲獸」,相反地,處在「半開化」狀態的野民,因為毫無「過去」的負擔,反而可以更順利步入「當下」文明的進化之途。

　　從宏觀角度看,世界文明的整體性與文明的進步/進化乃大勢所趨,在微觀環節上,「進化」的過程乃是一種非直線的、由無數個波折狀的自我否定構成,「文明無不根舊跡而演來,亦以矯往事而生偏至」〔註178〕。也就是說,文明(包括文章)是呈波浪狀的前進,通過反撥前一時期的文學/文化準則,由內部否定性出發,才能重新確立自身的意義。即我們只能在一個不斷發展的、並非直線進化的時間鏈條(歷史)上來把握時代與文章/文化的關係,辯證地認識主流和異端的價值。同樣是不滿於當時的「直線進化」邏輯,可以將二周的「否定性進化」與章太炎的「俱分進化論」作一比較。如果說,章太炎提出「善亦進化,惡亦進化」,「雙方並進」最終指向的是對於進化本身意義的消解,二周則是將「惡/否定性」看作「就善之道」,通過對人的「內面精神力量」的召喚,實現一種辯證的、不斷更新的可能。由此,魯迅實際上通過《文化偏至論》,提出了自己獨特的文明史觀,即一種「否定性」的文明進步史觀。

〔註177〕迅行(魯迅):《文化偏至論》,1908年8月《河南》第7期。
〔註178〕迅行(魯迅):《文化偏至論》,1908年8月《河南》第7期。

　　需要注意的是，這一「否定性」文明史觀，其材料來源駁雜，包括進化論、尼采超人與永恆輪迴說、施蒂納的「極端之個人主義」等等「同時代」西方哲學、科學學說。某種程度上，這些學說背後的思想脈絡參差不齊，甚至有可能完全相反，而且，考慮到魯迅閱讀的大多是明治日人的譯著，其在「反映原意」上也可能存在問題。《文化偏至論》以「雜湊」的形式，在 19 世紀中後期這些浩如煙海的哲學、科學、文學論述中，有效截取自己需要的「片段」，如 1902 年東京雜誌《日本人》刊有一篇介紹施蒂納的《無政府主義論す》（《論無政府主義》），原文圍繞無政府主義思想展開，《文化偏至論》中談及施蒂納的片段主要摘譯自這篇文章。〔註 179〕不過，魯迅只取其「個人主義」與「自性之絕對（相對於觀念世界的束縛而言）」，這裡，起到支撐／黏合作用的顯然主要還是言說者自己的意見。

　　如此，文明發展史就是一種從系統內部不斷生長出「否定力量」之過程，這種觀點在當下看來也許並不獨特，不過，持之與同時代中日學人包括西方學人相較，周氏兄弟（主要指魯迅）在構建文章概念、文明觀念的起點上，就已經表現出本質的不同。事實上，《文化偏至論》對文明發展「不斷否定性」的理解，與 20 世紀 30 年代英國歷史學家湯因比提出的文明四階段論有某種相似性。湯因比的四階段論，是一戰後為彌補線性歷史觀的不足，重新提出的文明史、人類史的新框架，認為文明具有多樣性，而每一種文明都要經歷起源、生長、衰落、解體四個階段，如此循環往復，呈現出「週期性」發展的形態。湯因比將這一「週期性發展」比作織布的梭子或車輪，每往復一次，並不是回到起點，而是一種波折狀的進步，人類歷史正是在這種周而復始的循環中向前發展。

四、所謂「颫脫」與「南北東西」──「文野之見」的歷史承續

　　就二周獨特的文明進化史觀而言，所謂「野蠻」，並不是指「退化」到人與文化的原始狀態，若持有這種誤解，還是因為仍然站在直線進化的軌道上，將野蠻與文明的關係絕對化。「文明如華，蠻野如蕾，文明如實，蠻野如華」，這裡「野蠻」也是修辭性的，指的是一種不被既有文明所馴化的、持續生長的

〔註 179〕據考證，魯迅《文化偏至論》一文對「新神思宗」施蒂納的介紹，材料來源於 1902 年東京《日本人》雜誌第 154 號、155 號、157 號到 150 號連載的長篇介紹文章《無政府主義論す》。參見張鑫、汪衛東：《新發現魯迅〈文化偏至論〉中有關施蒂納的材源》，《中國現代文學研究叢刊》，2008 年第 12 期。

能力，在此基礎上，表現為破壞、越軌、偏離等否定性的形式，帶動整個文化系統更新甚至重啟。通常情況下，當一種文明被經典化，「歷時既久，入人者深」，那麼系統內的野蠻力量所感受到的壓制強度也就越大，而且，往往正是因為對規範、共識等表達出「否定性」，才被大多數描述為「野蠻」。在這裡，野蠻、反叛和個性、自由等因素密切相關，構成文明進步的必要條件。

19 世紀中葉以降，歐洲大陸上民族獨立與解放的浪潮洶湧，東歐、北歐隨之催生一系列民族語言、文化的復興運動，這在《摩羅詩力說》的世界地圖上被稱作「新起之邦」，與「古文明國（東方）」「新文明國（西歐）」構成三個共時存在的序列。在魯迅看來，這些「新起之邦」，縱使「文化未昌」，主體的「我」卻能毫無負擔，同時直接受到拜倫代表的十九世紀初「神思宗」文學、尼采代表的十九世紀中後期「新神思宗」哲學等「十九世紀文明系統內部的否定力量」的影響，文學創作日益蓬勃，「自振其精神而紹介其偉美於世界」，即，以一種「自具主體」的方式真正進入到「世界文學」的空間。

與《摩羅詩力說》中的「東方古文明國—西方新文明國—新起之邦」相應，周作人的《哀弦篇》對「新起之邦」有一個更形象的概括——「東西甌脫間」，意即東亞（泰東）與西歐（泰西）的中間地帶。需要注意的是，「甌脫」一詞是漢代對匈奴語的音譯〔註180〕，亦作「區脫」，屬於漢語中較早出現的外來詞，指雙方共同佔有的中間地帶，同時也是一塊兩不管的棄地，其本身就帶有鮮明的華夷文明碰撞的歷史記憶，進入漢語詞彙後，也自然折射出這樣一種文野之辨的秩序感。事實上，如果周作人只想表達「地理邊界、中間地帶」（between）的涵義，可以有諸多選擇，不必起用一個帶有異域色彩的、相對更難索解的外來詞。可以說，「甌脫」在漢語中從來都不是一個褒義詞或中性詞，更多地與諸如「邊緣」「荒涼」「蠻野」等簡單印象關聯。與「中原、江南」的繁華形勝相對，不能被漢化的「甌脫」這一「地理空間」長期以來被忽視，或者說，從來沒有被真正打開，它可以是一塊自然意義上的不毛之地，也可以是象徵意義上的、中原文明輻射圈之外的文化沙漠，甚至還可以狹窄到變成一

〔註180〕　相似的字音還保存在突厥語、蒙古語中，如突厥語的 ordu（斡魯朵）、蒙古語的 otoγ（鄂托克）等，同時結合《史記》《漢書》等相關記載及歷代學人補注，可基本確定「甌脫」與北方游牧民族的名物制度有關。關於「甌脫」一詞的討論，參見陳曉偉：《「甌脫」制度新探——論匈奴社會游牧組織與草原分地制》，《史學月刊》，2016 年第 5 期；李煥青、王彥輝：《匈奴「甌脫」考辯》，《史學理論研究》，2009 年第 2 期。

條僵硬的、不言自明的界線。總之，不論是哪種涵義，「甌脫」都和漢民族與北方游牧民族的地理分界、文化衝突直接相關。

雖則從兩漢到明清，歷代中原王朝與北方游牧民族之間的具體分界線可能發生「位移」，這種天然的分界感卻在不斷強化，並在反覆的言說中一再確認其秩序感。換言之，「甌脫間」既是地理的（如南北）、族類的（華夷），更是文化（文野）的，折射出漢文明「看見」他者（北方游牧文明）的方式。事實上，更多時候正是借助文化持有者的想像與闡釋，地理和族類才被賦予了似乎從來如此的文化秩序感。

前文提到近世文明的認識裝置，這裡之所以又花費筆墨，解說《哀弦篇》中「甌脫」一詞及其背後的漢文明結構觀念，意在說明，雖則「近代化」催生出近代東亞從「天下」到「世界」的全新認知，不過，就「自尊大」的價值觀念與某一優勢文明所推行的秩序感而言，上文提及的西歐文明中心論、作為其反動出現的中日國粹論，包括與之密切相關的（泛）亞洲主義等等話語，這些近代文明的認識裝置，與漢文化所推行的南北文野之分，在邏輯上並無二致。結合當時二周「同時代人」接受的世界地理知識，及背後的地緣政治意志，可以更清晰地說明這一點。晚清一代都是在「天下」轟毀後，重新建構起世界、國家的地理結構，如「知新」較早且一度影響過周氏兄弟的梁啟超，直到 1890 年讀《瀛寰志略》才知道九州之外還有「世界」，有「五大洲各國」〔註181〕。這之後，近代東方知識分子也是按照西歐世界所劃定的文明秩序，包括其言說方式如種族、民族、地區等，來理解這個世界包括中國在其中的位置。如梁啟超《文野三界之別》即言，「欲進吾國，使與泰西各國相等，必先求進吾國之文明，使與泰西文明相等」〔註182〕，直接將國家、文明、地理空間掛鉤。同期黃遵憲所作《奉命為美國三富蘭西士果總領事留別日本諸君子其一》一詩，「如何甌脫區區地，竟有違言為小球」之句，也十分形象地傳達出這種地理空間轉換的「理所當然」。〔註183〕應該看到，所謂「邊緣感」的習

〔註181〕 梁啟超：《飲冰室文集之十一・三十自述》，《飲冰室合集（第二冊）》，中華書局，1989 年 3 月，第 16 頁。

〔註182〕 任公（梁啟超）：《飲冰室自由書：文野三界之別》，1899 年 9 月《清議報》第 27 期。

〔註183〕 「小球」即「小九州」，指中國，此外還有「大九州」。「大小九州」的說法最早可追溯到戰國時人鄒衍。清末現代地理學傳入後，鄒衍的學說又被重新發掘並得到闡釋，如黃遵憲的友人廖平著《地球新義》一書，就以中國為海內小球，大九州為海外全球，如此小大、內外相對，一定程度上也可以緩解「世

得，首先需要承認一個自外於「我」的「世界中心」的存在，據此在「西化」和「近代化」之間建立對等關聯，「我」的位置正是在完成「西化」的同時，才能夠實現「新」和「舊」之間的位移。這在魯迅看來，不過是「由舊夢而入於新夢」，其始終都在夢中（認識裝置中）則一。即是說，所見仍然只是認識裝置，而非這個「世界」本身。

從「南北」到「東西」，從「華夷中心」到「世界邊緣」，在近現代「世界秩序」的諸般變化中，「甌脫」這一特殊詞彙，巧妙折射出「文野之辨」認識裝置的歷史承續，即，言說者無論如何更新，仍然處在一個「（被）支配的文明秩序」中。區別於同時代中日學人的同質化表述，周氏兄弟對「舊有之文明」，包括中國在「二十世紀世界」位置的判斷，並沒有表現出明顯的邊緣感，「夫中國之立於亞洲也，文明先進，四鄰莫之與倫，蹇視高步，因益為特別之發達；及今日雖彫苓，而猶與西歐對立，此其幸也。」〔註184〕此前，我們對魯迅「全盤反傳統」的印象，基於新文化後他在針對某一特定文化現象時的「片段」表述，至少是有所侷限的。事實上，周氏兄弟留日時期文章觀、文明觀的表述相對更平和，也更完整，即是說，他們往往是在面向一個時代問題發言，並充分顯露出思路的完整性，如前文提到的「文明史觀」「文章範疇」及「世界觀」等等皆是。

以《文化偏至論》提出的自具主體、否定性的文明史論為支撐，即便面對近代西歐文明話語的衝擊，「文明的中心」是否存在？這一點也是可疑的。結果二周並沒有如大多數人一樣，輕易倒向另一個中心——西歐。《域外小說集》《文化偏至論》等所呈現出的是一個「多中心」，或曰「顛倒其中心」的世界景觀。

五、作為方法的「東西甌脫間」——批判的方法與「文章新生」的隱喻

　　　　吾傾耳九州，欲一聆先世之遺聲，乃鮮有得，而瀛海萬里之外，
　　　猶有哀音，遙遙相和，雖其為聲各以民殊，然莫不蒼涼哀怨，絕望

　　　界」劇變帶來的心理落差。而黃遵憲詩指「小球說」為「讆言」，看來對「天下觀」的這一近代變體並不認同，他的看法恰恰相反，中國不僅不再是「中心」所在，而且已經淪落到世界的邊緣，即「甌脫區區地」，這頗能代表當時大多數人的看法。

〔註184〕令飛（魯迅）：《摩羅詩力說（下）》，1908年3月《河南》第3期。

之中有激昂發越之音在焉。蓋東西甌脫間民，其氣稟兼二方之粹，

故感懷陳跡，哀樂過人，而瞻望方來，復別懷大願也。〔註185〕

1908 年底，與《域外小說集》同期，周作人在論文《哀弦篇》中比較近世文章，正式提出「東西甌脫間」這一說法。一方面，有感於東方古文明國的整體衰微，「昔日釋迦、摩訶末之故土，今幾為寂漠之鄉，而華國亦零落」〔註186〕，另一方面，對十九世紀壓倒性的西歐新文明包括文章旨趣，同樣不以為然。如，同年周作人翻譯契訶夫的小說《莊中》，別求新聲於異邦，在譯後附記中明確指出：「凡（契訶夫）所為文，旨趣與西歐迥別」〔註187〕。實際上這也能概括《域外》的整體特徵，即是說，二周搜求異域新聲時，確乎存在一個「文章本體」上越過西歐（或至少與西歐對等）的目光。

這是「東西甌脫間」的第一個層面，即《域外》對「近世文術新宗」的把握，一定程度上是實指性的，可以落實到《域外》系列占比最大的北歐、東歐作家作品。契訶夫之外，俄國作家安特萊夫、迦爾洵等現在一般被視作象徵主義文學的先驅，波蘭的三篇都來自顯克微支，而顯克微支 1905 年獲諾貝爾文學獎，是當時世界知名的作家，此外還有明確列入預告中的挪威作家畢倫存，也是 1903 年諾貝爾文學獎的得主，諸如此類，如果單看《域外》的目錄，很難說是「落伍」或「偏僻」。不過《域外》的文學旨趣並非本書討論的重點，這裡需要展開的是第二個層面——作為方法的「東西甌脫間」，側重這一地理文化空間的象徵意義，即它同時面向東西方兩種文明話語的批判性。

《哀弦篇》上述一段，可以為我們提供一個直觀的、進一步索解「東西甌脫間」地理文化屬性的參照系。「感懷陳跡」即「懷舊」，同時象徵舊有之文明的東方世界，「瞻望方來」指對「未來」的「先覺」，同時對應一個遙遠的、尚未被具體化的「域外」。這裡，東西（空間）與古今（時間）是扭結的，「甌脫間」正處在這一團扭結的中心，作為「交通之地」的位置被凸顯出來。需要指出的是，作為「新生」甲編的一部分，《哀弦篇》與《域外小說集》，以及魯迅的《摩羅詩力說》《文化偏至論》等論文之間，本身就構成一種直接對應，或互相說明的關係。而且，考慮到二周早期的合作習慣，《哀弦篇》也有可能經

〔註185〕獨應（周作人）：《哀弦篇》，1908 年 12 月《河南》第 9 期。

〔註186〕獨應（周作人）：《哀弦篇》，1908 年 12 月《河南》第 9 期。

〔註187〕獨應（周作人）譯：《莊中》，1908 年 12 月《河南》第 8 期。後更名《戚施》，收《域外小說集》第一冊。

過魯迅的潤色，至少在「東西中間地帶」這一地理文化空間的「發現」上，頗能代表周氏兄弟的共同意見。

從《哀弦篇》的下文脈絡看，所謂「東西甌脫間」的範圍其實相當寬闊，除了重點介紹波蘭、烏克蘭之外，還延及捷克、保加利亞、塞爾維亞等中歐、南歐小國〔註188〕，其中，烏克蘭作為俄羅斯屬國，涉及果戈理、凱羅連珂等「俄之近世文家」；《摩羅詩力說》與之稍有出入，以從西歐文明系統中逃離的「逆子」拜倫、雪萊開篇，流別影響，自西向東，注目於歐洲大陸的俄國、波蘭、匈牙利等「新起之邦」，結尾以凱羅連珂小說《末光》的情節，傳達對「先覺之聲，破此沈寂」的期待。大致來看，二者的重心都在俄國、波蘭，區別在於，周作人的目光更「平均」，即他試圖敘出一個完整的、同時也就有可能散亂了本來意見的「東西甌脫之間」，比較起來，魯迅始終有清晰的指向性，或問題意識。

19世紀中後期，以德國、俄國為先導，歐洲大陸上北歐、東歐等各民族／國家在師法英、法文學的基礎上，受個性主義、平民傾向帶動，漸而「自有表見」〔註189〕，掀起一場民族語言、文學與文化復興的熱潮，小說、詩歌成為置身於其中的作家們發聲的重要方式，即魯迅所說「顧瞻人間，新聲爭起，無不以殊特雄麗之言，自振其精神而紹介其偉美於世界」。〔註190〕需要注意的是，在二周早期的文言論文中，民聲新聲、心聲情感之間的區分度不大，均指向「個的內面精神」之發揚，「凡人之心，無不有詩」，由此推己及人，「心聲」也是「民聲」〔註191〕。即如周作人另一篇《論文章之意義暨其使命因及中國近時論文之失》所敘，「英人珂爾墲普（Courthope）曰：『文章之中可見國民之心意，猶史冊之記民生也。』德人海勒兌爾（Herder）字之曰民聲。吾國昔稱

〔註188〕《哀弦篇》最末還列出希伯來一項，希伯來具體指猶太民族，歷史上處於亞歐非交界地帶。魯迅《摩羅詩力說》將其列入文明古國系列。《哀弦篇》所敘「東西甌脫間」，大多都是就近世而言，只有最末猶太一項，上溯到中古歷史。這裡，一方面可見周作人的個人趣味，即對希伯來、《聖經》系統的關注，另一方面，猶太文明古國作為鏡像，某種程度上也是華國今日凋零的隱喻。

〔註189〕周作人：《近代歐洲文學史》，十月文藝出版社，2013年3月，第191頁。

〔註190〕令飛（魯迅）：《摩羅詩力說（下）》，1908年3月《河南》第3期。

〔註191〕二周早期對「個」與「國民」之間關係的理解，相對要理想與和諧，這一定程度上來自民族危亡的特殊時代背景，即在民族受到壓制的「非常時」狀態下，個性主義首先也要通過民族主義的形式表現出來。即如周作人《哀弦篇》所說，「群己之間，不存阻閡，性解者即愛國者也」。

詩言志。」〔註192〕海勒兌爾，即德國哲學家赫爾德，被視作19世紀中後期歐陸民族文學運動的思想領袖，《民聲》（*Stimmen der Völker*）指他整理出版的一套民歌集。與此同時，和這種民族語言能力、表達能力的恢復同步，現代民族觀念與個人意識也真正覺醒，更準確地說，是在充分發現、張揚個人主體性的前提下，進而延及民族的主體性。文章、文化、人與民族在這一「時空扭結點」上得到了最充分的釋放，其中，以處於反壓制地位、爭取獨立自由的波蘭最為典型，這也是魯迅在《域外小說集》序言中所說「邦國時期，籀讀其心聲，以相度神思之所在」〔註193〕的意義。

概言之，在北歐、東歐崛起的這一系列文化包括政治獨立運動中，首先受到衝擊的就是19世紀以西歐為中心的政治、文明等級秩序，《域外》所注目的北歐、東歐諸邦，也正是在擺脫了作為西歐邊緣或文化附屬地位的意義上確認其自身的存在。此一層，是就「甌脫間」之於西方文明的批判性而言；另一方面，對於東方文明古國由來已久的「自尊大」，即另一種植根於夷夏之辨的「文明等級論」，二周始終抱有更激烈的批判。這一夷夏之辨，到近現代中國、日本等東亞國家被迫開眼看世界後，表現為以漢字文化圈為中心的、由東亞到西歐的文明遞減說，所謂中體西用、和魂洋才等提法，均是這一東亞文明優勢心理的體現。

事實上，無論是近代以西歐為主體的世界文明秩序，還是古已有之的華夷天下觀，包括近代的變體諸如東方文明論等，其論證自身文明合法性的方式，都是將文明視作某種純粹的、「去歷史」的靜止物，可以隨時間不斷獲得「量」的積累，而不會逆向減損。如此建構出來的，是一個單向度、以「自我」為中心，將他者劃入「邊緣」的「世界文明史」，雖然在程度上有所差異，這種「文明世界」都表現出相似的封閉性。應該看到，歐亞大陸作為一個整體，所謂的亞洲（東方）、歐洲（西方）之分並非從來就有的、均質的存在，而是在人為建構過程中歷史地形成，即如俄國、芬蘭等「東西甌脫間」，對於西歐而言，它們一度被劃入異己的東方，但從近代東亞視角看來，卻無疑要歸入西方蠻夷。如此，「西方中的東方」與「東方中的西方」在這裡發生顛倒與重合，

〔註192〕獨應（周作人）：《論文章之意義暨其使命因及中國近時論文之失（上）》，1908年5月《河南》第4期。

〔註193〕周樹人（魯迅）：《序言》，《域外小說集（第一冊）》，會稽周氏兄弟纂譯，東京神田印刷所1909年3月。

《域外》選擇這一地域，也就有了挑破二元結構之關鍵的意義。也就是說，作為一種批判的方法，「東西甌脫間」最根本的指向性，並非某一文明論，而是這種權力結構（或文明認識裝置）本身。

質言之，十九世紀中後期，以俄國、波蘭、芬蘭等為代表的這些「新起之邦」包括其語言、文學，在英法等西方文明國，或中國、印度等東方文明古國看來，都只能是蠻荒、落後的，二周選擇、用以撬動文明秩序（背後意識形態）的「關鍵」，恰恰也在這一被東西雙方描述、規定為「半開化」的東西甌脫之間，進而也就觸及一個取消其中心，或各自保有其中心的「世界景觀」。

可以說，《域外》對「東西甌脫間」的發現，與章太炎的「印度」闡釋，以及由此延伸出來的批判西方（文化／政治）殖民話語的銳度，最初都是起於「西方的衝擊」，即對於 19 世紀西方文明中心論的自覺抵抗。同時也應該看到，在反駁《新世紀》認為漢字「野蠻」的說法時，章太炎揭破「文野之見」的虛偽性，同時卻仍然選擇站在文明論的另一端。即，認為漢文明比西方文明更優越。為此，他通過召喚「國粹」（指中國語言文字、人物事蹟、典章制度等），力在將漢文化／文明「歷史化」，指認西方合音文字、衣飾習俗等為次文明，實質都在要翻轉現有的秩序，而非將批判指向秩序感本身，這一點「過猶不及」，可能也與章太炎的現實政治訴求直接相關。需要注意的是，此前章太炎也曾嘗試以「西方（歐美）」為方法，如，接受拉克伯里（T. de Lacouperie）「中國人種／文化西來說」影響，認為「中國文明起源於巴比倫」，這一觀點在當時中日學界都頗受歡迎。不過，1906 年赴日後，章太炎期間重新調整了思路，轉而注目印度，延及中印交通的「西域地帶」。這一方向轉換，更多來自現實的文化思考，很難說經過嚴密的科學考證〔註194〕。如此，作為理想的替代，章太炎其實是在「亞洲內部尋找西方」，或一個非暴力的、溫厚的西方。「印度」包括已經消失在歷史上的「西域十三國」，所代表的是一個與漢文明「自古交通」、可訴諸歷史文化記憶的「西土」。由此出發，以「印度古學」建構「文化亞洲」，強調黃種人的聯合，與此同時，他選擇一個想像的印度為中心，實際上也祛除了諸如近代泛亞洲主義、泛斯拉夫主義等等種族或地區聯

〔註194〕至遲 1910 年前後，章太炎已經明確表示出對「中國人種西來說」的懷疑，如「法國人有句話，說中國人種，原是從巴比倫來……以前我也頗信這句話，近來細細考證，曉得實在不然……到底中國人種的來源，遠不過印度、新疆，近就是西藏、青海」。參見獨角（章太炎）：《論教育的根本要從自國自心發出來》，1910 年 5 月 8 日《教育今語雜誌》第 3 期。

合容易衍生出的中心意識。這裡，與其說章太炎的「印度」是他追求的最終目標，倒不如說，「印度的發現」來自他鮮明的「問題意識」，即需要提出一種有針對性的、批判西方「文明論」包括一切權力結構的方法。

應該看到，章太炎對於被壓制民族之同情，以及面向「文野之見」的批判力，這些「可能性」都能夠直接啟發到二周，幫助他們在思想上完成「去模式化」的轉換。考察魯迅 1902 年到 1906 年的文學活動（或稱前「新生」時期），不論譯介歐美科學小說，追跡西歐的時興文學，還是撰寫《中國地質略論》，稱「（中國）廣漠富有」「文明鼻祖」，又以德國為「森林民族」，仍然流露出某種「自尊大」的文明秩序感〔註 195〕。這些，顯然與 1908 年前後二周譯介《域外小說集》時期，開始明確傳達出的對文明話語的質疑，屬於兩個不同的問題系統。

以上，主要闡釋了「甌脫間」作為一種批判方法的意義。在此基礎上，本節還想就《域外》的地域空間，與東方後進國近代化思路之間的關聯，略作延伸，以期能進一步釋放「東西甌脫間」的歷史意義，即，在所謂東西文化衝撞的時代背景下，《域外》試圖重新激活的「古國文化／文章新生」的隱喻。應該看到，作為起意、完成於日本東京的一本域外小說選集，《域外》本身就伴隨著東、西方多種文明話語的衝撞，我們在閱讀《域外小說集》包括其「東西甌脫間」這一地理設定時，核心也在要充分體驗「西洋的衝擊」與「東方的衰微」這一雙重心理壓力，以及在相似背景下，橫向展開的同時代人的諸多回應方式，在此基礎上，或許才能更好地理解《域外》的思路，及其啟示。

十九世紀中後期以來，「落後的東方（或非歐羅巴）」之於「西方衝擊」的回應方式複雜，本書為敘述方便起見，大致分作三類。其一，以西歐文明為目標，如吳稚暉《新世紀》等「世界人」的訴求、福澤諭吉《文明論概略》等，大致思路都在重新轉換一個異己的中心，以自我交付為代價獲得「文明開化」的合法性；其二，本地區／本民族優越論，如日本的早期泛亞洲主義（Pan-Asianism），以及在此基礎上的國粹主義、漢字統一會、儒教文明圈等提法〔註 196〕，俄國的「一切斯拉夫主義」（Pan-Slavism）等，都是為抵抗西方中

〔註 195〕此時「文明國」「森林民族」等表述，與後來用於反諷的意涵不同。

〔註 196〕如支持近代革命運動的東亞同文會、曾經報導過《域外小說集》的《日本及日本人》雜誌。《日本及日本人》1907 年以前名為《亞細亞》，由三宅雪嶺、志賀重昂等政教社人員主持，反對極端歐化政策，提倡日本國粹主義，強調東亞文化的整體性。

心，而重新敘述了一個以自我為中心、他者為邊緣的權力結構；其三，東西方調和論，如，恰達耶夫基於俄國在歐亞大陸上的特殊位置，提出「第三方向說」，是在俄國有長期淵源的「西方—俄國—東方」命題之代表，又如，日本明治維新後期流行一時的茅原華山「第三文明說」等。

　　應該看到，像二周這種以「地域」概念，或改造之後的「地域」作為近代後進國族人民解決自身政治、文化困境的思路，有它的普遍性。尤其是，茅原華山及其《第三帝國》為代表的「第三文明說」，作為明治中後期流行一時的東西文明調和論，與二周「東西甌脫間」在表面上具有相似性，也有更多可以比較的空間。1910年前後，茅原華山在《第三帝國》雜誌上發表多篇文章，提出東西調和的三階段文明論，即將世界（歐亞）文明分為北道、南道，其中日本屬於南道文明，是靜的、靈的、直覺的，與此相對，歐洲文明是動的、肉的、理性的。同時，日本處於近代以來東西文明的交界帶，其自身蘊含了指向未來一種更健全完美的「第三文明」之條件。這種將自己作為充分容納東、西方兩種文明的容器，希望以此快速步入近代化的思路，也影響到同期李大釗、蔡和森等中國知識分子的論述〔註197〕。應該看到，所謂東西文明調和論，仍然是站在二元框架的內部思考，對於簡化之後的東方、西方進行「調和」，某種程度上接近儒家的「執其中道」。然而，在充分解放、看清自身力量（主體自覺）之前，這種東西調和的近代化思路，實際上很難解決任何問題，而往往容易落入一種妥協折衷，或模糊不清的渾沌狀態〔註198〕。

　　簡言之，由西向東的文明遞減論，由東向西的文明遞減論，或取其「中道」

〔註197〕1916年李大釗在《「第三」》中提出「第三文明」，即「『第三』之文明，乃靈肉一致之文明，理想之文明，向上之文明」。之後《法俄革命之比較觀》一文論述俄國文明的生機，也是從將它看作「動」的西方文明與「靜」的東方文化的媒介體上進行的。參見〔日〕石川禎浩：《李大釗早期思想中的日本因素》，《社會科學研究》，2007年第3期。

〔註198〕日本作家島崎藤村後來反思近代日本的東西調和說時，即持此種看法。如《昨天，前天》一文談到「我國十九世紀末，各種思潮紛至沓來……我作為雜誌《文學界》的同人步入文壇時，正是在這之後，學術、藝術界處於混沌狀態。極端的歐化主義與國粹派的激烈鬥爭已經逐漸平息，提倡東西方文化調和的呼聲越來越響亮。可以說，這種調合的思想支配了一切學術、藝術。但我越往前走，越懷疑當前的調和思想……這種模糊不清的調和會帶給我們什麼呢？我們青年更應該重視直接從自己心裏萌發的東西。」參見〔日〕島崎藤村：《千曲川速寫》，陳喜儒、梅瑞華等譯，河北教育出版社，2002年6月，第328頁。

的東西方調和說，如「第三文明說」等，都是依靠文學／文明資本的積累，或聲稱有此種積累為條件，用傳統（古）來構擬一個永恆不變的合法性。在這一論證邏輯上，歐化、國粹包括「第三文明說」，三者之間並沒有太大差別，甚至可以說，作為抵抗／應對「西洋的衝擊」之方式，其框架本身卻是對立面所提供的。如此，作為「擬態」存在的後進者，在章太炎、魯迅看來，最根本的問題出在「自我的喪失」。

這就涉及「東西甌脫間」的第三個層面，即它重新回歸到本體的、有關「古國文化／文章新生」的隱喻意義。結合《文化偏至論》提出的獨特文明史觀來看，「新起之邦」之所以能夠更快通向文明，在於其內具一種否定性的、剛健質樸的生長能力，具體指的是不被歷史傳統、西方話語等轄制的「自決」地位，在此基礎上，才能觸及如何使用既有資源的問題。通過在「作為實體存在的北歐、東歐文學」與「中國文章本體」之間建構某種映像關聯，二周在這裡實際是提出了一個關於如何接通歷史傳統、拿來域外新源的方式，可簡單概括為「以我為主」與「取今復古」。

「異域」作為一種理想鏡像，對於它的打量、選擇方式，本身就能折射二周關於中國新文章的某種預期。需要補充的是，就第一層「域外文術新宗」而言，「東西甌脫間」指向十九世紀中後期以來北歐、東歐文學，《域外·略例》稱為「近世文潮，北歐最盛」。周氏兄弟最初關注到這一地域，一定程度上是受勃蘭兌斯《十九世紀文學主潮》的影響，也就是說，《域外》是在認可英、法、德作為十九世紀文學主潮的基礎上，延及十九世紀末葉以來歐洲大陸上的思想文藝變遷，進而給出以俄國、北歐文學為主潮的「近世（翻譯不同，也即現代性）」預測。而且，這一文學的「近世性」判斷，也並不限於《域外》時期。此後北歐、俄國文學一直都是魯迅文學譯介的主脈，到 1928 年底魯迅成立朝花社，編譯發行《北歐文藝叢書》《近代世界短篇小說集》等，「目的是在紹介東歐和北歐的文學……扶植一點剛健質樸的文藝」〔註199〕，以東歐、北歐為文章新宗，甚而具體到某一文章樣式即短篇小說，希望藉此為中國輸入「一點剛健質樸」的文章精神。無論就關注點還是文章更新的整體思路而言，魯迅的認識前後都呈現出延續性。

〔註199〕魯迅：《為了忘卻的記念》，《魯迅全集》第 4 卷，人民文學出版社，2005 年 11 月，第 496 頁。「朝花」的隱喻性意義，也可以直接上溯到《文化偏至論》「文明如實，蠻野如華」。

　　前文重在分析「甌脫」的文化批判意義，不過應該看到，作為另一個框架，它本身也會消解意義與可能性。甚至，在上述分析的過程中，《域外》在釋放一部分可能性的同時，也在擴大它的片面，即如「甌脫」格外強調的對於「東西二元結構」的反抗，對文明規範偏至的再偏離等。由此出發，需要重新指出的是，《域外》真正發現，或以為他們發現了的，歸根結底還是文章自身的秘密，如安特列夫、顯克微支的作品所呈現，所謂「壓制」和「不自由」甚至不是指任何外在的、異族的現實擠壓或話語轄制，更多還是來自同類、習俗、觀念甚至親人之間的隔膜。在這一層面，反抗性的文明話語被一種更普遍，或者說更大的力量所「包裹」，即，充滿真正情感力量的「個」的文章、真正的詩人與文章家，對於一切終將演變成群體所有物的觀念世界之先覺性。《域外》將「反抗的政治」內化為心聲的內部景觀，而非僅止於外部的限定或形容，二周所欲呈現的文章性，其終極的、永恆的，或者說最後作為本質性內容存在的東西，仍然是這種基於「個體」自覺的反抗，或文章的否定精神。

　　一定程度上可以說，《域外》之所以「古怪」，正在於其對「近世文潮」的判斷至為「主觀」。做出這一判斷的主體，既不是來自西方的、19世紀世界文明的「立法者」，也並非輕視或無視西方知識體系的一般國粹論家。甚至在大多數時候，這個「我」表面上與其他的「我」別無二致，只有在做出這個判斷的過程中，我們才可能真正看見「我」的形象。〔註200〕

　　《域外》注目「東西甌脫間」，將這一偏僻的地理空間激活、打開，使其具象化為北歐、東歐等「新起之邦」，為中國譯介文苑新聲；與此同時，作為對西歐文明中心觀、華夷文明論以及一切文明權力結構的批判方法，二周在「文明史觀」上，也賦予了這一「甌脫間」以中國文化、文章「新生」的象徵意義。甚至可以說，《域外小說集》《摩羅詩力說》從起步階段，就提供了一個「近代（東方）」如何認識自身，如何實現文明／文章近代化的思路。即，對於「世界上獨一無二的個體」與「背負／繼承某一民族歷史傳統」的「我」而言，所謂新、舊、東、西這種「所有格」的分類（或限制）毫無意義，重要的

〔註200〕即如《域外小說集》指向「東西甌脫間」，沿此目光追跡，我們也才能看見在它背後的、真正顯現出來的「主體」。由此可以說，晚清二周的相關論述和選擇，為我們展現了「民族心理的傳統的我」與「個體獨立不倚的我」這兩個分裂的主體之間如何辯駁、轉圜，以一種弔詭的方式共處，通過一種可能極痛苦、寂寞和緩慢的方式，完成對新、舊材料的拿來、判斷和使用，進而創造新的傳統，這也可以用後來魯迅所說的「拿來主義」概括。

不僅是知識的同步更新，即「外之既不後於世界之思潮」，而且能夠「保有我的主體性」，即意識到終於是「我在看見、言說」，在此基礎上，才能有所創造，「內之仍弗失固有之血脈」〔註201〕。

第五節 「其名為風」與周作人的文章理念

以「風」為喻形容文章的發生，最早始於周作人1908年底發表的《哀弦篇》中，「一國之有文章，其猶兩間之眾籟歟？皆所以發揚幽隱，鼓蕩生機者也……夫地籟之發，出於自然。泠風則小和，飄風則大和，厲風濟則眾竅為虛。物本無心，而音響殊焉。若在有情，繁變斯極，萬族並處，心境犁然。重以外緣來乘，人事益賾，而心聲隨以遷流。國民文章之不同，蓋以有重因復果，綜錯其中，而為之大畛者也。」〔註202〕從外界觸發到內心回應，這一對文章發生機制的描述，是對自然界風吹萬竅的模擬，「眾籟（這裡主要地籟）」與「國民（nation）文章」構成一組簡單類比。以自然為修辭，在人情和物理之間建立一種直接對應，思路上十分接近中國傳統文論中的物感說。不過，其中鮮明的民族意識同樣不容忽視，實際上，周作人最初留意到「風吹萬竅」和「文章」之間的精神關聯，有可能就是直接來自當時章太炎的論著或課上啟發，因之牽連到《齊物論釋》展開的「語言—哲學」脈絡，1930年代這一脈潛流在周作人這裡逐漸顯露，如《〈莫須有先生傳〉序》盛讚廢名的文章之美，又一次重寫了「風吹萬竅」的意象，更強調其「無私」或「去機心」，亦即一種「近乎道」的寫作狀態。

一、所謂「天籟」：什麼是文章之美？

為《莫須有先生傳》所作序言，是周作人少有的下筆格外用力的一篇批評文字，此前，他在《〈桃園〉跋》中已表彰過廢名的文章美，並將其歸結為文體的「簡練」，之後解讀《棗》和《橋》時，「意思卻略有不同」〔註203〕，即將「簡練」這一特點放在「近來文體的變遷」的視野上論說，前後邏輯仍可貫通。只是，為同期《莫須有先生傳》作序，周作人卻頗費思慮，在最終完成的

〔註201〕迅行（魯迅）：《文化偏至論》，1908年8月《河南》第7期。
〔註202〕獨應（周作人）：《哀弦篇》，1908年12月《河南》第9期。
〔註203〕周作人：《〈棗〉和〈橋〉的序》，《周作人散文全集》第5卷，鍾叔河編訂，廣西師範大學出版社，2009年4月，第765頁。

這篇序言中，他放棄了前一套批評話語，即不再關注廢名文章在「文體」上的意義，而是重新起用了「風」的意象，並直接援引《齊物論》中「天籟」一段說明。短短數年，幾乎和廢名小說創作同步，也形成了周作人對於「什麼是文章之美」的闡述史。

實際上，面對廢名不斷走向成熟的文章，周作人的解法也經過逐層試探，細察這段闡述史及前後來路，與其說，研究的重心在於要闡明廢名文章為何物，毋寧說，是要追問在這具體表述中所呈現出的，周作人理解的好文章，抑或更具體而言，是存在於周作人預設中的文章理想的一次對象化，同時應該看到，即便在看似契合的闡釋和文本呈現之間，也有「誤讀」，而周作人的文章理想，至少一部分的獨特性也寓乎此。質言之，《〈莫須有先生傳〉序》以及其所拉扯出的整個「互文本」語境，為今天我們回應周作人對文章之美曾持有什麼樣的理想這個問題，提供了一個切實可操作的範本。

為充分說明廢名文章的好處，周作人在序言中直截拿自己的文章比較，「《永日》或可勉強說對了《桃園》，《看雲》對《棗》和《橋》，但《莫須有先生》那是我沒有」〔註204〕，原因在於廢名的文章「已近乎道」。當我們檢視下文，廢名「文章的好處」被集中表述為「水」和「風」兩個象喻，「水」的形象屬周作人自造，側重「文情相生」的一面，不過這一比喻很快被他擱置，重點卻在似乎是由「水」的曼衍引發的對自然界「風」的聯想，並由此迅速切換到《齊物論》中一段關於「風」的抄引，及對應的「解說」當中。

> 夫大塊噫氣，其名為風。是唯無作，作則萬竅怒呺。而獨不聞之翏翏乎，山林之畏佳，大木百圍之竅穴，似鼻，似口，似耳，似枅，似圈，似臼，似窪者，似污者，激者、謞者、叱者、吸者、叫者、譹者、宎者，咬者。前者唱於而隨者唱喁。泠風則小和，飄風則大和，厲風濟則眾竅為虛。而獨不見之調調之刁刁者乎？〔註205〕

這段引文來自莊子《齊物論》第一章，表面上看，以「水」與「風」等自然界的動態比喻文章，與蘇軾「吾文如萬斛泉源」的說法十分接近，只是，後者的逞才使氣、肆意而談似乎也是周作人所謹慎對待的。在他同期一篇討論李漁的文章中，有意表明自己並非同道，「總之他的特點是放，雖然毛病也就會

〔註204〕周作人：《〈莫須有先生傳〉序》，《周作人散文全集》第6卷，鍾叔河編訂，廣西師範大學出版社，2009年4月，第21頁。

〔註205〕周作人：《〈莫須有先生傳〉序》，《周作人散文全集》第6卷，第22頁。

從這裡出來的」〔註 206〕。從蘇軾、公安派到李漁、袁枚，這一類「從自己胸臆中流出」的性情文字，在周作人看來有可能走向爛熟，這也是前兩篇序跋借助表彰廢名的「晦澀」和「耐讀」，想要予以矯正的新文學現象。

緊隨引文，周作人又追加了一段文本闡釋，幾乎可以視作「《齊物論釋》文章觀」之一節。這裡，在進入具體的文本分析之前，有必要先就「釋文」當中涉及的幾個意象，明其所指，以便能更好地探討周作人文章觀的具體構成。和《哀弦篇》所描繪的「眾籟」一樣，「風吹萬竅」依然為我們提供了兩個最重要的意象，「萬竅」代表構成一篇文章的類型不同的單元，周作人所舉「意思、文字、聲音、典故」等四項，值得注意的是，其中除了典故這一極具傳統詩文特色的元素外，前三者實際上直接就是從漢字的獨特性出發，分別對應字義、字形和字音三個維度。至於吹動萬竅的「風」，指「作者」，風吹萬竅發出的聲音才是最後的喻體，也即「好文章」。

由此來看，周作人所論「風」別有所屬，不僅不是傳統文論「暢達」「一氣貫之」之類可以解釋，事實毋寧說恰好相反。前者所展開的是一個「吹萬不同」的共時性空間畫面，後者則是「風勢」在一條時間線上的推動，這種推動的憑藉，在廢名看來是舊詩文慣用的邏輯——「情生文，文生情」，二者相互依賴，同時彼此設限，故而文章寫作是不自由的。譬如自然界的流水，或風，隨物賦形，而還是水，還是風，在它的整個行程中，與之發生呼應的物、事不過是一個個暫時的容器，或需要被克服的障礙，它們的意義在於各自所佔的位置，這在大多數「舊體詩詞」、八股文中表現得最明顯，字、詞、典故、意象被依次填置在一個個空缺上，實際上這個內容本身，對整體的流水或風而言並非「必要」，甚至可以隨時替換成相似的任意一個。在這種情況下，構成一篇文章的字、詞、段落之間，起支撐作用的「力」就是橫向推進，或上下參照的邏輯關聯，而這條邏輯鏈，也就是傳統文論中「流水」與「浩然之氣」等等自然物所要模擬的動態。

先已述及，在引入「風」之前，周作人也曾以「流水」作喻，試用「舊式批語評之曰：情生文，文生情，然而，隨著「風」進「水」退，文論話語發生了微妙變化。周作人在文末總結自己「關於好文章的理想」，即有意修正了前一說法——「這樣，所以是文生情，也因為這樣所以這文生情異於做古文者

〔註 206〕周作人：《笠翁與隨園》，《周作人散文全集》第 6 卷，鍾叔河編訂，廣西師範大學出版社，2009 年 4 月，第 753 頁。

之做古文，而是從新的散文中間變化出來的一種新格式。」〔註207〕這裡，通過將作為「人造物」的「文」前置，顛倒了傳統「為情造文」的生成關係，不過，為什麼一定是文生情，而非情生文呢，換句話說，「情」與「文」之間的先後順次，對於決定周作人的新文章（或新的散文）理想，在何種意義上具備重要性？

　　事實上，不同時期，周作人曾多次表達過對「情感」介入「文章」的警惕，在處理「情」與「文」之間的關係時，他更多傾向於對自我表現的節制，「我平常很懷疑心裏的『情』是否可以用了『言』全表了出來，更不相信隨隨便便地就表得出來。什麼嗟歎啦，詠歌啦，手舞足蹈啦的把戲，多少可以發表自己的情意，但是到了成為藝術再給人家去看的時候，恐怕就要發生了好些的變動與間隔，所留存的也就是很微末了。」〔註208〕如果「我（情）」的形象過於張大，筆之於「文」，反而會遮蔽這個世界上更多人、更多物的「自我」，況且，「我」不可能抵達也無法確知最後的真實，人力所能做到的只是以「簡單」的形式提示複雜幽眇的問題，以「文」對「情」最小的磨損和消耗，引讀者到同樣的處境中思索，面對同一個難題，不同的「己」自然也會得出各適己身的所獲，亦即「吹萬不同，使其自己」，正如廢名在《〈莫須有先生傳〉自序》中所說，「若說難懂，那是因為莫須有先生這人本來難懂，所以《莫》也就難懂，然則難懂正是它的一個妙處，讀者細心玩索之可乎？」〔註209〕已經是直接向讀者發出邀請，建議他們自行參與到文章的行程當中。這就迥然不同於作者直接將內容簡化或庸俗化的直接呈現，這裡，如果持《莫須有先生傳》兩篇序言所勾勒的新文章邏輯，再來反觀同期革命文學、左翼文學等，即便後者如何以「公」相號召，與傳統「載道」文也只有新、舊八股之間的區別。

　　巧合的是，在這篇小說的正文中，廢名也有一段人物說話講到了「天籟」，莫須有先生因失戀而生傷感，「人籟其實也就是天籟，因為它未曾理會得你也，且問，我何以就小窗風觸鳴琴彈了一個哀弦呢？」〔註210〕這裡，人稱代

〔註207〕周作人：《〈莫須有先生傳〉序》，《周作人散文全集》第6卷，鍾叔河編訂，廣西師範大學出版社，2009年4月，第23頁。
〔註208〕周作人：《〈草木蟲魚〉小引》，《周作人散文全集》第5卷，鍾叔河編訂，廣西師範大學出版社，2009年4月，第697頁。
〔註209〕廢名：《〈莫須有先生傳〉序》，《廢名集（第二卷）》，王風編，北京大學出版社，2009年1月，第660頁。
〔註210〕廢名：《莫須有先生傳》，《廢名集（第二卷）》，王風編，北京大學出版社，2009年1月，第660、749頁。

詞的轉換頗有意味，主人公聞戀歌而心哀，卻以第二人稱的「你」字陳述，後面緊接一個化自古典詩詞的場景，明明是向對面的房東太太或讀者提問，卻反諸「我」身，如此，通過解構「你」「我」及第三者之間的對待，文章在形式上取消了人與外物、世界的緊張關係，暗示審美主體的不斷轉移，指向一種自由無礙、真正符合莊子所謂「天籟」，也即「齊物」哲學的寫作。這裡對於寫作者本人的要求，首先是空乏其身，而當這種「喪我」的狀態達到一個臨界點，其所追求的理想文章形態——「彷彿有機似的生成」，一定程度上就與同時期西方興起的超現實主義有了某種暗合，只不過，它是從中國古代文論、佛道哲學的土壤中生長出來的，通過改變既有結構中的或一質素——將「作者」隨身攜帶的自我意識虛化，同時也摒除了主體可能造成的一切表相、偏見，如此，字、句、段落到文章，宛然成一個整體，這種情況發展到極端就是「文生文」，作者完全隱退之後，手中之「物（文）」才可能呈現它本來的姿態。

　　周作人在序言中，也舉過一則類似禪宗公案的背書經驗為例，來說明這種當「自我」意識虛化後，創作力可以擺脫思量，直達自由的一種「空靈」狀態。

> 　　好像小時候在私塾背書，背到「蒹葭蒼蒼」，忽然停頓了，無論怎麼左右頻搖其身，總是不出來，這時先生的戒方夯地一聲，「白露為霜」！這一下子書就痛快地背出來了。「蒹葭蒼蒼」之下未必一定應該「白露為霜」，但在此地卻又正是非「白露為霜」不可。想不出，待得打出，雖然打，卻知道了這相連兩句，彷彿有機似的生成的，這乃是老學之一得，異於蒙學之一嚇者也。〔註211〕

　　經此「一嚇」，「我」的記憶、感覺和知識等等，都被壓到接近「潛意識」的底層，同時也擺脫了歷史、社會的普遍限定，亦即文章的橫向聯結關係被打斷，表現為一種跳躍和非邏輯性，這就很接近《齊物論》開篇時，南郭子綦為子游正式說法之前，「荅焉似喪其耦」的「喪我」狀態。因為能做到近乎「無我」，無知或少知的蒙學，所得才遠勝過老學者的慘淡經營，這裡，周作人寄望於蒙學的自然天成，自己卻只能在形式上苦心彌縫，以「人力」營造文章的「偽天然」狀態，「老學之一得」一句頗有夫子自道之意。

　　這裡存在一個老學與蒙學的比照，前者對應「我之衰使我看雲，尚未能使

〔註211〕周作人：《〈莫須有先生傳〉序》，《周作人散文全集》第 6 卷，鍾叔河編訂，廣西師範大學出版社，2009 年 4 月，第 21～22 頁。

我更進乎道」，老學雖看雲，卻無法忘卻俗世苦辛，而蒙學的天然更近於道，即「我的朋友中間有些人不比我老而文章已近乎道」〔註212〕。如此，周作人談論像「風」一樣的好文章，還要問公、私，還要辯難解與易懂，木山英雄敏銳地將其引入對於後來戰爭淪陷期間，苦雨齋及其弟子兩代人的表現差異的分析當中，一方面是被「無法超脫政治的清末民族主義」所培育的周作人，另一方面則是「俞平伯那樣的民國成長起來的非政治性一代」，二者之間構成鮮明的對照。〔註213〕

　　前文已述，《〈莫須有先生傳〉序》至少在表面上闡釋了一種形式論者的文章觀，即通過對「意思、文字、聲音、典故」的排列組合，追求一種跡近無情、也無作意的文章寫作，目的在於實現中國文章的結構性突變，這與周作人當時對於新文學，尤其是散文未來方向的預期一致，即如「蒲桃頻果之變成酒」〔註214〕。由此來看，30年代開始，周作人的文章中開始出現諸多「另類」的新樣式，包括「簡單」到百餘字的小文、文抄體、記夢錄等形式，也可以放在這一條「文章觀」的扭結鏈上得到解釋，即，本質在試探漢語言寫作的新的可能，是一次次試驗或有效，或無效的結果。其中最古舊，也最極端的一次書寫試驗，就是1930年代逐漸趨於自覺的抄書體，不僅至今仍對讀者的閱讀經驗構成挑戰，同時更重要的，是其所包蘊的追問漢語書寫新可能的思路。

　　這裡所以花費相當的篇幅分析《莫須有先生傳》的文章特點，在於首先為勾勒周作人關於文章之美的期待，提供一個最具體、理想的橋樑，同時更應該明確的是，這樣一種近乎道的文章形態，雖對周作人構成過巨大的誘惑，又是他不能也不願為的。當我們重新回到周作人本身，就可以發現，作為一個文學評論者，他所盛讚的「文章之美」，始終只強調在形式一端，而對廢名得以實現這種「形式美」的思想憑藉，即與「齊物論」十分接近的佛學尤其是他的唯識學思想，多次表示並不能贊一詞。即是說，無論我們如何用「齊物論」闡發廢名的文章之美，也只能是屬於廢名之「風」，對於周作人而言，「風」的形式美和思想內容二者的彌合一度十分艱難，在談到自己的文章時，周作人認為「假如這裡邊有一點好處，我想只可以說在於未能平淡閒適處，即其文字多是

〔註212〕周作人：《〈莫須有先生傳〉序》，《周作人散文全集》第6卷，第21頁。

〔註213〕〔日〕木山英雄：《北京苦竹庵記》，趙京華譯，生活・讀書・新知三聯書店，2008年8月，第156頁。

〔註214〕周作人：《〈莫須有先生傳〉序》，《周作人散文全集》第6卷，鍾叔河編訂，廣西師範大學出版社，2009年4月，第20頁。

道德的。」〔註215〕為回應外界「贈予」的沖淡、閒適等，這樣的自認也許只是部分地接近了真實，「道德」的文章與文章觀多有，周作人的「好處」更多可能還在於，他在 1930 年代逐漸形成穩固的文章趣味，並在盡可能地靠近理想而終於也未能真正抵達的「技」的磨練中，生成文章內部日臻完美的張力結構──「文」的平淡與主體「我」被圍困的言說欲望。

應該看到，「忘我」的目的在於更好地傳達，「無為」的底下埋有道德的種子，從《哀弦篇》開始，「天籟」與「風」的出現，就伴隨著「國民文章」、思想啟蒙、甚而「齊其不齊」等政治性訴求，即，這一文論話語本身就是糅合一團的「雜處」狀態，遠非莊子哲學一端所能完整闡釋。那麼，從留日到 30 年代逐漸成型的文章觀念，「風」之隱喻是否還別有來源？如果的確直接出於莊子，那麼《哀弦篇》所開啟的前一個周作人的身影，30 年代是否可以完全消泯？如果別有來處，「天籟」的影響又從哪裏發端，因何能夠成為周作人此後對於理想文章的一種恒常印象？即，在這一隱喻被不斷改寫的過程中，周作人的文章觀念有何新變？

二、「齊物」的語言文字觀：「文辭之本」與「相互之具」

毋庸置疑，1930 年代初周作人以「風」論文，主觀意圖是要建構一個超越小大、公私，有用與無用之辨的以「齊物」為唯一「尺度」的文章觀念，其去政治化的意圖十分明顯，這在很大程度上可見有莊子的影響，周作人也是自覺將其上溯到《齊物論》中確認哲學依據。另一方面，從《哀弦篇》開始，「天籟」與「風」的概念，就伴隨著「國民文章」「思想啟蒙」以及「齊其不齊」等現實文化訴求，到《莫須有先生傳》序言所描繪的共時性圖景，一定程度上還帶有早期「虛無論」影響下平等、大同等理想色彩，可以說，「去政治化」的文章及其對立面，本身就處在同一對話體系中，其間的影響與授受關係，難以給出簡單認定。這裡，為能更清晰地把握周作人文章觀及其來龍去脈，首先需要追問的一點就是，表現為以模仿自然狀態為終極的文章理念，背後的影響因素究竟有哪些？換言之，在周作人 1930 年代看似十分純粹的形式論背後，支撐這一「齊物」寫作的哲學或思想來源如何構成？

「天籟」典出莊子《齊物論》中，在章太炎的論著裏多次出現，集中探討

〔註215〕周作人：《自己的文章》，《周作人散文全集》第 7 卷，鍾叔河編訂，廣西師範大學出版社，2009 年 4 月，第 361 頁。

中國尤其近代以來漢語言文字以及在此基礎上的文辭問題。以這一意象為中心，章太炎所論又牽動吳稚暉、劉師培等，於 1908 年前後形成或顯或隱的對話，相關敘述都有可能為這一古老隱喻在近現代文論中的被「激活」，提供一個有效的刺激或啟示。

　　1908 年 6 月 10 日《民報》第 21 號刊登《駁中國用萬國新語說》，針對《新世紀》提倡萬國新語（即世界語的別稱）一說，章太炎指責對方不學，欲使語言文字「強齊」的虛妄，「余聞風律不同，視五土之宜，以分其剛柔侈斂。是故吹萬不同，使其自己，前者唱喁，後者長於，雖大巧莫能齊也。」〔註216〕作為回應，吳稚暉以燃料為筆名發表《書駁中國用萬國新語說後》，選擇正面迎敵，即接受了章太炎的預設，套用同一個「天籟」隱喻為自己說法：

> 語言文字之為用，無他，供人與人相互者也。既為人與人相互之具，即不當聽其剛柔侈斂，隨五土之宜，一任天然之吹萬而不同，而不加以人力齊一之改良。執吹萬不同之例以為推，原無可齊一之合點，能為大巧所指定。然惟其如是，故能引而前行，益進而益近於合點，世界遂有進化之一說。〔註217〕

　　雙方論戰的基礎，在於都是從「吹萬不同」的現實難題出發，卻得出了相反的結論，吳稚暉主張放棄漢字，改用世界語，章太炎則認為，語言文字背後有風土、情性給養，無法強齊，《說文》九千字大體可用，只是後世不斷孳乳，攪亂了漢字的表達系統，改良的辦法只有回溯古音，重建漢語言文字的書寫體系。雙方矛盾的焦點，首先是對語言文字之「用」的價值認定上，由此才導出第二個問題──中國的語言文字能否「以人力齊之」，抑或更直截的，雙方是在哪種意義上談論到「齊」。在《新世紀》這裡，站在言文合一的「進化」趨勢看，語言文字屬於同一問題，章太炎卻著意區分，重心在「文」而非「言」，這也是章太炎同期一再重複的理論前提，「文字本以代言，而其用則有獨至」〔註218〕，即是說，形之於書面的文字除了「相互之具」，顯然別的使命。

　　章太炎以「語言文字之學」回應近現代語文危機，支撐這一邏輯骨架的，很大一部分卻來自《齊物論》中「不齊之齊」的哲學闡發，或可稱作「齊物」

〔註216〕太炎：《駁中國用萬國新語說》，1908 年 6 月 10 日《民報》第 21 期。

〔註217〕燃料（吳稚暉）：《書駁中國用萬國新語說後》，1908 年 7 月 25 日《新世紀》第 57 期。

〔註218〕章太炎：《文學總略》，《章太炎全集・國故論衡先校本、校定本》，上海人民出版社，2017 年 4 月，第 53 頁。

的語言哲學觀。應該看到,周氏兄弟留學日本期間,一直密切關注《民報》尤其章太炎的論戰文字,論戰發生之後不久,二人跟隨章太炎聽講國學,作為近距離的旁觀者,他們可以說全程親臨了「天籟」論爭及其餘波,章太炎有關語言文字與民族文化之關係的所見與闡釋,對二周也有重要感發。事實上,章太炎早前為激發民族感情,強調「文字—文學/辭」的路徑,反覆申明小學之於文學/文辭的重要,雖則後來雙方在「文學」定義上各有去處,不過,章太炎所開拓的這一語言文字之學,使周氏兄弟「從根本上認識了漢文」〔註219〕,啟發他們從民族文化源流的角度把握「文字」,把握字形、字義與字音三位一體的血脈關聯,只不過,二人從「小學」起步,偏重文辭,對「文章」又有新的闡發,而未受限於太炎規劃這一框架。

具體到1908年前後這場圍繞「萬國新語」的爭論,對話主要是在兩個層面上同時展開,其一,在「言(語言)」的認識上,雙方對言語作為交通之具這一點並無異議,「不齊之齊」與「強使之齊」目的都在導出最後想像中的「語言齊一」的狀態,也就是說,衝突更多是在如何解決「不齊」的思路和方法上。需要注意的是第二個層面即「文」上,吳稚暉並未區分語言文字的不同,這在章太炎看來本來就是對方的病症所在,也是刺激他一駁再駁的敏感點,也就是說,「文」的一部分言說是在章太炎手中拓展、開闢的另一個「戰場」,即「文辭的本根,全在文字」〔註220〕。這一句式曾被章太炎在不同場景下反覆申說,也是最初吸引周氏兄弟進入《說文》門徑的根本動力,這裡提煉其大要即是:漢字有別於世界語或泰西語言的民族性和「差異性」,文章寫作的基礎首先在於對漢語言文字的獨特認知上,由此,連屬文字而成為「文辭」,就遠非「齊其不齊」的聲音單線條邏輯所能解決。

在隨後一篇《規〈新世紀〉》中,針對吳稚暉「語言文字,止為理道之筌蹄,象數之符號」的說法,章太炎順便點明了文字與語言應當分論的思路,「文字者,語言之符;語言者,心思之幟。」〔註221〕若結合章太炎的小學論說來看,「意—言—文」的信息傳遞過程,每一級都是一次新的符號化,都有內容的播散與表達力的增長,此前《訄書·訂文》亦有「且夫文因於言,其

〔註219〕 周作人:《魯迅的青年時代(十二)·再是東京》,《周作人散文全集》第12卷,鍾叔河編訂,廣西師範大學出版社,2009年4月,第616頁。
〔註220〕 太炎:《演說錄》,1906年7月25日《民報》第6期。
〔註221〕 太炎:《規〈新世紀〉(哲學及語言文字二事)》,1908年10月10日《民報》第24期。

末則言擊迫而因於文。何者？文之瑣細，所以為簡也；詞之苛碎，所以為樸也。」〔註222〕言與文之間，絕非單線的誰決定誰的關係，而是一個彼此生發的內在系統。至於章太炎格外關注的書面文字，具備「言」所無法承載的超越時空的穿透力，他的小學用力關鍵點也在對「文學」「文辭」等概念的辯證上。

應該看到，在這場對話的第二層面，吳稚暉及《新世紀》其實是失語的，他們並不關心或者尚未注意到，在「言」的解決之後，「文」同樣也會構成一個問題，換言之，以「天籟」發端的這一場語言文字論爭，事實上並不在同一水平線上，這就使章太炎對「文」「文辭」的大段闡發顯得有點多餘，抑或別有對象。

需要注意的是，劉師培此前在《論文雜記》中就使用過「天籟」一詞，指代「字音」及「詩歌」的天然屬性，「上古之時先有語言後有文字，有聲音然後有點畫，有謠諺然後有詩歌，謠諺二體，解為韻語。謠訓徒歌，歌者，永言之謂也；諺訓傳言，言者，直言之謂也。蓋古人作詩，循天籟之自然。」〔註223〕在論說文辭之前，劉師培預先假設了一個無分地域、種性差別的聲音自然合一的初始狀態，這之後，從言（聲）、物（情）一一對應的「自然之音」為中心，文字孳乳的過程就被改寫成了因為對待、利害關係而漸生分別的人類語言淆亂史，而歷史發展的最終目的就在世界語之提倡。這一巴別塔式的語言（文字）想像，和劉師培同期轉向無政府主義的政治態度直接相關。為了論證這一預判，他直接調用《齊物論》中的資源為哲學上的支撐，將「齊物論」直解作絕對的平等，即「欲齊一切之物論」。

這裡不及其他，單就「欲齊一切之物論」的語言文字觀來看，取西方「合音」文字為標準，討論近現代言、文表達的去向，無暇顧及「漢字」的獨特性，是當時學人解答語言文字危機的一般思路。當章太炎指責《新世紀》不學時，對這場論爭的錯位一開始就有明確認知，所以還要調動小學與《齊物論》資源，舉證「文」與「文辭」不能「強齊」，期望說服的對象更可能是共同佔有「小學」平臺，無政府主義的另一個代表人物劉師培，因此「天籟」論爭的焦點，勢必從語言文字轉向「文辭」或「文章」方面。這一傾向更明顯表現在《齊物論釋》中，作為《新世紀》論戰的延續，章太炎事後進一步延伸思路，

〔註222〕章太炎：《訂文》，《章太炎全集·〈訄書〉初刻本、〈訄書〉重訂本、檢論》，上海人民出版社，2014年4月，第46頁。

〔註223〕劉師培：《論文雜記》，《劉師培全集（第二冊）》，中共中央黨校出版社，1997年6月，第83頁。

將催生於與這場正面交鋒所得的「思想的種子」納入對中國傳統哲學，主要是莊子《齊物論》的完整闡發中。

幾乎與 1908 年上半年「天籟」論爭同時，章太炎開始在東京講授國學，《說文解字》之後，《齊物論》也是重要內容，課上討論隨後整理成書，也就是 1910 年出版的《齊物論釋》，章太炎開篇解說第一章「南郭子綦」：

> 《齊物》本以觀察名相，會之一心。故以地籟發端，風喻意想分別，萬竅怒呺，各不相似，喻世界名言各異，乃至家雞野鵲，各有殊音，自抒其意。天籟喻藏識種子，晚世或名原型觀念，非獨籠罩名言，亦是相之本質，故曰吹萬不同。使其自己者，謂依止藏識，乃有意根，自執藏識而我之也。〔註224〕

表面上看，《齊物論釋》自覺使用法相宗的教義，解釋《莊子‧齊物論》，探討兩者思想的共同之處，然而，其中相伴生的對於無政府主義理論中「世界大同」「齊民」等元素的重新審視和回擊，同樣不容忽視，尤其是在後一層面，章太炎與劉師培的「小學」闡發構成潛在的對話，過程中透露的雙方語言、哲學等相關意見，也成為周作人以「天籟」切入中國「文章」系統，重新講述中國文學問題的儲備資源。

章太炎比照佛家概念，將「風」釋為捉摸不定的個人「意想」，或鏡花水月一樣的「相」，是為意識的各種狀態。「吹萬不同」被解作因地〔註225〕而異的語言，萬竅殊音稱為地籟，這些都是不同，也是不齊。至於天籟，是最高的所謂「藏識種子」或「原型觀念」，大致接近於唯一的「實」，在太炎看來，它最終指向人的主體，即「我」，也稱「真人」或「朕」，擁有這一絕對本體的「個」，再來反觀世界上諸般語言、意識等不齊，才有立身之基。因之，所謂「吹萬不同，使其自己」，不僅要求應物斯感，同時更須不隨外緣而偏轉。可以明顯看到，章太炎使用法相宗釋莊子，結果卻與莊子強調的「自然」和「無我」有所分別，更加突出「我」的意義。

《齊物論》指向「我」的物化，追求一種與萬物各隨自然，並最終悠然「喪我」，人、物、自然之間無差別的理想狀態，而章太炎「不齊之齊」、劉師培「齊一切之物論」等近代闡釋同樣都是改寫了傳統資源，彼此之間又有明顯

〔註224〕章太炎：《齊物論釋》，《章太炎全集‧齊物論釋、定本、莊子解故、管子餘義、廣論語駢枝、體撰錄、春秋左氏疑義答問》，上海人民出版社，2014 年 5 月，第 9 頁。

〔註225〕指共時性的世界空間，在章太炎這裡主要表現為民族差別。

區別。就前者而言，在「我」和「語言」「意識」的關係上，偏重一個被放大後的「我」，所謂「天籟」也就是眼可見、耳可聞之名言、物態的内轉——「主體」化。這一「天籟」圖式，生發於、也服務於章太炎獨特的漢語言文字觀，「風」作為現象一種，屬於無自性的四大（地、水、火、風），代表的正是隨萬物宛轉的意識狀態，由此形諸語言文字，造成一種眾聲喧嘩、各抒其意的人類的表達狂歡，這是表面的「不齊」，也是自然界應有的狀態。與此同時，上述意識、語言文字的不齊只是幻象，最終一切表達及其所欲表達的內容，都要復歸於「我」這個認識的主體，亦即「依自不依他」，也就是「不齊之齊」。正是在這裡，《齊物論釋》拓展了自己的語言文字哲學觀，即它自我構成一個新世界，在這方面同時期還有《新方言》《成均圖》等提供更系統、精緻的展開。

之後在解釋《齊物論》第三章時，章太炎直接抓住無政府主義理論（特別是吳稚暉等無政府主義者所持萬國新語說）應用於近現代中國語境時出現的一個悖論：所謂「齊一切」的出發點，首先就是「意想分別」，即「文野不齊之見」，而這當中橫亙著近現代東西方之間不容忽視的權力政治結構。換言之，當無政府主義諸人倡導世界語，試圖另起爐灶，其本身卻立足於一個「不齊」的前提，略過因此地、種族而勢必有所不同的文化（或具體到語言文字）的差異性，這首先需要交付「漢文」自身的主體性，為此，章太炎將其與「志存兼併」的列強一併打包，列為自己「齊物說」的假想敵。

> 原夫齊物之用，將以內存寂照，外利有情，世情不齊，文野異質，亦各安其貫利，無所慕往……然志存兼併者，外辭蠶食之名，而方寄言高義，若云使彼野人，獲與文化，斯則文野不齊之見，為桀跖之嚆矢明矣。……或言齊物之用，廓然多途，今獨以蓬艾為言，何邪？答曰：文野之見，尤不易除。夫滅國者，假是為名，此是檮杌、窮奇之志爾。如觀近世有言無政府者，自謂至平等也，國邑州閭，泯然無間，真廉詐佞，一切都捐，而猶橫箸文野之見，必令械器日工，餐服愈美，勞形苦身，以就是業，而謂民職宜然。何其妄歟！故應務之論，以齊文野為究極。〔註226〕

章太炎拈出《齊物論》以抵抗西方語言文字、文明的強勢威脅，有他自家

〔註226〕章太炎：《齊物論釋》，《章太炎全集·齊物論釋、定本、莊子解故、管子餘義、廣論語駢枝、體撰錄、春秋左氏疑義答問》，上海人民出版社，2014 年 5 月，第 47 頁。

的思想體系與邏輯出發點，而對當時正在文章革新一面尋取新路的周氏兄弟而言，吸引他們的恰恰是章太炎對於漢文的這種獨到闡釋。具體到周作人而言，章太炎課上講到「天籟」的一段及其有潛在針對性的發揮，應該留下了深刻印象，正是因為印象之深，他不僅在同期《哀弦篇》中使用過這一意象，直接以地籟、天籟等比類「國民文章」之理想狀態，而且，這之後直到 1930 年代，「齊物」之「風」始終是他在不同時期處理文章何用、如何有用等複雜問題時，一個可以不斷回溯的話語資源。重新回到 1908 年這篇《哀弦篇》，周作人在文中迅速起用「天籟」意象論說文章，又參己意，以「萬竅」比喻「一切有情（人）」，「風」表「外緣」，風吹孔竅發出的聲音（包括地籟、天籟），比喻國民文章。在這裡，強調「風」與「孔竅」的彼此對待，在「個」與「國民」之間偏向後者，《哀弦篇》一開始正是通過突出「外緣」與「有情」之間的物我相對，突出「個體」匯入「國民」和聲，一定程度上「曲寫」了《齊物論》的哲學畫面。尤其是與後期《〈莫須有先生傳〉序》中，側重「使其自己」，突出個人與差異相比，前後發生過明顯的方向調整。質言之，「風吹萬竅」表現出來的言文觀念，以及這一觀念背後明確的政治民族意識，都有可能為周作人重新起用這一意象論說「國民文章」提供一個直接的影響因子，同時這一論戰發生的「對話場」——以《齊物論》「天籟」為元文本，牽動章太炎、劉師培之間的對話，尤其是後者無政府主義的理想色彩，雖在短時間內難以猝然消納吸收，一定程度上卻也構成後來不斷增補、修正「風」之形象的一個潛在視野。

事實上，這一條哲學（文化）—文字（文章）貫通的線索，對周作人的影響更其深遠，如果說，30 年代初以「天籟與風」論述廢名，強調的是文章超越「公」與「私」的一種「無心之用」，還是將章太炎的語言文化哲學，按照自己的需要剪裁、改造，簡單揉入到自己正在成形的文學藝術觀念中，實際上這一論述過於理想，文章更多還是在「私」的領域發聲，或至少是少數人「孤芳自賞」的象牙塔中。周作人為此不得不多次就外界「不懂」「晦澀」等質疑，代學生一輩做出回應。如此直到 1940 年代，周作人在淪陷區討論漢文學與中國的思想問題時，再度調用章太炎的這一資源，以「不齊之齊」證明中國的思想問題與漢文學的意義，這一切，又必須重新「落實」到漢語言這一書寫工具、落實到漢文的書寫實踐上，才能夠真正及物，也就是說，發端於留日時期的「不齊之齊」這一哲學依據，成為周作人此後執「文章」溝通「公」「私」兩域的可追溯的理論原點。

三、「風」的話語策略：非政治的政治性

　　偏愛以「風」論說文章，周作人最早可能是受晚清學人圍繞「天籟」在語言哲學觀上爭論的啟示，論爭的結果又在章太炎手中得到進一步闡發，從整理成文的《齊物論釋》來看，「天籟」與「不齊之齊」的哲學觀，與章太炎獨特的語言文字學，尤其是在此基礎上衍生的文辭觀緊密結合在一起，後者也是最初吸引周氏兄弟走近章門學術的一個基本點。由之，以《齊物論釋》中的「天籟」片段為中心，以此前多方面言說為具體語境，不僅為周作人當時描述新文章貢獻了一個新鮮的意象，而且，「天籟」話語場的駁雜與豐富，也構成日後確認、完善文章觀念時一個可以不斷回溯的資源儲備。

　　留日時期在《哀弦篇》中，雖敏感到「風」的出現，不過，在國民文章的敘述壓力下，「風吹萬竅」所內蘊的哲學屬性，更多只是作為一個「雜湊」的局部，寄存在整體「有所為」的啟蒙框架中。應該看到，在文章觀念初步發生的「新生」期，無論文藝運動的發起還是整體視野上，魯迅都是計劃的制定者與主導者，比較而言，周作人實際尚未真正地完成「自己」，與其說他是與魯迅一起接受晚清近代學人、泰西譯著的影響，倒不如說，更多還是在長兄的中介和示範下，在前者為他提供的視野內看見、吸收，並在此過程中逐步發現自我。其間的脈絡複雜糾纏，潛藏在周作人早期若斷若續的文章闡發中，區分出哪一些是二周的共同點，哪些是周作人受到引導和影響，其後又不得不通過割棄而自我完成的歧異處，成為今天我們回溯周作人早期文章觀時一件無法迴避的任務。幸運的是，在前後文章觀念的歷時變動中，周作人也為我們提供了一個不斷反芻的文論意象──「風」或「天籟」，雖則在各階段，「風」向所指並不一致，有時甚而表現出某種不穩定性。也正因為此，梳理「風」的前後演變，發現演變過程中的「常態」屬性，即「風」之於周作人的本質吸引力何在，這一點對深入探問周氏複雜變動的文章觀，應有不容忽視的意義。

　　如果說，1908 年的「風」之敘述，還只是一個被簡單挪用的自然意象，那麼，1930 年代隨著周作人自身的文章觀念趨向穩健，以《〈莫須有先生傳〉序言》等一系列文章為契機，周作人再次提出「以人籟模擬天籟」的理想文章形態，側重如同「風」一樣「吹萬不同，而使其自己」的存在方式，也即是說，「風」的意象又被重新放回莊子原文中闡釋，以「齊物哲學」為資源論證他所期待的中國新散文，首先表現在好文章的審美理念。

　　不過，從周作人這一時期所認同的廢名，同一脈絡「試探」的俞平伯，及

周作人本人的文章「遭遇」看，這種「近乎道」的文章寫作僅限於一種理想或實驗，包括廢名在內，都無法真正做到對「自我」的「忘卻」，而且，構成悖論的是，這類「好文章」對讀者提出了顯然十分苛刻的要求，即，如果聽風的人，只是習慣於等待最後的風聲，而沒有從容、鎮靜地經歷一萬個孔竅，發覺、接納它們各自的大小、位置、行藏等原本的「不齊」，以及各個單元可能充分伸展出來的「美」，概言之，如果讀者不具備「齊物」哲學所要求的眾聲喧嘩中流連光景，以聞「天籟」的耐心與素養，自然也會發出「讀不懂」的遺憾。如此，寫作者本意是要取消「你」與「我」、主體與外物之間的對待，實現最後的「不齊之齊」，但呈現出的結果往往被迫止於「不齊」，即，封閉於作者私人的「趣味」當中，至少在表現形態上近乎文字遊戲，使讀者索解為難。

　　不過，在周作人看來，似乎只要風聲入耳，人人都可能聽到，而無所謂「懂或不懂」，問題的關鍵並不在是否「難懂」，這是慣常文章邏輯衍生的一個偽問題。1931 年他為《棗》和《橋》作序，將通常所謂「難懂（或晦澀）」區分成兩種情況，一是「思想之深奧或混亂」，一為「文體之簡潔或奇僻生辣」。〔註227〕周作人認為表達深奧的內容屬於天才之職，可以不談，他明顯更關心後者，即，哪一種文體（即 style）才能使表達盡善盡美，更進一步說，周作人汲汲於尋找的是一種適合現代漢語言文字的文章風格，這也是他格外看重廢名文章的出發點。1937 年為回應胡適《看不懂的新文藝》一文，周作人有過更顯豁的解說，「有些詩文其內容不怎麼艱深，就只是寫的不好懂，這有一部分如先生所說是表現能力太差，卻也有的是作風如此，他們也能寫很通達的文章，但是創作時覺得非如此不能充分表出他們的意思和情調。」〔註228〕也就是說，周作人反覆論證文章之美，要解決的其實是日常寫作最普通不過的，「文」（文章形式）與「情」（思想內容）的連接問題，傳統文論於「言—象—意」的關係頗多論述，只不過，在經歷晚清以來語言文字的激烈變革後，這一問題又重新在 1930 年代的歷史場域中被提出，及如何解決等，與周作人受章太炎影響的文字、文辭觀念直接交通。

　　書面的文字、文辭與語言不同，「文有獨至」，並非只是「相互之具」，這是他與章太炎、魯迅的共同處。同時，文章也不能被簡單看成「傳情達意」的

〔註227〕周作人：《〈棗〉和〈橋〉的序》，《周作人散文全集》第 5 卷，鍾叔河編訂，廣西師範大學出版社，2009 年 4 月，第 765 頁。
〔註228〕周作人：《關於看不懂》，《周作人散文全集》第 7 卷，鍾叔河編訂，廣西師範大學出版社，2009 年 4 月，第 747 頁。

工具，在這裡，周作人提出了自己獨特的文章觀念，「文字」包括在此基礎上的「文辭」，人為的痕跡越明顯，就越無法真實表達主體的「情意」。實際上，作為「器」出現的文字、文辭，難以勝任「充分表出他們的意思和情調」之「用」，而且，現代漢語有別於文言，是一個尚未被定型、相對粗礪的語言文字工具，完善的第一步，首先是解決「作者─作品」這一環節的表達問題，這之後，「作品─讀者」的接受才有可能，即信先於達。與此相應，如果試圖略過表達問題，直接躍入直率的傳達，那麼語言文字的變革、古文到新散文的更新等，就（部分地）減損了最重要的意義。這個時候，愈迷信文字的可用，這種濫用就會更危險。應該看到，與當時直接訴諸「溝通」的文字、文辭觀相逆，當意識到「器」的虛妄之後，周作人更多駐足於「表達」層面，並形成了自己獨特的文章理論。

在這裡，文章美並非只是一個形式上的立論，而被提升到書寫者對漢語言文字的認知與如何更合理使用的學識修養上。按照這一根植於漢語言文字基本認知的文章邏輯，廢名、俞平伯等有意為之的「難懂」，如果是以迴避「格式化」的表達為前提，正可以代表沒有成心的介入、不帶意見的遮蔽、拒絕單向輸入的功利化訴求，從而為讀者的理解預留了足夠的自由空間，也即如「風」一樣「使其自己」的新文章。

具體回到 1930 年代現實語境，周作人基於（經過章太炎闡釋的）「齊物哲學」與語言文字觀念形成的好文章理想，針對的是一種過於抒情、泛化的表達現象，這一現象最集中表現在當時左翼文學偏於口號式的宣傳，與此針鋒相對，周作人顯然是認為，作為「器」才能被看見與看重的文章是「無用」的，真正的文章寫作只能是對「器」之「不足」的接受，同時儘量做出克服與超越，在這之後，才有可能觸及文章是否有用、是否難懂等第二義的問題。這裡，將《齊物論釋》與無政府主義「平等」等曾經相對立的因素消化、糅合，「齊物論」的哲學邏輯在文章形態上先一步被推演到極致，而物極必反，反而逼迫出「不能強齊」這一本該是文章寫作前提的結論。也就是說，「好文章」的理想與支撐它的語言文字觀，構成周作人「文學無用」「非革命文學」等等「不合時宜」的意見表達中，最為穩固的一翼。

質言之，周作人於 1930 年代初重提「風」之隱喻，形成了自己相對成熟的文論話語，這固然是基於對文章尤其新散文審美特性的強調，另一方面，在所謂專論文章形式的「偏至」的背後，隱藏著主體強烈的現實感與對話意

圖，即要借「風」之意象申明文章的差異性與自由表達的必要。尤其當我們將這一文論話語放在 1930 年前後的整體思想、文化語境中考察，「好文章」的涵義複雜，從來不是單方面的言說所能完成。1930 年春夏間左翼青年作家谷萬川、傅非白等在《新晨報副刊》上發表一系列批評周作人的文章，諷刺《駱駝草》上的文章「落伍」，宣稱周作人「似不幸又似命定的趨於死亡的沒落了」〔註 229〕。實際上，在周作人為《莫須有先生傳》所作序言中，不斷重複的「沉沒」「公私」等詞彙，及「蒲桃蘋果之變成酒」等巧妙表述，看似著眼於文章內部論說，卻在在以「反語」的形式指向（消納）來自外界的批評與質疑，如「沉沒」之於「沒落」與「落伍」，「臭腐也會化為神奇」〔註 230〕之於「奧伏赫變」和「腐朽」，「為公為私」之於外界提倡正盛的大眾、普羅文學等，均與當時的左翼批評構成一種潛在的「對話」關係。應該看到，在周作人逐漸形成成熟文章觀念的 1930 年代前後，文章是否「有用」（對社會而言）是一個不斷困擾他的終極問題，同時也構成他與左翼文壇之間不斷強化的分歧與緊張關係。從晚清提倡「純粹文章」，到 1920 年代漸嘗夢想幻滅的滋味，開始反思與整理，一度試圖以「人生的文學」超越「為人生」與「為藝術」的兩極對立，終而至於最後的消極，宣布文學店的關門，1930 年代初發生的這一轉變尤其值得探究。

事實上，周作人慣於將文章與思想並提，文、情在文章寫作上無法真正區分，之所以如此強調「文生情」甚而「文生文」，與至偏愛廢名形式上的文章之美，而不諱言其難懂，在周作人自有獨特的思考路徑。如前所述，形成於 1930 年代前後的這一文章理想，不僅在形式而且在思想的表達上，都代表周作人預期中的新文學（尤其是散文）的一種可能性，具體就「文生情」（而非「情生文」）的內涵而言，直接對接同期他關於「言志」（而非「載道」）、「即興」（而非「賦得」）的二元提法，甚至也能延及 1940 年代所論「誠」之用心，雖則從表面上看，「情生於文」與「誠之用心」的方向相反，不過，若結合時代背景與周邊文本來看，「文生文」與其說是一種可以走向超現實主義的自動化書寫，或追求「純粹文章」的藝術理想，倒不如說，是基於一種對「情不誠」的反動，它要解決的最終問題還在真誠表達，只不過要借「文生文」的寫

〔註 229〕非白（傅非白）：《魯迅與周作人》，1930 年 6 月 4 日《新晨報副刊》第 622 號。

〔註 230〕周作人：《〈莫須有先生傳〉序》，《周作人散文全集》第 6 卷，鍾叔河編訂，廣西師範大學出版社，2009 年 4 月，第 20 頁。

作方式，打斷功利性的「為情造文」，通過延長這段「行程」，誇大「形式美」與「差異性」，而對立面始終是「載道」「賦得」等有可能「言他人之志」的文章觀。意識到「言他人之志」的危險性，而能以一種決然的方式迴避「情」的庸俗化，近現代學人可以突破文、情二元論，在一個新的層次上論說文章，原因在於，五四之後「我」的主體性無限張大，以及少數知識分子對這種自我張大、從眾心理同時作用於文章，容易絞殺真正有個性的文章之警惕。就此而言，重視個人真實情感對文章的重要性，以「消極怠工」的方式迴避非個人情感對文章的濫用，此後周作人若干在大時代中自成異調、弔詭的說法，實際仍可追溯到五四文學最初「人的文學」這個基本立足點，有他一貫的堅持，至於在不同時期，文章觀念說法的「變化」，更多可看作是在不同時代背景下，因為言說對象不同而有的變形、微調。

值得注意的是，在 1929 年所作《偉大的捕風》一文中，周作人也曾使用到過「風」的意象，相較於 1930 年代後在某種特定場合下表達的「偏至」，前者的描述也許更多代表作者對文章寫作本來的意見，因此顯得格外重要。這裡所謂「風」，對譯希臘文 pneuma（πνεῦμα），最初指自然界的氣息吹動等，《傳道書》英譯本根據語境的不同，分別譯作 spirit 和 wind，周作人 1909 年曾入日本立教大學，為譯《聖經》而選修「希臘語」，表示「最喜歡讀《舊約》裏的《傳道書》」〔註231〕，對於希臘語和英語這兩種涵義應有相當的熟稔。《傳道書》中列舉一連串自然界的循環，日出日落、風向旋轉、河海互流等等，並由之上升到人類歷史的無限循環狀態，因此，一切試圖要做出改變的人、事也將落入無意義與虛空，意義如同「捕風」。雖則這裡的「風」來自西方宗教論，但僅就對現象世界的判斷而言，十分接近《齊物論釋》中章太炎以佛釋莊時，提到的無自性之「風」，「音樂出乎空虛，喻名言無自性也。菌成乎蒸濕，喻四大無自性也。」〔註232〕這一指向人生、萬事萬物虛空狀態的「風」，也就是近「道」者面對現實世界的看透與拒絕，只是，異於傳道者的厭世和善刀而藏，周作人雖不斷復述「虛空的虛空」，申明文字表達的有限性，卻轉而重提言說的重要，並在文末表示要接納並追跡這「虛空」。

〔註231〕周作人：《偉大的捕風》，《周作人散文全集》第 5 卷，鍾叔河編訂，廣西師範大學出版社，2009 年 4 月，第 566 頁。

〔註232〕章太炎：《齊物論釋》，《章太炎全集・齊物論釋、定本、莊子解故、管子餘義、廣論語駢枝、體撰錄、春秋左氏疑義答問》，上海人民出版社，2014 年 5 月，第 12 頁。

　　實際上，人在接納虛空後的自由發聲，與風吹入空虛的孔竅自然發聲，有情與無情，面對外界環境的變化與刺激，具有相近的結構。可以說，起步於「氣息」，蹈跡「虛空」，作為糅合了自然現象、傳統哲學與西方宗教等多重資源的意象，「風」的複雜與原初的底色，對周作人的吸引力顯而易見，也為他闡述中國文章理念提供了更大的生長空間。無論《哀弦篇》中自然界吹動萬物的「風」，還是《莫須有先生傳》序中對齊物哲學至為關鍵的「大塊噫氣」，或《偉大的捕風》中使人捉摸不定的歷史循環感，在周作人這裡，最後都指向人對置身其中的現象世界的終極體驗——虛空（vanity），而以這一外在世界為表現對象的文章寫作，也就成為虛空的虛空，不過，「對於虛空的唯一的辦法其實還只有虛空之追跡，而對於狂妄與愚昧之察明乃是這虛無的世間第一有趣味的事」〔註233〕。一言以蔽之，「風」之敘述，在周作人經歷了從最初的發現、發展，到自覺抵抗的曲折路徑。

　　風聲發出，無關乎懂或不懂，文章對虛空的抵抗也自成意義。一方面，從「沖淡平和」的文章審美判斷，有「我」的介入就有偏見，有字詞的堆砌就有遮蔽，態度愈積極只會妨礙事、物、世界顯露它本來的面目，譬如厲風吹過萬竅，最後只能聽到風聲，而看不到竅孔的形狀、也無法分辨眾竅的呼應，另一方面，這個「我」的意見，本身又是切切實實存在的，窮滅「偏見」的途徑只能是放棄「書寫」（如一度宣稱「棄文從武」）。因而，「我」也只能無奈地言說，以維持文本上一種「消極的積極」的表達，即周作人所說，「察明同類之狂妄和愚昧，與思索個人之老死病苦，一樣是偉大的事業，積極的人可以當一種重大的工作，在消極的也不失為一種有趣的消遣。」〔註234〕這在一定程度上可以緩解此前已經趨於緊張的公與私、有用和無用的兩難預設，成為溝通他前後兩個時段，即在積極、消極兩個鐘擺之間，暫時取得「消極的積極」之可能的一個轉捩點。

　　如果說，苦於中國近現代亂世生態，又受 19 世紀西方哲學觀念等外緣強化，文章寫作在周作人這裡是一把不斷劈向虛空的「刀」，在劈斬這一動作完成的同時，其意義也在自我消解。時移世易，當我們今天面對一篇「解牛」的文本，倘若也像作品最後所呈現的形態一樣，繞開至關重要的筋肉、絲絡、骨

〔註233〕周作人：《偉大的捕風》，《周作人散文全集》第 5 卷，鍾叔河編訂，廣西師範大學出版社，2009 年 4 月，第 568 頁。

〔註234〕周作人：《偉大的捕風》，《周作人散文全集》第 5 卷，第 568 頁。

節，看不見對一代人造成過壓迫感的龐然大物——作為實體的牛本身（具體指現實社會中種種問題，尤其是周作人更看重的文化問題），剩下的也就不過只是一串無意義的動作，或囈語。換言之，對於周作人的文章觀可能存在的誤讀在於，單從文本自身考察，並不能夠充分解釋他如此寫作（選擇）的緣由，而形式（文章）和思想（問題）在周作人這裡從來都是渾然一體，從屬於經過不斷試錯、擇路後，建構起來的相對穩定、成熟的文章觀，即，思想、情思等內容只有在文章所營造的諸多「空白」，或「不用之用」「不說之說」的夾縫中才有可能得到完全意義上的傳達，而無遮蔽、無損傷、也無增益變形，這是周作人從自我的知識結構、審美偏好等個體經驗出發，通過一段時間的摸索，在載道和藝術兩個端點之間，為自己的文章留下的小小園地，所謂「以無厚入有間，恢恢乎其於遊刃必有餘地」，在這裡可以看到周作人選擇的、和魯迅迥然相異的文章策略——不犯正位。

這種不傳達的傳達，表現在文章形式上，就是廢名所提煉的「隔」，以區別於中國傳統散文修辭立其誠的直接傳達，廢名認為，周作人文章特點便在「隔」，這是中國現代新散文追求藝術性的新特點和生機，其本人的文章形式化寫作，主要方向也在此。這一點實際也只能部分地解釋周作人文章的「耐讀」，後者雖著力「隔」的言說藝術，然而這把在空中揮舞的「刀器」，指向的畢竟還是「牛」的肉身。前文已經提到，在藝術導向的「虛」與內容召喚的「實」之間，周作人的看法實際存在難以彌合的矛盾，他不得不同時否定兩端，而做出最低限度的選擇，換用他自己的話說，文章乃「是消極的工作」（即作為「器」的文學歇業），這項西西弗斯式的勞作所以不得不為，背後起到根本性支撐作用的還是儒家有益於世的政治（社會）文學觀念。

富有意味的是，比起本應該遠離庖廚，卻選擇以文字為刀刃，撲向虛空，同時也領受諸多誤解的周作人，魯迅才是那個真正拿過解剖刀，割開過生物肉身肌理的人，時人也多在「器」的思路上延伸，冠之以刀筆吏或匕首、投槍之名。雖各方褒貶意見不一，然而，在「器」的效果上看法殊無二致，亦即郁達夫所說，「魯迅的文體簡練得像一把匕首，能以寸鐵殺人，一刀見血。」〔註235〕這同時也正是寫作主體所預設的方向。

基於病理學方面的常識，醫生不僅需要看見全體（對全體的健康情況、

〔註235〕郁達夫：《〈中國新文學大系‧散文二集〉導言》，《中國新文學大系（影印本）》第 7 集，趙家璧主編，上海文藝出版社，2003 年 7 月，第 14 頁。

整體結構有完整的「知」），同時也看見在這整個身體上，正在危害健康的瘡疤、炎症等大小病變的位置，明察病因與診治辦法，「蓋寫類型者，於壞處，恰如病理學上的圖，假如是瘡疽，則這圖便是一切某瘡某疽的標本，或和某甲的瘡有些相像，或和某乙的疽有點相同。」〔註236〕因直接迎向時弊與人群，「及物」的動作完成本身就代表意義，即是有別於劈向關節之前「空隙」的「切中肯綮」。同樣意在「察明同類之狂妄和愚昧」，魯迅區別於周作人的地方就在於，他不僅看到，而且選擇直接刺到痛處，使對方因痛感而漸脫麻木，趨於自覺，故而他很少顧及器具本身的磨損情況，甚至在大多數情況下，這份痛感也部分地屬於作者本人，「他所毫無顧忌地解剖、詳檢，甚而至於鑒賞的也是這些。不但這些，其實，他早將自己也加以精神底苦刑了」〔註237〕。在這裡，主體要求切身的「痛」感，與「心聲」「吶喊」等訴諸「聽」覺，一系列動作的意義都在於「覺人」，即「詩人者，攖人心者也」。

可以說，魯迅文章尤其是最能代表作者個性與時代性的雜文，正是一把短而鋒利的、用來拔除病灶的匕首。同樣是面臨相似的知識視野與時代問題，相比於困於兩間、舉棋不定的周作人，魯迅至少在表現上更樂觀或積極，《摩羅詩力說》中所謂「旨歸在動作」，特指的就是主體（詩人）面對整個社會文化環境，尤其是「普遍觀念」（道德）、公理或正義等龐然大物時，所採取的一種絕對的反抗姿態。而且有時候，主體動作的發生甚至還要貴於言辭。事實上，比起周作人，魯迅對於一切虛無的體驗可能還要更深切，研究者常將其文學創作特徵提煉為「反抗絕望」，這化自裴多菲「絕望之為虛妄，正與希望相同」詩句，其中所提示的「希望」，構成魯迅資以反抗的思想根源。這裡需要特別提出「希望」的時間性，早在留日時期，「希望」作為一個與進化、新生等同構的概念，就被魯迅賦予了濃厚的「進化論」色彩，其背後有魯迅關於生物學、人類文明史等近現代自然、人文科學的知識支撐。也就是說，魯迅有意將一切阻礙行動的「虛無」，放在時間進化的鏈條上重新審視，從而以「未知」解構了它。在這裡，以未知反擊虛無，以戟刺反抗迫挾，魯迅對中國文章、文化所採取的這種「科學」主義的態度，異於周作人更篤信的歷史循環論，這也是他終於可以出離「虛無」的原因之一。

〔註236〕魯迅：《〈偽自由書〉前記》，《魯迅全集》第5卷，人民文學出版社，2005年11月，第4頁。

〔註237〕魯迅：《〈窮人〉小引》，《魯迅全集》第7卷，人民文學出版社，2005年11月，第106頁。

第二章 「復古」與「反復古」的文章經驗

　　求古源盡者將求方來之泉，將求新源。嗟我昆弟，新生之作，新泉之湧於淵深，其非遠矣。〔註1〕

　　在 1907 年所作《摩羅詩力說》中，魯迅曾引《查拉圖斯特拉如是說》中一句〔註2〕作為正文前的題記，這一「古源」與「新泉」並置的「文藝復興」圖式，及正文部分借「異域新聲」以更新「中國文章」的構想，與魯迅當時擇定通過「文章復古」喚醒國民精神的思路貼合無間。所謂題記，也是「文眼」。不過，如果將魯迅的這句譯文與尼采的德語原文比照，會發現這裡存在誤譯，或者說是有意為之的「改譯」。第二句德語原文為「Oh meine Brüder, es ist nicht über lange, da werden neue Völker entspringen und neue Quellen hinab in neue Tiefen rauschen.」〔註3〕後半句中的「hinab」是副詞，修飾動詞「rauschen」，指水流的動作「自上而下」發生，後半句直譯應作「新泉之湧入淵深」〔註4〕。魯迅譯作「湧於」，文義上倒更接近「湧出自」，強調新生這一動作從「古（淵深）」到「新（新泉）」的方向性的同時，也意味著主體對「新源」「新泉」的

<hr>

〔註1〕令飛（魯迅）：《摩羅詩力說（上）》，1908 年 2 月《河南》第 2 期。
〔註2〕出自《查拉圖斯特拉如是說》第三卷第二十五節《古老的法版和新的法版》。
〔註3〕Friedrich Wilhelm Nietzsche, *Also sprach Zarathustra*, Leipzig: Alfred Kröner, 1930, p. 308.
〔註4〕徐梵澄譯作「新底泉水將下注於新底谿谷」，錢春綺譯為「就會有新的泉水嘩嘩地流進新的深淵」。參見〔德〕尼采：《蘇魯支語錄》，徐梵澄譯，商務印書館，1992 年 2 月，第 213 頁；〔德〕尼采：《查拉圖斯特拉如是說：譯注本》，錢春綺譯，生活・讀書・新知三聯書店，2014 年 9 月，第 251 頁。

尋求，須以「求古源乃至於盡」為前提條件。通過留日時期所譯題記，亦可見出魯迅「取今復古，別立新宗」的文章、文化理想。與此相似，周作人在《哀弦篇》一文結尾引用尼采「唯有墳墓處，始有復活」一句，表達的也是同一意義。〔註5〕

「古源」何以窮盡、如何作為「新泉」湧現，是清末周氏兄弟思考的一個重要問題，他們對「復古」與「取今」之間的關係有著獨特的理解方式。無論是時間維度上的「將求方來之泉」，還是空間視野（即世界文明結構）的「別求新聲於異邦」，在魯迅、周作人看來，「文章新生」的發生機制，只能是來自對於「古源」的真正窮盡，「其因即動於懷古」。此即《摩羅詩力說》所描述的國民文章、文化發展的理想狀態，「夫國民發展，功雖有在於懷古，然其懷也，思理朗然，如鑒明鏡，時時上徵，時時反顧，時時進光明之長途，時時念輝煌之舊有，故其新者日新，而其古亦不死。」〔註6〕

事實上，傳統資源在現當代文學中的出場，並非凝定不變的、等待人們隨時反顧與撿取的所謂遺產。至少在晚清近代周氏兄弟的敘述中，從「文」、「文學」到「新文章」，傳統文脈影響和改寫「文學事實」的方式，更多是在碰撞後經過擇取、再造的「新文章」肉身上的復興，而非單純的古已有之和「源流」重湧。本章聚焦周氏兄弟從清末民初至 1930 年代期間的「復古」取徑，分別以漢字形體、聲音為切入點，剖析其在既往研究中被忽視的「自文字至文章」的「復古經驗」，嘗試打通「文學復古」與「新文學」之間的歷史關係，追問周氏兄弟復古經驗的獨異性。

應該看到，清末民初是二周接受、消化留日時期「文章新生運動」之失敗，同時吸收與反思章太炎語言文字之學的重要階段。二周正是以章太炎「文字復古」為跳板，經由對既定知識體系的逐層否定與選擇性吸收，最終切入到新文化、新文學的場域中。換言之，二周清末民初「文字復古」的相關工作，對於他們在 1917 年前後「突然」轉向新文化這一「事件」意義重大。從「復古」的《摩羅詩力說》《域外小說集》，到「反復古」的《狂人日記》《古詩今譯 Apologia》，「反復古」的動作之發生，本身就是從「復古」深處發展、繼而突圍的結果，二者在深層結構上表現為一以貫之的脈絡。這也正是周作人

〔註5〕 德語原文作「Und nur wo Gräber sind, giebt es Auferstehungen.」參見 Friedrich Wilhelm Nietzsche, *Also sprach Zarathustra*, Leipzig: Alfred Kröner, 1930, p. 212.

〔註6〕 令飛（魯迅）：《摩羅詩力說（上）》，1908 年 2 月《河南》第 2 期。

在新文學初期回顧「我的復古的經驗」時，所描述的「復的徹底」「復的碰壁」現象，「古也非不可復，只要復的徹底，言行一致的做去，不但沒有壞處，而且反能因此尋到新的道路」〔註7〕。與此相對，若「古」復得「無根柢」，所謂復古往往僅停留在文化慣性或審美程序的「擬古」層面，未能進一步追究古之所以然，結果最終只能是被「古」所同化。如此，便只能懷抱既有的一套文化遺骸滯於永夜，或引新文化重新蹈入歧途，此即魯迅所稱新文化中的遺少之群，「長夜之始，即在斯時。」〔註8〕

第一節　形的復古：民初魯迅的「文學復古」和 「白話新文學」

在周氏兄弟研究中，魯迅新文學的發生即如何轉向《新青年》並開啟白話新文學創作這一話題，一直是中國近現代文體與思想史研究的熱點。此前竹內好、汪暉、張先飛等中日研究者多集中討論思想層面的轉折。與之相比，對魯迅從文言到白話這一文字、文章層面的演變脈絡則關注不足。應該看到，周作人《關於魯迅之二》《魯迅的國學與西學》等文章中多次提到民初魯迅在「文字復古」方面的相關實踐，指出其受到章太炎的影響，有志於正字，寫稿寫信多雜用正篆，表現出一種「文字上的一種潔癖」〔註9〕。特別是 1920 年代周作人所作《我的復古的經驗》一文提供了「復的碰壁」進而得到「『此路不通』的一個教訓」〔註10〕的關鍵信息，對說明當時魯迅的思路亦有一定助益。但是，既往研究關於魯迅究竟如何「復的碰壁」，特別是作為實質內容的「文字復古」內部的豐富歷史細節，缺乏學理上的探討，由此導致在解釋 1917 年前後魯迅「如何尋到新的道路」這一問題時，不同程度地存在大而化之的現象。

這主要表現在兩個方面。首先，圍繞從章太炎到魯迅這一路徑如何可能，其間斷裂與承續的關係若何等問題，此前研究如木山英雄《「文學復古」與「文學革命」》、牟利峰《以文字為中心的文學革命圖景的建構──從周氏兄弟

〔註7〕令飛（魯迅）：《摩羅詩力說（上）》，1908 年 2 月《河南》第 2 期。
〔註8〕令飛（魯迅）：《摩羅詩力說（上）》，1908 年 2 月《河南》第 2 期。
〔註9〕知堂（周作人）：《關於魯迅之二》，1936 年 12 月 1 日《宇宙風》第 30 期。
〔註10〕周作人：《我的復古的經驗》，《周作人散文全集》第 2 卷，鍾叔河編訂，廣西師範大學出版社，2009 年 4 月，第 795 頁。

與章太炎文學觀之關聯談起》、陳雪虎《「文」的再認——章太炎文論初探》等論著傾向於詳述師弟間的「承接」，涉及魯迅對章太炎知識結構上的「克服」則敘述簡略。林少陽《鼎革以文——清季革命與章太炎「復古」的新文化運動》一書第四編《「復古」的新文化運動與「反復古」的新文化運動之間——章太炎與魯迅之關聯及斷裂》將清末章太炎「文學復古」視作另一種「新文化運動」，這一觀點對後來研究頗具啟發，但林著更多止步於從「文字復古」到「白話新文學」的顯性呈現，未能進一步追問其間關鍵性的轉換機制，即「變化」何以發生的問題；其次，具體到《新青年》同人內部，尤其是同樣作為章門弟子的錢玄同與周氏兄弟之間，此前研究傾向於一概而論。並且由於魯迅關於這一時期的自我言說不多，所謂「沉入於國民中」「以代醇酒婦人」等表述，在眾所周知的「麻醉自己」的手段外，亦是一種主體對於治學路徑的自覺選擇，即，其本身就具有在學術、文章上的關鍵意義。但在既有研究中，魯迅「沉默十年」期間有可能發生的緩慢但艱實的思考與調試，往往容易被周作人、錢玄同後來關於受到民初復辟事件的刺激而「翻然改變」，進而選擇以「思想革命」為主線的敘述話語所遮蔽。此外，季劍青《「聲」之探求：魯迅白話寫作的起源》一文探尋魯迅白話寫作在思想、文學方面的內在發動機制問題，指出從文言到白話，「是從對個體『心聲』的傳達轉向對他人『心聲』的探索和召喚」，並將之歸因於魯迅「為他人的倫理自覺」。〔註11〕論文敏銳注意到魯迅對「聲音」命題的敏感與重視，可以說把握到了魯迅從「文學復古」到「白話新文學」立場轉換底下某種相對恒定的線索。然而同時應該看到，類似討論有意或無意地將魯迅置於「文言（個體）」與「白話（他人）」的二元對立結構中闡釋。但是對於魯迅而言，「為他人的『吶喊』」之可能，很大程度上正須以「個體自我的完全表達」為前提，二者難以截然分開。正是因為新文化前後魯迅所認可的漢文「聲音」形象，經歷了某種關鍵性的變動，由此才反嚮導出白話新文學這一新的生長路徑。

事實上，以思想革命「聯帶」文學革命的方式描述白話新文學的發生，將文字、文章革命置於思想革命的附庸地位，這一思路本身與魯迅實際情況相違。一方面，忽視了魯迅從復古到反復古的內部脈絡展開，至少既有研究對此缺乏適當的描述方式，結果是往往被納入以胡適為中心的、從文言到白話這一線性進化的集體表述當中，反而無法從正面直接回應「白話新文學」自身

〔註11〕季劍青：《「聲」之探求：魯迅白話寫作的起源》，《文學評論》，2018 年第 3 期。

的合理性這一基本問題。〔註12〕另一方面，忽略文字、文章本身的獨立性，包括其與思想革命之間的複雜互動關係，也可能導致對於思想革命本身的理解發生偏至。

研究關注魯迅民初的「文學復古」脈絡，尤其聚焦其在新文學前夕同步展開的甲骨文、金文視野，並與章太炎「文學復古」脈絡相勾連，結合這一時期魯迅的手稿、日記、書信等文本材料，分析其從語言文字這一根底「消化」與「克服」章太炎的方式。應該看到，所謂「十年沉默」這一判斷主要是從後發視角取得，魯迅的確為新文學之後的爆發「默蓄」了大部分新力，然而與此同時，這一時期文學生活並非無事發生，諸如整理魏晉舊籍、鈔刻古碑、輯校鄉賢著作，以及學術視野上對甲骨文字（特別是羅王之學）的關注等，均可視作為新文學而作的潛在準備工作，並不全在後來《新青年》主流覆蓋的敘述脈絡中。而以上「沉默」期間的工作，均與魯迅「文字復古」的知識結構聯繫在一起。下文具體以魯迅為中心，以錢玄同、周作人為參照，同時兼及胡適等《新青年》同人，嘗試從正面處理魯迅新文學前後發生的文字與文體轉向，總結從「復古」到「反復古」的轉變如何可能，以及二者之間的相對關係問題，並進一步探討新文學內部的路徑差異。

一、與新文學同步展開的金甲文視野

錢玄同一度頻繁造訪紹興會館，催促魯迅參加文學革命的敘述，特別是二人關於「鐵屋」的討論，此前研究已相當充分。同時需要注意的是，魯迅轉向《新青年》同期，也正是他關注到民初古文字學領域羅振玉、王國維的甲骨文、金文研究，並自承有諸多「新義發明」之時。而且，「白話」之外，「甲骨文」也正是魯迅與錢玄同這一時期夜談、通信常常涉及的話題。「新文學」與「甲骨文」看似風馬牛不相及，但是如果結合章門弟子以「正篆」為「本字」進而得出「文學復古」的合法性這一知識結構來看，二者卻存在密切的邏輯關聯。實際上，借助甲骨文這一20世紀初出現的漢字形體新材料，以及羅、王

〔註12〕如周作人回憶新文學前後經歷，「經過那一次事件（指張勳復辟）的刺激，和以後的種種考慮，這才翻然改變過來，覺得中國很有『思想革命』之必要，光只是『文學革命』實在不夠，雖然表現的文字改革自然是聯帶的應當做到的事，不過不是主要的目的罷了。」參見《知堂回想錄（一一六）·蔡孑民（二）》，《周作人散文全集》第13卷，鍾叔河編訂，廣西師範大學出版社，2009年4月，第510頁。

二人相關著作，很大程度上正可破除對於《說文》的「迷信」態度，以重新認識漢字起源與變遷諸問題。在此基礎上，導出白話文學的合理性正是順其自然的結果。

魯迅購讀羅振玉甲骨文著作的時間較早，至少在 1916 年底 1917 年初已經表現出明確興趣，此後常與造訪紹興會館的友人錢玄同談起。錢玄同 1918 年有意重新編寫北京大學講義《文字學形義篇》，12 月 11 日即曾專門致信魯迅，詢問其對於甲骨文的最新「發明」，「你那天同我談的烏龜身上的字，有許多的新發明：如 彡 表動盪之類。祈將已經見到的，隨便寫出一點，給我看看。千萬不要不寫！因為我近來要編輯講義，關於字形一部分，頗要換點新法兒也。」〔註 13〕不過，因為魯迅回信未見〔註 14〕，且錢玄同講義未見後續，此後授課仍然沿用朱蓬先所編講義，難以確知魯迅當時的詳細意見。但是從錢玄同這封信的懇切語氣來看，至遲 1918 年底，魯迅不僅對於甲骨文、金文材料已相當熟稔，且能提出自家的意見與判斷，談話時多有涉及，這才給錢玄同留下了深刻的印象。

需要注意的是，就在錢玄同去信詢問魯迅關於甲骨文字的「新發明」後不久，次年 1 月 31 日即陰曆除夕，他在寫給魯迅的一封書信結尾，突然插入一段關於「鰲」「自」二字的解說，其中就出現「魯」「白」的甲骨文寫法：

> 鰲自者，查許祭酒所作《許氏說文》說，⿱，從凵，鰲省聲。又查該祭酒該書上載稱，凵，此亦自字也。故：鰲自＝魯＋行。〔註 15〕

錢玄同從「鰲」「自」二字出發，最後得出「魯＋行」的結論，整段話在書信中無上下文，顯得格外「突兀」。從具體內容來看，第一句照搬《說文》「魯」字釋義，「從白，鰲省聲」，第二句參照許慎所釋「白」字，「此亦自字，省自者」，即以「白」為「自」的省筆，章太炎《文始》沿襲《說文》的字形分析，亦作此說〔註 16〕。沿此思路，可以得出「魯＝鰲白＝鰲自」，錢玄同最

〔註 13〕錢玄同：《致魯迅（1918 年 12 月 11 日）》，《錢玄同文集（第六卷）書信》，中國人民大學出版社，2000 年 8 月，第 3 頁。

〔註 14〕錢玄同這一時期日記缺失，查《魯迅日記》，錢玄同當夜即與劉半農一同來訪，應談到此事，故魯迅未再回信。參見《魯迅全集》第 15 卷，人民文學出版社，2005 年 11 月，第 348 頁。

〔註 15〕錢玄同：《致魯迅（1919 年 1 月 31 日）》，《錢玄同文集（第六卷）書信》，中國人民大學出版社，2000 年 8 月，第 10 頁。

〔註 16〕太炎認為「自為初文，稍變作白」。參見章太炎：《文始（九卷）》，浙江圖書館，1919 年校刊本，第 15 頁。

後結論的前半段「鮺自＝魯」，顯然是對這一過程的逆寫。不過錢玄同這段話的特別處，在於他參用了甲骨文的字形，結果自然顯現出《說文》解字上的訛誤。

信中所寫「魯」字，是甲骨文或金文的寫法，即 🔣（或作🔣、🔣等），篆體作「🔣」，所寫「白（凵）」字則為《說文》篆體。比照「魯」字的甲骨文、篆文兩種字形，後者的結構明顯有誤，至少下半部分並非「白」或「自」，應該是一個類似「口」的形狀，一般認為代表「器皿」，或用作無意義的區別符號〔註17〕。到金文後期，「口」內又添一筆作「🔣」，篆體的訛變可能就緣此而來。許慎未能見到甲骨文材料，僅依照訛變後的小篆解釋「魯」字，難免會有「從白，鮺省聲」這樣的委曲闡釋。此外，魯字的上半部「魚」雖然形體未變，但《說文》將其視作一個「省聲符號」，所謂「鮺省聲」者，即「魚」作為「鮺」字的省筆存在，這是形聲字的一種特殊情況。然而《說文》釋「鮺」也作省聲，「差省聲」者，即以「羊」代「差」。如此則「差—鮺—魯」構成一組遞進的關係，「差」作為聲旁在理論上應該一以貫之，但「魯」屬魚韻，顯然與此相悖。〔註18〕

頗有意味的是，錢玄同在得出「鮺自＝魯」這一結論後，又由「魯」進一步推及「行」字。那麼此一「行」字何解？「行」甲骨文、金文為🔣，字形象是四方通達的道路，篆體🔣誤作左右結構。羅振玉《殷虛書契考釋》根據前後的字體變化，指出小篆字形已完全訛變，認為許慎執此釋字「失彌甚矣」，「🔣象四達之衢，人所行也。石鼓文或增人作🔣，其義甚明……許書作🔣，則形義全不可見。於是許君乃釋行為人之步趨也，謂其字從彳從亍，失彌甚矣。古從行之字，或省其右作🔣，或省其左作🔣。許君誤認為二字者，蓋由字形傳寫失其初狀使然矣。」〔註19〕根據《魯迅日記》可知，魯迅關注羅振玉著作的時間較早，1917年1月28日「在書肆買《籀高述林》一部四冊，《殷商貞卜文字考》一冊」〔註20〕，閱後似乎頗有心得，此後陸續購置羅、王，包括孫詒讓甲

〔註17〕 參見于省吾：《釋魯》，《甲骨文字釋林》，中華書局，1979年6月，第52頁；徐中舒：《甲骨文字典》，四川辭書出版社，1989年5月，第383頁；姚孝遂：《再論古漢字的性質》，《姚孝遂古文字論集》，中華書局，2010年1月，第85頁。

〔註18〕 段注為糾正，直接改「鮺省聲」為「魚聲」，可以部分地修補字音的問題，不過從「口」到「白」的形體變易，說明《說文》「魯」字的整體闡釋存在問題。

〔註19〕 羅振玉：《殷虛書契考釋三種》，中華書局，2006年1月，第140頁。

〔註20〕 《魯迅全集》第15卷，人民文學出版社，2005年11月，第274頁。

骨文、金文方面的著作，並多與常來夜談的錢玄同說起。此後錢玄同 1917 年底也開始集中購置羅、王著作〔註21〕，《殷墟書契考釋》正是這一時期二人先後購閱的基本書目〔註22〕。

查羅振玉《殷虛文字考釋》，「魚」字甲骨文的簡筆寫作 ，同時結合金文後期在「口」內增添一筆為 ，如此組合生成 字形，就已經十分接近錢玄同信中筆繪的這個 字。此外，頌鼎的 、魯矦鬲的 等，皆為與此相近的字形。就當時錢玄同與魯迅的知識結構來看，一般他們認為甲骨文、金文中的「行」「彳」「丁」「辵」之間，本就是同義通用的關係。比如，周作人 1940 年《新〈文字蒙求〉》文中就有「辵從彳從止，便牽連到行」的說法〔註23〕，沈兼士亦有相似看法。〔註24〕具體到「辵」字，許慎釋為「乍行乍止」，羅振玉指出其古字作 ，「此殆即許書之辵，古文從彳者亦從行」〔註25〕，可知該字由「行（ ）」與「止（ ）」兩部分構成〔註26〕。

現將「行」「彳」「辵」三字的演變關係，簡要列表如下：

現行楷體＼字體	甲骨文、金文	篆 文	隸 書
行			
彳			
辵	（即「行＋止」）	（即「彳＋止」）	

〔註21〕1917 年 10 月 7 日錢玄同「至青雲閣富晉書莊購羅叔言所撰之龜甲文書」，因書價頗貴，僅購《殷墟書契考釋》一部而歸，不過很快補齊，10 月 19 日、23 日先後又購入《殷墟書契後編》《殷墟書契菁華》《殷墟書契前編》，及孫詒讓《契文舉例》等甲骨文、金文著作。參見《錢玄同日記（整理本）》上冊，楊天石主編，北京大學出版社，2014 年 8 月，第 321、323～324 頁。

〔註22〕兩本書是周作人在青雲閣購得，魯迅記入年末書賬，可知是周作人為其代購。又《錢玄同日記》1917 年 10 月 7 日「富晉書莊購羅叔言所撰之龜甲文書，因其價無不奇昂，只得先購《殷墟書契考釋》一種，價四元八角」。參見《錢玄同日記（整理本）》上冊，楊天石主編，北京大學出版社，2014 年 8 月，第 321 頁。

〔註23〕周作人：《新〈文字蒙求〉》，《周作人散文全集》第 8 卷，廣西師範大學出版社，2009 年 4 月，第 487 頁。

〔註24〕沈兼士：《小學金石論叢序》，《沈兼士學術論文集》，中華書局，1986 年 12 月，第 338 頁。

〔註25〕羅振玉：《殷虛書契考釋三種》，中華書局，2006 年 1 月，第 515 頁。

〔註26〕徐中舒：《甲骨文字典》，四川辭書出版社，1989 年 5 月，第 149 頁。

魯迅清末復古時期曾使用過「迅行」這一筆名,《說文》釋「迅」字曰「從辵,卂聲」,古文作「卜」。本義是「(鳥)疾飛」,戰國時增加了「彳」「止」兩個構件,出現「辵」字形〔註27〕,篆文訊即化自這一結構。事實上,甲骨文、金文從「止」或「彳」的字,後期為了強化「行走」這一具體動作,一般傾向於互借偏旁、補充構成一個完整的「辵」,屬於古文向篆體演變的規律之一。「迅」字以外,如「逴」甲骨文作辵,從彳,篆體作逴,從辵;「速」字甲骨文作辵,從止,金文後皆從辵。由此倒推回去,以辵為形符的篆文,很大一部分是從「行走」的本義發軔。也就是說,「迅」字本身就有「行走」的意義,「迅即迅行」,則魯迅此前的筆名「迅行」語意重複,嚴格來說應刪去「行」字。概言之,「焌自」是《說文》釋「魯」的訛誤,與此相似,「行」也是「迅行」這一筆名的語意重複,而若進一步追究其源,這一訛誤仍然來自《說文》脈絡。

需要注意的是,錢玄同信中的逐步拆解,首先就是從「焌自」這一關鍵詞出發,由此倒推出「魯」字,進而又聯想到「行」,整個過程類似某一種「解謎」遊戲,需要在雙方都熟悉甲骨文字,且能夠利用《說文解字》的疏漏這一情況下完成。錢玄同書信開篇提到「得庚言先生來片」,「庚言」即魯迅,「來片」即魯迅寄來的新年賀片,那麼很可能魯迅這封賀片就是以「焌自」二字落款,請錢玄同來解題,或前幾天魯迅在談話中拋出了這一問題,才會有接下來錢玄同信末這一段的按字索解。〔註27〕換言之,錢玄同書信中出現的這段以「焌自」為謎面、「魯迅」為謎底的文字遊戲,借甲骨文、金文知識「解構」《說文》正篆,其所需要的詞條儲備,更可能直接來自多次向錢玄同談論甲骨文的「新義發明」,並設計出這一具體「謎面」的魯迅本人。〔註29〕

〔註27〕湯餘惠:《戰國文字編》,福建人民出版社,2001年12月,第93頁。

〔註27〕結合《魯迅日記》與《錢玄同日記》來看,當月錢玄同給周氏兄弟寫過兩封信,均在1月31日,另一篇為駢文,通篇未有「焌自」一說。

〔註29〕錢玄同長期教授「文字學」課程,又有《中國文字形體變遷新論》(1919年1月)等文章發表,如果他在甲骨文方面有所心得,當有及時體現,不致多次寫信向魯迅、沈兼士等求問。查《錢玄同日記》,雖然1917年底已購入一批甲骨文書籍,但鮮有閱讀記錄。1921年初致信魯迅談到自己「頗想研究」甲骨文,當為錢玄同真正研讀甲骨文之始,1922年7月再次表現出研究興趣,《錢玄同日記》同年7月6日「覺得鍾鼎、龜甲頗有興味,擬弄之」,此後數日多有「看甲金文書」記載,並錄有數條閱讀心得。參見《錢玄同文集(第六卷)書信》,中國人民大學出版社,2000年8月,第16頁;《錢玄同日記(整理本)》上冊,北京大學出版社,2014年8月,第421~423頁。

　　事實上，這一時期魯迅與錢玄同的多封通信均能反映這一趨向，與後來人們對文學家魯迅、文字學者錢玄同的通行印象有別，具體就新文化前後的古文字學研究而言，二人在交談、通信過程中往往是魯迅處在「輸出」的位置上，即具備知識上的優勢屬性。如，1919 年 8 月 13 日魯迅致錢玄同信中將《國民公報》寫作「􀀀􀀀􀀀􀀀」〔註30〕，前三字採用金文字形，後一字特別空出，意即留給收信人自行推斷，這與前述以「魯迅」為謎底、「羔自」為謎面的文字遊戲十分相似。由此推斷，魯迅在 1918 年前後圍繞甲骨文的諸多新義發明，以及由此導出的對於漢字整體變遷的新見，應該給當時的錢玄同留下了深刻印象，以至 1920 年代初錢玄同對於甲骨文發生興趣，有意要自己動手「研究」時，仍不忘再次致信魯迅，詢問「不知待齋兄近來又有新義發明否？」〔註31〕

　　前文已經提到，錢玄同關於「羔自」的推導過程，是對魯迅的直接回應，如果將其最後的結論「羔自＝魯＋行」補充完整，應為「羔自（＝魯）＋行（＝迅）」。所謂「魯＋行」的格式，同樣也是以謎面的方式回答了魯迅提出的問題本身。如前所述，從甲骨文、金文到《說文》篆體，「魯」「迅」「行」等字體或意義都有明顯訛變，仿照隸變之說，可稱為「（個別的）篆變」，由此可直接導出對於《說文》權威性的重新判定。具體在上述文字遊戲當中，魯迅、錢玄同正是以甲骨文、金文為參照，通過文字遊戲的形式反諷傳統以《說文》為中心的正篆意識。應該看到，近代甲骨文的發掘，首先作為一種「古物」的實存，「反駁」了部分基於假想的「復古」形態，這裡既指向許慎的《說文解字》，也包括清末章太炎由此出發的「正篆復古」文字理想。而魯迅正是藉此克服了章太炎提供的「語言文字之學」的視野盲點，重新認識中國字體變遷的規律，其後來有志要撰述《中國字體變遷史》，從種種跡象看，這一治學興趣最早亦應導源於此。

　　對於魯迅「沉默」期間的工作，既往研究更多關注到民初古碑的鈔寫與整理，對於魯迅與甲骨文研究的關聯少有言說，事實上魯迅朝向新文化的轉化，最早正是與「文字復古」路徑上金文、甲骨文這一近代學術發現直接聯繫在一起，藉此也呈現出「文化傳統」與新文化之間曾經擁有的聯通方式。可以

〔註30〕魯迅：《190813 致錢玄同》，《魯迅全集》第 11 卷，人民文學出版社，2005 年 11 月，第 379 頁。
〔註31〕錢玄同：《致魯迅（1921 年 1 月 11 日）》，《錢玄同文集（第六卷）書信》，中國人民大學出版社，2000 年 8 月，第 16 頁。

認為，魯迅、錢玄同等新文化一代借助甲骨文視野，重新恢復了對於「漢字（象）形」的基本判斷，由此直接導向的是《說文》正篆理想的幻滅，這也是章太炎始終無法接受甲骨文這一考古發現的原因。

二、「《說文》之蒷莠」和章太炎「古文四種」

上節主要交代魯迅、錢玄同幾乎與新文學同步展開的甲骨文、金文視野，表現出明確的對於《說文》權威性，包括以《說文》正篆為核心的章太炎「文學復古」理念的質疑。應該看到，作為漢字的早期形態，甲骨文樸素的象形特徵，與章太炎「比次聲音，推跡故訓」〔註32〕，以聲音為本柢構建的「初文」體系相違。也正是鑒於這種「互斥性」，錢玄同1917年底受魯迅影響，開始搜購羅王著作，但一年多後他的態度仍然半信半疑，又特地詢問同為章門弟子的沈兼士對此看法如何，「那龜甲同鍾鼎你現在相信不相信？請你告訴我。」〔註33〕換言之，魯迅選擇相信甲骨文的真實性，並將其直接納入民初以來「考古文字」的範圍，這一舉動明顯帶有「叛師」的嫌疑。如此，接下來需要追問的就是，最初魯迅購閱甲骨文著作的「契機」何在？或更準確說，需要進一步梳理所謂「沉默十年」期間魯迅「考古文字」的具體路徑，特別是解釋從章太炎「正篆」到羅王「甲骨文」這一知識結構的轉向如何可能的問題。

此前研究一般認為魯迅對羅王甲骨文研究的留意始於1917年1月28日購入《殷商貞卜文字考》一書。需要說明的是，魯迅購入甲骨文相關著作的時間還可以推至更早，1916年底他因母壽返鄉路經上海，查《魯迅日記》，12月5日「至中華書局買《藝術叢編》第一至第三各一冊」〔註34〕，其中就收錄了羅振玉的最新研究動向。1916年5月上海倉聖明智大學發行《藝術叢編》與《學術叢編》兩種，前者由鄒安主編，以「發明國粹⋯⋯使人知保存古物、多識古字」〔註35〕為宗旨，與王國維所編的《學術叢編》相輔翼，代表著以羅王二人為中心的新的學術方向，即近現代甲骨文、金文研究的全面展開。根據《周作人日記》，12月7日「大哥自北京歸家⋯⋯下午閱諸拓片、《高昌壁畫

〔註32〕章太炎：《理惑論》，《章太炎全集·國故論衡先校本、校定本》，上海人民出版社，2017年4月，第44頁。
〔註33〕湯志輝：《錢玄同致沈兼士未刊信札四封考釋》，《現代中國文化與文學》，2018年第26期。
〔註34〕《魯迅全集》第15卷，人民文學出版社，2005年11月，第251頁。
〔註35〕《藝術叢編·條例》，《藝術叢編》第一冊，1916年5月。

精華》、《藝術叢編》等，晚談至二時睡」〔註36〕，魯迅這次在上海購書不少，周作人所記這幾種應是二人當時最感興趣者，也是夜談的重點。具體就三冊《藝術叢編》而言，其中《古器物範圖錄》《金泥石屑》等尚在傳統金石學的範圍內，需要注意的是羅振玉《殷墟書契後編》《殷文存》兩種，與考釋類的《殷商貞卜文字考》不同，這兩種都屬於甲骨文、金文的拓片著錄書。

如此，將魯迅首次購閱甲骨文類著作的時間從 1917 年初提前到 1916 年底，這一問題看似細小，沿此卻可把握到一條基本脈絡。即，魯迅購閱甲骨文著作並非「突然」之舉，他是在此前金石學興趣的基礎之上，進而留意到《殷墟書契後編》所錄甲骨文拓片並產生濃厚的興趣，沿著這一興趣變動，不久後購入考釋類的《殷商貞卜文字考》《殷墟書契待問編》等補充閱讀也在情理之中。應該看到，《殷商貞卜文字考》一書早在 1910 年業已出版，是羅振玉「考究甲骨文字之始」〔註37〕的一部著作。同時從魯迅民初就購買古錢、抄寫瓦當與碑刻拓本來看，他對於古文字問題也一直關注，卻遲至該書出版七年之後才購入，應該與章太炎《國故論衡》嚴厲批評「作偽有須臾之便，得者非貞信之人」〔註38〕，明確將「龜甲（即甲骨文）」列為漢文字研究之「惑」有關。

那麼，1916 年底魯迅又何以能夠真正擺脫來自章太炎的「先入之見」，對於甲骨文拓片這一「漢字之惑」本身發生興趣？如前所述，這一脈絡直接順承自民初魯迅對金石文字的興趣。事實上，早在魯迅接觸到甲骨文著作之先，1915 年前後他在書信、文稿中就已經表現出一定程度上的「去正篆」傾向，開始自覺偏離章太炎「文學復古」的框架，至少態度上已有所猶疑。需要補充的是，魯迅在書信、文稿等日常書寫中實踐章太炎的復古篆，有一個具體時段，現在可查較早的是 1911 年致許壽裳的多封書信，此後魯迅在文稿、書信及稽校古籍中，運用正篆日漸純熟。但是，到了 1915 年前後，這一穩定秩序顯示出逐漸鬆動的跡象，如《會稽郡故書雜集》雖然仍以篆文題簽，卻不再採用章太炎所擬定的「初文」。與此同步的是魯迅 1914 年底 1915 年初購書記錄的轉向，繼「讀佛經」告一段落後，魯迅轉而購置清代《說文》學、金石學著

〔註36〕魯迅博物館藏：《周作人日記（影印本）》上冊，大象出版社，1996 年 12 月，第 642 頁。

〔註37〕甘孺（羅繼祖）輯述：《永豐鄉人行年錄（羅振玉年譜）》，江蘇人民出版社，1980 年 10 月，第 39 頁。

〔註38〕章太炎：《理惑論》，《章太炎全集·國故論衡先校本、校定本》，上海人民出版社，2017 年 4 月，第 44 頁。

作，同時開始收集、抄錄漢魏六朝時期的石刻拓片（具體涉及碑銘、造像與墓誌三類）。這裡首先需要提到的是魯迅對王筠《說文》學研究的關注。王筠，字菉友，被視作清代《說文》學四大家，不過他在清代小學諸家當中頗為特別，「是四家唯一注意古文字，能用古文字說解文字者」〔註39〕。查《魯迅日記》，除 1912 年 11 月 2 日購入《說文釋例》一部外，魯迅集中購入王筠著作就集中在 1915 年初。1915 年 1 月 30 日購得《說文繫傳校錄》一部二冊後，2 月 20 日、4 月 11 日又分別購入《說文句讀》《文字蒙求》。事實上，此一脈絡還可上溯至 1914 年秋冬陸續購入張行孚《說文發疑》、王紹蘭《說文段注訂補》以及姚文田、嚴可均所撰《說文校議》等。

在章太炎看來，王筠以鐘鼎文字為材料校訂《說文》，混淆金石學（特別是鍾鼎款識）與《說文》的界限，這一研究方向蘊蓄了某種「危險性」，或曰「破壞性」。1911 年 1 月 24 日太炎在致弟子錢玄同的書信中，批評王筠「蓋《說文》之莨莠也」，指其為《說文》學內部的「叛軍」，「今之妄託古籀者，雖承阮伯元、莊葆琛末流，亦以菉友為之馮翼，不然，言鍾鼎者自鍾鼎，言《說文》者自《說文》，猶不至妄相彈射，腐肉召蠅，必自菉友始矣。」而在章太炎看來，金石學與《說文》學作為研治小學的兩條脈絡，理應涇渭分明，「從今以後，小學恐分裂為二家，一主《說文》，一主款識，如水火之不相容矣。」〔註40〕實際上是不允許金石學闌入並攪動他所苦心經營的《說文》正篆體系。沿此思路來看，則魯迅 1917 年能夠面向羅振玉、王國維的甲骨文著作敞開，一定程度上是正是他重新回頭梳理清代小學脈絡，以莊述祖、阮元等鍾鼎款識之學（即金石學）與《說文》學充分「水火相容」，彼此試煉的結果。

不過耐人尋味的卻是，魯迅對於金石文字的關注，特別是對《說文》之前漢字存在狀態的研究興趣，本身正發源於章太炎「文字復古」的整體脈絡中。據《魯迅日記》可知，他較早關注的一批金石材料，如石鼓文（1912 年）、三體石經（1916 年）等，事實上都屬於章太炎《國故論衡・理惑論》中明確判定為「真」的四種「古文」遺存，「《周禮》故書、《儀禮》古文，有《說文》所未錄者，足以補苴缺遺。邯鄲淳《三體石經》，作在魏世，去古猶近，其間殊體，若虞字作𠦞之類，庶可寀錄。旁有陳倉石鼓……亦大篆之次也。」至於

〔註39〕 龍宇純：《中國文字學》，臺灣學生書局，1968 年 10 月，第 408 頁。
〔註40〕 馬勇整理：《章太炎全集・書信集（上）》，上海人民出版社，2017 年 4 月，第 203 頁。

「四者以外，宜在闕疑之科」。〔註41〕太炎本意或在藉此補充《說文》所載古文之不備，不過隨著魯迅對於這類「古文大篆」的瞭解逐漸增多，尤其是沿此進一步擴及到甲金文字等新出土材料，後者就具備了某種「事件性」的意義。

三、「正篆」祛魅與漢字形體「通變」認知

從最初吸收章太炎的古文字學體系，以《文始》《小學答問》包括民報社《說文》筆記為材料，章太炎所訂初文、正篆在日常書寫中予以自覺實踐，到遵循章太炎所提示的古文字研究路徑，沿《說文》小篆上溯到三體石經與石鼓文，之後又以此為突破口，借王筠以鐘鼎文治《說文》的思路輔助，反得以與這一領域中勢頭強勁的羅、王之學相遇，如此，大體可以概括魯迅「沉默十年」間在文字學上的興趣遷移。魯迅正是藉此最終克服對《說文》正篆的「迷信」，將篆體與甲骨文、金文包括六朝文字（處於隸、楷過渡期）等而視之，都放在中國字體變遷史的脈絡上加以考察。

如果說，「文學復古」的理念碰壁，只能證明昔日古文理想的幻滅，即周作人所述「得到一個極大的利益，便是『此路不通』的一個教訓。」〔註42〕那麼幾乎與此同時，魯迅對於六朝碑刻、造像、墓誌的留意，以及由此得來的文字包括文體與時變遷的「通變」意識，才能在理路上真正為其確認民間語言、白話文體的合理性，並最終導向《狂人日記》等一系列作品，為白話文學奠定堅實的根基。這裡需要特別提到魯迅對六朝民間簡化字、異體字的演化規律把握。以「隋」字為例，1918 年 6 月 11 日魯迅所作《〈呂超墓誌銘〉跋》，解釋「志書『隨』為『隋』，羅泌云，隨文帝惡隨從辵改之。王伯厚亦譏帝不學。後之學者，或以為初無定制，或以為音同可通用，至徵委蛇委隨作證。今此石遠在前，已如此作，知非隨文所改。《隸釋》《張平子碑頌》，有『在珠詠隋，於璧稱和』語。隋字收在劉球《隸韻》正無辵，則晉世已然。作隨作隋作隋，止是省筆而已。」〔註43〕又 1917 年前後所作《〈徐法智墓誌〉考》，指出「垏即葬字，或以為癸，甚非」〔註44〕，垏為六朝時期「葬」字簡寫後重新造成的

〔註41〕章太炎：《理惑論》，《章太炎全集・國故論衡先校本、校定本》，上海人民出版社，2017 年 4 月，第 42～43 頁。

〔註42〕周作人：《我的復古的經驗》，《周作人散文全集》第 2 卷，鍾叔河編訂，廣西師範大學出版社，2009 年 4 月，第 814 頁。

〔註43〕魯迅：《〈呂超墓誌銘〉跋》，《魯迅全集》第 13 卷，人民文學出版社，2005 年 11 月，第 82 頁。

〔註44〕魯迅：《〈呂超墓誌銘〉跋》，《魯迅全集》第 13 卷，第 77 頁。

一種會意寫法，由此可知魯迅對六朝碑刻中的別字，包括漢字簡化過程中的規律性已經相當熟悉。

應該看到，無論章太炎曾經在理論上提供過一個如何完美自洽的體系，甲骨文作為「考古事實」的出現，都能使《說文》「正篆」「無句讀文」等此前為魯迅所信服的「文學復古」的知識結構，先後暴露出某種理論上的虛構性。經此，《說文》正篆、無句讀文體一定程度上被祛魅，至少失去了再生新文體的創造能力，以之為契機，魯迅主動擺脫了章太炎文字學體系的覆蓋，在「簡化字」、「白話文」這一個新的起點上（嘗試）重建漢語言文字與文章之間的關係，這一轉變在時間上早於錢玄同 1917 年夏秋的頻繁「勸駕」。施曉燕注意到，魯迅「雖然還沒答應錢玄同給新青年寫文章，但不時地給他們的文字改革運動提供信息」〔註45〕，如曾向錢玄同介紹日本的羅馬字運動，並明確談到「廢漢文」的意見。同時這也恰能夠說明，魯迅為《新青年》撰寫白話文，一定程度上正是以文字學方面的意見轉變為先導（前提）。換言之，對於章太炎「文學復古」特別是其中語言文字理論的反思與克服，直接構成魯迅從「復古」到「反復古」的最關鍵理路。

章太炎 1908 年前後對於漢字「正字」「正音」的理論設計，「於形中著定諧聲之法」〔註46〕的美好暢想，包括為此而辛苦經營的漢語言文字體系，到了十年後在積極投入新文化陣營的章門弟子手中，開始從理論上面臨崩壞，如錢玄同、魯迅、沈兼士等所反覆提到的「不象形的象形字」「未必一定諧聲的諧聲字」〔註47〕這一類判斷所顯示，所謂「正字」與「初文」，已經變成了名實不副的「偽命題」。

四、從「著之竹帛」到「有聲的中國」

前文已經述及，魯迅至遲在投入新文化、接觸甲骨文之前，對於章太炎以一己之力建構起來的《說文》「本字」體系，包括與之緊密相連的，攜帶了意義孳乳功能的聲音鏈條已有一定反思。應該看到，魯迅清末民初的「文章復

〔註45〕施曉燕：《從〈錢玄同日記〉看〈新青年〉時期錢氏對魯迅的影響》，《紀念〈新青年〉創刊 100 週年學術研討會論文集》，上海魯迅紀念館編，上海社會科學院出版社，2016 年 4 月，第 256 頁。

〔註46〕太炎：《規〈新世紀〉（哲學及語言文字二事）》，1908 年 10 月 10 日《民報》第 24 期。

〔註47〕魯迅：《門外文談》，《魯迅全集》第 6 卷，人民文學出版社，2005 年 11 月，第 94 頁。

古」，主要表現在對章太炎古字、古文的容受與實踐，這一文字、文體層面的復古理想追根究底可以歸結到章太炎的語言文字之學。沿此線索進一步追問，在既往研究關注魯迅新文化前後的語體變換、思想革命之外，對魯迅而言，可能還有更基礎的，或至少另一種未被充分關注到的脈絡，使得前兩種顯在層面的變化得以水到渠成。如上所述，從語言文字之學這一文章問題的根底入手，事實上有可能提供一種更完整也更簡單的解釋。

章太炎的語言文字之學，所以能對留日時期魯迅產生強大的吸引力，其原因在於《新方言》《文始》等所給出的試圖完全解決漢語言聲音與文字問題的承諾。也就是說，章太炎的「文學復古」雖以「古字」與「怪句子」為表象，其真正試圖接通的卻是有別於主流敘述路徑的，從根本上解決「言文一致」問題的理想方案。其基本特點為，更多地聚焦古今文字內部「聲音」的收攏與恢復，包括《新方言》對當下方言的整理，著眼點也在於將「筆札常文所不能悉」〔註48〕的聲音重新收納到漢字書面內部。從此一著力點出發，在文字內部甄選、收納充分數量的聲音並提煉出一定規律的前提下，繼而能夠由文字「反向」地創造與記錄聲音，章太炎的「文學復古」正是通過此種「言」與「文」之間的「雙向可逆」程序，嘗試實現對漢語言文字結構的根本改造。如此，可以在造成某種接近於拼音文字「透明性」的同時，充分地保有屬於漢文字根本特徵的「以語從（字）音」〔註49〕，保證文字對於聲音（語言）的「凝聚性」，此即章太炎所論「言語文字相互為根」〔註50〕的意義。由是言之，「文學復古」所最終訴諸的應該是「聲（言語／耳治）」與「文（文字／目治）」二者殊無分別的理想狀態，在此基礎上，「言文一致」的新文章之生成也就自然而然。這一誘惑對於此前曾在《地底旅行》《月界旅行》等譯作中一度試用白話的魯迅而言，無疑具有極強的吸引力，事實上，如果從魯迅的角度來看，無論留日時期被章太炎「言文一致」的理論架構所吸引，轉向復古文體，還是經過近十年「沉入古代」的實踐與反思之後，終於突圍並選擇創作白話新文學。整個過程中，「復古」與「反復古」的思想邏輯，均與魯迅對於「正名（名實

〔註48〕 章太炎：《〈新方言〉序》，《章太炎全集·新方言、嶺外三州語、文始、小學答問、說文部首均語、新出三體石經考》，上海人民出版社，2014 年 5 月，第 3 頁。
〔註49〕 太炎：《規〈新世紀〉（哲學及語言文字二事）》，1908 年 10 月 10 日《民報》第 24 期。
〔註50〕 馬勇整理：《章太炎全集·書信集（上）》，上海人民出版社，2017 年 4 月，第 187 頁。

相副）」「聲音（言文一致）」等語言文字、文化理想的追求直接相關。

清末章太炎以《小學答問》明本字，《文始》說語根，通過極大的理論架構能力，將起源處的漢字形體（初文）與聲音直接系聯在一體，將書契（文）與口語（言）緊密地聯繫在一起。當 1909 年魯迅面對章太炎與「復古」直接勾連的「文學」體系時，雖覺其範圍過於寬泛，然而在語言文字理論上尚未具備表達自我意見的能力。一方面，能夠說出的部分如「文章以增人感為區分標準」「無句讀文的範圍過於寬泛」〔註51〕等，幾乎也是後來新派學人衡量太炎文學論述的通識。事實上，章太炎也正是在反思當時中日學界流行的「純文學」話語這一前提下，有針對性地提出了自己的「文學定誼」。與此直接相關的是，魯迅對太炎文論賴以立身的語言、文字（小學）這一根底問題，留日時期還處在一段有意學習、傚仿的「啟蒙」期。這一啟蒙影響深遠，如周作人所述，章太炎提供的文字學知識使他們「從根本上認識了漢文」〔註52〕，與外國文學一併構成魯迅「發現」新文章的參照體系。只不過，「無句讀」「著之竹帛」等表述與魯迅的文章觀念在整體上仍有齟齬。此後，經歷過所謂十年沉默，以漢語言文字知識結構的更新為契機，魯迅需要重新整理、發現自己在語言、文字方面的意見，才能實現真正的融合。

到了 1921 年《阿 Q 正傳》第一章《序》，當魯迅以「阿 Q 的名字」為例，反問「那（哪）裏還會有『著之竹帛』的事」〔註53〕時，其所隱隱指向的正是章太炎的立足點「以有文字著於竹帛，故謂之文」〔註54〕，由此可以直接穿透「權論文學，以文字為準」〔註55〕這一泛文學體系中起到支撐作用的「文」「言」之間的邏輯關係。這一思考的脈絡綿長，魯迅此時已經能夠針對章太炎的問題給出真正的回應，或更準確說，是從語言文字的角度提出自己的駁論，並在此基礎上導向對太炎「文」的定義之拆解與反思。畢竟，對於阿 Q 這樣被擠壓在生活底層的大多數而言，「名」的失落與「文」的「無可查考」，直接衝擊了章太炎「著之竹帛」的文脈建構，並提示出這一理想體系潛在的權力關

〔註51〕許壽裳：《亡友魯迅印象記》，峨眉出版社，1947 年 10 月，第 30～31 頁。

〔註52〕周作人：《魯迅的青年時代（十二）·再是東京》，《周作人散文全集》第 12 卷，鍾叔河編訂，廣西師範大學出版社，2009 年 4 月，第 616 頁。

〔註53〕巴人（魯迅）：《阿 Q 正傳·第一章序》，1921 年 12 月 4 日《晨報副刊》。

〔註54〕章炳麟（章太炎）：《論文學》，《國學講習會略說》，東京秀光社，1906 年 9 月，第 33 頁。

〔註55〕章太炎：《文學總略》，《章太炎全集·國故論衡先校本、校定本》，上海人民出版社，2017 年 4 月，第 48 頁。

係。事實上,一般「『引車賣漿者流』所用的話」〔註56〕,包括他們傾訴喜怒哀樂的心曲,實際上從未獲得過「著於竹帛」的機會。正如魯迅所反問,像阿Q這樣湮沒在歷史長河中的小人物,從生到死,「若論『著之竹帛』,這篇文章要算第一次,所以先遇著了這第一個難關。」〔註57〕如果只是執著於刻畫書面影像,持此限定(想像)語言的極限,即語言自身所能賦予的更多豐富性,反而可能會帶來更多信息的遮蔽,以及歷史記憶的主動篡改甚至遺失。

　　章太炎從書面性視角出發,指出文字有代言、不代言兩類,並將後者推為「文之獨至」,這是問題的一個方面;與此同時,若就現實情況來說,「語言」的觀照範圍其實也可以大過文字。換言之,比較分析「言」「文」之間的不共性,除了「文」之獨至,「言」之獨至也是一個重要面向。即如阿Q這個名字,理論上屬於太炎所謂的「無句讀文」,但卻並不存在(也很難用書寫創造出來),唯一可以捕捉的是阿Quie這個聲音。此時,所謂「文不代言」,不僅並非獨至,反而暴露出「文」之缺位。換言之,「文之不代言者」〔註58〕是章太炎充分自覺並有意展開的「文」之特別性,但它明顯是以文字為中心的衡量方式,而另一方面,語言中同樣存在一部分文字無法代替,同時還可以反向滋養文字的獨特價值,這是章太炎論述中自覺或不自覺忽略的向度。以《國故論衡》等經典文論為例,太炎將小學(語言文字)視作一切文學(文章、學說、歷史等)之根,關注的都在作為書面歷史形態的「國故」與「歷史」,卻無法真正做到回應活生生的歷史本身,更遑論現實當下。

　　需要注意的是,魯迅的文章觀早在《新生》時期就已搭建完成,其通向「白話新文學」的路徑轉換,大致可以概括為這樣一種「學(指語言文字之學)而非文(指文學、文章)」的方式。更準確說,魯迅從「文學復古」到「白話新文學」的轉換邏輯,首先就是從語言文字之學(以及由此延及的文體層面)這一知識體系的內部完成,同時這也是他與周作人、錢玄同的重要區別。〔註59〕周作人後來回憶魯迅與《新青年》的關係,側重突出魯迅「轉變」這一

〔註56〕巴人(魯迅):《阿Q正傳・第一章序》,1921年12月4日《晨報副刊》。

〔註57〕巴人(魯迅):《阿Q正傳・第一章序》,1921年12月4日《晨報副刊》。

〔註58〕章炳麟(章太炎):《論文學》,《國學講習會略說》,東京秀光社,1906年9月,第46頁。

〔註59〕如果說,魯迅是從章太炎語言文字之學的內部衝破,並最終抵達了「復古的反面」,其間有邏輯的必然性。那麼錢玄同主要還是借助外力完成,即通過轉向今文經學的方式走向「反復古」的新文學、新文化立場。

事件的突發性，「在夏夜那一夕談之後，魯迅忽然積極起來」〔註60〕，卻相對忽視了此前漫長「文字考古」時期的經驗堆疊。晚年《知堂回想錄》延續這一闡釋方式，將魯迅為《新青年》撰文一事解釋為《新生》時期思想革命的舊事重提，某種程度上是「自其不變者而觀之」，即「抓住」了魯迅思想的某種恒定因素，同時也遮蔽了作為關鍵要素的語言文字之學本身，毋寧說前者更符合周作人本人的轉變路徑。

應該看到，這種以思想革命「聯帶」文體革命的敘述方式，直接通向「（魯迅）對文學革命即是改寫白話文的問題當時無甚興趣」〔註61〕這一基本判斷，而事實上如前文所述，文體革命、文字革命在魯迅看來至少與思想革命同等重要，其觸發時間、經驗準備恐怕還要在張勳復辟、錢玄同勸駕之前。換言之，對1917年前後處於轉變過程中的魯迅而言，恐怕並不存在思想啟蒙與文字革命（包括文體革命）二者何為第一性的問題，他所真正關心的，是主體內部如何重新整理、反思此前的思想與文體脈絡，並在此基礎上通向一種相輔相成、水到渠成的轉化。如前文所述，就魯迅的途轍更換來看，從「文學復古」到「白話新文學」，仍然是以語言文字為根柢，或更準確地說，語言文字問題本身即包蘊有思想革命的種子。與之相比，胡適關注的是漢文在大眾教育、思想啟蒙等方面能否「有效」傳播的問題，據此發出「文學改良」「白話文學」的先聲，但其問題意識仍然處在清末俗語文學的脈絡延長線上，本質上還是一種語言文字工具論的思考方式。可以說，從「復古」到「反復古」，內在支撐魯迅文章取向、思維邏輯的仍然是某種延續性的東西，而非表面上可以輕易捕捉的「斷裂」。

周作人後來回憶新文學之初，《新青年》雖然提倡改革文體，卻遲遲未見真正的白話作品出現，「可是說也可笑，自己所寫的文章都還沒有用白話文。」〔註62〕其問題正在於作為白話文學的自覺嘗試者，某種程度上缺乏與此一方向相匹配的想像及建構另外一種文學形態的能力。與此相較，魯迅包括周作人從接受、克服章太炎「復古文體」出發，在此基礎上「取今復古」並獲得一種

〔註60〕周作人：《補樹書屋舊事（十）·新青年》，《周作人散文全集》第12卷，鍾叔河編訂，廣西師範大學出版社，2009年4月，第163頁。

〔註61〕周作人：《補樹書屋舊事（十）·新青年》，《周作人散文全集》第12卷，第163頁。

〔註62〕周作人：《知堂回想錄（一一六）·蔡孑民（二）》，《周作人散文全集》第13卷，鍾叔河編訂，廣西師範大學出版社，2009年4月，第509～510頁。

「近乎拗折」的白話，是為他們在唐宋古文與明清白話小說兩條脈絡之外，為漢語言文字所尋求到的別一種「歷史的延續性」。

第二節　聲的復古（上）：魯迅近體詩韻與《成均圖》音理之關聯

　　魯迅說過「舊詩本非所長，不得已而作，後輒忘卻」〔註63〕，周作人也反覆申明「向來不會做舊詩，也並沒有意思要去做它」〔註64〕。然而事實上，經過短暫地為新詩「打打邊鼓，湊些熱鬧」〔註65〕的嘗試之後，周氏兄弟幾乎同步性地，先後於 1930 年代重拾舊體，且所作多是對形式要求十分精密的律絕。近體詩押韻嚴格，須一韻到底，不許通韻，二周所作卻呈現出一個區別性的特徵，即部分地出現「合韻」或「復古韻」現象，如「魚麻歌通韻」「蒸侵通韻」等，既不符合通行的平水韻，也無法用宋以後官修韻書如《廣韻》的「獨用、同用」來解釋。

　　在這一點上魯迅更具代表性，或者說，集中凸顯了筆者所要討論的漢詩（音韻）一面的特質。現在可見的魯迅舊詩共 52 題 67 首〔註66〕，1930 年後的近體詩作 36 題 39 首，其中有 14 首即三分之一以上都用到「合韻」。周作人發動較遲，不過脈絡更完整，以 1934 年兩首七律為開端，中經《苦茶庵打油詩》及《補遺》的艱難蛻變，到 1945 年後的《往昔》《丙戌歲暮雜詩》《丁亥暑中雜詩》等，已經能從「合韻」繼續延伸，逐步自覺「把它（指舊詩）的難做的地方給毀掉」〔註67〕，表現出明確的詩（文）體試驗的自覺。應該看到，新文學前後的「詩韻」形象本就十分複雜，尤其對重新整理文章脈絡的二周而言，「韻腳」從來不是一個細微的局部，而是始終與他們對漢語言文字、詩文屬性的認知（或預期）直接相關。

〔註63〕魯迅：《341209 致楊霽雲》，《魯迅全集》第 13 卷，人民文學出版社，2005 年 11 月，第 283 頁。

〔註64〕當認為某種做法或路徑算不上理想，或不具備「彰顯」為他人效法的意義時，二周往往也會採用這樣一種描述方式。

〔註65〕魯迅：《〈集外集〉序言》，《魯迅全集》第 7 卷，人民文學出版社，2005 年 11 月，第 4 頁。

〔註66〕其中，約 8 題 17 首作於青年時期。

〔註67〕周作人：《〈老虎橋雜詩〉題記》，《老虎橋雜詩》，止菴校訂，河北教育出版社，2002 年 1 月，第 4 頁。

　　研究集中關注魯迅1930年代近體詩的創作情況，結合章太炎《成均圖》的音理脈絡，在對諸詩韻例進行量化梳理的基礎上，追問魯迅舊詩的「合韻」現象與同時代「古本音」構擬之關聯性。事實上，相比於周氏兄弟在舊詩「韻」法上可能展開的複雜性，既有討論往往只見「合韻」的表面現象，或復述許壽裳「古已有之」的判斷，很少進一步追問其具體理路、緣由，包括二周「合韻」方式的異同，以及1930年代這一特殊時間節點的意義。需要注意的是，周氏兄弟對他們留日時期在民報社領受的小學（包括音韻學）方面的知識，後期往往有意淡化。作為必要補充，本章附錄部分將結合《章太炎說文解字授課筆記》，就魯迅與章太炎音韻學在事實上的影響關係，作進一步補充與考察。

　　進入正文前，為表述清晰起見，有必要先就若干概念的用法略作申說。傳統音韻學研究，一般分音韻史為古音、唐韻兩段，以隋陸法言《切韻》為古今節點，古音以周秦音為主，延及兩漢魏晉，唐韻與古韻相對，也稱今音，是近體詩的習用標準。隨著1920年代高本漢、馬伯樂等西方語言學家介入漢語古音韻的討論，與西方歷史分期相應，學界普遍將《切韻》以前劃歸 archaic，一般譯作上古，以六朝唐宋為中古，對應 ancient / middle，元明以後屬近代官話（或稱北音系統，以元代周德清《中原音韻》為代表），即 modern。〔註68〕下文主要沿用章太炎、黃侃等的傳統分期，同時參照羅常培等現代學者的用法，分古音、唐韻、近代音三段，古音又可細分為周秦、漢魏、六代三段，具體以周秦為上古音，漢魏六代為中古音。

一、奇特的韻腳：「古音」與「近體」的混搭

　　　　魯迅做律詩常有「出韻」，拙文《魯迅古詩文的一斑》（見《新
　　　　苗》第十六冊）有云：「魯迅雖然調平仄，守格律，做近體詩，但他
　　　　總不肯呆板地受這無謂的限制，例如寫給內山完造的詩『廿年居上
　　　　海……』，歌麻魚韻通用，依古時歌麻合韻、麻魚通韻，而做律詩，
　　　　很是奇特的；寄靜農的『橫眉豈奪峨眉冶』一首，蒸侵通用，也可
　　　　謂『古已有之』，《大雅‧大明》七章，不是林、心與興合韻嗎？」
　　　〔註69〕

〔註68〕如高本漢《古代與遠古中文語言學概述》（*Compendium of Phonetics in Ancient and Archaic Chinese*，1956），大致是以 ancient 對應中古、archaic 對應遠古。
〔註69〕許壽裳：《致柳非杞（二）》，《許壽裳文集（下卷）》，倪墨炎、陳九英編，百家出版社，2003年5月，第889頁。

　　1943 年 10 月 14 日，許壽裳得知柳非杞有意編輯《魯迅舊體詩集》〔註 70〕，
在寫給對方的一封信中特別提起自己六年前的一段舊文〔註 71〕，強調魯迅律
絕的「出韻」特徵，稱《贈鄔其山》《報載患腦炎戲作》等依古韻做律詩，「很
是奇特的」。此後，他在《〈魯迅舊體詩集〉序》（1944 年）、《魯迅的遊戲文章》
（1947 年）等一系列文章中不斷重複〔註 72〕「依古合韻」說，甚至表述也基
本相同。〔註 73〕如其所述，「依古合韻」確為魯迅近體詩的鮮明特點。不過，
許壽裳這裡只是指出了一個有意思的方向，仍有諸多問題需要深究。

　　事實上，伴隨唐代近體詩歌逐漸定型，「以古行律」或「臨韻通用」雖少
見，同樣也是古已有之。唐初許敬宗奏請合併一部分《切韻》韻部，宋以後
《廣韻》《禮部韻略》等規定同用、獨用之例，直到近現代柳亞子寫近體詩，
卻依中原音系的詞曲音韻放寬韻腳，亦有「律詩用古韻，本來是我的創格」
〔註 74〕一說。那麼自然需要重新提問，許壽裳多次提到的「歌麻魚韻通用」
「蒸侵通韻」在多大程度上可稱「奇特」？這類「奇特」韻例在魯迅近體詩
中的比重如何，是否合於音理？許壽裳上溯《詩經》的判斷是不是足夠準確？
以上涉及必要的音理與文本分析，直接關係到我們對魯迅「詩韻」觀念的把
握，以及經由「古音＋近體」這一特殊「文體現象」可能打通的更豐富文章
形態。

〔註 70〕　柳非杞在抗日戰爭期間編輯、整理《魯迅舊體詩集》，錄有 52 首舊體詩，未
　　　　　刊印。

〔註 71〕　許壽裳 1937 年《魯迅古詩文的一斑》一文較早關注到《贈鄔其山》等「出韻」
　　　　　之作。

〔註 72〕　許壽裳：《〈魯迅舊體詩集〉序》，《許壽裳文集（上卷）》，百家出版社，2003 年
　　　　　5 月，第 63～64 頁；《魯迅的遊戲文章》一文原載 1947 年 11 月《臺灣文化》
　　　　　第 2 卷第 8 期，轉引自許壽裳：《許壽裳文集（上卷）》，百家出版社，2003 年
　　　　　5 月，第 232 頁。

〔註 73〕　如《〈魯迅舊體詩集〉序》常被後來研究者引用的一段，「《贈鄔其山》之『華』、
　　　　　『書』、『多』、『陀』為韻，《報載患腦炎戲作》之『心』、『冰』為韻，蓋依古
　　　　　時歌麻合韻，麻魚通韻而作律詩，可稱奇特。至蒸侵通用，亦可謂『古已有
　　　　　之』，《詩・大雅・大明》七章，即以『林』、『興』合韻者」。

〔註 74〕　柳亞子 1942 年與柳非杞通信時，談到自己的一首律詩出韻，也有「律詩用古
　　　　　韻，本來是我的創格」之說。參見柳亞子：《致柳非杞》，《柳亞子文集（書信
　　　　　輯錄）》，上海圖書館編，上海人民出版社，1985 年 10 月，第 252 頁。不過柳
　　　　　亞子所依據，卻在詞曲「可以用古韻」，這在一定程度上混淆了「古本音」與
　　　　　「中原音」兩個概念。這一意見頗有代表性，如宋元明時期就有一種看法，認
　　　　　為《切韻》一系的《禮部韻略》不夠古，而將當時（十四世紀）北曲音系與周
　　　　　漢古音視作一體，如李祁《〈中原音韻〉序》。

　　一般來說，就韻文的基本性質而言，不同韻部之間所以能夠互通，在於特定情況下聲音的相近或相同。換言之，漢語言文字的聲音隨時間、地區發生轉移，韻部並非固定不變的標準，由此催生的是不同韻部間遠近關係的變化。以《贈鄔其山》一首「歌麻魚韻通用」為例，即便不論「魚模歌麻」之間的古今韻轉關係，在《切韻》的麻部字中，「麻韻」一部分與魚部相近，一部分與歌部相近，現在一般分稱魚部麻韻、歌部麻韻。同時，「家」「華」等少數幾個魚部麻韻字，在兩漢魏晉一度又與歌部接通，異於其他的魚韻字。虞萬里指出這一部分曾經「短暫」與歌韻相通的韻字，後來逐漸分化出來，「皆是《切韻》系統中的麻（禡）韻字」〔註75〕。即是說，「家」「華」等韻字在先秦時期與魚部同用，至漢魏與歌部同用，到了《切韻》時代又轉入麻部中，呈現出「魚—歌—麻」的古今音轉軌跡，可稱作「魚轉歌轉麻韻字」。

　　關於這類「魚轉歌轉麻韻字」，羅常培、周祖謨《漢魏晉南北朝韻部演變研究》一書論及兩漢韻部的通押關係時，指出東漢時期一部分魚部字，有逐漸轉入歌部的趨勢，表現在漢魏詩文中「魚」「歌」之間有過一個「短暫」的交匯，不過也僅限「華」「家」「遐」「茶」「遮」等少數韻字，至於「魚部其他幾類字，如『徒都居輿』等，就絕不與歌部字相押」。〔註76〕也就是說，《贈鄔其山》一首所以能三韻通押，很大程度上是基於「華」這個韻字的特殊性，如果將其替換成同為麻部的「麻」或「裟」等，雖然「麻（裟）—書—多—陀」也可以說是「魚麻—歌麻」的搭配，但「魚」「歌」之間缺少系聯，若勉強通押，才是真的「無韻」或「出韻」。換言之，所謂「通韻」也不能泛論，實際更需謹慎，也只有「審音之正」，確認韻字之間在何處有界限、哪裏可以通轉後，才可能由此延伸，真正解開魯迅近體詩「韻所以通」的理路所在。

　　由此重新來看《贈鄔其山》一首具體用韻，「書」是穩定的魚部韻字，與「魚部麻韻」尤其「魚轉歌轉麻韻」的「家」「華」等有區別，不僅1930年前後的國語、方言不相通，並且「書」字與「徒」「都」「居」「輿」等「魚部其他幾類字」一樣，自古就「絕不與歌部字相押」。可以說，《贈鄔其山》一詩「通韻」方法確實來源於古，然而又非完全的「古已有之」。事實上，由於魚

〔註75〕虞萬里：《從古方音看歌支的關係及其演變》，《音韻學研究（第三輯）》，中國音韻學研究會編，中華書局，1994年4月，第274～275頁。

〔註76〕羅常培、周祖謨：《漢魏晉南北朝韻部演變研究（第一分冊）》，科學出版社，1958年11月，第48頁。

（模）、歌（戈）與麻部之間的音轉完成於不同時段，三韻相通雖然在理論上可行，說明之間存在一組「音近可轉」的關係，但是就音韻史的事實而言，幾乎不可能「同時」發生。不過，重要的可能並不在是否「韻轉」這一事實，而是「家」「華」所處的「邊際」位置。就音理而言，這部分麻韻二等字確有特殊音值，作為分界它們同時也是「魚」「麻」「歌」三韻部的通路。換言之，所謂「古已有之」未必一定要求有所本，而是說，在懂得「音理」自古如斯，以及能夠合理運用的前提下，發現「已經發生」與「可能發生」之間幾乎必然性的「偶合」。此即章太炎所說，「欲明音理，當知分韻雖如此之多，而彼此有銜接關係。古人用韻，並非各部絕不相通，於相通處可悟其銜接。」〔註77〕

與此相似的還有《報載患腦炎戲作》一首「蒸侵通韻」，需要說明的是，許壽裳將其直接追溯到《詩經》用韻，就「個例」而言有其自身依據，但如果嘗試對魯迅用韻進行整體考察，那麼這種「按圖索驥」的做法，顯得相對零散，不僅無法解釋魯迅同期其他詩作，還會進一步反向解構魯迅思路的整體性本身。此外，研究者此前還提出過「方音」「國語」等現實語音說，但是應該看到，民國期間擬定注音符號，「蒸」「青」等是「ㄥ（eng）」，「真」「侵」標作「ㄣ（en）」，尤其注意分別前後鼻音。同時參照趙元任《現代吳語的研究》一書的取樣調查可知，雖然近代吳語地區普遍不分前後鼻音，紹興一地卻是例外，分辨蒸侵、真庚都很清楚。〔註78〕如此可以基本排除《詩經》古音說、現實語音說兩種解釋。

魯迅所謂「大致相近的韻」〔註79〕，有他自己的判斷標準，至少不能完全用唐韻（《切韻》《平水韻》）、近代北方音（《中原音韻》），包括後來的國語讀音（現代拼音、羅馬注音等）、吳地方音等方式「發見」其特殊性。事實上，上述韻例，只有在《成均圖》及其延展出來的漢字音理中才能得到合理解釋。

二、《成均圖》及其「韻轉理論」

章太炎上承戴震、孔廣森等清中期音韻學家分析古韻的基本格局，進一步將漢語言文字語音系統的單音獨立、互訓孳乳並牽連音義等特點糅合在

〔註77〕章太炎：《小學略說（下）》，《章太炎全集·演講集（下）》，上海人民出版社，2015年10月，第860頁。
〔註78〕趙元任：《現代吳語的研究》，科學出版社，1956年11月，第67頁。
〔註79〕魯迅：《350920致蔡斐君》，《魯迅全集》第13卷，人民文學出版社，2005年11月，第249頁。

《成均圖》分合韻部的脈絡當中，奠定了新文學以前甚至之後很長一段時間內古音構擬的可靠依據。就其具體情況來看，太炎吸收《詩聲類》的陰陽對轉理論，同時明確指出陰陽對立的「音理」所在，即「陽聲即收鼻音，陰聲非收鼻音」〔註80〕。而在陰、陽聲內部，則根據開口度劃分侈、弇（體現在韻腹上），又居中立一軸音，使其處在侈、弇「質變」的極點位置，如，陽聲之軸為陽部（注，aŋ），陰聲之軸為魚部（注，u），即「魚者閉口之極，陽者開口之極。」〔註81〕

不過，「魚」「陽」二部看似絕遠對立，但「陽聲弇者，陰聲亦弇；陽聲侈者，陰聲亦侈；陽聲軸者，陰聲亦軸。」〔註82〕即是說，基於人的自然發聲機理，陰陽、弇侈之間是互相牽連甚至對應的關係，當「魚」「陽」走到各自的極點，反而能依「軸」實現通轉。章太炎這裡通過軸音的設置，有意修正了孔廣森陰陽對立的說法，「（孔氏）不知有軸音，故是經界華離，首尾

〔註80〕章太炎：《成均圖》，《章太炎全集·國故論衡先校本、校定本》，上海人民出版社，2017年4月，第11頁。

〔註81〕章太炎：《成均圖》，《章太炎全集·國故論衡先校本、校定本》，第11頁。

〔註82〕章太炎：《成均圖》，《章太炎全集·國故論衡先校本、校定本》，第11頁。

橫決」〔註83〕。如此，通過「看見」魚軸、陽軸的平衡作用，如果充分開掘各區間的音色，理論上可以將漢語言文字的元音系統建構為一個自我閉合、「無所不轉」的「圓環」結構。尤其需要注意的是，章太炎分析古韻，是從「弇侈」這一相當傳統的描述方式入手，與歐洲明確的標音體系相比，推測多而實證少，若干表述之後都顯得「含糊」。當他嘗試以漢語描述古韻音值，如《國故論衡・二十三部音準》側重仍在韻部之間的差別性，主要通過強調「疆界」與「可轉」確認各部的相互位置，尤其是與高本漢等 1920 年代掀起的漢字中古音韻研究相比，後者更強調科學、精細的方法，使用國際通用的羅馬字母，給予音值一個固定、量化的形象。其間得失，在章太炎與當時的西化學人看來，角度自有不同。章太炎恰恰是認為，漢語韻部的豐富性遠過歐洲拼音文字，且二者的發音、構詞（字）機制也並不一致，因此即便近代以來韻部已經簡化不少，直接以「羅甸音」或「梵文字母」指認漢字韻部，想要匹配仍然是難以做到的事情，此即太炎所謂「不相值也」〔註84〕。正如《成均圖》所顯示，基於漢字單音這一「獨異性」，實際上它主要是通過疊韻、雙聲等諧聲互訓，以建立與確認自身及彼此的意義，這在章太炎所構擬的韻部系統上表現得十分鮮明。漢字的音韻性或曰節奏，至少有一部分是寓於一字或一名（名詞）內部，這與西方合音語言的聯合數字以成名，依靠多音節的長短、高低等來創造節奏，有很明顯的不同。應該看到，就《成均圖》而言，可以合韻的前提首先就是「確認若干基本的元音類型」，因此其與西方語音學具體到 1920 年代影響漢語音韻學界的「元音類型說」之間，也有對話的可能性。不過二者的區別也很明顯，即漢詩文的押韻主要是基於音近可轉，譬如「魚歌麻」「歌支」「魚陽」之間的音近關係，而如果按照「主元音相同」的要求，絕無「通韻」的可能。準此則魯迅《贈鄔其山》等一部分「合韻」之作，就只能算作「無韻文」。然而事實卻並非如此，《成均圖》依照漢語聲音材料，提煉出若干基本韻部，在此基礎上實現韻部的合理簡化，「學」與「文」在這裡呈現出明顯的交通。

　　事實上，魯迅所作近體詩的「出韻」現象，大體都可以放到《成均圖》這一體系中得到解釋。下表摘錄魯迅 1930 年後這部分「可稱奇特」的「近體詩韻」，分析其用韻情況如下〔註85〕：

〔註83〕章太炎：《成均圖》，《章太炎全集・國故論衡先校本、校定本》，第 13 頁。
〔註84〕太炎：《駁中國用萬國新語說》，1908 年 6 月 10 日《民報》第 21 期。
〔註85〕《哀范君三章》也有兩首「合韻」，計入共 16 首。

歸韻分析 詩作及韻字	「平水韻」（取《詩韻合璧》為例）	《廣韻》	《成均圖》
《哀范君三章其一》：蟲、窮、農	東、冬	東、冬	東部（東冬近旁轉）
《哀范君三章其三》：人、淪、塵、言	真、元（注：諄併入真）	真、諄、元	寒、諄、真（元併入寒，「寒諄真」一組陽弇同列，為近旁轉）
《贈鄔其山》：華、書、多、陀	麻、魚、歌	麻、魚、歌	魚、歌（麻併入歌，魚乃陰軸，旁轉極於歌。次旁轉〔註86〕）
《慣於長夜過春時》：時、絲、旗、詩、衣	支、微（注：之併入支）	之、微	之、脂（微韻併入脂〔註87〕，「脂至」為陰弇旁轉，「至之」以魚軸隔五而轉。為陰聲隔越轉）
《送 O. E. 君攜蘭歸國》：心、榛	侵、真（注：臻併入真）	侵、臻	侵、真（臻併入真。因「諄侵」〔註88〕隔越轉，真諄比鄰，亦附之以轉。屬陽聲隔越轉）
《無題》：雲、吟、森	文、侵	文、侵	諄、侵（文歸諄部，「諄侵」為陽聲隔越轉）
《贈日本歌人》：行、神	庚、真	庚、真	青、真（庚韻歸青，「青真」為近旁轉）
《湘靈歌》：痕、門、雲、春	元、文、真（注：痕魂併入元；諄併入真）	痕、魂、文、諄	諄部（文魂痕歸諄部）
《送增田涉君歸國》：寒、年	寒、先	寒、先	青、寒（先歸青部，「青寒」同在陽弇，為次旁轉）
《一·二八戰後作》：然、安	先、寒	仙、寒	青、寒（仙歸青部，同上例）
《無題二首其一》：雲、春、豚	文、真、元（注：諄併入真；魂併入元）	文、諄、魂	諄部（文魂歸諄）
《二十二年元旦》：軍、民、春	文、真（注：諄併入真）	文、真、諄	諄、真（文併入諄，「諄真」為近旁轉）

〔註86〕章太炎《二十三部音準》一文指出「從是開口則近歌，從是齊齒則近支，此魚部所以常與歌支相轉」。參見《章太炎全集·國故論衡先校本、校定本》，上海人民出版社，2017 年 4 月，第 186 頁。

〔註87〕章太炎在脂部裏分出隊部，是按平聲與去入的區別。

〔註88〕諄、侵都有鼻音。

《贈畫師》：殫、山	寒、刪（注：山併入刪）	寒、山	寒部（刪山併入寒）
《贈人二首》：鄉、江	陽、江	陽、江	東、陽（江歸東部，「東陽」為近旁轉）
《報載患腦炎細作》：心、冰	侵、蒸	侵、蒸	侵、蒸（「侵蒸」為近旁轉）
《題〈芥子園畫譜〉》：危、知、哀	支、灰（注：咍併入灰）	支、咍	支、之（咍韻併入之部，「至之」以魚軸隔五而轉，支亦附之。為陰聲隔越轉）
共 16 首			同部歸併者 14；近旁轉 6；次旁轉 3；隔越轉 4（同時有 3 次用到近旁轉）

先看上表中同部歸併的情況，如「元」併入「寒」、「微」併入「脂」、「文」「魂」「痕」歸於「諄」等，合韻思路不在臨韻歸併，主要反映的是古今韻部間的主從關係（即本音、變音的相對關係），其方向是縱向的而非水平的。如「脂」從「微」來，可並為「脂」，而「之」自「咍」出，則並稱「之」等。如此，《成均圖》實際是以「古本音」為藤蔓，緣此重新聚合、聯絡後世支韻（或稱變音），這一縱深形態自然不同於《廣韻》的同用、獨用之說，後者僅依據韻書的既有位置定奪，未觸及甚至部分還有礙音理。如，《廣韻》「五支」「六脂」「七之」三韻，明確規定相近可通，然而「支」屬古本音，「脂」「之」則為後世變音，其本音分別來自「微」與「咍」，但「八微」「十六咍」又相隔為遠，之間絕不可通。就此而言，古今韻部間的複雜縱深關係，顯然被《廣韻》拆解、并置在同一平面，在此基礎上總結出的同用規律，很難說反映了語音的真實情況。

事實上，上表最難解釋的韻例，既不是「東冬」一類的同部歸併，這在清代音韻學家的古韻歸併中已有先例，亦非（至少不全是）許壽裳強調的「麻魚」「歌麻」「蒸侵」等「古已有之」的韻例，後者仍可以上溯至先秦漢魏古韻中尋找類似的經驗支撐。魯迅近體詩韻最為「奇特」的現象，其實是上表中出現多次的「至（質）之（咍）〔註89〕」與「諄（文）侵」等的通用，這在《成

〔註89〕1931 年章太炎在《論古韻四事》（載 1931 年《國學叢編》第 1 卷第 3 期）一文中，又改「至」部為「質」部。具體涉及對一部正音的認識，在整體格局上沒有太大影響。此外，1915 年《國故論衡‧二十三部音準》說明以「之」為韻部之名，是依先例，而「校其名實，之當稱咍」。

均圖》中屬於標準的「隔越轉」，各以陽軸、陰軸為對稱關係取得，章太炎稱之為「變聲」〔註90〕。所謂「變聲」是相對旁轉、對轉等「正聲」而言，即便在「無所不轉」的《成均圖》中，也屬於例外情況。〔註91〕

應該看到，「諄（文）侵」「至之」等通韻，與「魚麻」「蒸侵」的取徑相反，恰恰屬於「古代所無，近世才有」的新聲。以「至之」為例，從《詩經》到漢魏韻文中二部區分都很明顯，後世詩文才逐漸合流。《廣韻》收羅古今音類，按唐韻自然將「支」「之」列為鄰韻，後世韻書多據此直接將其歸併。如此，直到清代段玉裁《六書音均表》考訂古音時，才重新梳理各部歷史關係，「五支、六脂、七之三韻，自唐人功令同用，鮮有知其當分者矣，今試取《詩經》韻表第一部、第十五部、第十六部觀之，其分用截然。且自三百篇外，凡群經有韻之文及楚騷、諸子、秦漢六朝詞章所用，皆分別謹嚴。」〔註92〕從周秦、漢魏六朝到唐宋，「至之」之間的關係由隔越到鄰近，期間的發聲差異逐漸消失，抑或因為偶然因素的介入，導致對立性特徵脫落，至少不再明顯。〔註93〕「侵諄（文）」由遠及近的歷時性脈絡，與此例同。事實上，雖未言明具體程序，章太炎顯然是有意將這些「例外」（包括歷時性的對立、臨近關

〔註90〕章太炎：《成均圖》，《章太炎全集·國故論衡先校本、校定本》，上海人民出版社，2017年4月，第11頁。

〔註91〕或者說，《成均圖》以古本音為主體，在這一橫截面上，「侵」「文」的區別性很大，不過後世語音變衍，近代以來，「至之」「諄侵」等「獲得」的對立特徵慢慢消失，進而因「對稱」表現出某種相似性。

〔註92〕段玉裁：《說文解字注（附六書音均表）》，上海古籍出版社，1988年2月，第809頁。段玉裁此說過於絕對，中古乃至上古也有之部與脂、支通押的例子（這裡尤其關注之部與另外兩部），不過數量極少，段說大體符合事實。

〔註93〕黃侃從「之（咍）」分析出「德」部，是從陰聲韻中獨立出入聲韻。不過，章太炎似乎是認為，入聲並不是漢語基本的區分單元，如他早在《二十三部音準》中解釋陰陽相配、而缺入聲的基本模式，提到「之部非不可促，促之乃與至同……聲相疑似則止矣」。「古音流傳於晚世者，自二十三支分為二百六則，有正韻、支韻之異」，對於古音今韻的遷移層次，章太炎能夠在自己的系統內給出自洽區分。到1931年《論古韻四事》一文，太炎提出「支脂之三部，當以支微咍三韻為正音」的說法，明確了三韻內部古今相從的主次。即「脂」從「微」來，「之」自「咍」出，除支以外，「脂」「之」均為後世變音。如此，也就直接回應了「支脂之何以分」的問題。而按其描述，「支」「微」「咍」的發音特徵依次為，「支之音橫，咍之音縱，微則闔口」，如此，雖則「咍」和「至」最初各在侈、弇兩端，仍然可以解釋後來隨著「開口度」的影響相對減弱，從「咍」變出的「之」日漸與「至」相接近的事實。（按照王力的構擬，之部主元音是〔ə〕，支部主元音是〔e〕，脂部是復元音〔ei〕，故三者不同。）

係）同時收納到《成均圖》中，給出了隔越轉的理論闡釋。

　　對早年在民報小學課上習得的知識，尤其是音韻學方面，魯迅傾向於避而不談，或稱「一句也不記得」〔註94〕。不過，這一知識結構作為必要的積累，實際上以一種潛移默化的方式，影響到後來二周特別是魯迅對於漢字的理解，及判斷方式。1935 年魯迅《名人和名言》一文指出江亢虎錯解「德」字，「（他）說『德』之古字為『悳』，從『直』從『心』……卻真不知道悖到那裡去了，他竟連那上半並不是曲直的直字這一點都不明白。這種解釋，卻須聽太炎先生了。」〔註95〕根據《章太炎說文解字授課筆記》同一詞條下魯迅、朱希祖與錢玄同三人筆記，1908 年太炎釋「德」字的思路大致可提煉為：「德訓為登，《公羊》『德來』作『登來』。道德當作悳」〔註96〕，主要還是以段玉裁的古韻分部為準，即「悳」「德」屬之韻，「登」在蒸部，段注「登、德雙聲，一部與六部合韻又最近」〔註97〕。到了不久後的《成均圖》中，章太炎建立起相對成熟的音韻理論體系，這一「合韻最近」被正式解釋為成熟的「正對轉」，更加側重漢文字間的音義關聯。魯迅這裡指出「卻須聽太炎先生」，勢必要歸結到《成均圖》所最後呈現的蒸（登）、之（悳）對轉的音理上。

三、韻與詩

　　可以認為，一方面對於宋以後韻書「程式化」的「獨用、同用」規定不滿，特別批評平水韻系頗多謬誤，這一定程度上屬於章氏門人的共識〔註98〕；另一方面，其自身又難以找到某種理想化的「押韻」方法，以合理地更新舊詩的體式，這也是轉向新文學後周氏兄弟在很長一段時間內擱置或反對舊體的原因。1934 年魯迅在一封回覆楊霽雲的書信中，談及當下「寫作舊詩」之難，

〔註94〕魯迅：《關於太炎先生二三事》，《魯迅全集》第 6 卷，人民文學出版社，2005年 11 月，第 566 頁。

〔註95〕魯迅：《名人和名言》，《魯迅全集》第 6 卷，人民文學出版社，2005 年 11 月，第 374 頁。

〔註96〕章太炎講授，朱希祖、錢玄同、周樹人記錄：《章太炎說文解字授課筆記》，王寧整理，中華書局，2010 年 1 月，第 88 頁。

〔註97〕「一部」即之部，「六部」指登部。參見段玉裁：《說文解字注（附六書音均表）》，上海古籍出版社，1988 年 2 月，第 76 頁。

〔註98〕如黃侃《音略》強調「今韻分析，宜據《廣韻》為主。自《禮部韻略》而下，其分合取便考試；雖本唐人同用、獨用之例，而恣情合併，致聲韻之條由此泯棼，既不為典要，則置之可也。」參見黃侃：《黃侃論學雜著》，中華書局，1964年 9 月，第 77 頁。

「倘非能翻出如來掌心之『齊天太聖』，大可不必動手」〔註99〕，其中「韻」的問題無疑至為重要。同時應該看到，1930 年代魯迅、周作人先後重拾舊體詩，後者更於 1940 年代經由「近體」而抵達「古體」，雙方雖然具體取徑不一，但在「韻」上均表現出不同以往、也有異於同時代人的「獨異性」。這是否可以說明，似乎二周（自認）已經找到了某種「翻出如來掌心」的方法？

重新回看被許壽裳稱為韻法「奇特」的《贈鄔其山》一詩，《成均圖》中「華—書—多、陀」被理解為（建構為）「一聲之轉」的漸次擴散過程，結合章太炎包括後來黃侃的古韻分析來看，以「多、陀」與「書」為兩端，「華」為「魚轉歌轉麻」之橋樑，「華—書—多、陀」一組有明確的音轉關係。這一脈絡折射到現代拼音「u-ua-uo」其實也能顯示出來。當然，《成均圖》本身就是一個圓環結構，「若環無端，終則有始」〔註100〕，重要的是各部之間的相對關係，從 A 到 B 的順序也可以完全顛倒過來。關鍵在於，只要建立了這一環形結構，把握住古音的若干基本韻部後，無論選擇首先從「魚」「歌」還是「麻」部切入，都不會產生太大影響。〔註101〕

如此來看，魯迅舊體詩種種看似「奇特」的韻例，既不符合歷代韻書、韻文規範，也無法放到現實通言（如新國音）或吳越方音的框架上解決，只有置於《成均圖》所呈現的音理中才能盡然可解。質言之，魯迅基本上是從 20 世紀初學術界「考古音韻／文學」這一知識背景出發，借助章太炎提煉的「韻理」，主要是「旁轉」「近旁轉」等，來經營自家的舊詩寫作，由此多少也能夠折射出魯迅對於如何應用漢語言文字「寫作」與「押韻」的最貼切理解。更重要的是，依照《成均圖》的音理看，「音近可通」本身就暗含了在時間、空間上有「重新回流」或「持續通轉」的可能。譬如，歌部麻韻只與歌部通，魚部麻韻只與魚部通，而魚轉歌轉麻的一部分韻字，可與魚、歌二部相通。章太炎的通韻思路實際是倒推、分析古韻各部，而只要古本韻的分理工作基本成型，明確的音值擬寫未必一定必要。事實上，在章太炎看來，漢語言文字的聲音本

〔註99〕魯迅：《341220 致楊霽雲》，《魯迅全集》第 13 卷，人民文學出版社，2005 年 11 月，第 207 頁。

〔註100〕章太炎：《二十三部音準》，《章太炎全集・國故論衡先校本、校定本》，上海人民出版社，2017 年 4 月，第 184 頁。

〔註101〕事實上，如果將「華」字的位置替換成「家」「葩」等，或將「多」「陀」替換為「何」「歌」，效果就更理想。「書 u-家 ia-歌 e」，可橫向覆蓋漢語言三個最基本的元音類型（即 u、a、e）。

來就是遵循一定規律的流動形態，音標構擬最多只能勉強說明某一時代某地一地域的現實情況，而當歷時、跨地域的音變發生，這套擬音工具很可能喪失其有效性，即永遠都談不上真正的「準確」。因此，相較於太炎顯然更看重韻部間的關係（相對位置），而非某一韻部或韻字的音值。其擬音方式主要是描述性的、相對的，即通過圍繞某一韻部「上下四旁言之」，而無論後來的音值如何轉變，只要轉變的圓心不變，就不會逾越這一相對的界限。

可以說，對魯迅而言，《成均圖》「韻理」為他提供了一個漢語詩歌形式上最大的「寬假度」，其理論資源大部分受益於章太炎的音韻學包括作為整體的語言文字之學。不過，魯迅的接受角度顯然還是「文章的」，即「廣文路」的意義要遠遠大過「賞知音」，表現在詩歌用韻方面，就是「弛張合度」。一方面，《自嘲》《答客誚》等獨用一韻，可稱極狹，自然不逸常軌（包括《廣韻》《詩韻》等）。而另一方面，《贈鄔其山》「歌麻魚通韻」，大膽出韻，可稱「奇特」，至於「文侵」（《無題》）、「蒸侵」（《報載患腦炎細作》）通韻等等，其各自指向的時、空背景有異，即便事實上未必「共時」發生，但根據《成均圖》卻可以認為「理之必有」。因此，對於魯迅而言，《成均圖》的意義更多正在於它所提供的這樣一個足夠精準（二十三分部嚴明）、同時也足夠自由（通轉、旁轉之音理）的用韻空間，或曰一種基於「音韻學知識」的想像性建構。而且，《贈鄔其山》等用韻思路，亦暗合章太炎《成均圖》的理論核心──「不齊之齊」，在規則與規則之外尋找漢語言文字聲音的自然韻律，而非單純的嚴守一定韻格，或直接不押韻者可以相較。

概言之，魯迅近體詩韻的「奇特」，一方面在「韻隨語音」，即「合理」地放寬了詩韻自由度，另一面也是「音韻復古」，或者說，其藉以實現「韻隨語音」的方法主要就是通過「復古」，處在太炎「考古音韻」的思路籠罩下。需要略作延伸的是，章太炎通過對漢語史上既有聲音事實的梳理，由歸納而演繹，將字音、意義、形體直接勾連在一起，利用「合韻」（包括對轉、旁轉）、「分韻」（「古韻二十三部」）建構了一個古今、地域兼收的「漢語韻轉圖」，其根底在於「語根─本字─同源字族」之間的邏輯關聯。其中「音聲（字音）」的一面，決定同時也從屬於「形體（字形）」與「意義（字義）」。需要注意的是，前文已提到魯迅在漢字形體方面克服章太炎的「本字」理論，這裡談到其對章太炎音韻學的接受方式，實際上也是首先脫離意義孳乳包括形體演變，選擇性地認同太炎在音韻方面的規律性分析，並將這一「音近通轉」的規律

擴大應用到整個漢語言文字全體。就此一層面而言，對章太炎語言文字之學的吸收、接受與判斷，在很大程度上參與甚至影響到魯迅對漢文章（這裡具體指韻文）「可稱奇特」的表現方式。

第三節　聲的復古（下）：「別造伽陀」與周作人的 「雜詩文」實驗

　　1922 年周作人以《做舊詩》一文回應外界關於「做舊詩」的爭議，強調自己反對舊體的理由在於「舊詩難做」和「易於墮入窠臼」，並以魯智深倒拔垂楊柳為喻，說明舊詩非不可做，但是「須有千百斤的力氣才行」，由此將新文學關於「該不該做舊詩」的討論，改寫為「能不能的問題」。〔註 102〕新文學過後很長一段時間，周作人的確擱置舊體，先後通過翻譯活動與創作實踐，為文壇輸入「散文詩」「小詩」等多樣的詩體形式。在此一背景下，自 1930 年代中期至 1940 年代中期長達十餘年間，周作人回頭重拾舊詩，貢獻出自家體制獨特的「雜詩」及其理論闡釋，其在詩文體式方面的路徑及文章史上的意義都頗耐人尋味。首先需要追問的是，從「反對做舊體」到「自認是魯智深」，周作人思路的這一「轉折」如何發生？抑或者說，周作人後來找到了何種方法，使他能夠從正面處理舊詩這一難關？筆者嘗試提煉周作人重返舊體的軌跡，及其雜詩韻法，在此基礎上，與前述魯迅借助《成均圖》音理實現「音近韻通」的思路相比較，分析二者之間的源流異同。

　　此前學界關於周作人後期舊體詩作的討論，多集中在題材、思想方面，對於「雜詩」演變軌跡、體式特徵的研究還相對有限。部分涉及這一話題的論著，如小川利康《論周作人〈老虎橋雜詩〉——從白話詩到雜詩之路》（2011年）、華東師範大學王博的博士論文《周作人舊體詩創作論》（2016 年），前者通過比較周作人雜詩的兩種主要體式，指出「五言與七言的體式選擇取決於周作人內心世界的變化」〔註 103〕。後者談及雜詩的特徵與來源，但僅限於周作人的自我表述，未能進一步展開，追問體式轉移背後更深層的思考框架及文章史意義。研究以 1950 年代周作人自編《知堂雜詩抄》（亦名《老虎橋雜詩》）為主體範圍，並按作者原意，捨去其中「性質雜亂」且「題材特殊」的

〔註 102〕仲密（周作人）：《做舊詩》，1922 年 3 月 26 日《晨報副刊》。
〔註 103〕〔日〕小川利康：《論周作人〈老虎橋雜詩〉——從白話詩到雜詩之路》，《汕頭大學學報（人文社會科學版）》，2011 年第 3 期。

《忠舍雜詩》《題畫絕句》二組〔註104〕，嘗試從歷時層面梳理周作人雜詩創作由七律、七絕、五絕終而至於五古這一「逐步退化」的軌跡，考察這一詩體演變軌跡背後的「還原（原型）」思路，探究周作人的整體思考框架及其文章史意義。

一、周作人的「舊詩」退化史

相較於新文學以來到 1920 年代矢志追求建構（增加）某種「新詩性」，周作人後期所作雜詩，自覺轉向對於「舊標準」的「減損（即毀掉）」。他後來解釋這一思路變化，稱「白話詩難做的地方，我無法去補救，回過來拿起舊詩，把它的難做的地方給毀掉了，雖然有點近於削履適足，但是這還可以使用得」〔註105〕。事實上，從「積極建構新詩性」到「消極毀掉舊標準」，這一路徑變化某種程度上也符合周作人「從消極出來的積極」的獨特思考方式。所謂「毀掉」，落實到詩體形式上，具體表現為明確的「格律退化」傾向。從 1934 年兩首格律完備的七律（《五十自壽詩》）起步，1937 年至 1943 年 10 月《苦茶庵打油詩》及《補遺》以七絕為主體，中經《炮局雜詩》《忠舍雜詩》呈現出某種過渡性特徵，到 1945 年前後《往昔》《丙戌歲暮雜詩》《丁亥暑中雜詩》等老虎橋監獄期間可稱密集的舊詩創作，終於蛻變成體式純熟的五言古體。可以說，「把它的難做的地方給毀掉」一句幾乎貫通了周作人 1930、40 年代舊詩創作的完整歷程，不能輕易放過。

首先需要討論的是「韻」的問題。1950 年周作人以《丁亥暑中雜詩》中《鬼夜哭》一首為例，說明自家作詩的獨特處，「不但上去通押，而且不拘韻，此殆是打油中之最無規矩的了」，又「普通打油詩，多是七言近體，我卻是五

〔註104〕 《〈老虎橋雜詩〉序》文後附記中，提到「《老虎橋雜詩》原稿本來有六部分，第一分《忠舍雜詩》性質雜亂，第六分係題畫詩九十四首，多應需之作，今悉從刪削。」周作人對《忠舍雜詩》似並不滿意，多次表示「悉擬刪去」。如 1961 年 4 月 17 日、21 日為《知堂雜詩抄》出版一事致信鄭子瑜，也反覆交代不收《忠舍雜詩》。參見陳子善：《周作人〈知堂雜詩抄〉出版始末》，《東方早報》，2014 年 5 月 25 日。

另外，《題畫絕句》一組題材特殊，多為應酬、賦得之作，《知堂回想錄》明確指出這類題畫詩不屬自家的舊詩範圍，「純粹是模仿八股文截搭題的做法」。參見周作人：《在上海迎接解放》，《周作人散文全集》第 13 卷，鍾叔河編訂，廣西師範大學出版社，2009 年 4 月，第 788 頁。

〔註105〕 周作人：《雜詩題記》，《周作人散文全集》第 9 卷，鍾叔河編訂，廣西師範大學出版社，2009 年 4 月，第 669 頁。

古」，言下亦頗自矜。〔註106〕後來《知堂回想錄》進一步自報家門，說明「五古則是學寒山子的，不過似乎更是疲賴一點罷了」〔註107〕。這裡的「疲賴」，周作人有時也稱「弗入調」，如「民國甲申（一九四四）的九月，我抄了廿四首『弗入調』的舊詩，題曰《苦茶庵打油詩》，並附自注曰「方言『弗入調』兼有不遵規則及無賴的意思」，自我解說的意向十分鮮明。〔註108〕所謂「不遵守規則及無賴」，主要即針對近體詩的格律程序而言，明確指向對於既定規則的「毀壞」意識。考慮到寒山生活於唐中後期，彼時格律詩早已定型且佔據絕對主流，即便寒山筆下多作五古，在「韻」的方面也難免受到這一「格律」規範的塑形（輻射）。從周作人這一時期雜詩用韻來看，雖然與寒山同樣反映吳地方音，之間存在部分相通（如「魚虞模」「庚耕清青」「支脂之」通韻等），不過比較而言，周作人詩中出現了更多的「合韻」或「出韻」現象，譬如「真庚」「蒸侵」諸例，均為寒山詩中所未見。質言之，周作人雜詩所以「更是疲賴一點」，正在於他是有意要破除（即「合理地毀掉」）近體詩這一通行規範，嘗試通過對唐以後歷代詩人爛熟於心的程序之重新剝離與忘卻，水落石出，逼迫「漢詩」逐層顯露出其所以為「詩」的最基本（簡單）素質，或可稱漢語詩歌的部分「本相」。

周作人多次將自家雜詩追溯到寒山一脈，其舊體詩的諸多特徵包括其所自詡的「上去聲或通押」〔註109〕，的確亦可以在寒山詩中見到。研究者關注到寒山詩韻「平聲和入聲分用，上聲和去聲混押」，推斷或與詩人所處的具體地域有關，「從他們（指寒山與拾得）的活動地區來看，相當於現代浙江吳音區」。〔註110〕如此，與其說是周作人在模擬寒山詩，倒不如說，這是他直用吳音入詩，並在此基礎上進一步確認了其對寒山詩的認同感有關。而且應該看到，「上去通押」現象與中晚唐以後漢語聲調演變史中的「濁上歸去」這一

〔註106〕周作人：《鬼夜哭》，《周作人散文全集》第 10 卷，鍾叔河編訂，廣西師範大學出版社，2009 年 4 月，第 882～883 頁。

〔註107〕周作人：《知堂回想錄（一八二）·監獄生活》，《周作人散文全集》第 13 卷，鍾叔河編訂，廣西師範大學出版社，2009 年 4 月，第 781 頁。

〔註108〕周作人：《知堂回想錄（一三一）·〈小河〉與「新村」中》，《周作人散文全集》第 13 卷，鍾叔河編訂，廣西師範大學出版社，2009 年 4 月，第 566 頁。

〔註109〕周作人：《〈丙戌歲暮雜詩〉後記》，《周作人散文全集》第 9 卷，鍾叔河編訂，廣西師範大學出版社，2009 年 4 月，第 658 頁。

〔註110〕若凡：《寒山子詩韻（附拾得詩韻）》，《語言學論叢（第五輯）》，北京大學中文系漢語教研室、語言學教研室編，商務印書館，1963 年 12 月，第 127 頁。

規律直接相關。根據李新魁《古音概說》、王力《漢語語音史序》等論著，較早在中晚唐時期，北方地區開始此一聲調合併的趨勢，並直接影響到一部分詩人用韻。1930 年代章太炎在致弟子馬宗霍的書信，及《小學略說》的演講中，批評白居易《琵琶行》詩韻「上去不分」，指出這正是「直用方音」的結果。頗有意味的是，太炎弟子錢玄同不久後反取此為例，褒獎白居易方音入詩的意義，「他人押韻不如此，獨香山如此者，乃是他人遵守韻書而香山根據自然也」〔註111〕。自宋以後，「上去通押」自北而南逐漸普及，南宋吳地文人用韻已經部分地呈現這一特點〔註112〕，到明代顧清、陳威等編著《松江府志》論及松江方言特點，概括為「以上聲為去聲，去聲為上聲」，而松江與紹興同屬北部吳語區的太湖片，之間有較大相通性。〔註113〕事實上，即使在保留濁上的方言區，由於受到同期及前代經典詩歌作品影響，詩人也會沿用「上去通押」的做法。

　　與吳語區上聲、去聲普遍合併的趨勢相對應，近現代入聲併入陽平與上去各聲，是大勢所趨，但吳語卻仍然保留了一部分入聲特徵。緣此重新回看周作人的雜詩用韻，其相對平水韻等韻書而言的「奇特」，實際卻貼合近現代吳音特徵，很大程度上正是他自覺以方言入韻的結果。具體言之，所謂「通韻」或「出韻」，實則是「以吳音入韻」，「上去聲或通押」也仍然還是「同調相押（即押去聲韻）」。周作人這一解放「舊詩體」的方式，參照韻書或可描述為「通韻」或「上去通押」，若返回實際的語音角度，卻屬於純粹的使用方言押韻，這一點到後期周作人所作《兒童雜事詩》中表現得更明顯。

〔註111〕1936 年錢玄同《〈漢魏六朝韻譜〉序》進一步指出《琵琶行》「似乎上去混清，尤虞雜亂矣，然以今音讀之，則『住（ㄓㄨˋ）、部（ㄅㄨˋ）、妒（ㄉㄨˋ）、數（ㄕㄨˋ）、污（ㄨˋ）、度（ㄉㄨˋ）、故（ㄍㄨˋ）、婦（ㄈㄨˋ）』同為ㄨ（u）韻之去聲，音至諧也」。錢玄同據此推斷「唐代方音中，至少總有一處讀此八字亦是同韻部同聲調」。轉引自池曦朝、張傳曾：《白居易詩歌韻腳中的「陽上作去」現象》，《語言論集（第一輯）》，中國人民大學出版社，1980年12月，第79頁。

〔註112〕關於宋代吳越文人詩韻中「上去混押」現象，可參考林長偉：《陸游詩用韻中「濁上變去」的考察》，《福建師範大學學報》，1992年第4期；錢毅：《宋代江浙詩韻研究》，中國社會科學出版社，2019年12月。

〔註113〕吳安其《關於歷史語言學的幾個問題》一文談到這一現象，認為這與南宋北人南遷有關，「今北部吳方言太湖片的一些地方話與北方話一樣全濁上聲變去聲，而南部的如甌江片不變，太湖片地方話的這種變化當與南宋時代大批北人南下有關。」參見吳安其：《關於歷史語言學的幾個問題》，《民族語文》，1998年第4期。

至此，可就周作人與魯迅的押韻方式略作比較。前文已述，魯迅「通韻」遵循《成均圖》音理，雖與現實語音相關聯，但偶或無法直接落實為某時某地的「同韻」事實，而是被賦予了某種與「漢語音理」相似的超時空性，其著眼點也在於釋放（利用）漢字聲音所內具的可以超越時間、空間的「通轉」（「韻近」）關係上。與之相比，周作人的雜詩用韻大體可以落實到近現代吳音這一座標系上，諸如「出韻」「通韻」「異調相押」等現象，也正是嚴格以現實吳語讀音「入韻」的結果。〔註114〕換言之，周作人舊詩用韻的時（近代）、地（吳語）特徵明顯，而非像魯迅一樣是在《成均圖》的音理基礎上，通過「復古通韻」追求某種超越古今南北之上的「韻」之永恆性。二者所以表現出部分地「相似」，如「真庚」「蒸侵」通韻等，原因主要在於《成均圖》包括《新方言》本身就吸收了一部分近代吳語地區的方言材料，如《越諺》〔註115〕。

以上分析，大致可將 1940 年代周作人雜詩創作的體式特徵概括如下：一方面，並非如其所自述的「出韻」「上去亦不分別」，而是「以近代吳音入韻」。換言之，雜詩用韻一定程度上可稱整飭；另一方面，周作人有意識做出突破的地方，主要在於典故、對偶、平仄等一系列近體詩的格律特徵，藉此而使詩體逐步「還原」，最後得到《往昔》《丙戌歲暮雜詩》等五言古體。如此，通過回返「當下活的語言」從而繞過「韻」這一難關，選擇從平仄、對偶、典故等方面逐步「退化」直至使舊詩體發生某種質變，上述特徵持之與前文所述魯迅的「近體通韻」比較，無論側重點還是最後導向的結果，都存在明顯的路徑差異。

從 1934 年自覺創作七律形式的打油詩起頭，到 1944 年沿此一打油詩脈絡重啟舊詩創作，期間周作人的詩體形式從七絕、五古不斷「退化」，中間還存在一個短暫的五言絕句階段（以《題畫絕句》為代表）。周作人的思路是逐次舍棄對仗、用典等漢語韻文一系列形式上「遊戲」，轉而通過「做減法」的消極方式，抵達漢語韻文體式上最經濟（即「無法再減」）的五言古詩一體。同時應該看到，此一詩體退化的過程複雜，以初試五古的《往昔》而論，部分詩作尚保留一定的格律限制，表現出從七絕到五古的過渡特徵，直到《丙戌歲

〔註114〕周作人雜詩「通韻」的地方，往往也正是近代吳音與《詩韻》等平水韻系的韻書相違之處。

〔註115〕周作人民初《讀書雜錄（五）·範嘯風》一文提到，「《越諺》雖仍有遺漏，用字亦未盡恰當，但搜錄方言，不避粗俗，實空前之作，亦難能而可貴。往歲太炎先生著《新方言》，蔡谷清君以一部進之，頗有所採。」參見《周作人散文全集》第1卷，廣西師範大學出版社，2009年4月，第404頁。

暮雜詩》《丁亥暑中雜詩》等，才真正逐漸生成純熟的五古形式。

需要注意的是，這一減損而得的「五古」樣式，與六朝漢譯偈頌在形式上存在高度的相通性，這勢必重新喚起周作人所熟稔的六朝佛經翻譯經驗。周作人得以正式將自家的舊詩試驗，放在六朝文章體式變革的歷史位置上「確認」其作為某一種「詩」的合法性，借助正式追認雜詩為「一種通俗的偈」，強調「其用意本與許多造作伽陀的尊者別無不同」〔註 116〕，為自家舊詩從「打油詩」到「雜詩」的身份轉換，特別是為雜詩體制上的獨特性提供了理論的穩固支撐。此即周作人後來所說，以 1934 年自壽詩為起點，「到得十二三年之後這才摸到了一點門路」〔註 117〕。

二、「別造伽陀」：六朝佛經翻譯與「雜詩」體式的自覺

1947 年初周作人在《〈丙戌歲暮雜詩〉後記》中自報家門，稱近期所作「本非詩，而亦復非散文，本意仿偈頌體寫之」〔註 118〕，直接點出「雜詩」創作的原型——「偈頌」。由此可進一步延伸討論在周作人思考框架中至關重要的六朝佛經翻譯與本土文章體制更新的關係問題，包括將六朝佛經翻譯當作文章來看這一獨特的觀照方式。

應該看到，隨著 1947 年前後周作人的舊詩創作漸趨成熟，在其自我表述中幾乎同時出現了「五言古體」「偈頌體」「雜詩」等幾個關鍵概念，之間互為連索、彼此推動，這一現象亦非偶然。就其中關鍵性的「偈頌體」而言，佛經文體主要包括修多羅（sūtra）、伽陀（gāthā）、祇夜（geya）三部分。修多羅指佛經中的長行，意譯作契經，即文句連續、篇幅較長的散文部分；祇夜一般位於長行後，以韻文形式重複長行的內容，亦稱重頌；伽佗則直接用韻文宣說佛義，無需與長行搭配，亦稱作直頌或不重頌。其中，伽陀、祇夜二類，漢譯後一般統稱為偈頌。佛經偈頌最常見的詩律形式是 śloka，音譯作輸盧迦，是從吠陀時代的 Anuṣṭubh 發展而來的史詩偈頌。詩歌韻律與漢語截然不同，梵文屬於音節文字，沒有四聲，無法像漢語一樣以聲調表達節奏，也不要求押尾

〔註 116〕 周作人：《〈苦茶庵打油詩〉前言》，《周作人散文全集》第 9 卷，鍾叔河編訂，廣西師範大學出版社，2009 年 4 月，第 278 頁。

〔註 117〕 周作人：《知堂回想錄（一七三）·打油詩》，《周作人散文全集》第 13 卷，鍾叔河編訂，廣西師範大學出版社，2009 年 4 月，第 736 頁。

〔註 118〕 周作人：《〈丙戌歲暮雜詩〉後記》，《周作人散文全集》第 9 卷，鍾叔河編訂，廣西師範大學出版社，2009 年 4 月，第 658 頁。

韻,其韻律節奏主要通過長短音節之間的搭配實現。具體表現形式為,每個詩節分四音步(pada),每音步有八個音節。根據季羨林對《羅摩衍那》詩律的介紹,古印度輸洛迦體以兩行、四音步、三十二個音節的體式為主。〔註119〕這種形式結構上基本保存了印度梵偈每四句合成一個詩節的原貌,同時又與中國當時四言、五言詩以四句為一遞進的單元有類似之處。

早在清末時期,蘇曼殊已經留意到印度輸盧迦體與漢譯偈頌之間「無失彼此」的對應關係,其譯詩集《文學因緣》序言開篇討論「歌詩之美,在乎節族長短之間」,特別提到佛經中的輸盧迦一體,「漢譯經文,若輸盧迦,均自然綴合,無失彼此。」〔註120〕蘇曼殊這裡顯然是認為,輸盧迦既以四句(pada)為一首,漢譯後與本土絕句在體式上恰相對應,由此引發的是本土詩體與漢譯偈體之間的關係問題。回顧漢唐佛偈翻譯歷史,就整體趨勢而言,東漢以後「五言四句式」逐步成為中古時期偈頌翻譯最常用的體制,這與當時本土盛行五言古體的情況相呼應。那麼這種微妙的對應現象,是否能夠在一定程度上說明佛經偈頌與本土漢詩之間曾經發生過某些感應與溝通?

事實上,從漢語詩歌發展史來看,絕句一體的命名,本身就與漢魏六朝以來佛偈翻譯,及中印文章體式的交流密切相關。〔註121〕當時文人已有此意識,如南朝梁蕭統、蕭繹等首先以「絕(句)」指代四句五言詩,表現出四句一絕(偈)的體式自覺,這與漢譯佛經「四句之絕(偈)」的體制為時人所認同有關。陳允吉《東晉玄言詩與佛偈》一文更通過詳細論證,明確指認東晉中期玄言詩這一「與我國《詩》《騷》體制迥然互異」的樣式,事實上正是受到佛教偈頌的影響。〔註122〕如前所述,這一梵漢比較的文學視野更早可以追

〔註119〕其中每個音步中的第五個音節要短,第六個音節要長,第七個音節則長短交替。在規則的輸洛迦體(Śloka)之外,還可以有多種變體如 Triṣṭhubh-Jagatī、vaiśvadevī 等。參見季羨林主編:《印度古代文學史》,北京大學出版社,1991年8月,第87~89頁。

〔註120〕蘇曼殊《燕子龕隨筆》也提到這一詩體,稱「阿耨窣睹婆,或輸盧迦波,天竺但數字滿三十二即為一偈。」參見蘇曼殊:《蘇曼殊全集(二)》,柳亞子編,中國書店,1985年9月,第59頁。

〔註121〕齊梁間古絕句的得名,與佛經翻譯中的偈頌一體本就關係密切,至少二者之間存在某種相似性。李小榮、吳海勇《佛經偈頌與中古絕句的得名》一文指出,以「絕」(漢安世高譯《佛說七處三觀經》等)與「絕句」(西晉竺法護譯《佛說須真天子經》)等指稱韻文,最早就是出現在內典當中。

〔註122〕陳允吉:《東晉玄言詩與佛偈》,《古典文學佛教溯源十論》,復旦大學出版社,2002年11月,第2~20頁。

溯到清末章太炎、蘇曼殊等以恢復中印文化交通為理想的「文學復古」時期。章太炎、蘇曼殊之外，黃侃《文心雕龍劄記·明詩篇》批評東晉玄言詩人孫綽、許洵時，也曾提到「若孫、許之詩，但陳要妙，情既離乎比、興，體有近於伽陀」〔註123〕，明白透露出對於玄言詩體與佛經偈頌之間存在體式親緣關係的認知。需要注意的是，黃侃對玄言詩的評價不高，認為其有違《詩》《騷》以來傳統詩歌的緣情體物之道，「謂之風騷道近，誠不誣也」〔註124〕。然而同樣作為章門弟子，周作人看重的恰恰卻是本土詩歌在域外文體刺激下所能夠容受的「異質性」，其在文章中多次標舉佛偈文體的文章史價值，後期更直接親身實踐，「仿偈頌體」而作雜詩，並明確指認自家雜詩的特點正是以說理為主，自稱作「賦而比也的打油詩」〔註125〕，其在文章體式更新上的意義也在乎此。〔註126〕

周作人對佛偈一體的文章史價值頗為看重，1937 年《關於酒誡》一文較早提示漢譯偈頌在體式創新上的意義。該文專門抄引鳩摩羅什譯《大智度論》末尾一首五言偈頌，認為「這雖然不能算是一首詩，若是照向來詩的標準講，但總不失為一篇好文章，特別是自從陶淵明後韻文不能說理，這種伽陀實是很好的文體，來補這個缺陷。」〔註127〕這一表述與周作人 1940 年代中期的雜詩理論有很大相通性。1945 年周作人在《北京的風俗詩》中進一步強調「又以譯經的便利，文章上發生一種偈體」，並敏銳捕捉到唐以後諷刺詩、打油詩這一詩教的異端系統，放在整體文章變遷的角度進行歷史梳理，「韻這一關終於難以打破，受了偈的影響而創造出來的還只是王梵志和寒山子的五言詩，以至牛山的志明和尚的七言絕句。正如語錄文被宋朝的道學家拿了去應用一樣，這種詩體也被他們拿了過去，大做其他們的說理詩，最明顯的是《擊壤集》著者鼎鼎大名的邵堯夫，其實就是程朱也還是脫不了這一路的影響。……

〔註123〕黃侃撰，周勳初導讀：《文心雕龍劄記》，上海古籍出版社，2000 年 5 月，第 30 頁。

〔註124〕黃侃撰，周勳初導讀：《文心雕龍劄記》，第 30 頁。

〔註125〕周作人：《知堂回想錄（一八二）·監獄生活》，《周作人散文全集》第 13 卷，鍾叔河編訂，廣西師範大學出版社，2009 年 4 月，第 783 頁。

〔註126〕受佛偈影響的東晉玄言詩，以說理為主，缺少形象性，表現出不同於中國詩歌「比興」傳統的某種異質性，鍾嶸《詩品序》評價其為「理過其辭，淡乎寡味」。

〔註127〕周作人：《關於酒誡》，《周作人散文全集》第 7 卷，鍾叔河編訂，廣西師範大學出版社，2009 年 4 月，第 708 頁。

明朝因王陽明李卓吾的影響，文學思想上又來了一次解放的風潮，公安派著重性靈，把道學家的勸世歌似的說理詩挽救了過來……這風氣傳到清朝，在康熙的李笠翁，乾隆的鄭板橋諸人上面可以看出〔註128〕。可以看出，周作人更偏愛從常識出發、觀照人情物理之作，對「形而上」的談玄論理興趣不大，更加反對道學家的思想文章，如此他在一定程度上便略過了受到偈頌影響的東晉玄言詩不提，又將邵雍、朱熹等宋代道學家的說理詩放到自己的對立面上，在宣稱「自從陶淵明後韻文不能說理」一句之後，直接跳到唐代王梵志、寒山的五言詩，下接明末志明和尚的七言絕句，這是周作人後來「打油詩（雜詩）」追認的主體脈絡。需要注意的是，周作人還順此脈絡旁逸斜出，找到了陽明心學沾漑下的明代公安派詩歌，如此便一路牽連到清代李漁、鄭燮、謬艮諸人，此一「近代打油詩」的隊列恰與他此前所汲汲經營的「近代散文」，包括在此基礎上同步生長出的「雜文」脈絡匯流，這在周作人也並非巧合。事實上，結合六朝佛經翻譯言說漢語文章（包括韻文、散文）體式之變，是周作人談論與建構理想文章時的一個基本框架。正是在這一文章史框架的帶動下，周作人發現並確認了「偈頌」之於舊體詩歌在某一特殊階段的「原型」意義，繼而又嘗試通過重新返回這一原點，以「重啟」自家舊體寫作。如此重新回頭再來梳理周作人雜詩創作的歷程，從 1934 年「仿牛山志明和尚體」〔註129〕起步，到 1946 年「仿偈頌體寫之」，周作人實際上一直在尋求某種針對既有體式內部的「突破」或「調和」之法，或曰追求一種「變樣的詩」〔註130〕。

同時應該看到，周作人對「偈體」的關注，除六朝梵漢翻譯史的參照之外，還與其本身的翻譯經驗有關。從「文學復古」時期的無韻譯詩，到新文學初期的白話譯詩，尤其是小詩、散文詩等別樣體式，此後經「打油詩」重新返回舊體創作。整個詩體變遷過程跨越文言與白話，囊括舊體與新體，但是無論形式如何變化，始終都有一個貫穿前後的線索，即周作人對新詩體的探索方式，與他自身的翻譯經驗直接聯繫在一起。具體到偈頌體而言，至遲 1927年春間，周作人實際上已經開始將這一「別創無韻詩體」的六朝譯經方法應用在他的希臘詩歌翻譯中，試以「偈式」對譯古希臘詩銘。《閒話拾遺（十

〔註128〕周作人：《北京的風俗詩》，《周作人散文全集》第 9 卷，鍾叔河編訂，廣西師範大學出版社，2009 年 4 月，第 521 頁。

〔註129〕知堂：《五十誕辰自詠詩稿》，1934 年 2 月 1 日《現代》第 4 卷第 4 期。

〔註130〕周作人：《〈知堂雜詩抄〉舊序》，《周作人散文全集》第 13 卷，鍾叔河編訂，廣西師範大學出版社，2009 年 4 月，第 114 頁。

六）·戀愛偈》曾抄錄譯詩一首，又《閒話拾遺（三四）·古詩》摘引三首，分別為：

（一）不戀愛為難　戀愛亦復難
　　　一切中最難　是為能失戀〔註131〕

（二）提摩揭多尸　戰鬥最勇猛
　　　此為其墓表　戰神阿勒尸
　　　不珍惜勇士　而惜懦怯者

（三）汝死水難者　盧恩諦訶斯
　　　於此為造墓　自身亦非安
　　　是誰埋葬爾　岸邊得我屍
　　　垂淚念凶運　如鷗飄海上

（四）黑眼慕薩女　倏忽入墳墓
　　　嚴臥如石頭　黃土覆汝上
　　　美音之黃鵬　遂爾無聲息
　　　全慧有榮譽　願汝勿覺重〔註132〕

　　四首譯詩每行五言，無腳韻修飾，且口語化色彩明顯，甚至出現「不珍惜勇士，而惜懦怯者」這種完全不顧舊詩章法的表述，與後期所作口語化的「雜詩」前後呼應。周作人自己評價這幾首譯詩，表示「當然不像原來的色相了，不過也還古怪得有意思」〔註133〕。所以「古怪得有意思」，結合後來所論，指的應該就是這種「不中不西」「非韻非散」的陌生化文體特徵。而考慮到古典希臘文與梵文在結構、文法上的相通性，周作人選擇以「偈體」翻譯古希臘詩銘，似乎正是認為，這種五言偈頌一定程度上體現了中外文體翻譯過程中作為「詩」的某種規律性存在，或稱漢文詩歌所能容受域外詩體的最大限度。

　　前文述及，從《五十自壽詩》仿牛山體而作律詩，到《苦茶庵打油詩》擬寒山體而作七絕〔註134〕，周作人的雜詩創作歷程，實際上是沿王梵志、寒山、

〔註131〕　豈明（周作人）：《閒話拾遺（十六）·戀愛偈》，1927 年 4 月 1 日《語絲》第125 期。

〔註132〕　豈明（周作人）：《閒話拾遺（三四）·古詩》，1927 年 5 月 28 日《語絲》第133 期。該篇收入《談龍集》後，改題《希臘的小詩（二）》。

〔註133〕　豈明（周作人）：《閒話拾遺（三四）·古詩》，1927 年 5 月 28 日《語絲》第133 期。

〔註134〕　1944 年秋《〈苦茶庵打油詩〉前言》明確將自家所作打油詩，上溯至寒山子詩與佛偈，指出二者之間的差別只在「形式上所用乃是別一手法耳。」所謂

志明等非正統而擅說理的打油詩這一歷史軌跡步步倒逼，最後才真正觸及漢語打油詩的脈絡原型——偈頌體。這裡所說「偈頌」，更準確是指六朝時期以佛經翻譯為中介，本土五言古體與梵文偈頌（主要是輸盧迦）二者在彼此「衝撞」與「對應」的過程中「調和而成」的漢文詩偈，周作人正是以此為起點，重新反思傳統舊詩創作，終而通向了雜詩這一體式與理論的雙重自覺。

三、「雜詩文」的思路延伸及限度

1930、40 年代周作人詩歌創作的「退化（還原）」軌跡，某種程度上也是他沿著白話新文學對打油詩譜系的重新發現，特別是 1930 年代文壇上「爭作打油詩」的熱潮，逐步觸及六朝佛經譯者「造作伽陀」的文章樣式與本土詩歌之間發生「交互作用」這一「歷史瞬間」的結果。這一「打油」而為「雜詩」的脈絡，事實上早在 1934 年初「仿牛山體而作七律」的兩首五十自壽詩中已有反映。1934 年 1 月 16 日周作人致胡適信，除了抄錄自壽詩及沈尹默和詩各一首外，又在案語中自報家門曰「打油詩的遠祖恐不得不推梵志寒山，但多係五言，若七言詩似乎只得以《牛山四十屁》中志明和尚為師矣，最近乃有曲齋半農焉。以上諸人均不敢仰攀，不得已其維牛山乎！」〔註135〕而只有在整體把握周作人後期雜詩這一蛻變歷程的基礎上，才可以理解十多年後周作人在《〈知堂雜詩抄〉序》中回顧自家脈絡，「從那所謂五十自壽的兩首歪詩起頭，便是五十歲以後的事情了。這些詩雖然稱作打油，可是與普通開玩笑的遊戲之作不同，所以我改叫它做雜詩」〔註136〕，有意將「雜詩」起點追認到 1934 年兩首自壽詩的用心所在。

「詩」的形式問題，一度是困擾周氏兄弟文章思路的難點之一，不僅關乎近體詩歌寫作，由此折射出來的，更多還觸及對於漢語言文字本身某一方面形式特徵的切身思考。實際上，從留日時期的文章更新，到新文學後嘗試寫作白

「形式上別一手法」，意即寒山所作屬於五古，而《苦茶庵打油詩》及其《補遺》則是絕句。

〔註135〕胡適：《胡適日記全編》第 6 卷，曹伯言整理，安徽教育出版社，2001 年 10 月，第 294～295 頁。「牛山四十□」原文即此，周作人藉此反諷用空格代粗俗文字的做法。

〔註136〕1958 年起，周作人在鄭子瑜推動下系統整理此前所作雜詩，擬定名《知堂雜詩抄》出版，序言中周作人首次追溯自家舊詩創作的歷程。參見周作人：《〈知堂雜詩抄〉序》，《周作人散文全集》第 13 卷，鍾叔河編訂，廣西師範大學出版社，2009 年 4 月，第 623 頁。

話詩、自由詩，整個過程的重心都在於要再造一個以「性情」為詩、以「呼吸的長短」〔註137〕為節奏的新的詩體形象。新文學以後「韻」的形象尤其頭緒紛雜，1920年代在周氏兄弟、劉半農等人推動下，「無韻詩」「散文詩」「小詩」等詩體形象先後被付諸實踐，傳統「有韻為詩，無韻為文」的格局一定程度上被修正。雖然《新青年》上一度將「破壞舊韻，重造新韻」一事提上議事日程，但顯然落實的效果不佳，「韻」的問題更多還是在「古韻分部」「國音統一」等話題討論裏出現，較少介入現實詩歌（無論新、舊體）的寫作中〔註138〕。具體到這一時期的周氏兄弟，主要致力於在白話文學的層面上實現對「無韻詩」的建構，具體通過翻譯域外詩體催生一系列試驗作品，為新文學輸入異樣的詩歌樣式。這也是二周當時避談舊詩，或指謫舊詩「掛腳韻」的心理基礎。需要注意的是，二周後來不約而同地放棄了早期「無韻詩」的思路，轉而拿來章太炎的音韻學理，或六朝梵漢文體的翻譯經驗，重新返回舊詩脈絡中做出「新」的轉圜。

需要指出的是，周作人對「雜詩」的命名，實際上緊接著他的「雜文」命名而來。而無論雜詩還是雜文，同樣都屬於「雜文章」理想之一種。1944年底周作人在《雜文的路》一文中明確交代，「世間或者別有所謂雜文，定有一種特別的界說，我所說的乃是另外一類，蓋實在是說文體、思想很夾雜的，如字的一種雜文章而已」。此後不久，周作人即將此一「雜」字牽連覆蓋到同期所作打油詩，如1947年1月《丙戌歲暮雜詩〉後記》首次稱近來所作五古為「雜詩」，「前作《往昔》凡五續，得五言古詩三十首。續有所作，體制相同，題材無定，因以雜詩名之。」〔註139〕同年9月《〈老虎橋雜詩〉題記》正式將「打油詩」更名「雜詩」，並明確將雜文、雜詩並置，「我稱之曰雜詩，意思與從前解說雜文時一樣，這種詩的特色是雜，文字雜，思想雜」，「有如散文中的那種雜文，彷彿是自成一家了」〔註140〕。所謂「文字雜，思想雜」，強調的都是周作人所看重的區別於正統詩文的異端性，或曰「非正統性」。

〔註137〕周作人：《古詩今譯 Apologia》，1918年2月15日《新青年》第4卷第2號。
〔註138〕近體律絕一般按唐韻或平水韻，新詩更自由甚至可以無韻，新舊之間壁壘分明。
〔註139〕周作人：《〈丙戌歲暮雜詩〉後記》，《周作人散文全集》第9卷，鍾叔河編訂，廣西師範大學出版社，2009年4月，第676頁。
〔註140〕周作人：《〈知堂雜詩抄〉舊序》，《周作人散文全集》第13卷，鍾叔河編訂，廣西師範大學出版社，2009年4月，第114頁。

　　如前文所述，周作人的「雜詩」理論及其創作，本身就處在六朝佛經文體的延長線上。應該看到，周作人對於六朝文章與佛經翻譯之間的關係早有關注，1936 年為北大開設「六朝散文」課程，次年又在此基礎上擬添「佛經文學」一門，後者因為戰事未能落實。實際上，單就這兩門課程而論，此前北大國文系亦有類似設置，如 1920 年代吳虞、劉文典等曾先後講論「漢魏六朝文」，1926 年陳寅恪為北大國文系與清華國學院同時開設過「佛典譯文研究」。特別是陳寅恪這門「佛典譯文研究」，雖側重語言學上的梵漢對勘，也部分涉及「文章體裁變遷」的意義。〔註141〕那麼，周作人開設的「六朝散文」與「佛經文學」兩門課程有何特別之處？從周作人當時為「佛經文學」一門擬寫的課程綱要來看，他重點談到六朝佛經翻譯的文學（指文章體制方面）價值，「六朝時佛經翻譯極盛，文亦多佳勝。漢末譯文模仿諸子，別無多大新意思，唐代又以求信故，質勝於文。唯六朝所譯能運用當時文詞，加以變化，於普通駢散文外造出一種新體制，其影響於後來文章者亦非淺鮮。今擬選取數種，少少講讀，注意於譯經之文學的價值，亦並可作古代翻譯文學看也。」〔註142〕顯然，與陳寅恪關注語言文字、名詞翻譯，並由此延伸到文章體裁相比，周作人主要就是從六朝佛經翻譯文體出發，以此理解（想像）梵漢文章體式之間的歷史對應問題。其獨特之處，也在於這一能夠直接將六朝佛經當作文章來看，強調譯經文體與本土文章之間「對應關係」的思考框架。

　　如果說，1930 年代周作人的表述主要還是集中在散文方面，那麼受到後期重返舊體創作的經驗帶動，1937 年《關於酒誡》、1945 年《北京的風俗詩》等文章進一步將這一思考套用到韻文方面，1951 年《翻譯四題》更直接把「別造偈頌」與「糅合駢散」並論，將自家意見說得更通透，「他們（指六朝佛經譯者）造出了一種無韻的非散文，沿用『偈他（gatha 或譯伽陀）』的名稱，是

〔註141〕陳寅恪「佛典譯文研究」一門的課程說明，「此科內容，係論佛學翻譯事業與中國語言文字之關係。按佛教為輸入之文化，中國學術思想及社會制度，均受其影響。本科專就其經典之翻譯事業與中國語言文字之關係，為歸納之研究，或以譯本對勘原文，或以中國譯本與他種文字譯本比較，凡中國譯本之文句次序，名詞製造，影響於後來之語言文字者，特別注意。多徵經典翻譯實例，兼推論文章體裁變遷，藉此討論中國語言學諸問題，如字句構造傳達功用之顯。或於評定中國語言文字之真價，亦可為一助歟。」參見《國文學系課程指導書》，1927 年 11 月 20 日《北京大學日刊》。
〔註142〕周作人：《佛經文學》，《周作人散文全集》第 7 卷，鍾叔河編訂，廣西師範大學出版社，2009 年 4 月，第 786 頁。

專為譯述印度原詩用的新文體，至今讀了還覺得很有意思。正如《四十二章經》用《論語》《老子》體的文章寫了之後，感覺得雖雅而不適合於發揮新事理，乃揉合駢散，成立了晉唐的佛經文體，這裡不用騷賦，別造偈頌，意義相同。」〔註143〕至此，在周作人的敘述框架中，佛經翻譯與六朝文章（散文、韻文）之間的體式呼應關係已經十分清晰。

由此六朝時期「譯經成法」，周作人進一步體察到的是本土（漢語）文章容受域外文體時的能力（程度）問題，「經中短行譯成偈體，原是譯經成法，所以這裡（指《佛所行贊經》《佛本行經》等南北朝時期的佛經翻譯）也就沿用，亦未可知，但是假如普通韻文可以適用，這班經師既富信心，復具文才，不會不想利用以增加效力的。」〔註144〕不過，周作人也僅是指出六朝新文體與佛經翻譯之間可能具有的因緣關係，「六朝之散文著作與佛經很有一種因緣，交互的作用，值得有人來加以疏通證明，於漢文學的前途也有極大的關係。」〔註145〕但對其間理路未能細論。應該看到，周作人所以發現佛經翻譯與六朝文章之間「交互」關係，首先基於梵、漢文體層面的「符碼轉換」，這與章太炎和魯迅更側重文字、文法的維度不同。具體言之，在韻文方面，漢譯偈頌捨棄了平仄、韻腳等漢語韻文的形式特徵，僅保留最基本的齊言（多為五言）體式，由此造出一種「無韻的非散文」，這一做法對譯的是梵語韻文（偈頌）以長短音節搭配為主的格律規範。與此相應，散文方面在此前諸子散文基礎上，多用四字句以「糅合駢散」，這一調整是為了彌補梵文長行一體漢譯後的節奏流失〔註146〕。應該看到，一方面，「無韻的非散文」或「糅

〔註143〕周作人：《翻譯四題》，《周作人散文全集》第11卷，鍾叔河編訂，廣西師範大學出版社，2009年4月，第32頁。

〔註144〕周作人：《文學史的教訓》，《周作人散文全集》第9卷，鍾叔河編訂，廣西師範大學出版社，2009年4月，第205頁。

〔註145〕周作人：《我的雜學（十九）·佛經》，《周作人散文全集》第9卷，鍾叔河編訂，廣西師範大學出版社，2009年4月，第237頁。

〔註146〕梵文佛經中，無論長行、偈頌均可配樂唄誦，而在漢譯經文中，長行、偈頌則有差別，前者（散文）並不入樂，但要求以抑揚頓挫的聲調誦出，仍然具備一定的節奏感。參見湯用彤校注：《高僧傳》第13卷，中華書局，1992年版，第508頁。由此可推斷，長行譯文多採用「二二一頓」的四字句式，可能是基於漢語單音節特點，為誦讀便利起見，同時也可以彌補梵語原文的音樂性。如顏洽茂《佛教語言闡釋——中古佛經詞彙研究》一書曾提及這種可能性，「由於四音節兩音步的語音鏈中音節之間的停延小於音步與音步之間的停延，語流中音步週期和音節週期的界限十分清楚，所以造成了顯性的節奏感，具有音樂美……從語音角度言，這也許是譯經非偈頌部分廣為採用四

合駢散」均屬此前未見的文章體式更新，同時另一方面，上述「新文體」的生成，雖在一定程度上受到域外文體的刺激，實際上始終都是在漢語既有文章體式的框架內部做出重新的排列與變形。這部分地符合周作人「極新的又與極舊的碰在一起」的歷史循環眼光，如此，本土文體新變的可能被重新限制在傳統文章的範圍之內，這也是 1940 年代周作人「雜文章」體式實驗的限制所在。

這裡就出現了一個區別性的特徵，現代作家重拾舊體詩的不乏其人，僅二周友人當中就有初期白話詩人沈尹默，及郁達夫、柳亞子等。不過有趣的是，新文學作家回頭重寫舊詩，對他們產生吸引力的主要是既有的合法詩形（指固定的格律形式），包括由此所能夠喚起的審美感覺（記憶）本身。此一自「新」而「舊」的回返，實即「一仍其舊」，由此寫出的也「真像古詩」〔註147〕。這裡，「舊」之所以擁有意義，在於它的程式化表達更符合主體（群體）的審美慣性，中間很難看到一個必要的思路轉換（如魯迅「通韻」），或形式的磨損以及對磨損本身的高度自覺（如周作人「雜詩」）。寫作舊體更多是重新返回到一個既有的寫作習慣中，不必也不能對形式本身加以反思。與此相比，二周 1930 後的舊詩創作，意義更多也在於這樣一種「對形式的自覺反思」。無論是從古音韻部的通轉規律中窺見「超越時間的漢語韻文」之可能性的魯迅，還是嘗試通過重新回到某一中外文明衝撞的臨界點上，以重新開啟「跨語系（中西）詩性（或韻文性）」的周作人，這種對於漢文章體式與傳統資源的高度敏感與自我克服的意識，使他們有別於同時代「骸骨之迷戀」的習慣性寫作者，顯示出某種旨在溝通新舊的歷史貫通性，與二周身上始終未輟的重鑄理想漢語新文章的野心。

附錄　青年魯迅的「音韻新知」與近體詩「通韻」別解
——從《章太炎說文解字授課筆記》談起

正文章節，主要分析從章太炎這裡習得的音韻學知識，即《成均圖》所展現的「一聲之轉」（包括對轉、旁轉）等，如何在魯迅的舊詩「新」作（主要

字句的原因。」參見顏洽茂：《佛教語言闡釋——中古佛經詞彙研究》，杭州大學出版社，1997 年 11 月，第 31 頁。
〔註147〕魯迅：《雜憶》，《魯迅全集》第 1 卷，人民文學出版社，2005 年 11 月，第 233頁。

指近體詩）主要是「通韻」這一點上發揮具體而微的影響，整個過程以一個「先設的影響關係」為前提。需要注意的是，周氏兄弟對他們在小學尤其音韻方面的知識，往往有意識淡化，主動提起並追溯到章太炎的材料有限。因此，在正文探討過「聲的復古」之後，有必要圍繞「影響是否以及如何發生」這一前提，另外撰文，作補充性材料附於篇後。

此前，關於章太炎 1908 年在東京民報社講授《說文解字》一事，周振鶴、侯桂新、董婧宸等先後都有專文論述，或考證章太炎當時的交遊、講學情況，或是從朱希祖、錢玄同與魯迅三人筆記即 2008 年整理出版的《章太炎說文解字授課筆記》（下文簡稱《筆記》）入手，進行史料補充與文本解讀〔註 148〕，相關考證已經得出一個大致體貌。另外，張濛濛《從〈說文解字授課筆記〉看章太炎對古音學理論的應用》一文集中關注章太炎在《說文》課上展開的音韻學理，其所涉及的筆記中「一聲之轉」「旁轉」等詞條，對於筆者進一步關聯魯迅之「押韻」以至「出韻」與《成均圖》的「旁轉」「隔越轉」以至「無所不轉」等，也有不小啟發。〔註 149〕整體來看，既往研究大多以章太炎為中心，重在還原一個「面」的傳授史，至於《說文》課上更細節、同時也更獨特的音韻學面向，具體指章太炎用作「線索」貫穿始終的聲訓方法，如「對轉」「旁轉」「雙聲」等「合音」（包括「合紐」「合韻」）規律，尤其魯迅對這些「音義」信息的接收和整理情況，則很少被人論及。事實上，「韻轉」體系在 1908 年章太炎趨於成熟的語言文字學論述中，有根本性的意義，這一點同樣也體現在《說文》課的內容設置上〔註 150〕。

正文部分通過「音韻復古」現象的分析，可知魯迅在音韻方面的知識儲備，雖未轉換成直接的學術資源，卻能通過其對漢語言文字的感受方式，以獨特的文章創作的形式發表，並非像他自己所說「一句也不記得」〔註 151〕。相反，如「魚麻」「蒸侵」通韻等，尤其「至之」「諄侵」這一類「古無可援」的韻例，與章太炎的漢字音理之間有太多難以被「偶然性」解釋的相通，至少諸

〔註 148〕周振鶴：《魯迅聽章太炎課事徵實》，《東方早報·上海書評》，2014 年 9 月 7 日。侯桂新：《章太炎東京講學史實補正》，《魯迅研究月刊》，2016 年第 1 期。

〔註 149〕張濛濛：《從〈說文解字授課筆記〉看章太炎對古音學理論的應用》，《民俗典籍文字研究》，2016 年第 1 期。

〔註 150〕事實上，相關信息被聽講者所接收、整理，並在日後蓄積、變形成為某種「可稱奇特」的文章形式組成部分。

〔註 151〕魯迅：《關於太炎先生二三事》，《魯迅全集》第 6 卷，人民文學出版社，2005 年 11 月，第 566 頁。

多看似「奇特」的韻例,在《成均圖》中則豁然可解。

　　雖然相關問題涉及所謂的「影響關聯」,一般難以稽考,不過,既有《筆記》這一直接性的文本資料,又有當時同學錢玄同、朱希祖等人的日記佐證,民報社《說文》課上的「音韻學課程」這一獨特面向,就具備可以被還原的條件。在此前提下,針對課上內容尤其是當中運用到「對轉」「旁轉」的詞條,具體以魯迅留存下來的第二套筆記為重點,作「細讀式」考察,兼與魯迅近體詩中的通韻方法對應,那麼「影響的發生」以及後續的脈絡,一定程度上也可以言說。

一、「說文」之前的「音韻課」

　　前文第二章分析到《文心雕龍》課上的討論,涉及《說文》課的起止時間,基本確認在 1908 年 7 月 11 日到次年 4 月初。以往,我們對民報社《說文》課的「印象」大多停留在文字之學(傳統小學),或更具體的文字形體之學。事實上,「聲音」或曰「古音韻」在《筆記》中佔據一個更突出的地位。這一點首先表現在課程內容的安排上,應該看到,進入「始一終亥」的部首講解之前,所謂《說文》課實際是以一門「音韻課」的形式起步。

　　據《朱希祖日記》1908 年 7 月 11 日所記,第一次課即「先講三十六字母及二十二部古音大略」〔註152〕。「字母」特指「紐文」,《國故論衡·小學略說》「舊云雙聲,唐韻云紐,晚世謂之字母。」〔註153〕在傳統的注音概念中,紐文對應「雙聲」,是反切上字,韻文與「疊韻」相同,為反切下字,雙聲、疊韻既是構成漢語雙音節詞的基本要素,更重要的是,也是字與字之間「音近義通」的主要思路。紐文三十六,傳唐末守溫比照梵文制定三十聲母,宋代根據漢語音聲條件,又有增補〔註154〕。這裡需要注意的是「古音」一面,「古音」特指「古本韻」,以周秦音為主體,江永《四聲切韻表》分古韻為十三部,段玉裁《六書音均表》提煉為十七部,孔廣森《詩聲類》分列十八部,晚清諸音韻學家對古韻的分理各有思路,「二十二部」是章太炎在綜合各家基礎上的新創,同時提煉出獨特的「對轉」「旁轉」概念,大體具備了《成均圖》「古音二

〔註152〕朱希祖:《朱希祖日記(上冊)》,朱元曙、朱樂川整理,中華書局,2012 年 8 月,第 77 頁。

〔註153〕章太炎:《小學略說》,《章太炎全集·國故論衡先校本、校定本》,上海人民出版社,2017 年 4 月,第 7 頁。

〔註154〕如章太炎認為知、徹、澄三紐就是印度所無。

十三部」的雛形〔註155〕。

實際上，相比於「雙聲」，「疊韻」與「古音韻」部分尤其受到章太炎的關注。查《朱希祖日記》，民報社《說文》課上真正講《說文》，遲至 7 月 28 日也就是第六次課上。而在此之前，從 7 月 11 日第一節用來概述基本的紐、韻框架，到 7 月 24 日第五次為止，圍繞古音韻一面建構出了一個「取向鮮明」的知識譜系，從中可以窺見《筆記》正文包括後來《文始》中的聲訓思路。

現參照《朱希祖日記》，截取當時「音韻學課程」的授課情況如下：

> 7 月 11 日，「至太炎先生處聽講音韻之學，同學者七人。先講三十六字母及二十二部古音大略。先生云：音韻之繁簡遞嬗，其現象頗背於進化之理，古音大略有二十二部，至漢則僅有六七部，至隋唐則忽多至二百六部，唐以後，變為七百部，至今韻亦如之，而方音僅與古音相類，不過二十餘部。」

> 7 月 14 日，「聆講江氏《四聲切韻表》」。

> 7 月 17 日，「聆講音韻之學，所講為錢竹汀《舌音類隔之說不可信》，說章氏《古音損益說》《古娘日二紐歸於泥紐說》《古雙聲說》。」

> 7 月 21 日，「聆講音韻及《新方言·釋詞》一篇。」〔註156〕

7 月 17 日所講章氏文章，即不久先後發表的《古今音損益說》《古音娘日二紐歸泥說》《古雙聲說》三篇。〔註157〕7 月 24 日當天的《朱希祖日記》缺記，第五次講授內容難以確知，不過，鑒於《筆記》正文中屢屢用到段玉裁「古韻十七部」「異平同入」「合韻」等概念，以及章太炎當時最新發明的「旁轉」「對轉」等術語，尤其後者包括「音轉」的方法、原理等，都需要特別說

〔註155〕 實際上，在《說文》小班課進行中，章太炎已有脂灰當分、古韻有二十三部的看法，不過尚未確證。1909 年 1 月 12 日章太炎致信錢玄同，提及「前論二十三部古音，以為灰、脂當分，證據尚未極成，故不箸論。其二十二部舊表，想同志知之悉矣。」參見馬勇整理：《章太炎全集·書信集（上）》，上海人民出版社，2017 年 4 月，第 169 頁。

〔註156〕 朱希祖：《朱希祖日記（上冊）》，朱元曙、朱樂川整理，中華書局，2012 年 8 月，第 77～79 頁。

〔註157〕 這三篇文章分別刊於《國粹學報》戊申年第五期（6 月 18 日）、第六期（7 月 18 日）及第七期（8 月 24 日）。章太炎在民報社授課時，其中兩篇尚未見刊。參見董婧宸：《章太炎〈說文解字〉授課筆記史料新考》，《北京師範大學學報（社會科學版）》，2017 年第 1 期。

明。不久之前，章太炎在 4 月份大班《說文》課上，第一次即「先講《六書音韻表》，為立古合音之旁轉、對轉、雙聲諸例」〔註158〕，實際上，無論小班第五節是否如此，《六書音均表》以及「旁轉」「對轉」，都是錢玄同、周氏兄弟諸人在聽講《說文》部首之前應該掌握的知識點。〔註159〕

章太炎僅在大班課上講過一次音韻，作為參照，「古韻相關」他在小班課上擴展成為五次，且小班時長（4 小時）又是大班的兩倍，規模（20 課時）幾乎相當於一門小型的古音韻課。「二十二部古韻」，「對轉」「旁轉」之外，小班「音韻課」的其他內容也都和章太炎的「通音」思路關聯，如江永《四聲切韻表》提出「數韻同一入」，接近段玉裁的「異同平入說」，這同樣構成《筆記》中「對轉」序列的參照。《古今音損益說》等三篇則是章太炎當時思考「古今音變」的最新成果，後收入 1910 年《國故論衡》，本身就是「音轉」構想的一部分。此外還有新撰不久的《新方言》，其中《釋詞第一》有別於其他的釋名物類，主要是梳理代詞、虛詞等（因古今、地域差異）抽象語詞，尤其需要運用「音轉」的脈絡。如《釋詞第一》第一條，「《說文》己，反丂也，讀若呵，今讀如阿，轉入麻部」〔註160〕，為魚麻通韻；第二條「《說文》盍，覆也，凡覆於詞前者曰盍……盍、蓋聲義相轉」，而「盍借為曷，蓋又從盍」〔註161〕，即盍泰之間的交紐轉，諸如此類，涉及對轉、旁轉以及雙聲的地方尤多。

許壽裳後來回憶昔日民報社的授課場景，「或則闡明語原，或則推見本字，或則旁證以各處方言」〔註162〕，「語原」即「語根」，隨後有體系完備的《文始》出版，「推見本字」對應《小學答問》，「旁證方言」也有《新方言》可資使用。無論「尋審語根」「解說本字」，還是闡明古今方國殊語的通轉關係，都必然要求發揮「對轉」「旁轉」等諧聲脈絡。也就是說，即便進入《說

〔註158〕朱希祖：《朱希祖日記（上冊）》，朱元曙、朱樂川整理，中華書局，2012 年 8 月，第 60 頁。

〔註159〕據周振鶴考訂錢氏的另一本日記（記錄生活雜事，周振鶴稱為「懷中日記」），「7 月的 11 日、14 日、17 日、21 日、24 日五天無所記，僅分別大書一、二、三、四、五，五個大字」，課程節奏大致與朱記相吻合。轉引自周振鶴：《魯迅聽章太炎課事微實》，《東方早報·上海書評》，2014 年 9 月 7 日。

〔註160〕章太炎：《新方言》，《章太炎全集·新方言、嶺外三州語、文始、小學答問、說文部首均語、新出三體石經考》，上海人民出版社，2014 年 5 月，第 7 頁。

〔註161〕章太炎：《新方言》，《章太炎全集·新方言、嶺外三州語、文始、小學答問、說文部首均語、新出三體石經考》，第 7 頁。

〔註162〕許壽裳：《紀念先師章太炎先生》，1936 年 9 月 16 日《制言》第 25 期。

文》課的主體內容之後,「音轉」仍然是一個貫穿性的思路。

從晚清段玉裁、江永等音韻學家的古韻分合說,到《古今音損益說》《新方言》《國故論衡》等章太炎自己得出的音義判斷,「音韻課」的譜系可以說相當完備。特別是,一系列圍繞「古本音」的操作,本身就是章太炎「尋審語根」、鑿空聲訓〔註163〕的必然取徑,意義和聲音很難分開論說。至於周氏兄弟,1908年7月到民報社聽講《說文解字》,為能「瞭解故訓,以期用字妥帖」〔註164〕,最先遭遇的就是這種頗新異、同時結構穩固(自洽)的「古韻」譜系。整個過程當中,「接受者」面對「新知」的方式,包括後續的信息整理與重建等,意義尤其重要。

二、周樹人的詞條:「對轉」「旁轉」及「合韻」

現存魯迅《說文解字》筆記有兩套,第一套藏國家圖書館,前後共八十頁,缺第一篇(上)。據考證,這份筆記內容與朱希祖筆記完全一致,應是課後抄錄而成。第二套筆記現存紹興魯迅紀念館,僅有第一篇(上)、(下)及二頁殘頁,內容在前一套的基礎上又有整理,需要注意的是,魯迅在整理的過程中補入若干批註,因此「比北京收藏本內容豐富,書寫工整,態度嚴謹」〔註165〕。換言之,紹興藏本雖只有第一篇,不過比起前一套,能更多代表魯迅本人的理解。因此,下文搜尋「周樹人的『音轉』詞條」,主要以紹興第二套筆記為參照。同時應該看到,「音轉」實際上是章太炎講解《說文解字》過程中的貫穿性思路,相關術語、概念等在筆記中應用頻繁,僅就第一篇(上)而言,100個詞條當中,直接用到「對轉」「旁轉」的情況就占十分之一,此外「疊韻」「雙聲」用例更多。研究以考察《成均圖》「音轉」術語為主,故不錄「疊韻」,分析「韻類」,故不錄「雙聲」。

基於此,暫以紹興筆記「第一篇(上)」為樣本,將明確提到「對轉」「旁轉」(包括「合韻」「音轉」)的詞條摘列如下。另,括號內的文字為魯迅原注:

〔註163〕 指有意放棄「右文說」,轉而追求一種徹底的「聲訓」形式。

〔註164〕 錢玄同:《我對於周豫才君之追憶與略評》,1936年10月30日《師大月刊》第30期。

〔註165〕 崔石崗:《魯迅與〈說文解字〉》,《圖書館論壇》,1998年第5期。其他考證信息,參見肖振鳴:《周啟晉藏魯迅〈說文解字箚記〉影印本題記》,《魯迅研究月刊》,2009年第11期。

元，兀為元之入聲（元在古韻十四部，兀在古韻十五部，十四、五同部同入）。〔註166〕

旁，溥也，以聲為訓。（旁在古韻十四部，溥在古韻五部，陽唐與魚模同入，故對轉，猶方與甫之對轉也）。

祟，祟從此聲，在十六部，古文祟作䄏，從隋省聲，在十七部。十六、十七兩部音轉最近。

裸，從果聲而得讀如灌者，果、灌雙聲，果在十七部，灌在十四部，歌、元（在寒韻）對轉也。

祝，殊在古韻四部（侯），祝在三部（幽），合韻最近。

祈，祈從斤聲，本讀如芹，在諄部（欣韻），諄、〈之〉〔脂〕〔註167〕對轉。

琮，段氏注中，「鉏牙」字即「槎牙」，《左傳》作「鉏吾」……古魚模部字後變入麻部，故吾變為牙。

玭，玭由十五部轉入十六部，音豈。

瑕，古無麻部，凡麻部字皆讀如歌部也。

玫，玫瑰。玫古讀如門，在十三部，今轉為枚，在十四部。〔註168〕

　　第一篇（上）從一部到部，明確用到「韻轉」有10個詞條，其中「對轉」（包括「異平同入」）3例，另外7例可歸入「旁轉」或「近旁轉」。考慮到《筆記》本就以講解段注《說文》為主，對話特徵鮮明，章太炎過程中更多還是借用段玉裁之「合韻」，或一般的「通韻」「疊韻」「一音之轉」〔註169〕等等，使用「旁轉」的地方不多。而且有趣的是，只有當兩個韻部比「相鄰」更遠，遠到可以隔越而轉的程度〔註170〕，《筆記》中才用出現「旁轉」一詞。如，在魯迅抄寫筆記的原本即朱希祖的第二份筆記中，第十三篇（下）的「埮」字條

〔註166〕「同部同入」疑為筆誤，應作「異部同入」。

〔註167〕句末應作「諄、脂對轉」，「之」「脂」二字音近，魯迅筆記時不確定。

〔註168〕以上所引諸條，分別參見章太炎講授，朱希祖、錢玄同、周樹人記錄：《章太炎說文解字授課筆記》，王寧整理，中華書局，2010年1月，第1、3、5～7、15、18、20～21頁。

〔註169〕疊韻在章太炎這裡不僅指二字同一韻部，更多是用在音韻學的音轉思路上，如「以疊韻為訓」。

〔註170〕在段玉裁《六書音均表》中，屬於「非同類而次第相隔為遠」一類。參見段玉裁：《說文解字注（附六書音均表）》，上海古籍出版社，1988年2月，第831頁。

為：「埶即壿……《說文》『飉』從壿聲，飉、誰旁轉。」〔註171〕按，飉屬幽部，誰在脂部，參照段玉裁《六書音均表》分類，分別歸於古音第三部、第十五部，而第三部屬第二類，第十五部屬第六類，則兩個韻部既非同類，且相隔較遠，這時候「相鄰而轉」的「合韻」理論已然失效。不過，對照以章太炎的「古韻二十三部」，在《成均圖》中脂、幽之間隔五而轉，這與魯迅近體詩應用較多的「至、之合韻」同一理路，只不過，在1908年民報社的《說文》課上，脂幽、至之都還只能稱作「旁轉」。這是就魯迅當時的接受而言，說明在《筆記》時期，對轉、旁轉、隔越轉的音轉體系尚未建構完全，不過名稱有異，所指卻未有太大變化。

概言之，如果持《筆記》與《成均圖》的「音轉系統」比照，《筆記》時期的對轉，對應《成均圖》的對轉；《筆記》時期的「合韻最近」或「音轉最近」，也可以錯綜覆蓋《成均圖》時期的「同部歸併」「近旁轉」「次旁轉」；至於《筆記》時期的所謂「旁轉」，《成均圖》中被正式命名為「隔越轉」，如「幽欲對諄，脂、隊欲對冬、侵、緝；不及，則適與其陰聲脂、隊、幽隔越相轉」〔註172〕。也就是說，本章第二節提到的魯迅近體詩當中一部分看似難解的「至之」「諄侵」等通韻現象，與「魚麻」「歌麻」等近旁轉一樣，都屬於章太炎早年「音韻課」上明確解釋過的「古合音旁轉」之一部。實際上，就魯迅《題〈芥子園畫譜〉》等近體律絕的整體「通韻」情況來看，大多都可以落實到同部歸併、近旁轉、次旁轉與隔越轉上〔註173〕，且近旁轉與隔越轉的比重尤大，實即《筆記》中的「合韻最近」與「旁轉」兩類。此外，還應特別留意「對轉」一項，由上引詞條可見，「對轉」在《筆記》中出現較多，且往往與「異平（部）同入」「同入」等術語一起使用。「異平」指兩個或三個平聲韻，「同入」指對應同一入聲韻，如《六書音均表三》「第十部與第五部同入說」〔註174〕，第十部、第五部分別指陽唐、魚模兩部，對應「藥」「鐸」兩個入聲。經戴震到孔廣森，成熟的對轉理論也是從這裡出發，「兩兩相配，以入聲為相

〔註171〕 章太炎講授，朱希祖、錢玄同、周樹人記錄：《章太炎說文解字授課筆記》，王寧整理，中華書局，2010年1月，第565頁。

〔註172〕 章太炎：《成均圖》，《章太炎全集·國故論衡先校本、校定本》，上海人民出版社，2017年4月，第19頁。

〔註173〕 參見本章第二節《聲的復古（上）：魯迅近體詩韻與〈成均圖〉音理之關聯》。

〔註174〕 段玉裁：《說文解字注（附六書音均表）》，上海古籍出版社，1988年2月，第832頁。

配之樞紐」〔註175〕,質言之,「異平同入」的重點在於一個「變成入聲的陰聲／陽聲」,「對轉」描述的就是陰陽兩韻的「入聲化」過程,與兩端的平聲本部關係不大〔註176〕。如此也就可以理解,魯迅近體詩中的「通韻」規律,為何常用旁轉、近旁轉以至隔越轉等,卻幾乎沒有涉及對轉、交紐轉等《成均圖》上另一部分需要「跨越」陰陽兩端才能通轉的「合韻」現象。原因可能不在表面上的「脫韻」與否,反而是為了「保存」近體格律的形式特徵,即不押仄聲韻所致。

從段玉裁的「古韻十七部」「音轉最近」到《成均圖》確認有「二十三部」「近旁轉及次旁轉」,從孔廣森的「陰陽上下兩行」到《成均圖》以「中軸而分為六」「正對轉與次對轉」,《說文解字授課筆記》中的太炎說辭包括其音轉概念,處在一個「變化逐漸明朗」的過程中。圍繞「對轉」「旁轉」為核心,對段玉裁、孔廣森等晚清音韻學家的繼承與質變同樣明顯,與此同時,這也規定了課堂上的周氏兄弟、許壽裳等在認知與理解漢語音韻上的特定視角。

前文提到,章太炎講授《說文》以段注為主體,而段玉裁分析古韻,以考古《詩經》等周秦韻文為基,如《〈六書音韻表〉序》開篇說明古韻十七,「異部而合用之是為古合韻」,並舉蒸、侵為例,「『興』字古在蒸登部,《詩》且五見,而《大明》協林興是也。」〔註177〕其後《詩經韻分十七部表》重點分析三百篇用韻〔註178〕,如「魚麻」「蒸侵」是《筆記》中經常見到的韻例。上述這些都是民報社《說文》課上的基礎知識,與此相應,許壽裳後來多次談到魯迅近體詩韻,所用也是同一話語資源,包括具體的韻例。

以上,通過梳理魯迅第二套筆記中的「韻轉」詞條,基本可以關聯《筆記》中的「合韻」尤其「旁轉」,與後來魯迅近體詩一部分「通韻」的音韻理

〔註175〕戴震:《聲類表・答段若膺論韻》,《戴震全集(第五冊)》,清華大學出版社,1997年7月,第2526頁。陰陽以入聲兩兩相通,如「之」為平聲韻,轉為上聲「止」,再轉入聲「職」,最後由入聲「職」韻再轉,得到陽聲「證」「蒸」等。

〔註176〕事實上,從孔廣森、段玉裁到章太炎,都是將入聲歸於陰聲,也是認為入聲在實質上屬於聲調,並非韻部。但各人理據又有不同,孔廣森主張「古無入聲」,章太炎《二十三部音準》則提出「古平上韻與去入韻截然兩分:平上韻無去入,去入韻無平上。」即平入分用、暫截兩分,黃侃在此基礎上繼承和發展了平入說,又提出「古無上去,只有平入」的結論。

〔註177〕段玉裁:《說文解字注(附六書音均表)》,上海古籍出版社,1988年2月,第802頁。此序據考為段玉裁假託吳省欽之名而作。

〔註178〕《六書音均表》本身就是以《詩經》文本為基礎,將《廣韻》206韻歸入一個十七部古韻系統。

據。概言之，魯迅 1930 年前後開始嘗試的近體「新」作，實驗性集中表現在「韻」的選擇上，如「蒸侵」「魚麻」以至「蛇麻的險韻」「之支的險韻」等「奇特」或「看不出奇特」的韻腳，或「南腔北調」，或「非古非今」，表面矛盾重重，難於統一，大多都能在早期《說文》課或《說文》課的邏輯延伸鏈（《成均圖》）上得到「合理」的解釋。

第三章　文章史的重敘

　　在前兩章討論的基礎上，本章進一步討論二周從此一文章立場與經驗回返，重新敘述或照亮中國文章史的思路與方式，具體以 1930 年代前後魯迅《漢文學史綱要》、周作人《中國新文學的源流》兩部文學史著為核心，以胡適《白話文學史》、傅斯年《中國古代文學史講義》前後相續的經典敘史話語為參照，在新文化初期到 1930 年代這一整體思想與文化背景下，討論、分析二周重敘、整理中國文章史的獨異思路與方法。需要注意的是，上述幾部文學史著作為課程講義或系列演講，一定程度上都與新文化以來學院內部國文系的課程改制相關涉，在此一視角下，以周氏兄弟兩部文學史著為中心線索，兼及其與胡適、傅斯年之間的對話性，可以貫穿起從 1920 年代燕京大學國文學系、1926 年廈門大學國文系到 1927 年中山大學國文系的完整歷史場域。此一歷史場域還可進一步擴展，以「魏晉文」與「唐宋文」之間的權力更迭為文學史著的主體脈絡，上可回溯到新文學初期以章門弟子、劉師培為主導的北大國文門這一敘史起點，下推則延伸到 1930 年代胡適、傅斯年推進的北大國文系課程改革。事實上，新文化一代對於文學史的發明方式，本身就與他們理想中的新文學形態直接相關，具體到周氏兄弟這兩部文學史著述，其文章觀念及實踐經驗，最後都可以落實到新文化以來圍繞文學史敘述權力的爭奪場域中加以討論與檢視。

第一節　魯迅《漢文學史綱要》名義重釋

　　作為魯迅少有的學術著作之一，《漢文學史綱要》（以下簡稱《綱要》）可

說是其直接整理中國「舊文學」的重要文本，同時應該看到，與《中國小說史略》相比，《綱要》本身還存在諸多問題有待解答。首先，是它的未完成性。《綱要》前後十篇，編寫於 1926 年魯迅任教廈大期間。次年他輾轉中山大學，後中斷教職，其實並不缺少續寫的機會。然而，除了 1927 年 9 月份一篇《魏晉風度及文章與藥及酒之關係》的演講，可以看作緊隨其後的餘響外，《綱要》似乎已被著者所遺忘，生前未刊、未改，也再未提起。其次，是《綱要》名稱的反覆。從廈大時期的《中國文學史略》《漢文學史綱要》，到中山大學一度改稱《古代漢文學史綱要》，著者本人在如何「定名」上頗費斟酌。到魯迅逝世，1938 年眾人編訂全集時一致通過《漢文學史綱要》，其間仍有不少細節需要追問：何為「漢文學」？同一份講義，因何中山大學又加上「古代」限定？究竟哪一次命名，最接近《綱要》文本，或魯迅本意？對此，當事人既未留下隻言片語，編集者事後給出的解釋也缺乏說服力。以上若干「歷史的遺留」問題，雖只表現為細枝末節上的字面增減，卻是我們今天能更完整理解魯迅，尤其是《綱要》文本的敘述脈絡，並進一步細究其所以然的關鍵，不過時至今日，上述問題始終未得到充分清理。

首先，在對「漢」字的解釋上，主要有兩種代表性觀點，一為「漢代」，一指「漢族」〔註 1〕。前者以顧農 1986 年《〈漢文學史綱要〉書名辨》等系列文章為代表，後者直接來自參加過 1938 年版《魯迅全集》編定工作的鄭振鐸〔註 2〕。然而，結合《綱要》討論的內容和範圍來看，「漢代」與「漢族」二說雖互相指責，實際都無法自圓其說，反而使問題的討論一度被擱置，陷入死循環中。〔註 3〕其次，從 1980 年代起，陸續有學者撰文指責《綱要》書名不通，

〔註 1〕 由後者還可進一步引申，導出「漢族所用的語言文字，即漢字」之意，這一理解實際上更普遍。

〔註 2〕 鄭振鐸 1958 年發表《中國文學史的分期問題》，文中首次以「漢民族」（或「漢字」）解釋「漢文學」，「魯迅先生編的《漢文學史》雖然只寫了古代到西漢的一部分，卻是傑出的。首先，他是第一個在文學史上關懷到國內少數民族文學的發展的。他沒有像所有以前寫中國文學史的人那樣，把漢語文學的發展史稱為『中國文學史』。在『漢文學史』這個名稱上，就知道這是一個『劃時代』的著作。」雖未明言「漢民族文學」，卻對後來這一典型解法有引導作用。參見鄭振鐸：《中國文學史的分期問題》，《文學研究》，1958 年第 1 期。

〔註 3〕 從廈門大學油印講義看，講義從第四篇起已經更名為《漢文學史綱要》，如果「漢」指的是「漢代」，那麼就無法解釋第四篇內容還是秦代文學這個問題；至於「漢族」，一方面，《綱要》在內容上並沒有絲毫涉及「民族」部分，而假若「漢族」這一說法成立，首先便要存在一個「漢族」與「少數民族」共享的

應改回《古代漢文學史綱要》，或沿用最初的《中國文學史略》，與《中國小說史略》也更匹配，這一點直接動搖到「名義」的合法性，也是《綱要》闡釋鏈上一個不斷被重溫的「母題」。〔註4〕概言之，面對《綱要》的易名爭議，此前研究注意到了其中問題，並試圖加以補苴，不過，上述觀點只在表面上相異，其將「漢文學」拆解成「漢＋文學（或古代＋漢＋文學）」的圖解模式卻如出一轍，這在很大程度上切斷了魯迅與「漢文學」之間可能擁有的複雜文化關聯。一方面，止步「字面」的拼接，近乎斷章取義，兼之漢字的多義、語法結構的靈活，更使問題難有定論；另一方面，偏離研究對象所處的歷史語境，任何解說都難免帶有主觀隨意性，尤其在一種「六經注我」的闡釋思路下，當「我」隨時代而變，觀點本身就容易自相矛盾。〔註5〕

　　鑒於目前對《綱要》名義的認知依舊含混，筆者試圖尋找一條新的路徑，即，將《綱要》文本的生成，及與之相關的「漢文學」「古代」等關鍵詞，放回到當時當地的歷史文化場景中考察，同時結合魯迅本人的知識結構、文學觀念等等，包括其講義編寫的具體進度與課程設置情況，證之以同期日記、友人書信等原始材料，對前述「歷史的遺留」，特別是「漢文學」的闡釋問題，給出自己的解答。不過，在進入具體的名義探討之前，這裡有必要首先強調

參照系，而非對此避而不談。另外，此前此後，魯迅本人亦未關注「漢族」「少數民族」相關話題，甚至從大多數文章判斷，他所理解的「民族」主要還是指「漢族」，而非以「漢族」為主體的「多民族」構成。基於此，可以說，鄭振鐸1958年《中國文學史的分期問題》一文提出的說法，只能被看作孤證，在沒有找到其他直接證據之前，既不能代表魯迅的觀點，而且，對這一說法本身也應結合他發言的歷史語境，再作考察。

〔註4〕支持《古代漢文學史綱要》的論者一般認為，「古代」二字不可省，它特指一段明確的時間範圍，且為魯迅最後所加，該說法最早見於魯歌1984年《對1981年出版的〈魯迅全集〉的若干校勘》一文，之後研究者不斷舊事重提，到2005年陳福康發表《談談為魯迅作品代取的題目》，實際上仍是對於前人說法的復述。相關研究，參見魯歌：《對1981年出版的〈魯迅全集〉的若干校勘》，《紹興師專學報》（即現《紹興文理學院學報》），1984年第1期；陳福康：《談談為魯迅作品代取的題目》，《魯迅研究月刊》，2005年第1期。

〔註5〕1984年魯歌《對1981年出版的〈魯迅全集〉的若干校勘》一文，將「古代漢文學」拆解為「（古代＋漢代）＋文學」，其中「古代」指「原始社會到漢代以前」，涵蓋前五篇，與後五篇的「漢代」在時間上前後銜接。不過，也許意識到這種時間上疊加的構詞方法，有悖漢語正常習慣，論者不久後又修改了方案，《為〈古代漢文學史綱要〉正名》一文重新劃定「古代」為「上古到漢末」，又以「漢」為「漢族」，從而得出「古代＋漢族＋文學」這個新解法。參見魯歌：《為〈古代漢文學史綱要〉正名》，《中山大學學報》，1985年第3期。

《綱要》的文本特性，即，明確研究將要集中探討的對象本身。

一、《綱要》及其特性

上述意見「紛爭」，緣起於對《綱要》文本的生產過程，包括曾用名的「反覆」，歷史梳理、辨明的缺乏。對此，1981 年版《魯迅全集》第九卷中《漢文學史綱要》提供了一條相對完整的注釋〔註6〕：「本書係 1926 年在廈門大學擔任中國文學史課程時編寫的講義，題為《中國文學史略》；次年在廣州中山大學講授同一課程時又曾使用，改題《古代漢文學史綱要》，在作者生前未正式出版，1938 年編《魯迅全集》時改用此名。」只是，這一注釋尚有兩處疏漏，其一，魯迅在中山大學所授，與廈大時期並非「同一課程」，正是因為課程的性質不同，中山大學重印講義，才有必要再添一個「古代」限定。需要說明的是，1927 年前後廈門大學、中山大學在國文系（中大為中文系）推行的一系列課程調整，均有意以新文學運動時期的北大國文系為參照。〔註7〕北大國文系在 1920 年前，文學史課分為通史、斷代史兩類，通史設「（中國）文學史要略」一門，由朱希祖負責，講義後來以《中國文學史要略》之名整理出版；斷代史按三段分期，即「古代文學史（上古迄建安）」「中古文學史（魏晉迄唐）」「近代文學史（唐宋迄清）」三門，分別由朱希祖、劉師培、吳梅講授。

綜合《廈大週刊》《國立中山大學開學紀念冊》等刊錄教員任課情況〔註8〕，可知魯迅在兩校所授文學史課，本就性質不同，前者稱「文學史總要」，相當於北大「（中國）文學史要略（也稱概要）」一門，後者是「中國文學史（上古至隋）」，應該是合併了北大「古代」與「中古」兩段的結果〔註9〕。換言之，

〔註6〕 相較於 1937 年《魯迅著譯書目續編》、1938 年《魯迅全集》等「初始階段」的注釋，1981 年版參考魯迅在廈大時期的手稿，基本無史實錯誤。後來 2005 年版進一步根據廈大油印講義，為題名情況補充了更多細節，但對中山大學這段「歷史」卻隻字不提，比較起來，1981 年版《魯迅全集》中注釋或嫌簡陋，卻相對更完整。

〔註7〕 無論從廈門大學國文系的課程設定，還是林語堂所一力招攬的人手來看，都是有意要以北大國文系為範本，重新收拾、整理廈大國文系。

〔註8〕 《國學系一九二六年至一九二七年度教員擔任科目時數表》，1926 年 10 月 9 日《廈大週刊》第 158 期；《國立中山大學開學紀念冊》，國立中山大學出版部，1927 年 3 月。

〔註9〕 1927 年 4 月間，魯迅、傅斯年在中山大學主持預科國文教授計劃，具體分學術思想文、古代文、近代文三門課程。後來根據傅斯年中山大學時期講義整理出版的《中國古代文學史講義》中，也有「古代斷代應在唐世」的直接表述。由此看來，中山大學當時採用的文學史分期，應是以唐為界的「古代」「近代」

「古代」一詞直接對應的，是中山大學這門「斷代史」課，並不能代表魯迅本人對《綱要》文本的理解和把握。在這之外，應還有通史，及「近代史（唐宋迄清）」至少也在計劃中。這裡需要留意，民國時期的文學史斷代概念，有異於今天我們理解的「古代」「近代」，具體到魯迅、傅斯年等人在中山大學所用，分別指上古至隋、唐至清末。參考同時期大學課程、文學史著等的斷代情況，以唐為界區分中國古代、近代文學，在當時也是一種通識。〔註10〕

　　其次，也是更重要的，即便在廈大期間，講義題名也未固定，2005年版《魯迅全集》對此又有糾正。簡言之，第一篇為「中國文學史略」，二、三篇寫作「文學史」，後七篇才是「漢文學史綱要」。應該看到，今天我們談到《綱要》，通常對應兩個底本，即魯迅手稿與廈門大學的油印講義，之後才有中山大學曇花一現的《古代漢文學史綱要》，及1938年開始默認通行的《漢文學史綱要》。作為共同佔據「起點位置」的兩份底本，手稿和講義的內容一致，時間貼近，以往研究多混為一談，這也是兩版《魯迅全集》所以注釋各異的原因。事實上，雖同為生成階段的底本，手稿、講義在發生順次、題名情況、編寫訴求等方面，在魯迅那裡從一開始就有嚴格區分。就題名情況而言，手稿為：第一篇「中國文學史略」，二篇至五篇為「文學史」，六至十篇「中古文學史略」；油印講義為：第一篇「中國文學史」，二到三篇為「文學史」，四至十篇改寫「漢文學史綱要」。〔註11〕

　　據同期日記、友人書信及編寫講義的一般流程可知，魯迅應是先起草手稿，講義成篇後原樣照抄一份，陸續付印，結課時再統一裝訂成冊，這也是手稿、講義本的不同來源。「編講義」的初始階段，魯迅確曾有意沿用《中國小說史略》的模式，授課同時，也將其作為一部學術著作生產，「認真一點，編成一本較好的文學史」〔註12〕。然而，後因種種原因，編寫進展並不順利，為

二段。實際上，關於「古代」的分期問題看似細小，卻關聯如何梳理「歷代文章變遷」這個整體脈絡的關鍵，考慮到篇幅問題，這裡只是約略提及，細節將另外撰文論述。參見《預科第三次國文教務回憶紀事錄》，1927年5月9日《國立中山大學校報》第11期。

〔註10〕這裡暫舉一例說明，孫俍工1927年翻譯鈴木虎雄《支那詩論史》，原著共三篇，分先秦、魏晉南北朝、明清三段，孫俍工僅譯出前兩篇，因此將書名改為《中國古代文藝論史》，並特地在序言中加以說明。

〔註11〕參見呂福堂：《〈漢文學史綱要〉手稿本、油印本及命名由來》，唐弢等著：《魯迅著作版本叢談》，書目文獻出版社，1983年8月，第84～85頁；倪墨炎：《請尊重許廣平整理魯迅著作的貢獻》，《中國圖書評論》，2009年第3期。

〔註12〕魯迅：《兩地書·四一》，《魯迅全集》第11卷，人民文學出版社，2005年11月，

此他不得不中途改轍。如果說，之前手稿與講義還是一而二、二而一的關係，第四篇往後，兩種製作之間的平衡開始被打破，這一點具體表現在題名的「對照」上：一樣的內容，魯迅卻同時採用《中國文學史略》《漢文學史綱要》兩樣題名，以標誌不同。至少說明，即便內容的完成度上不合理想，手稿仍象徵性地存在於暫時擱置的學術計劃中，講義則更多依託廈大這門文學史課，同時也包括魯迅正置身其中的現實文化環境。

為了更清晰地呈現《綱要》的文本特性，現據已有材料，提煉相關文本的要目如下（分別為 A1：最初設想的《中國文學史略》；B1：單純作為講義編寫的《漢文學史綱要》；B：現在我們看到的《漢文學史綱要》；A：30 年代魯迅醞釀中的文學史著）：

講義著述 / 朝代目次	A1《中國文學史略》	B1《漢文學史綱要》	B《漢文學史綱要》	A《中國文學史》〔註13〕
總論	1. 自文字至文章		1. 自文字至文章	1. 從文字到文章
源頭	2. 書與詩		2. 書與詩	2.「思無邪」
春秋戰國	3. 老莊		3. 老莊	3. 諸子
秦		4. 屈原及宋玉	4. 屈原及宋玉	4. 從《離騷》到《反離騷》
		5. 李斯	5. 李斯	
漢		6. 漢宮之楚聲	6. 漢宮之楚聲	
		7. 賈誼與晁錯	7. 賈誼與晁錯	
		8. 藩國之文術	8. 藩國之文術	
		9. 武帝時文術之盛	9. 武帝時文術之盛	
		10. 司馬相如與司馬遷	10. 司馬相如與司馬遷	
魏晉南北朝				5. 酒，藥，女，佛
唐				6. 廊廟和山林

第 119 頁。其後，《兩地書·四四》《兩地書·五〇》等，不斷有類似告白，五〇則往後，提到「編寫講義」，大都只是事務性的進度彙報，少見到最初躊躇滿志的信心。

〔註13〕許壽裳：《亡友魯迅印象記》，峨眉出版社，1947 年 10 月，第 61～62 頁；〔日〕增田涉：《魯迅的印象》，鍾敬文譯，湖南人民出版社，1980 年 5 月，第 73～74 頁。

上表所列，A1、B1 在現實中並不「存在」，是《綱要》中區分出來的兩種製作方式；A 尚未完成，現有許壽裳等人提供的章節提綱。也就是說，上述四份文本中，只有 B（《綱要》）真正「存在」，也是下文將要集中探討的對象。不過，在文本生成、製作方向、名義確認等基本要素上，其他三個準文本與《綱要》彼此牽扯，共存在一個參照系中，對於說明《綱要》意義同樣不容忽視。

這裡，以《綱要》為中心，A1、B1、A 作參照，簡要陳述三組關係如下：一，A1、A 同屬一個未完成的文學史寫作計劃。可作佐證的是，1935 年魯迅曾分別向許壽裳、增田涉提起過一部文學史稿的寫作提綱，亦即表中所列 A。與《綱要》篇目對比能夠發現，A 明顯的變動主要是從第四篇開始；二，A1、B1 兩種製作前後相接，生成《綱要》文本自身的二重性。一定程度上可以說，《綱要》是學術著作與課堂講義兩種製作前後「混生」的結果，二者著力解決的問題並不完全相同，這也就帶來文本自身的複雜性和豐富可闡釋的空間；第三，也是最重要的，從構成比重、製作方向上看，B1 都是構成《綱要》的主體部分，亦即，《綱要》首先乃是一份授課講義，它的大部分特點，包括題名的前後更易於取捨，都是從這一前提出發。如果無視這一特性，離開廈大國文系的文化環境、課程設置等具體條件，簡單按《綱要》文本探究魯迅對於中國古代文學史的理解，或者相反，都有可能導致誤讀，也就無法真正地回應《綱要》為何一再更名這個最基本的問題。

綜上，在《綱要》曾用名這個問題上，筆者認為，「中國文學史略」屬於魯迅對一部文學史著的預期，取用「古代」一詞是方便在中山大學授課。前後兩個曾用名和「漢文學史綱要」相比，實則都偏離了《綱要》文本的初始點，不足以涵蓋它可能具有的文本內涵。因此，在簡要回應書名爭論並明確《綱要》及其文本特性後，筆者旨在以「漢文學」為中心，回應《綱要》闡釋鏈上的三個問題。第一，「漢文學」的文本脈絡。首先回到講義編寫自身，鎖定更名的時間點，並參照魯迅日記中的購書變動記錄，通過文本分析，落實魯迅所謂「漢文學」可能的問題意識；第二，「漢文學」從何而來。回到魯迅本人的知識結構與文學視野，梳理「漢文學」一詞的日本語境，把握這一概念在明治時期的生成邏輯，並重點探討其與「漢學」「國學」等構成的反向結構，這一點將直接切入魯迅與特定概念之間的歷史文化關聯；第三，在充分解決前兩個問題的基礎上，提出魯迅所用「漢文學」是當時所謂「國學」的反命題這一觀

點。主要結合廈大課程設置、校園文化環境等，呼應以《綱要》文本分析，試圖剝開「漢文學」這一層表面硬殼，發掘其內部蘊含的政治、文化資源，或曰「漢文學」的政治性，同時也有助於今天更準確理解《綱要》的歷史意義。

二、「漢文學」的脈絡

如前所述，《綱要》是魯迅 1926 年任教廈大國文系時，為一門文學史課編寫的講義，而要解開《綱要》的若干「歷史遺留」，如題名問題，也應首先回歸到當時當地的歷史情境，回歸這一份講義的獨特性。根據當時國學系教員擔任科目的情況統計〔註14〕看，魯迅這門文學史課最早名為「（中國）文學史總要」，時隔兩個多月，在 12 月 18 日《廈大週刊》登出的《各科教員每週授課時數之調查》中，「文學史總要」一門已經改稱「文學史綱要」。從「總要」到「綱要」一字之差，排除掉印刷錯誤的干擾〔註15〕，這次學期中途的更換課名，就不僅僅是教員個人「想當然」的行動，至少還須提交申請，通過學校方面的程序，如告知總務、文科主任等，可見鄭重其事。一方面，「綱要」一詞更強調內容的簡略、零散，與魯迅最初「編文學史講義，不願草率」〔註16〕，到後來自承「文學史稿編製太草率……掛漏茲多」〔註17〕的評價大致相符，可能本身就出自他的提議。需進一步追問的是，課程易名之後，按慣例，講義題名或者不變，或直接改為「中國文學史綱要」，「漢文學」的出現則稍嫌突兀了，似也無例可援。

考慮到魯迅在廈大期間是一邊授課，同時編寫講義，因此「題名」的細微變動，最能直接反映編寫者如何理解、規劃這門文學史課的動態過程，而我們對《綱要》名義的考察，具體到「漢文學」的意義闡發，也不應偏離開這一前提。譬如，在解讀「漢文學」時，應首先推定出一個相對明晰的時間節點，由此切入，才能根據當時環境、同期材料及對《綱要》的脈絡梳理，把握到「漢

〔註14〕 《國學系 1926 年至 1927 年度教員擔任科目時數表》，1926 年 10 月 9 日《廈大週刊》第 158 期。

〔註15〕 據 1926 年 10 月 2 日《廈大週刊》第 157 期刊載的《國文系改稱國學系之理由草案》，亦作「文學史總要」，與第 158 期相互印證，可以排除「總要」為排印錯誤的可能。

〔註16〕 魯迅：《兩地書·五〇》，《魯迅全集》第 11 卷，人民文學出版社，2005 年 11 月，第 143 頁。

〔註17〕 魯迅：《261219 致沈兼士》，《魯迅全集》第 11 卷，人民文學出版社，2005 年 11 月，第 659 頁。

文學」一詞何時出現、從何而來等敏感關節，這也是本章要著力分析的起點。
廈門大學開學後，魯迅的這門文學史課安排在週一、週三，每週 2 個學時。從
《兩地書》看，9 月 27 日起手編寫第一篇，正式講授當在 10 月 6 日。此後，
講義的編寫一般提前授課一到兩周，到 12 月底辭職戛然而止，前後持續近 13
周，授課進度大致為一週一篇。〔註 18〕在這樣一種編講義與授課幾乎同步的模
式中，課程講義的思路、方向隨時可能調整，尤其是當授課者和周圍的文化環
境發生錯位時，《綱要》所呈現的整體樣貌，包括敘述重心的偏移，講義題名
的調整等等，本身就是院系環境、學生反應和授課者預期三方面衝撞、妥協或
對話的結果。

　　具體就魯迅所做調整而言，初到廈大原定教課兩年，趁此也把講義「編成
一本較好的文學史」〔註 19〕，之後他的心理預期一再縮減。據《兩地書》斷續
提及的細節所示，10 月 10 日還表示「至少講一年」〔註 20〕，經過反覆猶疑，
10 月 16 日終於決定「至多在本學期之末，離開廈大」〔註 21〕，到 11 月 11 日
已經接受了中山大學的聘書。至此，「編講義」的進度不再構成《兩地書》中
的常見話題，從僅有的幾次如「編講義，余閒就玩玩」〔註 22〕、「編編講義，
燒燒開水」〔註 23〕等日常表述看，魯迅在卸下文學史著的負擔之後，編講義
的態度顯得較為從容。為能更清晰說明講義編寫中的「轉折點」問題，現據
《兩地書》及同時期其他書信材料，整理出相關事件的進度如下：

〔註 18〕若更精確估算，自 10 月 6 日第一周授課起，到 12 月 29 日最後一次授課止，
　　　據《顧頡剛日記》知 11 月 10 日（週三）、22 日（週一）兩天學生全體請假，
　　　假設其他時間課程全勤，且十篇內容全部講完，在這樣一種接近理想的情況
　　　下，前後 11.5 周 23 節課，授課進度平均為 1.15 周 1 篇。考慮到實際授課過
　　　程中，受到章節篇幅、講義存量、課上發揮等情況限制，節奏鬆弛還可以調
　　　整，不過一週一篇的進度，當與實際情況相差不遠。參見《顧頡剛日記》第 1
　　　卷，臺灣聯經出版事業公司，2007 年 5 月，第 815、819 頁。
〔註 19〕魯迅：《兩地書·四一》，《魯迅全集》第 11 卷，人民文學出版社，2005 年 11 月，
　　　第 119 頁。
〔註 20〕魯迅：《兩地書·五三》，《魯迅全集》第 11 卷，人民文學出版社，2005 年 11 月，
　　　第 152 頁。
〔註 21〕魯迅：《兩地書·五六》，《魯迅全集》第 11 卷，人民文學出版社，2005 年 11 月，
　　　第 159 頁。
〔註 22〕魯迅：《兩地書·八〇》，《魯迅全集》第 11 卷，人民文學出版社，2005 年 11 月，
　　　第 217 頁。
〔註 23〕魯迅：《兩地書·八五》，《魯迅全集》第 11 卷，人民文學出版社，2005 年 11 月，
　　　第 230 頁。

事　　件	時　　間
廈大開學	1926 年 9 月 20 日
起手編講義	9 月 27 日
編完第一篇	9 月 28 日
講授第一篇	10 月 6 日
第二章付印	至遲 10 月 4 日
編完三到五篇	11 月 1 日前
接中大聘書	11 月 11 日
編完六到十篇	12 月下旬
最後一次授課	1926 年 12 月 29 日

　　上表中，有兩個時間點需特別留意：第一，魯迅接到中大聘書後，去意已決。參考此前授課進度推算，這時才有了一個講義編寫的「臨界點」，即 11 月 20 日《兩地書》中首次提到的「大約至漢末止」〔註 24〕。此前研究大多引此為據，將「漢文學」強行拆解作「漢代文學」。而事實上，作為一門文學通史課的講義，題名首先須與課程性質對應，而非臨時截止的某一個時段，「漢代」的解釋不合常理；其二，第四篇開始，講義改題「漢文學史綱要」。已知在 11 月 1 日之前，講義共完成五篇，根據魯迅編寫的速度和授課進度估算，第四篇編完付印，時間大致在 10 月底或 11 月初。同時，10 月底也是魯迅決意學期末離開廈大的一個轉折點，自此而後，編講義的心態也隨之發生變化，對這一時間節點尤有細究的必要，因其很可能牽涉到「漢文學」因何而來這個問題的關鍵。

　　雖則受到時間、環境等條件所限，《綱要》編寫準備匆促，不過，考慮到魯迅注重「先從作長編入手」〔註 25〕的著史思路，考察同期《魯迅日記》中購書記錄，包括具體數量、類型等的起伏變動，應也有助於從一個側面入手，更直觀把握當時正在進行的《綱要》文本的敘述脈搏。廈門大學 9 月 20 日開學，魯迅 8 月 24 日才離京南下，不過在此期間，他本身就參與了沈兼士等人

〔註 24〕　魯迅：《261120 致許廣平》，《魯迅全集》第 11 卷，人民文學出版社，2005 年 11 月，第 622 頁。同樣，魯迅在 12 月 19 日致沈兼士信中談到這份講義，亦稱「至正月末約可至漢末」。不過，這一縮水後的計劃仍然未能完成，實際上，講義僅編到第十章，魯迅於月底辭職後，《綱要》也就戛然而止。

〔註 25〕　魯迅：《330618 致曹聚仁》，《魯迅全集》第 12 卷，人民文學出版社，2005 年 11 月，第 404 頁。

在開學前圍繞廈大國文系課程的籌備工作。具體到這門文學史課，既是國文系的一門基本必修，理當也在討論的範圍中。雖則當時廈大的課程說明，目前缺少詳盡資料，不過因其本就模範北大國文系，這裡可引北大同類課程參照，即上文中提到的朱希祖所授「中國文學史概要」一課〔註26〕。實際上，朱希祖的課程講義編於 1916 年，嚴格遵循章太炎「以有文字著於竹帛，故謂之文」的標準，在純文學成為通識的 1920 年代，《中國文學史要略》出版已嫌過時，編者自己也不滿意，序言中陳說自家文學觀念從「廣義」到「狹義」又有了新變。〔註27〕不過，據《魯迅日記》，1926 年 2 月 3 日他曾購入此書〔註28〕，結合 8 月份南下前，書賬陸續添購的一批外國文學理論書籍，如《東西文學比較評論》《文學論》《近代英詩概論》等，可約略窺見一條正在形成的、試圖在一個更開闊的世界文學或比較文學視野之下，重新反思中國「文學」脈絡的路徑，即在廣義、狹義的分別區外，真正把握中國「文學」自身的某種特質，或曰本質問題。最直接的表現就是，《綱要》第一篇表現出明顯的理論建構意識，或曰與「文學概論」的對話意識。

《自文字至文章》以小學知識為起點，從漢字導向文章寫作，首先在語言文字這一文學表達的基本問題上，確認了中國文學的獨特性。在這一點上可見早期章太炎的影響，而與新文學以來，習慣以泰西文學、文體四分等外在標尺論述中國文脈的模式有別；其次，文章從文字出發，又不止於文字，進而提煉出中國「文章」的一個理想界域，即「藻韻」與「人情」，以此區別於章太炎過於寬泛的文學論述，將文學（或文章）從小學（或學問）的統轄中提升出來，這也是魯迅在章太炎基礎上的別有選擇。從《自文字至文章》切入中國文

〔註26〕 魯迅 1920 年起任教北大國文系，對「中國文學史概要」這門本科一年級的必修課自然不會陌生，何況朱希祖還是留日時期同在章門受業的舊友。該課程在 1920 年之前也稱「中國文學史大綱」，後又稱「中國文學史要略」，一直由朱希祖負責講授，在 1920 年 10 月 19 日《北京大學日刊》刊載的《中國文學系課程說明書》中，對這門課程有更為詳細的介紹，「一年講完，自上古迄清末，分六時代，文學亦有廣義，有狹義，此從廣義，凡舊稱經史子集之文，皆明其派別，詳其系統，述其利弊焉。」魯迅日後在廈大國文系開設的文學史課，包括授課範圍、時限、課程性質等均以此為範本。

〔註27〕 朱希祖：《〈中國文學史要略〉敘》，《朱希祖文存》，周文玖選編，上海古籍出版社，2006 年 12 月，第 352 頁。

〔註28〕 據《魯迅日記》，1926 年 2 月 3 日「午後往北大，在售書處買《中國文學史略》一本」，此即北大出版部印行的朱希祖《中國文學史要略》。參見《魯迅全集》第 15 卷，人民文學出版社，2005 年 11 月，第 608 頁。

學問題的精確角度、論述語氣的胸有成竹，及起手到完成不到兩天的高效率看，這應該是魯迅不斷反思，準備要回應的一個重要問題的開端。作為頗具緒言性質的第一篇，《自文字至文章》暗示出一個宏大的架構，與深入探問中國文學本質的理論野心。與此相應，同期《廈大週刊》所載《國文系改稱國學系之理由草案（續）》提供了一則完整的課程說明，與講義第一篇的脈絡十分契合，「略述中國自語言而文字，由文字發為文章，歷兩漢六朝唐宋以迄清末之繁變情形，使學生明瞭歷代文學之大要。」〔註29〕魯迅從當年7月前後接受林語堂的邀請，準備赴廈大任教，南下之前也參與過國文系課程設置等相關討論，作為這門課的授課人，這一則課程說明很可能就是出自他之手。〔註30〕

只是，在手頭資料不足的條件下，這樣的文學史著並不能草草成就，講義編完第一篇後，魯迅便忍不住感慨「文學史的範圍太大」〔註31〕，第四篇起，因去意已決，編寫也就不用急急。同時，自覺或不自覺，魯迅也在逐步調整自己的編寫計劃，從《綱要》尤其是後七篇的內容看，「文字」「文章」之於文學的意義隱而不彰，尤其「文章」這一關鍵詞並未得到繼續展開，也就是說，此前預設的脈絡一定程度上戛然中斷了。

魯迅到廈大之後，購書主要通過上海的周建人實行，1926年9月11日上午到廈大不久，即匯去一百，「託其買書」〔註32〕。此外魯迅也曾致信書店，或請孫伏園經過廣州時代購，此類購書行為目標明確，一般都是事先擬好書單，交對方按圖索驥。下表綜合同期這類購書行為，按時間順序整理如下〔註33〕：

〔註29〕《國文系改稱國學系之理由草案（續）》，1926年10月9日《廈大週刊》第158期。

〔註30〕結合《魯迅日記》《顧頡剛日記》可知，7月28日魯迅曾到沈兼士處，與顧頡剛等人一同商議「廈大國文系課程與研究院進行之計劃」諸事誼。參見《魯迅全集》第15卷，人民文學出版社，2005年11月，第630頁；《顧頡剛日記》第1卷，臺灣聯經出版事業公司，2007年5月，第772頁。

〔註31〕魯迅：《兩地書·四八》，《魯迅全集》第11卷，人民文學出版社，2005年11月，第138頁。

〔註32〕魯迅在1926年9月30日《兩地書》中談到，「我到此之後，從上海又買了一百元書」，「又」字表明，這是接續南下前已經著手的資料籌備。又據《魯迅日記》，自9月4日抵達廈門，略作安頓後，11日上午即向上海的周建人匯錢一百，「託其買書」。參見《魯迅全集》第15卷，人民文學出版社，2005年11月，第637頁。

〔註33〕同時應該注意，從起意買書，寫信轉託，到順利拿到，之間存在一定的時間差，根據《魯迅日記》，一般為12天上下，下表中的「託請日期」即由此推定。

收到日期	託請日期	書　目
9月29日	9月17日	《石印說文解字》四本、《世說新語》六本、《晉二俊文集》三本、《玉臺新詠》三本、《才調集》三本
10月5日	9月23日	《唐藝文志》兩本、《元祐黨人傳》四本、《眉山詩案廣證》二本、《湖雅》八本、《月河精舍叢鈔》二十三本、《又滿樓叢書》八本、《離騷圖》二種四本、《建安七子集》四本、《漢魏六朝名家集》三十本
10月25日	10月中旬	《八史經籍志》一部十六本
10月30日	10月19日	《全漢三國晉南北朝詩》一部二十本、《歷代詩話》及《續編》四十本
11月5日	10月20日到月底	《舊晉書》等輯本十本、《補藝文志》等九種九本、《屈原賦注》等三種五本、《少室山房集》十本（孫伏園購自廣州）
12月17日	12月5日	《魏略輯本》二本、《有不為齋隨筆》二本
12月24日	12月1日	費氏影宋刻《唐詩》合本一本、《峭帆樓叢書》一部二十本

可以推知，首先，儘管已經心生去意，魯迅仍在為編寫這份講義不斷添購資料；其次，自10月下旬開始，《八史經籍志》《峭帆樓叢書》等官私目錄類書的比重穩步上升，這裡需要注意，10月25日所載「收中國書店所寄《八史經籍志》一部十六本」〔註34〕，當為是月中旬魯迅去信託周建人購買。10月20日孫伏園因事赴粵，11月5日又為魯迅帶回一批廣雅叢書，魯迅書賬相應記有「補藝文志等九種九本」〔註35〕。這兩次購書記錄，數量集中，類型明確，且朝代前後銜接。參照《魯迅手跡和藏書目錄2》，魯迅所購資料涵蓋漢、三國、晉、五代、宋、遼金元、明各代，加上此前10月5日買入的《唐藝文志》，自漢至明目錄類書已十分齊備。這批「經籍志」或「藝文志」之類，表現出一種通史形態，尤其是在同期呈散點狀或偏個人趣味的購書序列中，更成體系，所以一氣貫通直到明代。一則到11月之前，魯迅尚未產生編到漢末的想法；二則，作為一門文學通史的講義，即便本學期授課內容有限，局部的敘述也要有古今貫通的背景。

在此之前，不管是《文學論》等理論著述，還是中國古代詩文集，都比較符合當時的純文學（literature）視野。相形之下，在講義更名「漢文學」同時，

〔註34〕《魯迅全集》第15卷，人民文學出版社，2005年11月，第642頁。該書全套共30卷，彙集自漢至明八朝史書中的經籍志（或稱藝文志）部分，將分散各史的典籍書目合刊，也為編寫者查找相關資料提供了方便。

〔註35〕《魯迅全集》第15卷，第647頁。

魯迅開始集中購入的這兩批經籍志材料，顯得範圍過寬，幾乎相當於謝无量《中國大文學史》的視野，實際上，後者也正是魯迅《綱要》所注明的參考書之一。應該看到，中國傳統「文」「學」不分，作為一門需要專門學習的知識，文學的重心首在儒家經典，此外才旁及其他。東漢經學相對衰落，文人著述和文集增多，《漢書·藝文志》將「藝」「文」並舉，分六藝、諸子、詩賦、兵書、術數、方技六略，總攬一切文化學術流派。此後歷代史書方志多沿用「藝文志」體例，《隋書》《舊唐書》改稱《經籍志》，按經、史、子、集分類，後世圖書編目大多沿用四部類，其中「集」部相當於現在我們所認可的古代文學範圍。

在新文藝的合法性已毋庸置疑的 1920、30 年代，透過純文學的篩漏，重寫文學史的《白話文學史》《中國純文學史》等，才是趨時也應時的著史思路。至於重新回看《藝文志》《經籍志》《儒林傳》《文苑傳》，將「文學」放進「文化（主要指儒學）」這一大染缸裏重新打量、辨認，並具體量化為對歷代書目典籍的分類、歸屬等骨架梳理，最後拎起一條「文學」在「儒學」「經訓」等古代思想文化的統系下萌生、聚散到不斷確認自我的「進化」路徑，所謂辨章學術、考鏡源流，這在治學路徑，尤其是工夫上，更多接近劉師培《搜集文章志材料方法》等「舊派」的根柢，而明顯偏離時人就「文學」（literature）言「文學」的常軌。

所謂就「文學」言「文學」的著史模式，屬於倒推式的以今照古，文學史的關注範圍僅限在集部，事實上，古代文學本來就是漢文書寫體系自然長成的一個結果，它在正統思想文化的格局內發生，也在這一「文化」和「文化」的裂縫中衝撞，謀求表達的自由。今天所謂文人、文學、詩文等等，曾長期處在以儒學、經訓為正格的完整文化生存語境中，後來新文學區分出純、雜，及非文學等，看似各行其是，歷史中卻是長期扭結一團的狀態，互相給養的同時也彼此施壓，構成一個混沌未分也無需區分的文化共同體。編寫中國古代文學史，如果忽視對文學這一文化生存景觀的考察，離開歷代典籍書目所構成的參照系，任何本著後見之明的「打通」、整理，都表現為一種忘卻與斷裂，都有簡化和平面化「歷史」之嫌。由是，再來反觀魯迅所購入的這批經籍志書目，至少可以窺見一條文學史敘述的脈絡，即從目錄學的角度詳考歷代書類、典籍增補情況，結合正史中《藝文志》及其他目錄類書，在整體性的思想文化場景中，「歷史地」把握文人、文學（即後來的純文學）這一研究對象的實際生存

狀態，包括具體文類的遷移、變動，由此真正觸及文學從傳統文化的封閉體系中「破局而出」的「進化」經驗。

應該看到，這也是近現代以來東方學術文化，包括文學「自覺」的一個整體趨勢。此前還是一團曖昧難明物質的傳統「漢學」〔註36〕，包括作為其神經中樞的儒學、經學等，與諸子學、史學、詩文一道都被重新歸置，這一變化最早是在日本完成，並在客觀上對整個東亞文化圈產生了直接的帶動作用。而就日本近現代學術文化的發展來看，隨著「東洋史學（支那史學）」「東洋哲學（支那哲學）」「漢文學（支那文學）」等概念逐步從傳統的「漢學」體系中抽離，中國的傳統學術文化至少在空間結構上，形成了與泰西學術相近的樣貌。在這一「進化」過程中，經、史、子、集的傳統分類及其秩序，被外力衝散。最初是在學院體制內部，正式區分出文學、史學、哲學三個相對獨立的學科，傳統「漢學」雖退守一隅，也被迫要面臨解構、更新的時代變局，並由此衍生出「漢（文）學」與「支那學」的分途。與此同時，更重要的質變發生在各個「部分」自身，亦即文學、史學、哲學對於自身存在意義、言說邏輯的自洽，不同知識體系之間互相參照，卻沒有一個建築在自我之外的所謂道德或價值的圓心。這裡單論文學一項，「離心化」最集中的表現是，文學和文學家的存在意義已經不再是，或主要已經不再是載道，代聖人立言，而是可以自由表達個人的心聲。沿這一離心傾向，逆向倒推，是就文學（literature）而言文學的邏輯，具體表述是「雜文學」向「純文學」的進化軌跡，這也是當時著史者的一般思路。而若因勢利導，著眼於中國學術文化的完整語境，大可陳述為從「國學／漢學」到「文學」的破格路徑，只是如果表述的效果不佳，往往容易陷落到本身就雜亂無序的文、學陳列當中，這也是謝无量《中國大文學史》當時被詬病的所在。不過，在正視文學經歷過漫長的「去傳統文化前身」這一「史實」上，後者與《綱要》編寫過程中發展出的「漢文學」脈絡，更多不謀而合。

三、「漢文學」的淵源：「漢學に所謂文學」

可以說，魯迅所要描述的中國古代文學，並非「真空狀態」下的純文學或哪幾樣符合「文學概論」的詩文類別，也不是就文化論文學這兩套系統的簡單平鋪。他關注和格外敏感的，是曾經而且現在還有可能置身「傳統文化」、古

〔註36〕「漢學」這個概念，近現代以來較為纏夾，本書所用如無特別說明，均指在日本近現代語境下，對以儒學為主體的中國學問的通稱。

文書寫價值體系中的「中國文學」的本體。這裡存在一個東西方,或古今兩種視域的融合問題,正是在兩種視域的參照下,才具化出「文化中的文學」這一後進國族少數的文學家,對文學究竟為何物的一種形象化、自我反思式的描述。這一描述,在與中國傳統文學親緣深厚的夏目漱石那裡,表述為「漢學に所謂文學」〔註37〕的相似結構。事實上,走出文學概論的一般範疇,重新質問文學為何物,尤其是在近現代文學範式下中國古典文學為何物,這是夏目漱石《文學論》試圖要解決的問題,魯迅留日期間就閱讀過夏目這本理論著述,對困擾整個東方文化圈的這一普遍疑問應心有戚戚。更何況,在對中國古典文學現有描述的不滿足,以及追究到問題本相的理論野心上,1926 年的魯迅與明治後期的夏目漱石原本就站在一個相似的歷史位置。

此前,有關「漢文學」的闡釋大多忽視魯迅本人的主體性,忽視對《綱要》文本、魯迅自身知識結構和外界可能觸發機制的考察,得出的結論往往流於空疏。而當我們暫時拋開「漢+文學」的預設,回到魯迅本人的知識儲備和文化場景中,就會發現「漢文學」所攜帶的歷史性,即,「漢文學」很可能是一個借自日語的既定詞,帶有特定歷史時期的概念內涵,不宜做簡單拆解,如「漢代的文學」「漢族的文學」甚或「用漢字書寫的文學」都不得其法。想要解開這一問題,還需先從它與《綱要》的歷史關係,及概念自身的淵源入手。

前文已述,「綱要」一詞對應廈大課程名稱的變動,與魯迅編寫講義的計劃調整直接相關,弔詭的是,同時現身的「漢文學」與課名並不同調。事實上,它只出現在數量有限的油印講義上,不曾進入也無意要融入學院的公共話語空間,同時也有別於「文章」「雜文」等魯迅偏愛使用的文論詞彙,即,並未構成一個可以拿來指涉或描述中國文學的穩定概念,此後魯迅仍然沿用「中國文學史」來指稱計劃中的文學史著,而將《漢文學史綱要》束之高閣。這就意味著,「漢文學」的預期受眾相對狹窄,有明顯的排他性,它只面向那些當時當地,有機會接觸這份課堂講義的青年學生,也包括幾位和魯迅同在廈大的友人。〔註38〕

這裡,可將「漢文學」與《綱要》之間的歷史關係簡要表述為,在第四篇

〔註37〕〔日〕夏目漱石:《漱石全集(第九卷)文學論》,東京岩波書店,1966 年 8 月,第 7 頁。中文一般譯作「漢學中的所謂文學」。

〔註38〕據北京魯迅博物館所藏講義手稿,第一篇手稿第一頁的左上角留有魯迅筆跡,「印三十份。下星期二(陽曆十月五日)下午要」,是為付印前的備註。參見倪墨炎:《請尊重許廣平整理魯迅著作的貢獻》,《中國圖書評論》,2009 年第 3 期。

講義編好準備付印時，也即 11 月初前後，出於某種考慮，魯迅自己又補加了「漢」字，生成「漢文學」這個字面，與一般公共話語、同期個人手稿中的「（中國）文學」相區別。換言之，雖則「漢文學」的來路尚未明晰，至少可以確定的是，這種表達方式更私人化，它來自魯迅的個人話語，傳遞的也是作為個體的魯迅的意見或感受，亦即，「漢文學」的所指溢出了它的字面，這是一次越軌的、帶有文學性的表達，而不只是授課者對一門課程，或文學史家對他的研究對象所能給出的「本分」形容。

因此，雖則和夏目《文學論》處在一個相似的歷史位置和理論言說的起點，《綱要》後來卻日漸偏離它最初預設的方向。比較起第一篇《自文字至文章》提煉的「藻韻」「人情」這兩個理想文章的標準，從後七篇所揀選的文學群落看，「文采」至少已經不是重心所在，「人情」更多表現為「激切」或「憤懑」一端。簡言之，《綱要》在「史」的敘述中，有意無意聚焦於古代文學中敢於「反叛」詩教的一脈。而且，越到後期，越表現出一種表述「過渡」的傾向，到第十篇論及司馬相如，得出「雄於文者，常桀驁不欲迎雄主之意」〔註39〕的評價，突出甚至放大了筆下中國古代「文學」和「文學家」的群像，可稱為「離騷詩人群」。應該看到，在強調個性、反抗詩教這一點上，《綱要》與早期論文《摩羅詩力說》前後相接，都存在「有所為」的主觀傾向，只不過，時移世易，迥異於此前對中國古代文學表現出的悲觀認知〔註40〕，《綱要》第四篇開始，明確提出「《離騷》之出，其沾溉文林，既極廣遠」〔註41〕，不僅屈原「憑心而言，不遵矩度」〔註42〕，更進一步揀選出包括宋玉、賈誼、嚴忌等一批「離騷詩人群」。僅就儒家獨尊的西漢一段而言，在文學之士、儒術之士的大範圍中，得到重點論說的就有賈誼、晁錯、嚴忌、東方朔、劉安、司馬相如、司馬遷等，其人其文，在精神氣質上都與屈原極為接近，而且一旦涉及評判或褒揚，也多比附以《離騷》傳統。簡言之，《綱要》旨在發掘一條《離騷》文脈，偏重於被讒、窮愁，或敢於直諫之人，強調「切激」「抒憤」「慷慨

〔註39〕魯迅：《漢文學史綱要》，《魯迅全集》第 9 卷，人民文學出版社，2005 年 11 月，第 431 頁。

〔註40〕在《摩羅詩力說》中，魯迅檢視中國古代文學，認為只有屈原差強人意，即便如此，「然中亦多芳菲淒惻之音，而反抗挑戰，則終其篇未能見，感動後世，為力非強。」

〔註41〕魯迅：《漢文學史綱要》，《魯迅全集》第 9 卷，人民文學出版社，2005 年 11 月，第 384 頁。

〔註42〕魯迅：《漢文學史綱要》，《魯迅全集》第 9 卷，第 382 頁。

不苟合」之文，相同點正如概括賈、晁二人相同點時所說，「疏直激切，盡所欲言」。

正是在這一點上，《綱要》有別於《文學論》中「漢學に所謂文學」的概念搏詰，而是直截了當，為課堂上的青年學子描述了一個異端如何「反抗」並且終將「戰勝」傳統文化體系的結果，亦即「文學」應當在「文化（《綱要》具體指禮教，也稱後儒之學）」之外，或更根本的，「人」在「傳統文化」之外的判斷。不過需要注意，魯迅有意區分出「儒家」與「後儒之學」，對作為先秦學術之一的前者，並無異議。「文學」所要擺脫的對象，是後來佔據在道德價值核心的經典教訓，也就是「後儒之學」及其精心打造出來的「詩教」傳統。正是在這裡，《綱要》及其所講述的「漢文學」脈絡，構成 20 年代開始國內興起的「國學」熱，及當時日本學界「漢學」（一般囊括「漢文學」）復興的一個反命題。

近代日本學界所稱「漢學」，範圍相當於晚清以來中國學人提倡的「國學」（不同時期還有「國粹」「國故」「國故學」等表述），二者均以中國傳統學術文化為實體，而事實上，章太炎、梁啟超、胡適等人關於「國學」概念的近現代構型，包括內部資源的整合、重置等，一定程度上也受到異域「漢學」這一鏡像的啟發與刺激。這裡應該看到，在東方、西方這一近現代話語背景下，無論「漢學」或「國學」，在西學的不斷衝擊下，既有結構發生鬆動，文學作為其中一塊，漸有自己的領地和特性，這也是「漢學に所謂文學」，或「漢文學」兩重結構的張力所在。日語中「漢文學」一詞，現在通常指以漢字書寫的漢詩、漢文等，也包括以漢詩文為研究對象的學問。《廣辭苑》釋作「中國古來の文學。経書‧史書‧詩文など。また、日本漢詩文も含めてそれらを研究する學問。」〔註 43〕這裡為它補充了一條早期的指涉，即包攬經史子集的傳統「文學」，後者始終被視作日本「漢學」的正格。表面上看，「經史子集」「漢詩文」「中國文學研究」三者相互糾纏，尤其前兩者與「漢字的文學」之間似乎並無太大差別。然而，所謂定義只是後來對於一個概念的篩選與簡化，概念最初形成的一段歷史往往被遮蔽。具體到「漢文學」一詞，直到明治初期的日本，甚至都少見其蹤跡。日人習慣用「漢文」「漢籍」「漢書」等指代中國傳統典

〔註43〕〔日〕新村出編：《廣辭苑》第六版，上海外語教育出版社，2012 年 2 月，第648 頁。意即「中國自古以來的文學。經書、史書、詩文等。另外，也包括日本詩文在內的研究學問。」

籍，研究這些典籍的學問被統稱「漢學」，至於「漢文學」，應是近代以來日本面臨 literature 等西學概念衝擊，參照「國學」到「國文學」的生成模式，從「漢學」中逐漸抽離出來的一個不完全形態，而且，這一分離過程並不順利，「漢文學」和「漢學」一度難分難解，正是在此過程當中，出現了前述三種不同指涉。

在 1887 年前後，東京帝國大學等高等院校較早出現「漢文學」一科，與和文學（兩年後改稱國文學）、英文學、德文學等並列。只是，相較於迅速西化的「和／國文學」，指向一個老弱帝國的「漢文學」，概念內涵和外延始終未能得到認真整理，與「漢學」之間的關係長期切割不清。之後，隨著「支那史學」「支那哲學」等學科相繼從「漢文學」名下析離，後者也淡去儒家經義為主的「漢學」範疇，逐漸成為一個相對獨立的，可以用來指涉中國古典文學的近現代概念。然而，對於這樣一個經歷「不完全變態」，且在「變態」途中背負了過多政治文化意味的文學概念，熟悉且親近中國古典文學的夏目漱石始終保有一份本能的警惕。1906 年在為《文學論》所作序中，夏目漱石對「文學」「英文學」等一般西化概念的使用已相當純熟，但指涉中國文學時，仍沿用「漢書」「漢籍」「漢詩文」等舊有表達，或「漢學に所謂文學」這種個人化的、明顯冗贅的組合，未曾使用「漢文學」，尤其是當後者事實上在學院內部及漢學研究界得到通用的情形下，這樣一種「缺席」本身也就很能說明問題。

應該看到，與「漢學」被改寫的國家學術背景相似，形成於明治中後期的「漢文學」，從一開始就有明顯的意識形態屬性。而且，這個直接從「漢學」中提純出來的新製詞，被用來指涉中國文學的歷史十分短暫，幾乎與「漢文學」一詞的造成同步。日人在脫亞入歐思潮的帶動下，當指涉中國時，一般都改用「支那」替換「漢」「清」等字眼，「漢文學」因為有「漢學」的蔭蔽，抽身最晚。到 19 世紀末 20 世紀初，尤其在甲午海戰之後，日本立意擺脫漢字文化圈的輻射，伴隨一系列冠名「支那」的文學史著密集出版，「支那文學」終於取代了「漢文學」。與此同時，只剩一個空殼的「漢文學」也未消泯，其得以繼續「漢學」到「文學」的「進化」路徑，正式打通漢詩、漢文這一近現代純文學的疆域，卻是在日本「國文學」的內部演變為一種現實。1908 年到 1909 年間，東京帝國大學國文學科的教授芳賀矢一較早在大學課堂上開設「日本漢文學史」課程，「漢文學」的近現代轉型才算真正完成。芳賀矢一是近現代推動日本「國文學」概念形成的代表人物，其所謂「漢文學」具體指日人以漢字

書寫、符合近現代純文學標準的文學作品,因之揀選出一個相對清晰的包括漢詩、漢文等品類的文學通史範疇。如此,通過「史」的書寫,芳賀強調「日本的漢詩文理所應當屬於日本文學」〔註44〕,本意在於擺脫中國傳統「文」的干擾,建構起日本文學(包括「純國文文學」與「日本的漢文學」)天然的整體性與國族屬性。應該看到,近代以來面對西學帶來的強大生存壓力,芳賀等明治學人之所以孜孜於塑造國民文化、張揚「國民性」,都是從這一歷史訴求出發,其對「漢文學」的提純,也從屬於這一趨勢。只是,在客觀效果上,提純後的「漢文學」,也參與推動其近鄰——時稱「支那文學」,也就是「中國的漢文學」——身份的新變。

這裡需要注意的是,在「漢文學」概念完成嬗變的前後,恰也是魯迅留學日本、目光轉向文藝的關鍵期,況且,對於芳賀矢一及其著作,特別是有關「國民性」的論述,周氏兄弟一直都有密切關注。另外,據北岡正子《魯迅:救亡之夢的去向——從惡魔派詩人到〈狂人日記〉》一文考證,1906 年 3 月到 1909 年 8 月回國以前,魯迅一直把學籍掛靠在東京獨逸語專修學校,為能順利畢業每學期還須修滿一定的學分,在此期間芳賀矢一正是該校「國語」課的特聘教員〔註45〕。這一歷史細節,雖無法確證二者之間的實存關聯,卻至少可以說明,對近現代日本「漢文學」這個概念,包括其生成前後的政治文化語境,同樣置身此間的魯迅應有基本認知。

概言之,「漢文學」一詞的張力結構,本身就是近現代東方文學進化的一段歷史縮影,種種質素,都是東、西兩種異質文化、文學衝撞背景下的產物。更何況,對於這樣一個形成於日本,又在脫亞入歐的大背景下被迅速棄用、改寫的歷史概念,「用」或者「不用」,抑或在何種意義上使用,本身就有更複雜的政治、文化上的言說空間。一定程度上甚至可以說,「漢文學」屬於漢字文化圈的共同記憶,有它特定的時間和空間屬性,只有將之放在 20 世紀前後「東方」進化史的開端,具體到中國清末民初以來的近代化歷史中,在泰西、東洋的新世界秩序中,結合兩股文學相互磨損、相互改寫,並重新規劃各自路徑的歷史過程中,才能真正理解一時代人應用這一詞語的知識背景與概念的真正意義。

〔註44〕轉引自趙苗:《20 世紀的日本漢文學史》,《經濟研究導刊》,2010 年第 13 期。
〔註45〕〔日〕北岡正子:《魯迅　救亡之夢的去向——從惡魔派詩人到〈狂人日記〉》,
　　　　李冬木譯,生活・讀書・新知三聯書店,2015 年 11 月,第 29 頁。

四、「漢文學」的邏輯：一個「國學」的反命題

　　「漢文學」一詞源於明治日本，概念生成直接套用了近現代「國學——國文學」的演化範式，20 世紀初已經可以指代漢詩、漢文等，隨著後來「文學」概念的進一步西化，文體上也兼而包括小說、戲劇各項。也就是說，所謂「漢文學」正是後來通向新文藝的一段「前身」，是借西方文學（literature）之力從傳統文化格局中「突圍」而出的歷史成果。需要注意的是，近代日本「漢文學」作為有意和「國文學」對照的文化行為，本身就帶有明顯的儒教意識形態屬性，與傳統「漢學」（主要表現為儒學）的關係切割不清，時時有被後者重行吞噬的可能〔註 46〕，對此魯迅並不隔膜，且保有相當程度的敏感。〔註 47〕因之可以說，日語「漢文學」只能成為《綱要》更名的一個「隱性」知識結構。至於何時被啟用？在何種意義上被「激活」？以上種種，還需要結合《綱要》與「漢文學」一詞的現實語境，即廈門尤其是廈大當時的文化環境中再做探問。

　　前已述及，有別於文學史著或準備要出版的雜文、小說，《綱要》後七篇呈現出的這一「漢文學」脈絡，所選擇的接受對象十分有限，具體說，《綱要》最初面向的主要是 1926 年在廈門大學選修、旁聽這門文學史課的青年學生。這裡還需做出區分，所謂「青年學生」，並非抽象意義或整體性的，而是特指在廈門這種文化環境，或相似環境中，仍有志於文學的一群。

　　對於廈門地區的文化環境，《兩地書》多次形容為「沉靜」「死氣沉沉」〔註 48〕，除了地理位置，更重要還是文化心理上的感受。一方面，廈門遠離新文化思潮的中心，新文藝萌芽滯後，「本地人文章，則『之乎者也』居多」〔註 49〕；另一方面，就廈大學院內部而言，舊文學或舊文化的根基同樣深厚，不僅國文課一度以讀經、做古文為主〔註 50〕，校長林文慶主張尊孔，在事實上

〔註 46〕1889 年，東京帝國大學文科大學中「漢文學科」一度改稱「漢學科」。同樣，1926 年廈門大學也通過決議，將「國文系」改稱「國學系」，在「國文」與「國學」之間左右遲疑，這在上世紀 20 年代後期的國內大學院校內，也有一定代表性。

〔註 47〕這段時期，與他保持書信往還、互贈學術資料的日本漢學家鹽谷溫、辛島驍等均與斯文會關係密切。值得注意的是，二人都是將魯迅視作一個研究中國傳統文學的學者，現代作家的身份實際並不彰顯。

〔註 48〕魯迅：《兩地書·七九》，《魯迅全集》第 11 卷，人民文學出版社，2005 年 11 月，第 215 頁。此外，《兩地書·八三》亦有相似表述。

〔註 49〕魯迅：《兩地書·八三》，《魯迅全集》第 11 卷，人民文學出版社，2005 年 11 月，第 225 頁。

〔註 50〕丁言昭：《魯迅和〈波艇〉》、俞念遠《我所記得的魯迅先生》、俞荻《回憶魯迅

對卓治、俞荻等趨向新文藝的青年，造成一種生存空間的擠壓。魯迅到廈大之後，「多說文科今年有生氣了」〔註51〕，基於要求打破文化舊格局、催促新文藝發生的共同目標，魯迅和一部分青年學生在短期內結成「同盟」，授課之外，也合作出版過幾種新文藝期刊。顯然，這群青年學生也是魯迅通過重敘「漢文學史」，首先要與所謂「國學者」或學校當局爭奪的受眾主體，與此同時，這一思路更可以進一步延伸到魯迅對「後五四時代」，國內外整體文化環境的主觀判斷。〔註52〕

實際上，在歷史考據、古書整理等方面魯迅個人不無愛重，也在不同程度上參與過北大研究所國學門以及廈門大學國學院的建設和籌備工作，對於嚴肅的、為學術而學術的傾向，態度可以說不積極，但並未反對。只是，面對「整理國故」「讀古書」等面向外界的「提倡」，他卻始終保有一種「過渡」的敏感，這種敏感來自對傳統思想，尤其是當時中日思想文化動態的熟稔。而且，這種針對文化滯後、文學退化的敏感和反撥，還可牽連起從 1920 年代初「整理國故」與「青年必讀書」到廈大國學院一連串文化事件中，魯迅的言說立場及其不斷被外界刺激強化的主體經驗。1926 年 10 月 14 日，魯迅在廈門大學的學術周會上做了《少讀中國書，做好事之徒》的演講，特別指出，自己與「盡信書，則不如無書」的一派有所區分，後者疑古，處理的是史實的可靠性問題，自己「則是從古書的思想性說的」。〔註53〕這篇文字的記錄稿於 23 日《廈大週刊》第 160 期刊出時，「少讀中國書」的一部分因與「多讀古書」、傾向尊儒的校方意志相悖，故刪節未載。這一「刪節」，同時包括魯迅這種明顯「唱反調」的個人行為，卻為我們更真切窺見他與廈大文化環境之間不可迴避的意見衝突，提供了更精準的歷史細節。

先生在廈門大學》等都有相近的描述。參見薛綏之主編：《魯迅生平史料彙編（第四輯）》，天津人民出版社，1983 年 4 月，第 32、48、57 頁。

〔註51〕魯迅：《兩地書‧五〇》，《魯迅全集》第 11 卷，人民文學出版社，2005 年 11 月，第 143 頁。

〔註52〕魯迅在 11 月 20 日致許廣平信中表示，「我對於他們不大敢有希望，我覺得特出者很少，或者竟沒有。但我做事實還要做的，希望全在未見面的人們」，12 月 11 日又說「至於有一部分，那簡直無藥可醫，他們整天的讀《古文觀止》」，同時對廈大青年學生所辦的幾種期刊，也表現出一種悲觀看法。從最後雙方都不得不「逃出」廈門的結果來看，至少這場「吶喊」並沒有達到理想的效果。參見魯迅：《魯迅全集》第 11 卷，人民文學出版社，2005 年 11 月，第 217、239 頁。

〔註53〕陳夢韶：《魯迅在廈門的五次演講》，《魯迅生平史料彙編（第四輯）》，薛綏之主編，天津人民出版社，1983 年 4 月，第 95 頁。

頗有意味的是，1920 年代學界提倡「整理國故」，對應的本是 Sinology，即
中國學，一定程度上是以日本青木正兒等人創刊的《支那學》為參照〔註 54〕。
只不過，當「支那學」這一概念被引入中國，更名「國學」後的涵義卻更其複
雜。也許是為了求同存異，減少推行的阻力，胡適在 1923 年 1 月為北大研究
所國學門的刊物《國學季刊》所寫發刊詞中，又以「國故學」置換「國學」，
「『國學』在我們的心眼裏，只是『國故學』的縮寫。中國的一切過去的文化
歷史，都是我們的『國故』；研究這一切過去的歷史文化的學問，就是『國故
學』，省稱為『國學』。」順勢延及正在推行的「整理國故」運動。〔註 55〕之後，
東南大學、清華大學等相繼設立國學研究機構，「整理國故」在學術研究的口
號下，實際效果越來越走向「讀古書」，尤其是初期實績之一的「古史辨」，集
中表現為「古書辨」，這在魯迅看來很可能導向問題的反面。〔註 56〕具體就廈

〔註 54〕《支那學》所代表的京都中國學派，一般被視作與東京傳統漢學派（以「斯文
會」為代表）相對的一面。青木正兒等 1919 年創刊《支那學》，英文名 Sinology，
創刊號發表《以胡適為中心的中國文學革命》一文，向日本國內介紹中國當時
正在發展的新文學運動，此後青木與胡適通信頻繁，次年通過胡適，青木也為
周氏兄弟寄贈過《支那學》期刊。《支那學》雜誌，封面為「支那學」，封底題
名 Shina-Gaku，為日文對應的羅馬字母音讀，其下附注英譯 Sinology。創刊於
1923 年的北京大學《國學季刊》採用相近格式，封面「國學季刊」，封底題寫
「The Kuo-Hsio Chi-K'an: A Journal of Sinological Studies」，分別為羅馬拼音及
英譯名。

〔註 55〕胡適：《〈國學季刊〉發刊宣言》，1923 年 1 月《國學季刊》第 1 卷第 1 期。當
時北大研究所國學門的成員多為章門弟子，以「國故」相號召，無疑能夠求同
存異，凝聚更大力量。然而從實際效果來看，經過一連串的概念「置換」，所
謂「整理國故」既有別於章太炎集中在語言文字、文學、諸子學等領域「有所
為」的考辨源流，也不同於日本京都學派強調的現代範式的中國學問研究。就
前者而言，《國故論衡》等著作所以能在清末民初對於一批青年學子產生巨大
的吸引，在於學問多是有所為而發，對於歷史的興趣起於當下，這也正是魯迅
所說「我去聽先生講學，並非因為他是學者，卻為了他是有學問的革命家」。
參見魯迅：《關於太炎先生二三事》，《魯迅全集》第 6 卷，人民文學出版社，
2005 年 11 月，第 566 頁。

〔註 56〕1924 年 1 月胡適受邀為東南大學國學研究班講演《再談談整理國故》，意見從
「破壞方面提倡疑古」轉向「偏於建設方面」，強調「把難讀難解的古書，一
部一部的整理出來，使人人能讀」。如此，旨在推進本國學術現代化的思路，
與東南大學國學院以「宗國」「聖學」號召的捍衛舊學，二者原本大異其趣，
現實的邊界卻越來越曖昧不明。參見胡適之：《再談談整理國故》，1924 年 2
月 25 日《晨報副刊》；顧實：《〈國學叢刊〉發刊詞》，1923 年 3 月《國學叢
刊》第 1 卷第 1 期。另，當年年底，顧實在刊於《國學叢刊》第 1 卷第 4 期
的《國立東南大學國學院整理國學計劃書》中，又將國學分為「兩觀三支」，

門大學 1926 年成立的「國學研究院」而言，與其說是北大研究所國學門的後繼，毋寧說，延續的實際是「整理國故」「辨古史」的路徑。1926 年 10 月間，他對國學院的態度發生明顯轉變，從最初受聘時願意敲敲邊鼓，到勉力觀望後，10 月中旬沈兼士廢然而返，魯迅也終於慨歎，「顧頡剛之流已在國學院大占勢力……在北京是國文系對抗著的，而這裡的國學院卻弄了一大批胡適之陳源之流，我覺得毫無希望」〔註57〕。至少在魯迅當時的感受上，國學院的矛盾首先來自「內部」，這一判斷勢必也會影響他的去留，包括同期對中國文學史講述的方式。

實際上，早在赴廈之前，顧頡剛就曾贈送魯迅一本《民國必要孔教大綱》，魯迅至少曾翻閱過，當年 8 月 5 日《魯迅日記》「得顧頡剛信並《孔教大綱》一本」〔註58〕，應是對方為即將與魯迅在廈大共事，而聯絡感情之舉。這本《孔教大綱》即是廈大校長林文慶所著，全稱《民國必要孔教大綱》，到次年 1 月魯迅在《海上通信》中又提起，只說是一本「講孔教的書，可惜名目我忘記了」〔註59〕，更多還是有意輕蔑，略過不談。林文慶在該書序言中即以「孔教」為「漢文之學」的正宗，「久信孔教之外，欲立民志，我國定大危機，如失漢文之學，而盛談外國語言文字新名詞，此無異自滅。」〔註60〕應該看到，林文慶對「漢文」「漢文學」的固守姿態，一定程度上源於他站在海外華人視角獲得的文化認同，這一角度和日本、韓國等深受漢文化影響的東亞文化圈的「漢學家」們，有結構上的相似性，即，傾向於將「中國學／漢學」理解為「漢文學」，「儒教經典」自然佔據在價值的核心，也就是《孔教大綱》中所稱「教漢文，傳聖道」〔註61〕的想像。

魯迅這一時期在致許廣平信中就多次提到校長林文慶的「尊孔」，尤其需要注意的是，這一「尊經讀孔」的傾向並未得到來自所謂「新陣營」的有效抵

其中與「文學」相關的為「客觀化之主觀──詩文部」，旨在「移風易俗」，遵循「樂天」「成仁」兩大主義，周作人很快撰文《國學院之不通》予以批駁，魯迅在同期私人書信中對「成仁」等亦有諷語。

〔註57〕魯迅：《兩地書・五六》，《魯迅全集》第 11 卷，人民文學出版社，2005 年 11 月，第 159 頁。

〔註58〕《魯迅全集》第 15 卷，人民文學出版社，2005 年 11 月，第 632 頁。

〔註59〕魯迅：《海上通信》，《魯迅全集》第 3 卷，人民文學出版社，2005 年 11 月，第 418 頁。

〔註60〕林文慶：《〈孔教大綱〉序》，《民國必要孔教大綱》，中華書局，1914 年 3 月。

〔註61〕林文慶：《民國必要孔教大綱》，中華書局，1914 年 3 月，第 40 頁。

制。早在 10 月 3 日廈大慶祝「孔子聖誕日」，林文慶、顧頡剛在「恭祝聖誕」的集會上，先後做了《孔子學說是否有用於今日》《孔子何以成為聖人》兩篇演講，雖在具體內容上有質的差別，不過，二者聯袂而來，就當時的客觀效果看，這種基於「聯絡感情」等現實功利考量而做出的「委曲」〔註62〕姿態，本身就是新文化對舊傳統的主動幫閒和陪唱，在一定程度上佐證了尊孔、讀經潮流的合理化，使「儒學研究」成為廈大國學研究院的常備使命和當然話題。

尤其值得一提的是，就在 10 月 30 日，亦即《綱要》改題「漢文學」前後，魯迅收到了從東京寄來的三本《斯文》月刊。〔註63〕從 1926 年夏秋間開始，魯迅與日本漢學家鹽谷溫、辛島驍互有通信，二人出身東京帝國大學，與以復興東方文化、提倡尊孔讀經為宗旨的東京漢學派尤其「斯文會」關係密切。查《魯迅手跡和藏書目錄3》，可知月刊分別為 8 編 5～7 號〔註64〕，處在大正末期的這三期《斯文》，至少可以為魯迅瞭解當時東京漢學派的動向，及明顯的「護教」色彩提供一個窗口。其中，第 6 號連續數頁都有紅筆批註，應是魯迅閱讀鹽谷溫《關於明的小說「三言」》一文的痕跡，僅就魯迅確曾讀過的這一期而言，其上即刊有一篇宗旨性的《斯文學會開設告文》，提出為「持風教」「振斯文」，抵制明治後的西化潮流，當務之急就是張揚本邦「支那文學蕃傳」的儒學，匡救時弊。〔註65〕這一儒學救國的思路，最直觀地呈現出一條

〔註62〕關於顧頡剛這篇演講，《廈大週刊》第 158 期就有報導，概括其大意為「反覆證明聖人之所以為聖」，並於 160 至 162 期分三期連載。另外，當地《民鐘報》《江聲報》等報刊均有報導，口徑與《廈大週刊》相近。查《顧頡剛日記》當年 10 月 2 日所記，底稿原名為《春秋時的孔子和漢代的孔子》，次日演講卻改為《孔子何以成為聖人》，對此顧氏後來有「臨時因時間不足，改換題目，刪減若干」的說法。不過，單從客觀效果而論，這一調整恰與林文慶前一篇「尊孔」呼應，學術成為尊孔的注解，不能說是無心之舉。之後，顧頡剛繼續修改底稿，並與傅斯年等通信商議，在當時廈大計劃出版的《國學季刊》中，更名為《孔子何以成為聖人和何以不成為神人》。直到後來顧頡剛離開廈大轉赴中山大學，將該文發表在 1927 年《國立中山大學語言歷史學研究所週刊》第 1 卷第 5 期上，才又改回原名《春秋時的孔子和漢代的孔子》。參見《顧頡剛日記》第 1 卷，臺灣聯經出版事業公司，2007 年 5 月，第 803 頁。
〔註63〕魯迅：《魯迅日記》，《魯迅全集》第 15 卷，人民文學出版社，2005 年 11 月，第 642 頁。
〔註64〕北京魯迅博物館編：《魯迅手跡和藏書目錄 3》，北京魯迅博物館，1959 年 7 月，第 95 頁。
〔註65〕《斯文學會開設報告文》，《斯文六十年史》，斯文會編，1929 年，第 168 頁。關於斯文學會的具體情況參見陳瑋芬：《和魂與漢學：「斯文會」及其學術活動史》，《原學（第五輯）》，中國廣播電視出版社，1996 年 7 月，第 368～383 頁。

與近現代西化「逆行」的「文學—漢文學—儒學」文化軌跡。事實上，無論《斯文》月刊為代表的東京漢學派，及其所欲復興的「（漢）文學」，還是廈大校長林文慶的孔教理想，抑或廈大國學院的相似傾向，具體都表現為東方文化圈不斷重來的「尊孔」「讀經」等文化現象。〔註66〕當學術研究、文學研究更多只是作為尊孔主張的一個注解，而失卻自身的獨立性，「國學」退化為「後儒之學」，又回轉過身，將「國文」「文學」納入其中，新文藝的發展和生存更加無從談起，置身此間，魯迅難免會感受到一種難以忍受的戟刺，以及「個體」被圍困的逼仄感覺，也就是魯迅當時所說的「新文藝的試行自殺」〔註67〕。

　　「國學」與「Sinology」之間南轅北轍，前者在現實中的提倡效果，更多是以新文化之名，而滑向文化復古之實，成為此前「文學革命」思路的逆寫，這對「新文化」及「新文學」不啻是個絕妙的諷刺。《綱要》此時畫蛇添足，於「文學」之前多加一個「漢」字，使得當時當地所謂的文學現出「遺形物」的本相，這一手法近乎魯迅慣用的雜文技巧。前文已經提到，作為一份擁有固定授課對象、產生於教學互動中的文學史講義，《綱要》的敘述立場根本區別於一般文學史著（包括此前魯迅為北大授課編寫的《中國小說史略》），而更具當下性，也就是說，它更易受到現實因素帶來的干擾、刺激或影響，也更能及時地對這些現實戟刺作出自己的反應。以上所列種種，都有可能成為魯迅創用這一個「漢文學」的現實「戟刺」，也就是說，雖則講義更名的直接契機已難確認，不過從魯迅所處的文化環境及其自身感受出發，可以初步判斷的是，「漢文學」一詞應是針對「國學」庸俗化的一個反命題，或者說，是為後者而設的一個破題。魯迅借助這一概念的張力結構，以及在《綱要》文本中改寫的「離騷詩人群」，要表達的是「文學」及文學所關注的自由、人情，如何在「漢學（在中國歷史中主要指儒學）」統系中逐漸自覺，即通過個體反叛，逐步擺脫傳統思想桎梏的歷史過程，如果換用《綱要》中的詞彙表述，則是「文章」長期受「詩教」與「載道」壓制，又終於擺脫這壓制，與個體的人，與人的感受和情感直接建立起密切關聯的艱難過程。幾乎與此同時，在10月30日為雜文集《墳》所作《題記》中，魯迅重又提起了《摩羅詩力說》與「其中所

〔註66〕同理，魯迅一直拒斥和警惕的，是所謂的「國學」，而非真正的「國學」或「國學家」，前者在當時具體指「尊孔」「讀經」等社會文化現象，後者以魯迅持肯定態度的王國維及其甲骨文研究，章太炎的小學、諸子學等為代表。

〔註67〕魯迅：《寫在〈墳〉後面》，《魯迅全集》第1卷，人民文學出版社，2005年11月，第303頁。

說的幾個詩人」，傷感於他們的已久被忘卻，然而現在「竟又時時在我的眼前出現」〔註68〕如前所述，《綱要》尤其後七篇突出的這一文脈，與《摩羅詩力說》選擇拜倫及「摩羅詩派」，在事實上可以共享同一段形容，「今則舉一切詩人中，凡立意在反抗，旨歸在動作，而為世所不甚愉悅者悉入之，為傳其言行思維，流別影響」〔註69〕。就這一意義而言，「漢文學」這一知識結構能夠被選擇、創用，歸根結底來自魯迅不斷被強化的主體經驗，是他「親歷」整個中國乃至所謂東方世界從「前近代」到「近現代」的整個歷史進程，基於觀察、思考後提煉出的理性判斷，《綱要》則是這一判斷最直接的文本呈現。

不過，在最後總結「漢文學」的意義之前，需要說明的一點是，在魯迅這裡，「漢」之於「文學」、之於「文」並非一個好的前綴，它在標誌文章之美的同時，更多地指向古代（指現在我們通用的概念，與近現代相對）、文言、思想束縛等歷史記憶。而且，這種對「漢文」的「偏見」由來已久，新文化初期魯迅在致許壽裳的一封信中，已經提出「古書」與「人生」之間的二元對立，並斷言「漢文終當廢去，蓋人存則文必廢，文存則人當亡」〔註70〕。這種對「漢文（學）」的基本判斷，基於魯迅「在此時代」的現實關切，即如他自己所言，一要生存，二是溫飽，三要發展，能否作文還在其次，之後，1925 年「青年必讀書」事件、1926 年「少讀中國書」的演講等等，不過是同一思路的重現。

次年 2 月，魯迅在《無聲的中國》《老調子已經唱完》接連兩篇演講中，將這一層「漢文學」與古偕亡的意思表達得更顯豁，「我們此後實在只有兩條路：一是抱著古文而死掉，一是捨掉古文而生存。」〔註71〕「在文學上，也一樣，凡是老的和舊的，都已經唱完，或將要唱完。」〔註72〕在中國文學一路「進化」的主觀判斷上，「漢文學」作為魯迅揀選中國古代文學之後，一個差強人意的提煉，仍是將要唱完的調子，是通向新文藝、新文學的一塊跳板，也

〔註68〕魯迅：《〈墳〉題記》，《魯迅全集》第 1 卷，人民文學出版社，2005 年 11 月，第 3 頁。

〔註69〕令飛（魯迅）：《摩羅詩力說（上）》，1908 年 2 月《河南》第 2 期。

〔註70〕魯迅：《190116 致許壽裳》，《魯迅全集》第 11 卷，人民文學出版社，2005 年 11 月，第 369 頁。

〔註71〕魯迅：《無聲的中國》，《魯迅全集》第 4 卷，人民文學出版社，2005 年 11 月，第 15 頁。

〔註72〕魯迅：《老調子已經唱完》，《魯迅全集》第 7 卷，人民文學出版社，2005 年 11 月，第 321 頁。

是此後理應被一眾新的文學家、青年文章家們拋之腦後的可怕遺產的一部分。前文已經提到,《綱要》在文學史中所打撈出這一「離騷詩人群」,實際是一群理想化的、過於誇大的異端,這樣的「離騷」文脈從來不是古代文學的真正主體,而是魯迅在經籍志、藝文志等官私目錄中,所欲尋求、建構的有資格通向新文藝的「漢文學」主體,而一旦離開《綱要》文本,論及中國古代文學時,這個既產生過「離騷」詩人群,同時更多卻被宗經、載道之文所佔據的古代文學,又是魯迅有意迴避,甚至認為理應被新文學否棄的過去。換言之,「漢文學」是將「文學」放在進化的鏈條上重新試驗,而非就文學而言文學。當這一知識結構被激活的同時,也必要受到主體文學觀念的影響而被改寫,在這種試驗的意義上,「漢文學」不僅是對「國學」,對古書,對當時讀經尊孔,甚而是對整體舊文學死而不僵的諷刺,它同時更多還是一個朝向自身的反諷。

　　換言之,魯迅將「漢」加諸「文學」之前,雖在事實上可以追溯到某一個時間節點,或某次戟刺給予主體的契機,是偶然性的,產生於個人對周圍文化環境不滿的正謬意識,只是,這樣一種獨異的「構詞法」,以及這一概念背後的對整體文學史的判斷,在魯迅本人卻有長期對漢文、漢詩等文章傳統的基本認知作底子。也就是說,一旦這個來自異域的名詞,被主體性特強的創作者所借用,就不僅僅是一時諷刺的武器,本身已經融入到主體的生命體驗當中,成為血肉豐滿的「這一個」。因之可以說,魯迅所謂「漢文學」,不僅指表面上、概念寬泛的古代文學,也不侷限在詩、文等文體分別意義上的古代純文學,事實上,這裡的「漢文學」是在進化鏈上完成自身,是可以切入現代社會、現代人的文化生活的古代文學,這是魯迅對描述對象的基本判斷。在《綱要》改名「漢文學」前後,1926 年 10 月底到 11 月上旬之間,魯迅先後為《墳》做了兩篇題記和跋文,重又提到「改革文章」「讀古書」等敏感經驗,「當開首改革文章的時候,有幾個不三不四的作者,是當然的,只能這樣,也需要這樣。他的任務,是在有些警覺之後,喊出一種新聲;又因為從舊壘中來,情形看得較為分明,反戈一擊,易制強敵的死命。」〔註73〕在這裡,「人」與「文」同是歷史進化過程中的中間物,在這個對主體自我反思和認知上,魯迅與他所創用的「漢文學」是同構的,亦即,「漢文學」與《綱要》是魯迅的「中間物意識」在文學史觀上最簡練的表現。

〔註73〕魯迅:《寫在〈墳〉後面》,《魯迅全集》第 1 卷,人民文學出版社,2005 年 11 月,第 302 頁。

一方面，精於小學，對中國文字的敏感與愛好終身未改，且輯錄古籍、學術著述等實績俱在，這是魯迅難以被後人忽略的一面。另一方面，當他自覺離開了「文學是什麼」這樣一種抽象的理論探討，而回歸到某一時代、某一地域、與某一群人相關的文學實體當中，「漢文」與「漢文學」就呈現為一種接近「不三不四」「結核」一般的存在。諸如「上下四方尋求……最黑的咒文」〔註74〕、「漢文終當廢去」等幾近「惡毒」的語言，以及《綱要》更名「漢文學」所產生的反諷效果，都是基於這樣一種對「中間物」在進化鏈上的基本判斷。由此涉及《綱要》文本的二重性。如果說，對「漢文學」異端文脈的著意突出，是一種積極的、面向青年學生的有意識改寫，那麼與此同時，這一概念所暗示的，更多卻指向「我」對自身所處歷史位置的厭棄與悲觀意識，文本和題名之間二元對立，構成一種矛盾的悖反關係，彼此呼應，也在互相質疑。換言之，「漢文學」的複雜性，本身也是新舊更替時代的中國，文學和文化豐富面影的折射。

第二節　魏晉文與唐宋文的來回：1917～1927

如前所述，至遲1927年前後，魯迅關於「漢字形體」「文章變遷」的意見已經逐步清晰。既有足夠的知識積累，自信「可以說出一點別人沒有見到的話來」〔註75〕。因此，1926年受邀南下廈大國文系，也打算沈寂一段，有意把所得整理成文字著述，或課程講義的形式。新學期伊始，魯迅計劃籌備一門「聲韻、文字、訓詁專書研究」的課程，與沈兼士共同講授，後因選修的人數有限，不得不取消〔註76〕。結合當時廈門大學國文系的師資配備，沈兼士此前

〔註74〕 魯迅：《〈二十四孝圖〉》，《魯迅全集》第2卷，人民文學出版社，2005年11月，第258頁。

〔註75〕 魯迅：《兩地書·六六》，《魯迅全集》第11卷，人民文學出版社，2005年11月，第187頁。

〔註76〕 魯迅《兩地書》中談到「聲韻、文字、訓詁專書研究」這一門課程無人選修的情況，不過據《文科教員每週授課時數表》顯示，當時選修魯迅這門課的學生有4人，故應是開課人數未足。此前一般認為，魯迅這門課選修人數不足，故併入沈兼士課上。不過綜合既有資料來看，更有可能本來的計劃就是沈兼士與魯迅合作講授。在1926年9月廈大開學之前，沈兼士牽頭擬定《1926年秋至1927年度教員擔任科目時數表》（載1926年10月9日《廈大週刊》第158期），課程後即標明「（三年級）周樹人、沈兼士」，課程時數為2小時。另據《各科教員每週授課時數之調查》（載1926年12月18日《廈大週刊》

在北大講授「文字形義學」多年〔註77〕，羅常培長於音韻學，魯迅一直是作為新文學作家為人所知，這門「小學課」當時少被留意也在情理之中。

不過，前文既已考察過魯迅於漢字的「發明」確有獨到之處。「聲韻、文字、訓詁專書研究」（這裡「文字」特指「字形」）一門覆蓋傳統小學的三個面向，章太炎 1906 年針對傳統小學研究中字形、訓詁、音韻不相係屬的情況，明確指出「合此三種，乃成語言文字之學」，又「所謂小學，其義云何？曰字之形體、音韻、訓詁而已」〔註78〕，藉此在區別語言、文字的基礎上，疏通／建構二者之間的關聯性（內在規律）。劉師培《正名隅論》亦強調三者兼備乃稱小學，「訓詁者，研究字義之學也；文字者，研究字形之學也；聲韻者，研究字音之學也。必三者具備，然後可言小學。」〔註79〕此為清末學者整理小學傳統的新趨向，與 1920 年代以後主要參照歐洲（印歐）語言文字體系、通過現代學院機構確立起來的「學術分野」〔註80〕有所差別。魯迅在知識結構上主要受章、劉知識視野的影響，而就魯迅的學術興趣來看，更多

第 168 期），周樹人名下的「聲韻文字訓詁研究」為 1 小時，大體可推斷，最初計劃是魯迅和沈兼士各人分任 1 小時。參見薛綏之主編：《魯迅生平史料彙編（第四輯）》，天津人民出版社，1983 年 4 月，第 18～19 頁。

〔註77〕 沈兼士到廈大後，不久失望，至遲 9 月 20 日已有返京打算，為此一直未在聘任書上簽字，事實上他所負責的這部分是否成功開課，也存疑。

〔註78〕 章炳麟（章太炎）：《論語言文字之學》，《國學講習會略說》，東京秀光社，1906年 9 月，第 2、4 頁。

〔註79〕 劉光漢（劉師培）：《正名隅論》，1906 年 11 月《國粹學報》第 22 期。

〔註80〕 1917 年，北京大學的文字學由朱宗萊、錢玄同擔任，所編講義分別為《文字學形義篇》《文字學音篇》，前者具體又分《形篇》《義篇》兩部分，整體傾向於形、音、義分立，較少涉及三者之間的關聯性。此後受到西方語言觀念影響，學界更多傾向於將形體與音義分開看待，認為前者對應文字，後者則屬語言學的範疇，1933 年沈兼士《右文說在訓詁學上之沿革及其推闡》一文執「右文說」研討漢字「語根」，得到李方桂、林語堂、魏建功等學者盛讚。但李方桂、林語堂在致沈兼士信中，均提到應將形體與音義分立這一建議，如李方桂表示「字形的分化演變與語音語義的分化演變是沒有直接並行的關係的」，林語堂稱「語根應以語言為主，非與文字（字形）切開不可」。沈兼士雖在附錄最末對於諸君所說表示「讚佩」，實際上卻仍堅持己見，並特別強調近代訓詁學與語言學之間路徑有別，「惟拙著所述仍為訓詁的研究，而非言語的研究，故不能拋開文字，專論聲音。」繼以「魚」「筌」為喻，直陳自家的治學理路，「鄙意以為即欲研究言語，亦非先將文字訓詁之體系研究清楚，殆無從著手。蓋中國字之偏旁，音義交錯，頗具微眇之消息，故雖至賾而不可亂。我輩正當於此種參悟語言文字之三昧，譬如彼鈞，必待『得魚』，乃可『忘筌』。」參見沈兼士：《沈兼士學術論文集》，中華書局，1986 年 12 月，第 181 頁。

應是將新意揭出，並不侷限在傳統經學或國學範疇。而且，由此「文字學（寬泛意義上，包括形音義三方面）」的視角，自然延伸出魯迅對中國文章變遷的獨特理解，同期《漢文學史綱要》（以下簡稱《綱要》）第一篇定名「自文字至文章」，某種程度上即表達了這種思考（觀察）的方式，魯迅開篇即重新梳理六書的次序，「指事、象形、會意為形體之事，形聲、假借為聲音之事，轉注者，訓詁之事也」〔註81〕。認為漢字什九出於形體，假借歸聲，而聲音多在意義訓詁之外，這一組判斷與老師章太炎包括此前既有的小學論述均有不同，是魯迅自己「考古形體」「考古音韻」後得出的綜合意見，不能平平放過。〔註82〕

應該看到，在兩門課程都需要從頭豫備講義的情況下，魯迅將小學方面的「聲韻、文字、訓詁專書研究」與「中國文學史」並列，顯示出他實際有一個相對系統的計劃，或至少相對充分的知識儲備。雖則這門小學課程未開，現在也可大致推想本來的授課方向。一方面，重新整理漢語言文字形、音、義三維的關聯，由字體變遷、音韻規律入手，考察語言文字的變化軌跡及其相對穩定的「不變」，具體即如前兩節所述；同時，文字方面的意見發明，直接通向魯迅對中國文學史（文章變遷史）的基本判斷，如《綱要》開篇即說明漢文章之美在於形、音、意三端，「意美以感心，一也；音美以感耳，二也；形美以感目，三也。」〔註83〕此前魯迅雖也在《儗播布美術意見書》中提出中國文章形美的一面，強調並非合音文字所能賅括，但更多還是止於感受。就1926年魯迅對這兩門課程的設置及《綱要》的內容規劃來看，從「文字」到「文章」、從「聲韻文字訓詁專書研究」到「中國文學史略」，以上種種都說明，魯迅此時已經有能力將這些看法說出，或曰理論化了。

一、從「古代」的題名說起

因有廈大國文系這一次授課機遇，《中國文學史》的一部分（即《綱要》）得以借「編講義」的方式被及時道出。需要注意的是，這份講義的題名中途從「中國文學史略」改換成「漢文學史綱要」，本章附錄對此也有探討，即認

〔註81〕魯迅：《漢文學史綱要》，《魯迅全集》第9卷，人民文學出版社，2005年11月，第354～355頁。

〔註82〕章太炎為塑造漢字「語根」，以假借、轉注為聲音之事。

〔註83〕魯迅：《漢文學史綱要》，《魯迅全集》第9卷，人民文學出版社，2005年11月，第354～355頁。

為這是一種雜文筆法，對應傳統文章從載道、宗經壓制下逐步脫身的歷史軌跡，同時也象徵新文學之於 1920 年代復興的漢文學話語（國學，或漢學）應有的獨立性，這與《綱要》內部所呈現的文學史脈絡亦相呼應，可稱作「文章自覺」。

頗有意味的是，1927 年初魯迅離開廈大、任教中山大學後，同樣一份講義，題名上又添一個「古代」前綴，成為「古代漢文學史綱要」。因是講義題名的最後一次更動，20 世紀 80 年代以來陸續有學者撰文指出以「古代」為名當更接近魯迅本意。〔註84〕應該看到，相關討論實際上都忽略了一個細節，綜合《廈大週刊》《國立中山大學開學紀念冊》等刊錄教員任課情況〔註85〕，魯迅在中山大學所授與廈大時期並非同一門課，二者有斷代、通史之別。正因為課程性質不同，中大重印講義才有必要附加一個「古代」限定。換言之，「古代」一詞直接對應的應是中山大學這門「斷代史」課程，不能證明魯迅本人對《綱要》的理解（預期）又發生了什麼變化。

需要補充的是，1927 年前後在廈大國文系、中大文學系推行的一系列課程調整，不同程度上曾以新文學運動時期的北京大學國文門為參照。〔註86〕1917 年北大國文門將文學史課程分作通史、斷代史兩類，前者稱「（中國）文學史要略」，由朱希祖負責，講義後來整理為《中國文學史要略》出版。斷代史則按三段分期，即「古代文學史（上古迄建安）」、「中古文學史（魏晉迄唐）」與「近代文學史（唐宋迄清）」，分別由朱希祖、劉師培、吳梅講授。魯迅在廈門大學所授文學史課，稱「文學史總要」，相當於北京大學的「（中國）文學史

〔註84〕如 20 世紀 80 年代，魯歌多次提出「恢復魯迅自定的題目——《古代漢文學史綱要》」。較新的看法，如宋聲泉《魯迅〈漢文學史綱要〉命名新解》一文，也認為「魯迅自題的『古代漢文學史綱要』是其最為認可的講義名稱。回到魯迅的用詞語境，『古代』或指遠古到東漢末年，或指上古至隋」。參見宋聲泉：《魯迅〈漢文學史綱要〉命名新解》，《首都師範大學學報》，2018 年第 3 期。

〔註85〕《國學系一九二六年至一九二七年度教員擔任科目時數表》，1926 年 10 月 9 日《廈大週刊》第 158 期；《國立中山大學開學紀念冊》，國立中山大學出版部，1927 年 3 月。

〔註86〕無論從廈門大學國文系的課程設定，還是林語堂所一力招攬的人手來看，都有意以北大國文系為範本，重新收拾、整理廈大國文系。中山大學 1927 年重新開學後，情況與此相似，朱家驊 1928 年 2 月總結一年來工作進展，表示「文科原無絲毫成績，現在幾乎是個全部的新建設……或者可以繼北大當年在此一科的趨向和貢獻」。參見《朱家驊啟事》，1928 年 2 月 27 日《國立中山大學日報（增刊）》。

要略」一門，而到中山大學後所負責的是「中國文學史（上古至隋）」，應是合併了北大國文門「上古迄建安」和「魏晉迄唐」這兩個時段的結果。可作佐證的是，1927 年 4 月魯迅、傅斯年等參與商定中山大學預科國文課程時，規定「以北京大學出版之學術思想文及模範文為標準」，又將模範文分「古代」與「近代」兩段，得「學術思想文」「古代文」「近代文」三門，大體與文學史的分期同一取徑。〔註87〕另外，據傅斯年中大期間所編講義整理而成的《中國古代文學史講義》（以下簡稱《講義》）一書，亦有「古代斷代應在唐世」〔註88〕的直接表述。由此大致可以推斷，1927 年中山大學文（史）科所採用的文學史分期，大體是將「中古」併入「古代」，從而得出以唐為界的「古代」與「近代」兩段。這裡，關於「古代」的分期問題看似細小，實則關聯如何梳理中國文學史整體脈絡的關鍵。

既然魯迅這份講義有一個「古代」限定，說明中大同時還有一門「近代文學史」也在授課中。查 1927 年初中山大學文史科在聘教員情況〔註89〕，及當時文史科的畢業考試規定〔註90〕，到該學期末「中國文學史」一門歸在徐信符名下〔註91〕，魯迅當時已經辭職，徐信符所授具體應是「中國文學史（唐宋迄清）」一段。同時，參照下學年（即 1927～1928 學年）《文科教員任課表》，傅斯年講授「中國文學史（一）（周秦漢魏晉）」，徐信符負責「中國文學史（二）（六朝隋唐）」，這應該是因為吳梅進入中山大學，接手了他一向擅長的宋元明清文學，文學史便暫不為此設課。不過在此之前，宋元明清應都屬徐信符「中國文學史（二）」的講授範圍。

需要注意的是傅斯年所授「中國文學史（一）」，根據同期就讀中大的鍾貢勳後來回憶，1927 年初傅斯年就已經開設了這門課程，「當時沒有課本，以後

〔註87〕《預科第三次國文教務回憶紀事錄》，1927 年 5 月 9 日《國立中山大學校報》第 11 期。會上明確規定，「學術文」「模範文」可以參考北大預科的學術思想文與模範文。

〔註88〕傅斯年：《中國古代文學史講義·擬目及說明》，《傅斯年全集》第 2 卷，歐陽哲生主編，湖南教育出版社，2003 年 9 月，第 6 頁。

〔註89〕1927 年 2 月前兩次文史科教授會議上，主要討論開學之前各人科目與講義編寫等，參較兩次會議的出席人員名單，大致可知中山大學文學系當時的師資配備情況。

〔註90〕《本校文史科各系及高師畢業考試辦法》，1927 年 6 月 20 日《國立中山大學校報》第 16 期。

〔註91〕徐信符，名紹啟，為廣東當地藏書家，先後任教於廣東高等學堂、兩廣高等師範大學等，光緒末年編有一冊《中國文學史》講義，但並未出版。

才補發他自己寫鋼板的油印講義」〔註92〕，亦即後來整理出版的《講義》。換言之，1927 年初魯迅與傅斯年同時在文史科開設了兩門「古代文學史」，這很容易讓人聯想起北京大學國文門 1917 年到 1918 年度第一學期朱希祖、劉師培二人曾同時講授「中古文學史」，爭奪（磨合）文學史敘述權的情況〔註93〕。也正因為此，當魯迅 1927 年 4 月中途離職後，所負責的「文藝論」與「小說史」兩門一時找不到合適的人接替，傅斯年在《文史科為缺課問題重要布告》中說明「有書可研究」，要求學生自修，而文學史一門雖也有現成講義，卻「須改選他課」，實即併入到傅斯年班上。〔註94〕鍾貢勳《孟真先生在中山大學時期的一點補充》一文亦提供了「併入孟真師『古代文學史』內」一說，可相參證。〔註95〕由此大致可推知，魯迅、傅斯年所負責的兩門文學史課，性質、範圍甚至學分等都基本相同，很可能就是同一門課的分班講授。這一點也能從聽課人數上得到印證。魯迅原定開四門課中，「中國字體變遷史」一門因為教務繁忙，來不及編講義而「暫緩開始」〔註96〕。另外三門包括「文藝論」「中國小說史」「中國文學史（上古至隋）」，除「文藝論」一門面向整個文史科設課外，其餘兩門均為「文學系中國文學組必修科目」。〔註97〕《文史科課目表》對此亦有明確規定，「必修科目，凡未修過者，均須修之，已修過而本學期教員不同者，亦當修之」〔註98〕，即不以年級為限，聽課學生理應覆蓋文學系中國文學組的全體。有趣的是，（魯迅）「小說史」一門顯示有學生 79 人，「中國文學史（上古至隋）」只有 50 人，〔註99〕則另外近 30 人應是「分流」到傅斯年的班上。

〔註92〕 鍾貢勳：《孟真先生在中山大學時期的一點補充》，《傅斯年印象》，王為松編，學林出版社，1997 年 12 月，第 91 頁。

〔註93〕 詳細情況將於下文述及。

〔註94〕 《文史科為缺課問題重要布告》，1927 年 5 月 19 日《國立中山大學校報》第 11 期。

〔註95〕 鍾貢勳《孟真先生在中山大學時期的一點補充》一文提到魯迅辭職後，所開設的三門課程「選修同學都併入孟真師『古代文學史』內，又增授一小時。」這裡關於「文藝學」（鍾文稱「文學概論」）、「中國小說史」二門的說法，與中山大學當時文史科布告相違，應屬記憶有誤。

〔註96〕 《本校文史科概況報告》，《國立中山大學開學紀念冊》，國立中山大學出版部，1927 年 3 月。

〔註97〕 《本校文史科概況報告》，《國立中山大學開學紀念冊》。

〔註98〕 《本校文史科概況報告》，《國立中山大學開學紀念冊》。

〔註99〕 《本校文史科概況報告》，《魯迅生平史料彙編（第四輯）》，薛綏之主編，天津人民出版社，1983 年 4 月，第 197 頁。

　　1927 年初中山大學開學前，各科系課程都經過重新排定，根據一系列教
務會議、文史科教授會議內容，大致可抽出具體流程如下：1927 年 2 月 10 日
魯迅被任命為教務主任的當天，召集第一次教務會議，主持重排各科課程，
「本預科所有功課，先行同時由各科分別排好，俟第二次開教務會議，再行討
論」，並規定下一次會議時間為 15 日。〔註100〕相應，兩天後（12 日）文史科
主任傅斯年召集「文史科第一次教授會議」，草擬「應定之科目，及每人認定
之科目」，以備在 15 日第二次教務會議上提出。〔註101〕21 日第三次教務會議
大致審定了各科課程，另外，為避免不同科系之間的課程雷同，「科目溝通」
一事交五科主任會同辦理，至此排課工作基本完成。〔註102〕到 2 月 24 日文史
科召集第二次教授會議時，已經進入更具體的科目分配、講義編寫環節。

　　如此，經過從科系到教務的細緻商定，且特別留意不同科系間的「科目
溝通」，文史科內部仍然存在這樣「科目重複」的現象，其間緣由就頗耐人尋
味。何況中山大學經過一番整頓，師資本就不充裕，還在積極外聘教員，這一
現象也就更不合理。在排除了其他的可能性（如分級設課、學生數量過多）之
後，最後只能導向一個結論：從科目認定到最後的分配階段，雙方其實都不
願讓出這門課程的主導權。魯迅雖是教務主任，卻無權干涉各科內部的課程
規劃。傅斯年作為文史科主任，本來有決定權，但他同時又是魯迅的學生輩，
考慮到魯迅本身的影響力，既有不久前在廈大講授文學史的經驗，當時追隨
他轉入中大，及本校為此轉系的學生也有不少〔註103〕，於情於理，這門文學

〔註100〕《本校第一次教務會議紀事錄》，1927 年 3 月 14 日《國立中山大學校報》第
　　　　6 期。

〔註101〕不過，15 日當天應有其他科系未按時提交，故第二次教務會議決定將「選科
　　　　日期展期」，要求在下一次教務會議即 21 日之前，「各科應將本科功課表排
　　　　好，預備作時間及相同功課之溝通」。參見《本校第二次教務會議紀事錄》，
　　　　1927 年 3 月 14 日《國立中山大學校報》第 6 期。

〔註102〕《本校第三次教務會議紀事錄》，1927 年 3 月 14 日《國立中山大學校報》第
　　　　6 期。

〔註103〕具體情況，可參見《兩地書》《魯迅日記》及許廣平所作《魯迅先生往那些地
　　　　方躲》等。1926 年底魯迅與許廣平通信多次提到，廈大「有幾個學生」要隨
　　　　他轉入中大，為此事魯迅與朱家驊也有商議。廈大開學之前，據 1927 年 2 月
　　　　許廣平所作《魯迅先生往那些地方躲》一文，「（魯迅）帶著好多位在廈門奮
　　　　鬥過的青年投向中大」，此後《魯迅日記》3 月 5 日也有「謝玉生等七人自廈
　　　　門來」，可知轉學一事最終落實。此外，中大本校也有學生為此轉讀文科，教
　　　　務會議因之還有過特別商定。參見《本校第三次教務會議紀事錄》，1927 年
　　　　3 月 14 日《國立中山大學校報》第 6 期。

史課都「非開不可」。就傅斯年的具體情況來說，手頭既無講義，精力有限，理應如魯迅「中國字體變遷史」一樣「暫緩開始」，而且當時傅斯年開有五、六門課〔註104〕，文史科規定的課時數是「每人十二小時」〔註105〕，授課量明顯超標，也並無與魯迅重複設課的必要。事實上，只有在傅斯年一意堅持的情況下，最後才會選用這樣一種分頭設課的方式解決。

二、被擠壓的「中古」：「文起八代之衰」

傅斯年在回國之前，文史方面的意見已經基本成形。1926 年 9 月初，傅斯年曾與當時作為「庚子賠款」中方代表訪問歐洲的胡適在巴黎碰面一段時間，期間向胡適談起他近年對中國文化、文學的新看法。當時的談話未有詳細記錄，不過在這次見面之前，傅斯年還寫有一封致胡適信大致陳述自己的意見，已經顯露出清晰的「古代」和「近代」二分。〔註106〕需要注意的是，雖然傅斯年信中所論主要是史學、哲學史，但他對文學史的判斷，本身就是基於文史哲方面的綜合意見。不久後《講義》開篇部分即明確指出，「文學史是史，他和史之別的部分之分別，乃因材料不同類而分開題目去作工：要求只是一般史學的要求，方法只是一般史料的方法。」「雖是文學史中的問題，也正是通史中的事業。」〔註107〕其以唐宋為「古今文學之轉移關鍵」〔註108〕，除受胡適《國語文學史》白話文學脈絡影響之外，也部分地基於「近代中國的語言學和歷史學，開創於趙宋」〔註109〕這一重要判斷，兩條線索被傅斯年重新擰進

〔註104〕鍾貢勳回憶傅斯年一學期開了五門課，另《本校文史科各系及高師畢業考試辦法》顯示傅斯年負責的課程有六門。

〔註105〕《本校文史科第一次教授會議紀事錄》，1927 年 6 月 20 日《國立中山大學校報》第 16 期。

〔註106〕如針對胡適此前哲學史著述，傅斯年認為「以二千年之思想為一線而集論之，亦正未必有此必要。」又談到自己近來的治學取向，「既然有二項許可我斷代，則我以性之所近（或云習之所近），將隨頡剛而但論古代的，不下於南朝。」其推定的「古代」範圍，大致與後來《中國古代文學史講義》的文學史判斷一致。參見《傅斯年全集》第 7 卷，湖南教育出版社，2003 年 9 月，第 37～43 頁。

〔註107〕傅斯年：《中國古代文學史講義·敘語》，《傅斯年全集》第 2 卷，歐陽哲生主編，湖南教育出版社，2003 年 9 月，第 8～9 頁。

〔註108〕傅斯年：《中國古代文學史講義·擬目及說明》，《傅斯年全集》第 2 卷，歐陽哲生主編，湖南教育出版社，2003 年 9 月，第 5 頁。

〔註109〕傅斯年：《中國古代文學史講義·敘語》，《傅斯年全集》第 2 卷，歐陽哲生主編，湖南教育出版社，2003 年 9 月，第 9 頁。

一個雙線進化的歷史結構中。質言之，《講義》的文學史分期，基於傅斯年1927年前後成形的史學觀念，而1927年初的史學觀念，又是脫胎於新文化背景下對「古史」的「辨偽」，以及對宋學（特別是疑古史學，延伸到程朱之學〔註110〕）的重新肯定，由此而直接關聯到魯迅與傅斯年在中山大學「古代文學史」上的必然衝突，不得不特作說明。

　　1926年底中山大學重新改組後，文科改稱文史科，下設文學、史學、哲學諸系。開學之前，在文史科主任傅斯年的主導下，文史科教授會議重新排定新學期的課程，文學史一門按斷代史講授，將北大國文系的「古代」「中古」「近代」，調整為「古代」與「近代」二分，即以「中古文學」為衰靡，直接併入上到一期中。雖然當時傅斯年對整個課程規劃有更大話語權，不過，為使教授會議通過這一項「改革」，尤其是因何取消「中古」一段，必然需要作詳細說明。現在雖不可知魯迅當時的意見，不過不久後魯迅在6月12日致章廷謙的一封信中，曾提到對顧頡剛「古史」「近史」說的不滿，「鼻之腹中，有古史，有近史，此其所以為『學者』」〔註111〕。顧頡剛的古書辨偽工作，關注點一直都在上古秦漢間，論及「近史」的情況較少。其時有意建構「古史─近史」的二元框架，並將這一分期方法在中大文學、史學課程上貫徹落實的，應是一度與顧頡剛「志同道合」的傅斯年〔註112〕。需要注意的是，魯迅信中更進一步將顧頡剛的「古史─近史」，與胡適的「新文學敘述」〔註113〕並置，認為自己的研究在當下「無可為」，「然而我有何物可研究呢？古史乎？鼻已『辨』了；文學乎？胡適之已『革命』了，所餘者，只有『可惡』而已。」〔註114〕表達

〔註110〕　如《講義》為程朱學術正名，指出「考訂是宋學」，「後人反以理學為宋學（其實清朝所謂理學是明朝的官學，即『大全』之學）、以宋學（考定文籍，辨章器物，皆宋人造成之學）為漢學，直使人有『觫不觫』之歎。」參見傅斯年：《中國古代文學史講義·〈論語·孝經〉》，《傅斯年全集》第2卷，歐陽哲生主編，湖南教育出版社，2003年9月，第118頁。

〔註111〕　魯迅：《270612致章廷謙》，《魯迅全集》第12卷，人民文學出版社，2005年11月，第36～37頁。

〔註112〕　至少在魯迅當時看來，顧、傅二人在中山大學合作密切，如他在6月23日致章廷謙信中談到中大文科近況，即認為「傅拜帥而鼻為軍師」，5月30日致章廷謙信也有「然而顧傅為攻擊我起見，當有說我關於政治而走之宣傳」。參見《魯迅全集》第12卷，人民文學出版社，2005年11月，第34、40頁。

〔註113〕　非指1917年的文學革命，而是1920年代胡適不斷重敘的白話文學史，如《五十年來中國之文學》《國語文學史》等。

〔註114〕　魯迅：《270612致章廷謙》，《魯迅全集》第12卷，人民文學出版社，2005年11月，第37頁。

的同樣也是一種話語空間被擠壓的逼仄感。

應該看到，1927 年初在手頭沒有講義的情況下，傅斯年講授這門文學史課的意向卻頗堅定。早在 3 月開學前，文史科第二次教授會議對講義問題就有一條明確商定，「最好能將講義編出，不得已，則編詳細綱目」〔註115〕。現在看來，傅斯年《講義》正文前的《擬目及說明》一篇，最初可能就是為此而作〔註116〕。這份課程「提綱」展現了傅斯年對於文學史的宏大架構，「起於殷周之際，下到西漢哀平王莽時」，此為古代文學的正身，「其下之八代（即漢末到隋）為亂」，即進入衰靡期。〔註117〕至於唐代，韓愈古文運動一掃六朝衰靡文風，而白話的、平民的新文學（主要是新樂府）亦同時而起。如此，以「唐」為界劃分古代、近代，以「八代之衰」這一來自唐宋古文家的經典話語，指責漢魏六朝的頹靡與僵硬，所有這些「設計」未必經得起多少文學史事實的拷問，卻顯示出傅斯年當時的確懷有一種以「正道」匡救（排擯）「異端」的自信。事實上，從 1927 年《講義》包括作為其補充的《八代史學》〔註118〕發端，到 1930 年代在北大講授「史學方法導論」〔註119〕、「中國古代文學史」等課程，傅斯年所用的仍然是同一種模式。

作為《講義》的詳細綱目，《擬目及說明》明確交代周漢至八代文學為一線，「八代之所以為八代，與其所以不為周漢者，正以他實自周秦盛漢出來，而不能平空另起一線」，「自殷周至西漢末為古代文學之正身，以八代為古代文學之殿軍者，正因周漢八代是一線，雖新文學歷代多有萌芽，而成正統大風氣之新文學，至唐代方才見到滋長。」〔註120〕同樣是追溯「新文學」之萌芽

〔註115〕 《本校文史科第二次教授會議紀事錄》，1927 年 6 月 20 日《國立中山大學校報》第 16 期。

〔註116〕 《擬目及說明》文後署有「十六年十月擬目」，即 1927 年 10 月。這更可能是新學期後他又重新調整「修定版」時所記。

〔註117〕 傅斯年：《中國古代文學史講義‧擬目及說明》，《傅斯年全集》第 2 卷，歐陽哲生主編，湖南教育出版社，2003 年 9 月，第 5～6 頁。

〔註118〕 具體情況，參見李飛、費曉健：《傅斯年論述「八代史學」的一篇佚文——記新發現的傅斯年〈中國古代文學史講義補‧八代史學〉》，《史學理論與史學史學刊》，2010 年第 8 卷。

〔註119〕 「史學方法導論」的課程講義，後來僅存第四講，不過正文前有一份擬目，標明第五講即為「古代史與近代史」。參見傅斯年：《史學方法導論》，《傅斯年全集》第 2 卷，歐陽哲生主編，湖南教育出版社，2003 年 9 月，第 307～351 頁。

〔註120〕 傅斯年：《史學方法導論》，《傅斯年全集》第 2 卷，第 307～351 頁。

（或理想文章之形態），傅斯年所肯定的「正統大風氣之新文學」，對應魯迅《綱要》包括周作人所批評的唐宋載道古文，而其所謂「八代之衰」者，亦恰是新文學之初北大國文門劉師培標舉「文崇六代」的觀照範圍。

這裡有必要首先回顧新文學初期北大國文門所確認的文學史分期情況，特別是「中古文學史」一門的敘述方式。既往研究大多關注近代日人文學史著述對於中國學人的影響，不過，在 1917 年前後的北大國文門中，擇定並突出「中古」（即魏晉六朝）一段，卻非來自日人思維，而是直接得益於劉師培與黃侃、朱希祖等章氏門人的合力推動。

1917 年初蔡元培、陳獨秀推動國文門內課程改制，具體在文學史方面，在概論性的「通史」之外，又增設斷代史一類，即《錢玄同日記》所記「文學史擬分時代，各請專家講授」〔註 121〕。不過具體分期方案經過多次磨合，陳獨秀、錢玄同、胡適三人當時在《新青年》上圍繞此一話題亦有討論。1917 年 2 月 1 日《新青年》第 2 卷第 6 號「通信」首次刊出一則錢玄同來信，除對《文學改良芻議》大致讚賞外，重點論及陳獨秀擬定的「（北京）大學文科中國文學門課程表」，錢玄同對其中「宋代」的位置提出自己的看法，認為「宋乃啟後，而非承前」，建議「中國文學當以自魏至唐為一期，自宋至清為一期」。〔註 122〕錢玄同提到的「課程表」，即當時新聘北大文科學長陳獨秀主持擬定的討論草案之一，後未正式推行。錢氏信後附有陳獨秀的回覆，交代了分期方法又有變動，最新的方案是「擬以自魏至北宋為一期，自南宋至清為一期」。〔註 123〕另據《錢玄同日記》1917 年 2 月 1 日記「（陳、蔡二君）現在欲請逖先擔任三代秦漢文學史」〔註 124〕，可推知 1917 年初的三段分期是「三代秦漢」「魏晉至北宋」及「南宋到清」。

錢玄同雖為章門弟子，但對文學史分期的看法與胡適有更多相通，原因在於胡適、錢玄同所持的白話視角。應該看到，純然以「容易懂的」「通俗簡單」為尺度，則更容易「顛倒」回去重新肯定桐城文，在價值觀上重新發現唐宋古文包括程朱理學的「近代」價值，即如 1927 年中山大學及 1930 年代北京

〔註 121〕錢玄同：《錢玄同日記（整理本）》上冊，楊天石主編，北京大學出版社，2014年 8 月，第 307 頁。

〔註 122〕《通信》，1917 年 2 月 1 日《新青年》第 2 卷第 6 號。

〔註 123〕《通信》，1917 年 2 月 1 日《新青年》第 2 卷第 6 號。

〔註 124〕錢玄同：《錢玄同日記（整理本）》上冊，楊天石主編，北京大學出版社，2014年 8 月，第 307 頁。

大學等學校文科「文學史」敘述所呈現。重新回到這則通信來看，1917 年 2 月國文門內部討論得出的這一「草擬」方案，落實時又有明顯變動，「魏晉南北朝」一段被單獨拿出，作為「中古文學史」即第二期，這可能與 1917 年秋劉師培應蔡元培、陳獨秀之邀，受聘北大國文門有關。文學史正式分期為古代（上古訖建安）、中古（魏晉迄唐）、近代（唐宋訖今），其中朱希祖、吳梅分任古代、近代，「中古」一段最初注明由朱希祖、劉師培分別授課，學生可自由選擇，實際形成了某種競爭或過渡狀態。〔註 125〕如此，到 1917 到 1918 學年度第二學期，劉師培的「中古敘述」勝出，基本形成了朱希祖「古代」、劉師培「中古」、吳梅「近代」這一經典分期格局。

事實上，除了劉師培的強勢介入，此前黃侃與桐城派之間的爭辯，已經使六朝駢文與唐宋古文的「對峙」與「勝敗」形象，在北大國文門內深入人心，這無疑也構成「中古」一段得以成功獨立的前提。具體就 1917 年前後中國文學史方面的師資配置而言，劉師培無疑是北大國文門的主力，除「中古文學史」「文（三）」等課程外，還擔任研究所「文」之一科的講授。黃侃則包攬「文（一）」與「文（二）」。此外朱希祖講授「中國古代文學史略」和「古代（即上古）文學史」二門，大體遵循老師章太炎的意見，據當時學生金毓黻回憶，「先生（指朱希祖）膺北京大學聘，授中國文學史，撰《總論》二十首，每一首成，必以呈章先生，蓋不經章先生點定，則不即付油印。猶記先生授文學史二年，而講義不及百翻，蓋以送章先生鑒定，往返遲滯之故。」〔註 126〕雖然章太炎、劉師培標舉「魏晉」「六代」的理由並不完全一致，甚至雙方在文筆立場上有絕對分野，仍然保有「以文字為文章之始基」這一漢學家文論根底上的相通性。特別是民初以來，劉師培文論又有蛻變，選擇性吸收章太炎關於魏晉持論的經典闡述，以此更新（突破）阮元「文言」說。

具體就 1917 年北大國文門的文學史敘述情況而言，「中古」一段得以被突出與放大，更多還是演繹了章、劉二人共通的「文章史」眼光。換言之，認為魏晉時代啟新這一意見，來自章門弟子的文學史把握，但將「魏晉」或更寬泛的「六代」單獨拿出，無疑得力於劉師培的文學史判斷。由此清末以降圍繞

〔註 125〕《文科中國文學門課程表》，1917 年 11 月 29 日《北京大學日刊》。
〔註 126〕金毓黻：《靜晤室日記（第七冊）》，遼瀋書社，1993 年 10 月，第 5599 頁。另，章門內部圍繞北大文學史的講授亦有相互切磋，如朱祖延提到「（朱希祖）嘗撰《中國文學史要略》未就，季剛為釐定而足成之」，可聊備一說。參見朱祖延：《朱祖延集》，崇文書局，2011 年 9 月，第 592 頁。

「魏晉六朝文」這一歷史資源的發現與闡釋，直接與新文化一代面向「唐宋文／桐城文／載道文」的抵抗前後接榫，並直接導出指向傳統文論的某種破壞性，進而為新文學一代在純文學層面上論述「文」之獨立性做好了理論預備工作，這可能是黃侃「與桐城派人爭論駢散」〔註127〕、劉師培提倡「建安文學，革易前型」及「文崇六代」所始料未及的。

　　劉師培《中國中古文學史講義》（以下簡稱《中古文學史》）提出兩個最基本的判斷，即「文崇六代」與「革易前型」，前者說明中古一段在文學史上的地位，後者解決的是「質變」發生的起始點問題。在「文學史」的敘述方面，章太炎最重要的工作，是能就歷代文章「平」而論之，將「魏晉持論之文」從「復古」的隊列當中正式提出，《國故論衡》為此假設了一個論辯對象，「或言今世慕古人文辭者，多論其世，唐宋不如六代，六代不如秦漢。今謂持論以魏晉為法，上遺秦漢，敢問所安？」〔註128〕這種「以魏晉為法」「上遺秦漢」的行為明顯逸出常軌，自然帶來一種失序的衝擊，或曰評價的失措。劉師培在這一方面與太炎相似，不過更加「激烈」，在「詩賦欲麗」這一美術文章標準的衡量下，六代文學被整體性的突出。更重要的是，隨著章、劉二人的文學史眼光在 1917 年北大「匯流」，長久以來被賦予時間價值的、「一代不如一代」的文學史秩序終於被打亂。具體到 1917 年北大國文門中，在文科學長陳獨秀的主持下，借助黃侃、劉師培包括直承太炎意見的朱希祖之手，傳統文學以一種「怪異」的方式從內部被撐破，由此導出文學內部「更新」的諸多可能。在整個過程中，章太炎雖未出場，但其獨特意見通過章氏門人及作為清末「論敵」的劉師培，在北京大學國文門初期的科目建制上起著不容忽視的帶動／催化作用。此後 1919 年劉師培病逝，因「中古」一段難覓合適的教授人選，不久即改「分段文學史」為「分體文學史」，不過這一分期意識仍然保留在「文」之一類的講授中，未有大的變動。

　　然而，十年之後在中山大學，被擠壓的偏偏是魏晉六朝（即所謂「八代」）一段，中古因此而被收入古代，成為古代文學的一個衰落的結尾。與此相反，唐宋構成近代新文藝的發端，其文學史意義被突出強調。這樣，從 1917 年到 1927 年，從北京大學到中山大學，唐宋文以另一種方式重新顛覆了魏晉（六

〔註127〕章太炎：《與吳承仕・四十九》，《章太炎全集・書信集（上）》，馬勇整理，上海人民出版社，2017 年 4 月，第 445 頁。

〔註128〕章太炎：《論式》，《章太炎全集・國故論衡先校本、校定本》，上海人民出版社，2017 年 4 月，第 85 頁。

朝）文章。應該看到，當時傅斯年既為文科主任，事實上擁有更大的制定課程上的主導權，其《講義》的思路很可能就是魯迅所授「古代文學史」課程的斷代（指上古至隋）依據。即是說，1927 年「古代漢文學史綱要」這一名稱，本身就是重新擠壓「中古」的結果。

應該看到，傅斯年《講義》與胡適《白話文學史（上卷）》均編寫於 1927 年間，敘史話語亦多有相通。據胡適晚年回憶，兩部文學史著的相似亦非巧合。1926 年胡適旅歐期間，曾與傅斯年在法國巴黎碰面，彼此暢談關於中國文化、文學的新意見，傅斯年當時表達的觀點頗雜而密，《胡適日記》有「孟真今天談的極好，可惜太多了，我不能詳細記下來」〔註 129〕等記錄。事實上，胡適最早正是在傅斯年「把發生學引進文學史來」〔註 130〕的思路影響下，嘗試重新完善其文學史著，「1926 年我到巴黎，他那時在柏林，知道我來到法國，特地從柏林趕來與我同住了許多天……飯後常常談到晚上一二點鐘，充分互相討論。那個時候他就已經撒下了許多種子。」〔註 131〕胡適後來特別提到傅斯年當時對文學史進程的描述，「中國一切文學都是從民間來的，同時每一種文學都經過一種生、老、病、死的狀態。從民間起來的時候是生，然後像人的一生一樣，由壯年而老年而死亡。這個觀念，影響我個人很大。」〔註 132〕如果說此前《國語文學史》更多還是靠材料搜集的長編，缺少一種自圓其說的理論支撐，1926 年胡適與傅斯年在法國巴黎的談話實際上為他提供了一種在材料之外，可以讓「文學史」真正「動」起來的方法。因此，當 1927 年春北京文化學社出版了五年前的舊講義，胡適才大感惶恐，迅速對原講義做了大幅修改，更名為《白話文學史》出版。

事實上，以通俗易懂的「元白詩」代替堂皇正大之「韓文」作為唐宋文學的代表，晚清時期即淵源有自。陳三立、陳衍等同光體詩人（也稱宋詩派）推重開元、元和、元祐諸大家，張之洞論詩亦持「唐宋貫通論」，由此塑造出的「六朝道衰文蔽，唐宋道振文盛」這一文學史範型，糅合了清末從封疆大吏到

〔註 129〕胡適：《胡適日記全編》第 4 卷，曹博言整理，安徽教育出版社，2001 年 10 月，第 375 頁。

〔註 130〕傅斯年：《傅斯年全集》第 2 卷，歐陽哲生主編，湖南教育出版社，2003 年 9 月，第 9 頁。

〔註 131〕胡適：《傅孟真先生的思想》，《諤諤之士：傅斯年筆下的名人與名人筆下的傅斯年》，王富仁、石興澤編，東方出版中心，1999 年 7 月，第 7 頁。

〔註 132〕適：《傅孟真先生的思想》，《諤諤之士：傅斯年筆下的名人與名人筆下的傅斯年》，第 7 頁。

傳統文人對於「唐宋盛世」的追緬，及其背後揮之不去的民族危機感。需要注意的是，晚清同光體的代表陳三立即陳寅恪之父，陳寅恪後來在新文化運動興起之際，重又對吳宓、傅斯年等標舉宋代文藝與學術之盛，指責「今人以宋元惟為衰世」乃「大誤」〔註133〕，一定程度上也有其家學淵源。〔註134〕具體到1920年代初國內學界又受日本漢學界的影響，如內藤湖南從整體文化史的角度，提出「唐宋變革」「宋清一體」的近世說，其中平民（文學）取代貴族（文學）的崛起是重要內容，陳寅恪包括傅斯年所論「元白詩」「趙宋世」等與此多有暗合〔註135〕。當然，內藤湖南所論「唐宋變革論」等，有其自身的話語背景與建構過程，且部分地來自近代東亞學人對歐洲近代鏡像的摹寫，研究界對此也有充分論述。僅就這裡關涉到的1920年代後期中國文學史敘述而言，傅斯年《講義》、胡適《白話文學史》均有意在平民文學的尺度上論證元白新樂府的「近世性」，可以說順應了這一學術潮流。經此重新轉換，唐宋文的脈絡較之傳統更豐富，或曰更「現代（近代）」。

三、《綱要》「文筆之辨」的敘說資源

據增田涉回憶，魯迅晚年向他說過《中國文學史》「在他活著的時期內，無論如何也寫不出全部，因此想寫到唐代為止」〔註136〕，這一點從所擬綱目也能見出。雖則無論這部文學史或是《綱要》，魯迅並未使用明顯的分期話語，但就

〔註133〕陳寅恪此一意見，至遲形成於留學時期，據1919年12月14日《吳宓日記》記陳寅恪談話，「今人以宋、元為衰世，學術文章，卑劣不足道者，則實大誤也。」針對的正是新文化初期一度高揚魏晉六朝，貶低宋元以後的傾向。此後胡適《國語文學史》出版，通過追溯、肯定宋元以後白話文學，改變這一格局。事實上，胡、陳二人雖出發點有別，而在表彰宋元文學、學術上，反有不少暗合。參見吳宓：《吳宓日記（第二冊）》，吳學昭整理，生活・讀書・新知三聯書店，1998年3月，第103頁。

〔註134〕同光體內部脈絡有其複雜性，陳三立屬贛派代表，推重韓愈、黃庭堅。陳寅恪在繼承陳三立詩學的基礎上，脈絡又有變化，兼收清末同光體詩論，如陳衍「三元」說，糅合而成以韓愈古文運動、元白詩及「備具眾體之小說」等為代表的「元和新腳」。

〔註135〕此前已有研究者指出陳寅恪與內藤湖南在史學、文學觀點上的相似或影響關係，如年發松：《內藤湖南和陳寅恪的「六朝隋唐論」試析》，《史學理論研究》，2002年第3期；趙耀鋒：《陳寅恪「元白」詩研究以及內藤湖南的影響》，《浙江師範大學學報（社會科學版）》，2017年第4期。

〔註136〕〔日〕增田涉：《魯迅的印象》，鍾敬文譯，湖南人民出版社，1980年5月，第73頁。

他對整個文學史的脈絡判斷而言,「想寫到唐代為止」本身也有斷代的意味。現據許壽裳、增田涉等友人回憶,將魯迅擬寫的文學史綱目列表如下〔註137〕:

篇章提綱	時　段
1.從文字到文章	總論
2.「思無邪」	三代
3.諸子	春秋戰國
4.從《離騷》到《反離騷》	戰國至西漢
5.酒,藥,女,佛	六朝
6.廊廟和山林	唐

　　表面上看,魯迅選擇的節點在唐代,似與中山大學「上古至隋」包括「古代」「近代」的二分法區別不大。但在斷代緣由上卻有本質差別,早在魯迅1926年起筆撰寫《綱要》第一篇「概論性質」的《自文字至文章》時,已將文學史的脈絡交代得很清楚,「辭筆或詩筆對舉,唐世猶然,逮及宋元,此義遂晦,於是散體之筆,並稱曰文,且謂其用,所以載道,提挈經訓,誅鋤美辭。」〔註138〕魏晉是文章自覺的時代,唐代古文運動萌生新變,不過古誼猶然,到宋代「文(章)本義」失落,「載道之用」正式代替藻韻、人情,成為一種被塑造出來的「文苑正統」。與此相應,一度臻於自覺的「美辭」反而被斬其統緒,擠壓成為「異端」或「八代之衰」。尤其需要注意的是,《綱要》在闡明「文章古誼」,為其在唐宋之際的「失落」正謬之後,視線忽而跨越到清代中葉「駢散之爭」的代表人物阮元,「清阮元作《文言說》,其子福又作《文筆對》,復昭古誼,而其說亦不行」〔註139〕。

　　事實上,阮元父子所論並非時代絕響,清末最後一次「復昭古誼」並直接催生近代文學發生一部分「新變」的,也並非阮元及其《文言說》,而是充分調用、修補並「革命性」地改寫了阮氏父子「文筆論」〔註140〕的劉師培。就

〔註137〕　參見許壽裳《亡友魯迅印象記》,峨眉出版社,1947年10月,第61～62頁;〔日〕增田涉:《魯迅的印象》,鍾敬文譯,湖南人民出版社,1980年5月,第73～74頁。

〔註138〕　魯迅:《漢文學史綱要·自文字至文章》,《魯迅全集》第9卷,人民文學出版社,2005年11月,第356頁。

〔註139〕　魯迅:《漢文學史綱要·自文字至文章》,《魯迅全集》第9卷,第356頁。

〔註140〕　作為經典資源被反覆徵用的阮元《文言說》,堅持以藻韻為文,反之為筆,這是唐宋以來駢散爭論的慣有路徑。

近代文筆論的格局來看，清末劉師培《文章源始》《廣阮氏文言說》等系列論文重提「文筆之辨」，1917 執教北大後所編講義《中古文學史》進一步改寫「文筆」範圍，通過不斷修補、完善阮氏父子舊說，目的在於藉此召喚「文章本義」。清末章太炎曾與劉師培就「文筆」問題展開一場論爭，但太炎本身的觀照範圍闊大，文筆、駢散在他看來本不必爭，具體就文章一面來說，其關注點在文筆、駢散之外的魏晉持論文章。太炎這一觀點截斷眾流，直接從自家名理之學而來，無意與文筆、駢散等傳統文論話語發生過多糾纏。事實上，真正試圖從源流上梳理文筆、純雜等「文章名實」關係，後期更有意吸收章太炎魏晉文章新論，突破阮元代表的揚州學派「文選學」，並最終以「漢魏六朝經驗」揭破文學史上「文筆關係之顛倒」的是劉師培。

1917 年劉師培受聘北大，講授「中古文學史」「漢魏六朝專家文研究」等課程，與晚清時期相比，其後期文論有兩個明顯變化。其一，不再關心上古文章的發源問題，如《文章源始》等，轉而將精力貫注在「中古文學」一段。〔註141〕其二也是更重要的，借助中古期間的文論闡發，劉師培重新表述了在理想狀況下、靈活變動的「文筆關係」。《中古文學史》通過對《文賦》《文心雕龍》等同期文論的分析，得出兩個重要判斷「論尚植慎，隸論於文」與「筆不該文，文可該筆」。前一觀點較早見於 1913 年初《國學學校論文五則》〔註142〕一文，劉師培提出「隸論於文」，是他區別於清末文筆之辨的一個新角度，這可能部分受到太炎清末文論如《國故論衡・論式》表彰魏晉名理文章的啟發。劉師培主要從「植慎」即「藻彩」的角度肯定「論」體的「彣彰性」，直面並真正消納章太炎清末文論的經典判斷，這是他在阮元揚州學派基礎上對「文（章）」範圍的一次革命性開拓，可視作清季以來章、劉二人榷論文章過程中「勤攻君過，時有神悟」〔註143〕的某種延續；至於「筆不該文，文可

〔註141〕 這一轉向的前提在於，通過反覆試探，最終確認「以中古為文章自覺階段」的基本判斷。1907 年劉師培最初調用「上古」與「中古」二段討論美術（art）變遷，範圍寬泛，而且斷代不同。不過「美術」先需經過一個實用階段，之後褪去功利、提純得到本體，這種思考方式成為日後論文，標舉漢魏六朝的先聲。關於「中古」思路的晚清先聲，參見王風：《劉師培文學觀的學術資源與論爭背景》，《世運推移與文章興替——中國近代文學論集》，北京大學出版社，2015 年 1 月，第 80 頁。

〔註142〕 劉師培：《國學學校論文五則》，1913 年 2 月《四川國學雜誌》第 6 期。1916 年 1 月更名《文說五則》，刊於《中國學報》第 1 期。

〔註143〕 參見馬勇整理：《章太炎全集：書信集（上）》，上海人民出版社，2017 年 4 月，第 141 頁。

該筆」一說，見解開闊，亦與阮元等必欲上溯孔子、以立「文統」的一元論視點迥異。同時應該看到，劉師培所論「文可該筆」，必須以「筆不該文」為必要前提，這顯然也不同於章太炎一直主張的文筆不分。事實上，以「該」之一字總括「文」與「筆」的關聯，且是單向的，將後者視作前者之外延的用意顯豁。這裡，劉師培似乎有意通過處理漢魏六朝文論，解決晚清論述中一度為他所「懸置」的純、雜文學之間的關係問題，至少《中古文學史講義》提供了這樣一種可能性。黃侃同期為北大授課所編講義《文心雕龍劄記》，在論及「文學」界域問題時亦秉持同一思路，「竊謂文辭封略，本可弛張，推而廣之，則凡書以文字，著之竹帛者，皆謂之文……若夫文章之初，實先韻語；傳久行遠，實貴偶詞；修飾潤色，實為文事；敷文摛采，實異質言；則阮氏之言，良有不可廢者。……然則拓其疆宇，則文無所不包，揆其本原，則文實有專美。」〔註144〕其說有意融合章、劉文論，實際上建構了「韻偶—文飾—句讀」三層逐次拓展開來的「文」之秩序。魯迅《綱要》第一篇的思路與此異曲同工，「初始之文，殆本與語言稍異，當有藻韻，以便傳誦……漢時已並稱凡著於竹帛者為文章」，又「蓋其時文章界域，極可弛張，縱之則包舉萬匯之形聲；嚴之則排擯簡質之敘記，必有藻韻，善移人情，始得稱文。其不然者，概謂之筆。」〔註145〕

　　從《綱要》第一篇《自文字文章》所鋪展的方向看，「中古」或「漢魏六朝」的身影也很清晰。無論徵引劉勰《文心雕龍》，還是蕭繹《金樓子》，抑或略過宋元以來「文學陵遲」，直達清代阮元《文言說》，實際都通向一個並未現身的劉師培。魯迅由六朝「文筆」的相對關係入手，打通歷代文章變遷關鍵，與劉師培的論文經驗亦多有相似。概言之，漢魏六朝以「藻（形）、韻（音）、情」為文，確立了文章的獨立性，拒絕作為經史子及一切道德、功利等附加物的價值，即 Art for art's sake（為藝術而藝術）。只有在此前提下，「筆」作為外延才能同時被賦予「文章」的意義。如此，以「美術」「情采」「文」為內核，逐漸延展而至於「雜著」及「筆」，構成了一個層次不同的同心圓結構，大體如下所示：

〔註144〕黃侃撰，周勳初導讀：《文心雕龍劄記》，上海古籍出版社，2000 年 5 月，第 10 頁。

〔註145〕魯迅：《漢文學史綱要・自文字至文章》，《魯迅全集》第 9 卷，人民文學出版社，2005 年 11 月，第 355～356 頁。

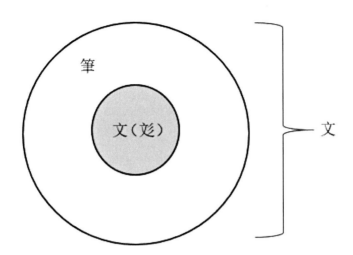

　　確認一個在內容（情感）、形式（藻韻）上，都與「筆」相區分的「文
（彣）」，這是第一層；在此及出生，以「文（彣）」為中心的輻射，與以「筆」
為外延的聚合，二者相輔相成，初步完成一個更寬泛的「文（章）」概念，這
是第二層；「文（彣）」與「文（章）」相對、相通，構成一個同心圓結構，如
《綱要》第一篇所說「文章界域，極可馳張」，但馳張也有一定之矩，此即第
三層。以上「彣─文─筆」的關係層層拓開，通過文筆之辨不斷改寫、轉換
「文章」界域，進而在理論上可以觸及、生成一個相對完善的文章概念，以上
基本可概括《自文字至文章》一篇的主體樣貌。

　　尤其需要留意的是，《自文字至文章》篇末給出了一個「脈絡性」的判斷，
可與阮福《學海堂文筆策問》、劉師培《中古文學史・文學辨體》對讀：

　　　　辭筆或詩筆對舉，唐世猶然，<u>逮及宋元，此義遂晦，於是散體</u>
　　　<u>之筆，並稱曰文</u>，且謂其用，所以載道，提挈經訓，誅鋤美辭，講
　　　章告示，高張文苑矣。清阮元作《文言說》，其子福又作《文筆對》，
　　　復昭古誼，而其說亦不行。〔註146〕

　　　　文筆二字，唐以前之書，分之甚明，往往有善屬文、長於筆之
　　　稱，至宋元以後，無此稱矣。〔註147〕

　　　　散行之體，概與文殊。<u>唐、宋以降，此誼弗明，散體之作，亦</u>

〔註146〕魯迅：《漢文學史綱要・自文字至文章》，《魯迅全集》第 9 卷，人民文學出版
　　　　社，2005 年 11 月，第 356 頁。
〔註147〕阮福：《揅經室三集》卷五《學海堂文筆策問》，阮元：《揅經室集（下）》，鄧
　　　　經元點校，中華書局，1993 年 5 月，第 709 頁。

入文集……唐宋以降，文學陵遲。〔註148〕

上述三則「文筆之辨」的材料，前後呈現出一定的「互文性」，比較而言，無論措辭、句式，《綱要》與《中古文學史》都更相似〔註149〕。且劉師培《中古文學史・文章辨體》一篇就說明「以阮氏《文筆考》為主」，大致可斷，魯迅更可能是經由劉師培而上溯《文筆考》，後又將劉氏隱去。〔註150〕需要說明的是，魯迅與劉師培都認為文筆含混始於唐代、成於宋代〔註151〕，不過二人所取節點不同，《中古文學史》聚焦漢魏六朝，即「文筆昭晰」之時，而魯迅計劃寫到唐代，還需要處理一段從「未分」、「已分」到「逐漸混淆」的演變過程。這裡，魯迅雖未按計劃編完，但最關鍵的脈絡「上古到秦漢─魏晉到唐（─唐宋以後）」，在《綱要》第一篇已經有清晰呈現。

概言之，以漢魏六朝「由彣及筆」「筆而反文」「文筆對待」幾個必要階段為文章界域，以宋世以後「誤筆為文」「以文（筆）載道」「誅除美辭」為文章失位，《綱要》與《中古文學史》對文章概念的理解、文學史脈絡的把握等意見相通。此外，還有《綱要》並未直接敘出的部分。首先，論及「文筆之辨」最關鍵的「韻腳」問題，魯迅較之劉師培「自然天籟」的想像性，對於漢語言文字的聲音規律有更切實的體察。具體到古韻分理方面，以漢魏六朝這一古今韻部變動激烈的時段為「重塑韻文」的時空參照，自宋以後韻書同用、獨用多誤這一知識結構，為魯迅致楊霽雲信中「我以為一切好詩，到唐已被做完」〔註152〕一說，提供了必不可少的理論依據；至於中國文章獨有的「形美」，在魯迅看來至少與「聲韻」同樣重要，《中國字體變遷史》與《中國文學史》本

〔註148〕 劉師培：《第二課　文學辨體》，程千帆等導讀：《中國中古文學史講義》，上海古籍出版社，2000年12月，第6頁。

〔註149〕 《綱要》第一篇文後未附「參考書目」，周氏兄弟晚清文章論述，如提倡美術文章、以文章與實用之學不同等，意見多與劉師培暗合。況且，劉師培及《國粹學報》在當時清末留日學生當中的影響力本就不容小覷，二周很有可能受其影響。至於後來譖言劉師培，或與劉師培先後與端方、袁世凱同流，品行有失有關。

〔註150〕 即便並非有意傚仿，至少可以說明，劉師培及其六朝文筆論在《綱要》寫作一開始就起著潛移默化的影響。

〔註151〕 劉師培1905年《論文雜記》第十則，即認為「降至唐代，以筆為文，如昌黎言『作為文章，其書滿家』。」參見劉師培：《劉師培全集（第二冊）》，中共中央黨校出版社，1997年6月，第86頁。

〔註152〕 魯迅：《341220致楊霽雲》，《魯迅全集》第13卷，人民文學出版社，2005年11月，第307頁。

就並列在著述計劃中，漢魏六朝的碑刻畫像等留有若干漢字起源期的遺蛻，於此可以詳考漢字與畫之間的微妙關聯，這是魯迅與沈兼士相類的「文字畫」判斷。單獨就魯迅自己的發現來看，六朝時期的字體處在一個將要而並未「完全簡化」成為「不象形的象形字」〔註153〕階段之前，這一過程既有諸多亂象，也有文字應用的自然規律可尋。比如，碑別字作為一種「民間訛變」的時代現象，較之宋元以後歷代字書的強立正體，漢魏六朝背後的文字「演化」意義也更可觀。

周氏兄弟很少提起劉師培，諱言自己與劉氏之間的思路關聯。1918 年 7 月 5 日魯迅在致錢玄同信中，曾以「偵心探龍」暗諷劉師培，這一典故化自「偵探」與「文心雕龍」的字面疊加。一方面，是對劉師培清季革命中變節端方，包括不久前組織籌安會、鼓動復辟的不滿，另一方面，卻也可見劉師培當時在北大講授《文心雕龍》包括《中古文學史》等中古時期文論、文學史的影響力。〔註154〕事實上，與其說《自文字至文章》所致意的是清代阮氏父子，倒不如說，魯迅是在重提 1917 年劉師培文學史論述中被作為重要資源的「文筆古誼」。至此，從漢魏六朝文章到阮元父子，劉師培《廣阮氏文言說》特別是 1917 年《中古文學講義史》作為《綱要》更重要的文論視野，已經呼之欲出。沿此脈絡，1927 年間魯迅在《魏晉風度》的演講中正式提到劉師培及其《中古文學史》，「倘若劉先生的書裏已詳的，我就略一點；反之，劉先生所略的，我就較詳一點。」〔註155〕不過是一次更自然的呈現。

四、被擠出的「魏晉自覺論」

1927 年初在中山大學重新整頓、師資匱乏的條件下，文史科主任傅斯年與文學系的主任魯迅同時為學生開設了一門「古代文學史」的新課，這樣的分配並不合理。傅斯年在中大期間所編講義，後來整理成《中國古代文學史講義》一書，持之與魯迅《漢文學史綱要》比照，文學史的意見截然相反。在彼時及之後傅斯年主導的中山大學文學史敘述中，魏晉到六朝文章處於被壓抑

〔註153〕魯迅：《門外文談》，《魯迅全集》第 6 卷，人民文學出版社，2005 年 11 月，第 91 頁。

〔註154〕劉師培在北大國文門講授六朝文章，《文心雕龍》正是其重要的文論資源，並有弟子羅常培根據課上筆記，後來整理為《文心雕龍講錄》出版。

〔註155〕魯迅：《魏晉風度及文章與藥及酒之關係》，《魯迅全集》第 3 卷，人民文學出版社，2005 年 11 月，第 524 頁。

的狀態。1927 年中山大學「古代」和「近代」的分期方法，區分的理據即直接來自傅斯年的文學史思路，如傅斯年《講義》開篇《敘語》一節就給出一個基本判斷：「近代中國的語言學和歷史學，開創於趙宋」〔註156〕。以八代為衰靡不振，以唐宋為「起八代之衰」，某種程度上在白話文學史的領域重新與「載道古文」合流，直接構成對 1917 年前後北京大學國文門中「魏晉文」與「唐宋文」之間權力更迭的重行顛倒。同時這也是魯迅及其《漢文學史綱要》在中山大學的遭遇。不僅《綱要》著述計劃被迫擱淺，具體到魯迅的文學史敘述在中山大學文史科的「碰壁」，也勢必擠壓並提示他重提「魏晉風度與文章」的重要意義。〔註157〕

1927 年 4 月魯迅從中大辭職後，《魏晉風度》成為一次表達自我意見的契機，尤其是在經歷「四一二事變」，以及改革文科的願景在中山大學「受挫」之後，對文學史的意見與現實感觸得到了一次彼此融匯的契機。應該看到，同年 7 月魯迅在廣州發表以《魏晉風度及文章與藥及酒之關係》為名的演講，其所聚焦、拓開的正是傅斯年《講義》批判、擠壓的「八代（中古）」一段。《魏晉風度》明確提出「魏晉（曹丕的時代）是一個文學的自覺時代」這一論斷，需要注意的是，此前此後魯迅都很少有這樣「簡化的」、學者式的概括。事實上，與其雜文創作風格相反，魯迅的學術著述往往表現出過分的謹慎，「論斷太少」〔註158〕。《魏晉風度》提出「文學自覺論」，某種程度上是在「主流學界的文學史敘述」與「現實政治」的雙重壓力下，被迫擠壓而出的自我表達。魯迅選擇在當時彰顯魏晉文章，及魏晉人物非禮的風采，並非如通常所理解的避禍或顧左右而言他，反而明顯是要「搗亂」或「出風頭」〔註159〕，即偏要說出魏晉文人的風度，特別是魏晉文章的自覺屬性。1927 年 7 月 12 日魯迅在致江紹原信中提到這次演講計劃，說明「此舉無什麼深意，不過小出風頭，

〔註156〕傅斯年：《傅斯年全集》第 2 卷，歐陽哲生主編，湖南教育出版社，2003 年 9 月，第 9 頁。

〔註157〕應該看到，在 1927 年赴廣州之前，包括在廈大撰寫《〈嵇康集〉考》，魏晉文章還止於魯迅的個人興趣，或是他認為考察中國文章變遷應該把握的重要資源。至少從未公開標舉或提出「魏晉」文章或風度。

〔註158〕魯迅：《231228 致胡適》，《魯迅全集》第 11 卷，人民文學出版社，2005 年 11 月，第 439 頁。

〔註159〕1927 年 7 月 12 日致江紹原信，提到「此舉無什麼深意，不過小出風頭，給幾個人不高興而已」，又 7 月 17 日致章廷謙信，也有類似表述，「以幾點鐘之講話而出風頭，使鼻輩又睡不著幾夜」。參見《魯迅全集》第 12 卷，人民文學出版社，2005 年 11 月，第 49、51 頁。

給幾個人不高興而已。」〔註160〕這裡的「幾個人」，至少包括當時魯迅在致友人信中多次批評過的「顧傅」或「傅顧輩」〔註161〕。概言之，1927 年《魏晉風度》作為文學史敘述的一個「主動選擇」的節點，一方面與當時的政治氛圍相關，是有所為而發，而在文章變遷的把握上，也並非沒有來處，是對此前中山大學「八代之衰」一個反撥，或特意強調。

概言之，魯迅所以要提出（或「復述」）「魏晉文章自覺說」，既來自 1917年前後經劉師培《中古文學史》而拓開的文學史思路，這在 1926 年《綱要》第一篇即可證明，同時也有現實中明確要反抗（對話）的對象，即傅斯年《講義》代表的文史思路，以及與這樣一種文史思路形成共謀的現實政治暴力。正是在這樣有意為之的對抗場景當中，「魏晉文章」的圖像才得到更加明晰的呈現。可以認為，《魏晉風度及其文章》本身就內含豐富的「對話性」，或曰「雜文性」。而只有結合魯迅在中山大學期間的教學活動，將《綱要》與《魏晉風度及其文章》放在 1927 年間這一完整的對話場域中，才能更準確理解其內涵與價值。林語堂《魯迅》一文曾將《魏晉風度及其文章》解讀為「一種蒙蔽敵人的策略」，認為魯迅所以在 1927 年清黨後的廣州談起「紀元前三世紀的文學狀況」，要點在於「表示了他不過是一個將心思用於古代的一些玩意的問題上的學者罷了」〔註162〕，這一理解未免皮相，至少忽略了《魏晉風度及其文章》接續《綱要》而作的「文學史」意義。

從晚清張之洞、陳石遺等主張「唐宋貫通」「凌跨六代」，到民初古文派陳石遺、林紓、姚永樸先後退出北大國學門，「中古文學史」與「魏晉六朝專家文」成為核心課程，再到 1927 年中山大學將「中古」一段重新壓縮，在新的意義上重新標舉唐宋文，漢魏六朝又再度被指為衰靡。應該看到，若就詩、文各體而言，韓愈無疑是一個卓越的文章家，但弔詭的是，周作人、魯迅如此看重文章，尤其後者對文章形式有理論化的提煉，自家文章也「實在有點好講聲調的弊病」〔註163〕，但在對韓愈的評價上，他們似乎首先並不是從文章出發；

〔註160〕魯迅：《270712 致江紹原》，《魯迅全集》第 12 卷，人民文學出版社，2005 年11 月，第 49 頁。
〔註161〕即傅斯年、顧頡剛。魯迅這一時期書信中，常將顧頡剛、傅斯年二人並稱。
〔註162〕林玉堂（林語堂）作，光落譯：《魯迅》，《魯迅論》，李何林編，北新書局，1930 年 3 月，第 158 頁。
〔註163〕魯迅：《210908 致周作人》，《魯迅全集》第 11 卷，人民文學出版社，2005 年11 月，第 421 頁。

與此截然相對，傅斯年、陳寅恪等並非現代「純文學」意義上的文學家，傅斯年甚至對文人空談多有鄙夷，自己也恥為文學家，其在主持中山大學文科之初，即以「斯文掃地而後已」〔註164〕為職志，反而可以站在「文學」之外肯定韓愈「文以載道」並「文起八代之衰」的文學史地位。事實上，就近現代學人的具體情況看，傅斯年對於韓愈「文起八代之衰」的評價大多在「道」而非「文」，或者說，是先有「道」而後才有了「被道理（寬泛意義上的）照見的文章」。胡適的意見則略有不同，他看重唐宋八家、桐城古文，乃是因為古文「通順清淡」「最正當最有用」，這是相對駢文的「綺麗」「無用」而言。然而，將「道」「用」「文」「筆」等概念混淆、本末倒置，這正是章太炎、劉師培同時也是二周從文章、文字本位出發，深以唐宋古文為病的原因。若按「魏晉文章」的標準來看，可以被道理租用的「文章」，無論所載之「道」如何正當有用，先就喪失了「文章」作為主體的方寸之地，或自由意志。作為對照，即便意志如何「頹靡」「幼稚」還是「莽撞」，也都是「正道」之外的自由人情，在二周看來恰是可能補救「實文（非文）」的真正生機。

這裡，可以將前文所說二周「似乎首先並不是從文章出發」，重新表述為「首先是從他們所以為的『真的文章』出發」，辨清了這一點，也將有助於剝離此前對二周「文章觀」的誤解。顯然，在周氏兄弟看來，主體完具堅實，之後才有（真的）文章，才有文章的用處；若無主體，即「無我之文」，亦即「非文」。這也是《綱要》最後一段所提示的危險性：「散體之筆，並稱曰文，且謂其用，所以載道，提挈經訓，誅鋤美辭」〔註165〕。寥寥數語，可為中國文學史的斷代依據。文章之病不在於散體，而在「以筆載道」與「誅鋤美辭」，這中間經歷了「筆取代文─假文載道─排擯美辭」一系列概念置換。魯迅和周作人的不同在於，周作人緊抓韓文不放，是要找個代表，因此他所面對的是傳統文論中的韓文，頗有向世俗說法的情熱，魯迅《綱要》反而更謹慎，取其末端，即宋元時人對於韓文的言說，此與章太炎痛批「吳蜀六士」，而相對放過唐代韓、柳相似。需要注意的是，不論章、劉還是二周，鄙夷唐宋古文及桐城派，也並非一網打盡，更多還是為了對話的方便。即如周氏兄弟，對作為桐城

〔註164〕傅斯年：《致李石曾、吳稚暉（5月16日）》，《傅斯年全集》第7卷，歐陽哲生主編，湖南教育出版社，2003年9月，第48頁。

〔註165〕魯迅：《漢文學史綱要·自文字至文章》，《魯迅全集》第9卷，人民文學出版社，2005年11月，第356頁。

末流的嚴復、林紓各有致意,看重的便是行文的通脫與情采。

1930 年代前後圍繞「魏晉文」與「唐宋文」的交鋒,與晚清文筆之辯,以及歷代不斷復現的「駢散之爭」相比,中心議題已經發生明顯變化。一方面,隨著桐城古文退出歷史舞臺,論者反而更能從「駢散爭辯」的立場脫身,嘗試釐清文章、文體、語言變遷中的若干問題;另一方面,唐宋文、魏晉文作為文學史上的經典話語,仍然被不斷復述、改寫,且與文化、政治、歷史等諸多命題糾纏在一起。通過在文學史上打撈新文學鏡像,胡適、傅斯年與周氏兄弟各有不同選擇,前者重文體,重效果與方法,後者一直執著於「思想獨立」的必要性,深惡任何形式的以文章為工具的所謂文學論說。就筆者著重關注的 1930 年前後情況來看,雙方的焦點並不在魏晉文或者唐宋文誰才是文學正統,而是新文學的作家、學者應如何理解、定位新文學,即新文學中的魏晉文與唐宋文的闡釋問題。至此,討論的對象已經超過了最初的語言、文字,進而觸及對「文章」(或一般所謂文學)概念的整體性理解。

概言之,二周對「中古文章」的判斷,包括由此直接涉及的「文章」與「(不)用」的關係,意見基本相通,更多還是程度上的不同。持此一幾乎不可能的「標準」在古代文學的「正史」中打撈,所得滿意的也就不多。魏晉六朝佛道儒等思想交匯,亂世跌宕,而文章與文人璀璨,尤其魯迅所珍重的嵇康、阮籍等,自有一種因為遭遇絕境、無所期許,遂表現為一種「頹廢」的魏晉風骨,這一幅骨骼在周作人偏愛的隱士陶淵明的平淡辭氣中,仍可以見到「被隱藏」的形跡。周作人關注明末清初,彼時儒道深厚,又有民族大節,但自有「衰文」被擠壓在歷史的夾縫當中,尤其試探當時文人的氣度,也尤其考驗後來敘述者的眼光與勇氣。就這一理解來說,漢魏六朝是亂世,明末清初是鼎革之際,卻的確為文學史提供了這樣一種「文章自覺」的可能性。

第三節 《中國新文學的源流》:如何想像「近代文」

1927 年魯迅在廣州被擠壓出一段有關「魏晉文章」的敘述,可作為《漢文學史綱要》(以下簡稱《綱要》)的代表形象,此後還有《中國文學史》這一整體性著述計劃,惜未能落實。與此相應,1932 年周作人以《中國新文學的源流》(以下簡稱《源流》)一書梳理歷代文章變遷,同樣提出了他的經典樣本「明末散文」(也稱「近代散文」),並直接上溯六朝文學。如此前後聯通,二

周分別從各自視點出發，以彼此呼應的方式，綜合指向一種新的文學史敘述的可能性。

1932 年春間周作人應輔仁大學代理校長、老友沈兼士之邀，作了題為「中國的新文學運動」的系列演講，記錄稿整理後於同年 9 月以《源流》為名正式出版。藉此契機，周作人系統提出了他的文學史觀，從文學的性質、範圍論及歷代文章變遷，以「詩言志」與「文載道」消長起伏的模式，自然推湧現出明末散文，即周作人所稱「近代文」。如此又隔代照見當下的新文學運動，構成一個自洽渾融的體系，雖是應邀演講而成，但從這一體系來看，應是醞釀有時，非一時急就。

以往研究大多關注《源流》對公安竟陵派的推重，及其與當時左翼文學批評的對峙關係。不過需要注意的是，從《源流》體系的生成來看，理論的形成還在周作人發現明末公安竟陵派，以及 1930 年代正式捲入到與左翼文學的對話場域之前。筆者嘗試重新把握《源流》一書的精神主脈，選擇從「近代文」這一關鍵概念入手，通過梳理 1920、30 年代周作人先後在燕京大學國文學系、北京大學國文系的授課情況，追問其想像（建構）「近代文章」的獨特方式，考察文學史意見「由假定而漸確實」〔註 166〕的整個過程，並重點論及《源流》與胡適《白話文學史》之間的潛在對話。

一、「近代文」的概念生成

周作人慣常稱引六朝文人著作，對此卻少有理論闡發或脈絡梳理，1936年秋接替劉文典在北大國文系講授「六朝散文」課程〔註 167〕，次年秋有意增設「佛經文學」一門，課程綱要已經透露出嘗試從文章史角度論述六朝文意義的新角度，可惜這一計劃因不久後戰事發生而擱置，此後未再深入。與六朝一段理論闡述的「薄弱」相比，周作人以明清文為中心慘淡經營，最終建構出「近代文」這一敘述脈絡，時間上最早可追溯到 1920 年代前期《地方與文藝》

〔註 166〕周作人：《關於近代散文》，《周作人散文全集》第 9 卷，鍾叔河編訂，廣西師範大學出版社，2009 年 4 月，第 588 頁。

〔註 167〕屬於 1917 年北大國文系課程改制後的常設課程，隸屬於「文」之一類，按文學史分段設課，此前稱「文（二）」，對應劉師培所授「中古文學史」。1923 年起改稱「漢魏六朝文」，黃侃、吳虞、張爾田等均先後負責過這門課程，1923 年以後該課由劉師培弟子劉文典講授，1934 年起僅列名目，實際暫停。1936年周作人又重開此課，並依照自身興趣，截去「漢魏」一段，更名作「六朝散文」。

（1923 年）、《新文學的二大潮流》（1923 年）等文章「近來三百年的文藝界裏可以看出有兩種潮流」「中國新文學的趨勢，將來當分為二大潮流」之類關於新文學歷史與將來趨勢的片段概括中〔註168〕，這與他當時在燕京大學所授的一門「近代（散）文」課程直接相關。

　　1922 年周作人經胡適推薦就任燕京大學國文系主任，具體負責現代國文部（Department of Modern Chinese）的建設，最初所授「國語文學」一門英文名為 modern chinese language〔註169〕，直譯相當於「現代漢語」，少有文學方面的意味，這與當時胡適指出的新文學建設方向即「國語的文學，文學的國語」相應。隨著 1924 年課程內容的不斷擴展，周作人按文體設課，所授課程也更名「現代中國文學Ⅲ散文」（modern chinese literature III prose）〔註170〕，此即後來「近代散文」（1925 年）、「近代文學」（1928 年）課程的前身。需要注意的是，胡適推薦周作人任職燕大，本意就是要「給他（指胡適）的白話文學開闢一個新領土」〔註171〕，即期望周作人能夠將《國語文學史》《五十年來中國之文學》的理念複製到教會學校，這從最開始的課程定名亦能見出。彼時胡適《國語文學史》已講到第二版，且有新的綱目擬出，準備從《詩經》一直貫通到當下國語文學運動，其中歌謠詞曲、話本語錄等等都是重要材料，同時這也是傅斯年後來在中山大學講授文學史所依靠的主體內容。只不過，周作人後來追述當時授課情況，意見卻頗可玩味，「我知道應當怎樣教法，要單講現時白話文，隨後拉過去與《儒林外史》《紅樓夢》《水滸傳》相連，雖是容易，卻沒有多大意思」。〔註172〕這裡提到的「現時白話文（國語文學）」和「明

〔註168〕　參見《周作人散文全集》第 3 卷，鍾叔河編訂，廣西師範大學出版社，2009
　　　　　年 4 月，第 102、223 頁。《源流》一書的意見成熟、連貫，這一敘述思路在
　　　　　周作人亦淵源有自，若就其所關注的明末文章這一實體而論，更早還可以追
　　　　　溯到 1915 年前後周作人在鄉居期間對於張岱、王季重等明末清初鄉賢著作
　　　　　的搜集與整理。不過筆者討論「近代文」這一概念生成，更側重「史」的意
　　　　　識生成，故以 1920 年代初為起始點。
〔註169〕　參見 Bulletin Announcement of Courses 1923～1924，燕京大學檔案資料，檔
　　　　　案號 YJ1921005。
〔註170〕　參見 Bulletin Announcement of Courses 1924～1925，燕京大學檔案資料，檔
　　　　　案號 YJ1924006。
〔註171〕　周作人：《瑣屑的因緣》，《周作人散文全集》第 13 卷，鍾叔河編訂，廣西師
　　　　　範大學出版社，2009 年 4 月，第 591 頁。
〔註172〕　周作人：《關於近代散文》，《周作人散文全集》第 9 卷，鍾叔河編訂，廣西師
　　　　　範大學出版社，2009 年 4 月，第 589 頁。

清白話小說」的組合方式，顯然直指胡適文學史敘述思路的命門。與此相對，周作人的做法是先離開文字的「死」「活」，有意將「近代文」從胡適所發掘的白話脈絡中區分開，從新文學追到古文裏看，最後結果是除了仍然保留一段《儒林外史》的楔子外，「別的白話小說直接略過」〔註173〕，同時，以明末清初散文為主體的近代文章面目卻逐漸清晰起來。1925 年起課程正式更名為「近代散文」，1928 年進一步更名「近代文學」，課程綱要明確勾連「近代文章」與「現今新文學」這一脈絡，「選讀近代文章，闡明現代文學的散文之源流轉變，輔以討論，俾於現今新文學之各問題，得有相當的瞭解。」〔註174〕或即與此一文學史主體的最後確認有關。

　　不過需要注意的是，周作人講授「近代文」的時間可能還要更早。就在1922 年受聘燕京大學並講授「國語文學」同時，周作人應新任女高師校長許壽裳之邀，重回女高師兼課〔註175〕，當時就已經開設過一門「近世文」課程。如果說，1922 年燕大的「國語文學」課程，一定程度上還要受到胡適與校方期望的雙重限制，直到 1920 年代中期尚帶有鮮明的「國語」「白話」色彩。那麼考慮到周氏兄弟與許壽裳之間的親密關係，女高師一定程度上可以為周作人嘗試與醞釀自家意見，提供更加寬鬆的環境。

　　據錢玄同 1922 年 10 月 19 日致信周作人信，曾專門問及他在女高師新開的這門「近世文」情況，「你在女高師教的那『近世文（？）』，是怎樣教法？有所謂『講義』也者否乎？或有《白話觀止》和《國語辭類纂》等物乎？」。〔註176〕由於早期新文學課程資料的匱乏，周作人回信亦未見，這門「近世文」的授課思路、講義等等現已難查證。錢玄同提到《白話觀止》《國語辭類纂》等，說明當時在他看來，從「古文」到「新文學」的轉折關鍵在於「白話」或「國語」的發生（或被敘出）。這一思路在當時頗具代表性，具體以胡適《國語文學史》所梳理的唐宋語錄、元明詞曲、明清小說為典型路徑。與之相對，偏離「白話語體」這一維度來討論「新文學性」或「近世性」，至少在 1920 年

〔註173〕周作人：《關於近代散文》，《周作人散文全集》第 9 卷，第 290 頁。

〔註174〕《燕京大學本科課程一覽（1927～1928 學年）》，北京大學檔案館館藏燕京大學資料，檔案號 YJ1927014。

〔註175〕周作人 1920 年 9 月開始在女高師兼課，授「歐洲文學史」，1921 年因病中輟，病癒後 1922 年 9 月受新任校長許壽裳之邀重回女高師，講授「近世文」。

〔註176〕錢玄同：《致周作人（1922 年 10 月 19 日）》，《錢玄同文集（第六卷）》，中國人民大學出版社，2000 年 8 月，第 51 頁。查《周作人日記》《錢玄同日記》，錢玄同寫信當天，與周作人在女高師均有課程安排，應是有所聽聞，故此一問。

代初胡適、錢玄同等新文學的嘗試者看來，還是難以想像的問題。

　　從 1922 年在女高師試講「近世文」開始，到 1925 年在燕京大學形成穩定的敘述方向，周作人同期致俞平伯信中談到「我常常說現今的散文小篇並非五四以後的新出產品，實在是『古已有之』，不過現今重新發達起來罷了」，並計劃「編出一本文選」作為課程選本，「也即為散文小品的源流材料」〔註177〕。此後在這門課程的講授過程中，「散文」又進一步被改寫為「文章」或「文學」，表明周作人著意褪去「散文小品」的「文體」維度，而更看重其在「文學上的主義或態度」〔註178〕，即，意在將明末文章放在自家文學史敘述的宏觀視野上重新考量與定性，與當下「國語文學史」「古典國文」等既有敘述方式相區別。需要補充的是，此前研究大多據周作人後來所述，關注其對明末公安三袁的推重，但事實上直到 1928 年之前，周作人未曾論及或購入公安竟陵派相關著作。結合《周作人日記》及前後期文章表述來看，他對三袁文學主張的重新發現，很有可能是受到 1926 年閱讀鈴木虎雄《支那詩論史》的影響。〔註179〕

〔註177〕周作人、俞平伯：《周作人俞平伯往來通信集》，孫玉蓉編注，上海譯文出版社，2013 年 1 月，第 23 頁。

〔註178〕周作人：《〈中國新文學的源流〉小引》，《周作人散文全集》第 6 卷，鍾叔河編訂，廣西師範大學出版社，2009 年 4 月，第 49 頁。

〔註179〕周作人對鈴木虎雄的中國文學研究一直頗為關注，1925 年底《國語文學談》一文提到鈴木近著《支那文學研究》。據《周作人日記》，次年 6 月中旬他又購入《支那詩論史》。作為一部中國文學批評史著，鈴木《支那詩論史》第三篇梳理清代性靈派詩論時，「性靈說與袁宏道」一節專門提到公安三袁的文學主張，重點援引了《敘小修詩》「文準秦漢矣，秦漢人曷嘗字字學六經歟？詩準盛唐矣，盛唐人曷嘗字字學漢魏歟？唯夫代有升降，而法不相沿，各極其變，各窮其趣」一段，及「獨抒性靈，不拘格套。非從自己胸臆流出，不肯下筆」等。鈴木虎雄又進一步指出，「隨園著《詩話》……其中有未及一言但實為其詩說的一個重要來源者，是明末的袁宏道（中郎）。」諸如「所謂歷代法不相沿、各窮其趣」等說，事實上「已經包含了隨園的論詩不論時代、不受形式束縛以及主張發揮自我等見解」，相當於明確指出了從公安派到袁枚的譜系關係。至於公安竟陵的著作開始進入周作人的閱讀視野，時間還要在此之後，據現有資料，至遲 1928 年春間周作人委託弟子江紹原從杭州代為搜購三袁文集，1928 年 5 月 16 日所作《〈雜拌兒〉序》一文首次提到公安派，表彰他們對於文學著作的一元的態度，「公安派的人能夠無視古文的正統，以抒情的態度作一切的文章」。參見〔日〕鈴木虎雄：《中國詩論史》，許總譯，廣西人民出版社，1989 年 9 月，第 188～190 頁；魯迅博物館藏：《周作人日記（影印本）》中冊，大象出版社，1996 年 12 月，第 532 頁；《周作人散文全集》第 5 卷，鍾叔河編訂，廣西師範大學出版社，2009 年 4 月，第 420、455 頁。

　　隨後，公安派在文章變遷方面的主張迅速被周作人整合進他既有的「近代文章」表述中，如其後來所說，「我佩服公安派在明末的新文學運動上的見識與魄力，想搜集湮沒的三袁著作來看看，我與公安派的情分便是如此」〔註180〕，這裡所謂「情分」者，至少不能排除鈴木虎雄《支那詩論史》的提示作用。事實上，正如周作人後來所自承，「我的杜撰意見在未讀三袁文集的時候已經有了」〔註181〕，公安竟陵派的文學主張，更多是為他闡發自家的文學史意見提供一定的歷史依憑，某種程度上帶有「託古改制」的色彩。故而下文關注《源流》及「近代文章」的意義，暫不涉及作為話語策略出現的公安竟陵派。

　　就最終成形的文學史敘述而言，周作人討論「近代文章」，放大的卻是明末清初這一特別時段，前後時代（即明代七子、清代桐城）的文學相對而言被壓制了，其藉此以「淆亂」古已有之的文章統系（即正統文章）的用意鮮明。此與章太炎《國故論衡》、劉師培《中國中古文學史講義》，包括魯迅《綱要》等表彰中古文章思路相近，意在衝擊隨時序而遞進／消退的文學史評價眼光。具體到周作人所論「近代」這一概念，實際被周作人賦予了某種「超時間性」。從這一角度來看，周作人對「近代文」的稱揚，也是在敘寫一種近代精神，並非簡單指涉在時間或風格意義上的「近代」。〔註182〕換言之，周作人想要處理的「近代」，既非某一特定時段，亦非一種具體的體裁風格（style），他所瞄準的始終都在於「史的貫通性」，即處理中國文章統系如何從「古文」向「新文學」逐步轉化這一文學史分期上的問題。並且，周作人雖聚焦明清文章，視野又進一步延展到明清之外，以「上有六朝文」「下有明末文」這一個體的言志文學脈絡為主體，與唐宋古文、清代桐城文及新文學八股文等附屬於某一集團話語的新、舊兩種「載道文學」形成鮮明對照，由此構成了輪廓相對完整的「文章史」演變脈絡，亦即周作人後來所明白敘出的「中國新文學的源流」。

〔註180〕 周作人：《重刊〈袁中郎集〉序》，《周作人散文全集》第6卷，鍾叔河編訂，廣西師範大學出版社，2009年4月，第406頁。

〔註181〕 周作人：《〈中國新文學的源流〉小引》，《周作人散文全集》第6卷，鍾叔河編訂，廣西師範大學出版社，2009年4月，第49頁。

〔註182〕 錢鍾書同題書評《近代散文鈔》指出「近代」作為一種「風格」的意義，「不是 Chronologically Modern，而是 Critically『Modernistic』」，重新將周作人提倡的明末小品安放在一個「唐詩、宋詞、元曲」等一代有一代之文學的經典隊列中。參見中書君（錢鍾書）：《近代散文鈔》，1933年6月1日《新月》第4卷第7期。

二、《源流》與 1930 年代北大國文系

以往研究大多關注《源流》與 1930 年代「左翼文學」之間的對話關係，不過就《源流》本身的生成脈絡來看，這一理論話語的形成還早在周作人捲入並回應來自左翼文學的批評之前。只能說，周作人 1930 年代批評左翼文學時，充分調用了既有的文學史理論視野，當然，也無法忽視後來一部分左翼話語對《源流》意見的再度強化。只不過比較而言，周作人有意借《源流》糾正胡適《白話文學史》敘述模式的意向，可能還要更明顯。

應該看到，《源流》批評左翼文學時，主要依靠「載道」「八股」等評價話語，對方只要不接過這一套邏輯，周作人其實是無能為力的。與這類話語策略相比，《源流》嘗試從理論上「瓦解」《白話文學史》的敘述思路，其破壞力卻是致命的。譬如《源流》明確指出「古文和白話並沒有嚴格的界限，因此死活也難分」〔註 183〕，又批評胡適線性進化的文學史話語，「民國以後的新文學運動，有人以為是一件破天荒的事情，胡適之先生在他所著的《白話文學史》中，他以為白話文學是文學唯一的目的地，以前的文學也是朝著這個方向走，只因障礙物太多，直到現在才得走入正軌，而從今以後一定就要這樣走下去。這意見我是不大贊同的。照我看來，中國文學始終是兩種互相反對的力量起伏著，過去如此，將來也總如此。」〔註 184〕按照直線遞進的路徑想像文學、文體包括語言文字的歷史變遷，是胡適《白話文學史》、傅斯年《中國古代文學史講義》的突出特徵。前文已述，胡適、傅斯年所敘形態，基於對白話與「擬白話」文學的空想，如傅斯年以周漢至八代、唐宋到明清「兩條線」前後相接解釋中國文學史進程，以八代為古代文學的最低點，文學史形態近似一個「V」字形，胡適則認為，漢以後古文與白話呈兩條平行線。這之間只是細節處理上的不同，其為直線或「直線的改良」則一。為了說明這類看法的虛幻性，《源流》在繪製波浪狀變遷圖時（如下），特別又描出一條虛線，並指出「圖中的虛線表示文學上的一直的方向的，這只是可以空想得出來，而實際上並沒有的。」〔註 185〕

〔註 183〕周作人：《中國新文學的源流（五）·文學革命運動》，《周作人散文全集》第 6 卷，鍾叔河編訂，廣西師範大學出版社，2009 年 4 月，第 98 頁。

〔註 184〕周作人：《中國新文學的源流（二）·中國文學的變遷》，《周作人散文全集》第 6 卷，鍾叔河編訂，廣西師範大學出版社，2009 年 4 月，第 63 頁。

〔註 185〕周作人：《中國新文學的源流（二）·中國文學的變遷》，《周作人散文全集》第 6 卷，第 63 頁。

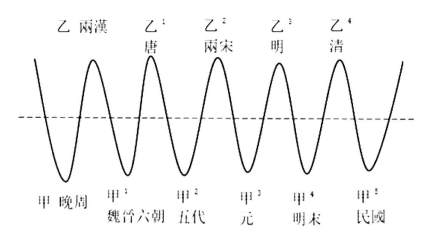

上引《源流》的波狀圖中，晚周、魏晉六朝（六朝）、五代（晚唐）等幾個節點的敘述簡略，更多還是「虛指」，周作人著意所在一直都是被整個框架所成功托出的「魏晉六朝」和「明末」二段。〔註186〕從周作人的敘述脈絡看，以新文學為起點上推至於晚明，魏晉六朝又是從晚明溯洄得出。這裡需要特別說明《源流》與六朝文章之間的關係，周作人盛推六朝文，且提出「以我旁門外道的目光來看，倒還是上有六朝下有明朝」〔註187〕這一著名論斷。但是，落實到具體著述中，除反覆提到的對顏之推《顏氏家訓》、陶潛說理詩等少數作家作品的愛重之外，幾未曾著文從整體上加以論述，更遑論在理論上有所經營。特別是與他用力最勤的「明清文章」相比，六朝一段尤顯「薄弱」。

本章第二節論及胡適《白話文學史》與傅斯年《中國古代文學史講義》的關係問題。與魯迅 1927 年《漢文學史綱要》所面臨的情況相似，胡、傅二人的文學史敘述，在 1930 年代的北大國文系一定程度上也構成周作人的潛在話語對象。據 1931 年 9 月 9 日《國文系課程指導書》顯示，與周作人重回國文系並開設「近代散文」同時，文學史一類中新增傅斯年講授的「中國（古代）文籍文辭史」一門。〔註188〕結合傅斯年著作及相關資料可知，這門課亦即中

〔註186〕此前研究多關注到周作人的歷史循環論對於《源流》敘述的影響。實際上，倒不如說，是先有了周作人對魏晉六朝與明末文章的肯定意見，其後才有歷史循環論這一恰可匹配的敘述樣式。

〔註187〕周作人：《〈近代散文鈔〉新序》，《周作人散文全集》第 6 卷，鍾叔河編訂，廣西師範大學出版社，2009 年 4 月，第 320 頁。

〔註188〕《國立北京大學中國文學系課程指導書（1931 年）》，北京師範大學圖書館藏，第 10 頁。

大時期的「中國古代文學史」〔註189〕。此外，文學史相關課程還有趙萬里的「詞史」、許之衡「戲曲史」兩門，後兩者自然也在胡適《白話文學史》、傅斯年《中國古代文學史講義》的框架內。至於周作人這門「近代散文」，在以「白話文學史」為主的大框架內，獨特性尤其明顯。

可作例證的是，1930年代北京大學國文系內「文（章）」與「文學史」兩類課程，曾在「近代」一段發生正面衝撞，二者之間的齟齬尤需留意。一方面，羅庸、胡適分別講授「中國近世文學史（上）」「中國近世文學史（下）」〔註190〕兩門，明確以唐宋為「近世」的開端，與此同時，周作人、沈啟無先後負責的「中國近代散文」（後也稱「近代文」），卻指明以明清為近代。應該看到，自1917年北大文科課程改制之後，舊有「詞章學」一門改稱「文」或「中國文學」一類，其分段情況與「文學史」相聯絡。此後1920年北大國文門取消文學史分期設置，但此一分期意識仍然保留在「文」之一類課程的講授當中。具體到1931年國文門「文」之一類，在「先秦文（林損）」、「漢魏六朝文（劉文典）」之外，周作人新增「近代散文」，與此同時「唐宋文」一門暫停。〔註191〕具體到「近代（散）文」一門，雖隸屬「文」之一類，卻透露出獨立的敘史意識，由「文章」而「文學」進而侵及「文學史」的敘述格局，反向衝擊到1930年代胡適、傅斯年主導的文學史敘述話語。換言之，周作人關於中國文學史源流的敘述，特別是他對「近代文」的獨特闡釋，也潛在地影響著1930年代前後燕京大學、北京大學的「文學史」講授格局。

應該看到，1930年代胡適、傅斯年等合力推動北大國文系課程改制，「文學史」敘述是其重要方面。1931年胡適受蔣夢麟之邀正式出任文學院院長，不久即取代馬裕藻兼任國文系主任一職，與此相關，傅斯年也攜《中國古代文學史講義》登上北大國文系的講臺，由此帶來北大國文系內部「文學史敘述格局」繼1917年後的一次明顯調整。這至少構成刺激周作人重新整理文學史思路的外界條件。事實上，《源流》提示的諸多問題，大多都能在1930年初北大

〔註189〕次年這門課即改稱「中國古代文學史」，仍由傅斯年講授。參見《國立北京大學文學院課程一覽（1932～1933學年）》，北京師範大學圖書館藏，第16頁。

〔註190〕《國立北京大學文學院課程一覽（1934～1935學年）》，北京師範大學圖書館藏，第66頁。1935到1936學年度，改名「中國文學史（三）」與「中國文學史（四）」。

〔註191〕《國立北京大學中國文學系課程指導書（1931年）》，北京師範大學圖書館藏，第10頁。

國文系找到對應。如第一講說到「文學的範圍」,「現在,一般研究中國文學或編著中國文學史的,多半是從《詩經》開始。但民間的歌謠是遠在《詩經》之前便已經產生了,拋開了這一部分而不加注意,則對於文學的來源便將無法說明。」〔註 192〕應該看到,同期文學史著如陸侃如、馮沅君 1931 年出版的《中國詩史》,即是先論起源,然後才及《詩經》,則「從《詩經》開始」至少並非當時定見。而實際上,不論夏商文學的起源情況,從《詩經》開始算總帳,是 1920 年代「古史辨」所帶動的文化現象,胡適、顧頡剛、傅斯年都曾參與過《詩經》問題的討論,且傅斯年《中國古代文學史講義》也正是從《詩經》講起。〔註 193〕

　　此外,胡適早在 1922 年《五十年來中國之文學》中就認為,「唐宋八家的古文和桐城派的古文的長處只是他們甘心做通順清淡的文章」,在古文學裏是「最正當最有用的文體」,至於駢文為代表的漢魏六朝文章則是有害的,其「弊病不消說了」〔註 194〕。胡適《白話文學史》僅完成上卷,唐宋以後情況未詳,不過晚年《駢體文有欠文明》一文指責駢文的「夷化」「有欠文明」(barbarism),以此為前提,從正面肯定唐宋古文運動是「以古文方式出現的一個文學改良運動」,即,直接賦予其「準新文化運動」的地位,意見褒貶之間,多少可以透露此前《白話文學史》未完的部分信息。〔註 195〕與此一觀點直接相對,周作人選擇從形式上肯定駢文為文章正軌,尤其推舉六朝駢散夾雜的新文體,更從思想層面(指「文」「道」關係)不遺餘力地批判以韓愈為代表的唐宋古文之於道統的附庸關係,雙方對於理想文章(文學)的想像方式

〔註 192〕周作人:《中國新文學的源流(一)・關於文學之諸問題》,《周作人散文全集》第 6 卷,鍾叔河編訂,廣西師範大學出版社,2009 年 4 月,第 53 頁。

〔註 193〕胡適《白話文學史》雖從西漢寫起,但他在自序中特別解釋,因為當時身在國外,無書籍可查,故「不曾從《三百篇》做起」,並希望將來能補作一篇。參見胡適:《〈白話文學史〉自序》,《胡適全集》第 3 卷,季羨林主編,安徽教育出版社,2003 年 9 月,第 717 頁。

〔註 194〕胡適:《胡適全集》第 2 卷,季羨林主編,安徽教育出版社,2003 年 9 月,第 266 頁。

〔註 195〕晚年《駢體文有欠文明》一文特別論及駢文問題,「我把中國中古期的文章體裁說成『鄙野』或『夷化』(barbarism),就因為它和古代的老子和孔子所用的題材完全不同,和後來所謂唐宋八大家的古文,當然也迥然有別。」並將歐洲中世紀作為宗教語言的拉丁文(胡適稱作「Monk's Latin」,即「修道士的拉丁」),與印度「沙門梵文」(monkish Sanskrit)、中國六朝駢體文相對應。由此推出駢文是「夷化」「有欠文明」的判斷。參見胡適口述:《胡適口述自傳》,唐德剛譯注,傳記文學出版社,1981 年 3 月,第 267～269 頁。

可以說「截然相反」。

　　周作人自述在北大國文系一度處於附庸地位，「只可算得是個幫閒」〔註196〕。1931 年從燕大辭職後，攜「近代散文」一門再回北大，是為正式「染指國文系的功課」之始。事實上，無論 1920 年代借燕大國文學系這一平臺梳理自家文章史意見，還是 1931 年重回北大並正式染指國文系功課，均得力於老友胡適的幫助。因此，周作人《源流》針對胡適的批評，大多隱晦，屬於常見的春秋筆法。1932 年 8 月 26 日在《源流》一書即將出版之前，周作人特意致信胡適，稱「春間在輔仁講演，學生錄稿付刊，不久可成，當呈請教正，題係《中國新文學的源流》，大旨是表彰公安竟陵派，『但恨多謬誤』，尚望叱正者也。」〔註197〕其中「但恨多謬誤」一句，出自陶淵明《飲酒（二十）》，下句為「君當恕醉人」，如果沒有前後語境，這句指向胡適的「求恕」未免顯得突兀。結合上述分析，周作人明顯是在借淵明詩語，委婉表示《源流》中的意見即如酒後直言，或有冒犯，希望胡適能夠體諒。

三、想像「近代文」的方式

　　可作延伸的是，既往關於《源流》的討論，從 1930 年代周作人與左翼文壇的對峙立場出發，更多關注周作人與成仿吾及創造社之間的對話關係。事實上，如果將《源流》的意見放到 1928 年到 1932 年這一時間線索當中考察，所謂「革命」「載道」的具體所指同樣也需要重新釐清。換言之，《源流》圍繞「革命文學」「載道文學」的批評，也可以在與胡適《白話文學史》對話的脈絡中得到一部分合理闡釋。

　　1927 年底周作人曾有一篇《文學的貴族性》的演講，明確交代「這是對準倡說革命文學的人而發」，具體所指即是胡適 1927 年關於國民革命、革命文學的一次演講，「這次胡適先生在東京講演，便說到中國之有今日國民革命，便是根據於文學革命而來的；換而言之，是先有了文學革命之產生，而後才有今日國民革命之運動。這話，我不敢苟同」。〔註198〕1927 年 5 月 6 日，

〔註196〕　周作人：《知堂回想錄（一三七）‧瑣屑的因緣》，《周作人散文全集》第 13 卷，鍾叔河編訂，廣西師範大學出版社，2009 年 4 月，第 591 頁。

〔註197〕　周作人：《周作人致胡適（8 月 26 日）》，《胡適往來書信選（中冊）》，中國社會科學院近代史研究所、中華民國史組編，中華書局，1979 年 5 月，第 134 頁。

〔註198〕　周作人：《文學的貴族性》，《周作人散文全集》第 5 卷，鍾叔河編訂，廣西師範大學出版社，2009 年 4 月，第 412 頁。

胡適取道東京回國之前,受邀為泛太平洋俱樂部作《中國文化的再生概述》(Cultural Rebirth in China Outlined)的演講。這篇演講以「文化再生」為題,嘗試勾連新文學運動與當下國民革命的關係,胡適以「大眾的文學」「活的語言」為線索,強調新文學作為「一些非政治的因素」,意義與出發點均在幫助與促成了 1927 年國民革命這一「新的政治秩序」。〔註 199〕如果考慮到此前胡適與梁啟超等研究系學者往來密切,積極組建好人政府,那麼這篇發表於國民革命運動期間(特別是全面「清黨」後)的演說,難免會讓周作人產生「挾文學投誠政治(革命運動)」之感,尤其是同樣作為新文學的早期代表,周作人必須表明自己的態度。

具體就 1927 年到 1928 年「後國民革命時代」的情勢而言,胡適與成仿吾兩代新文化人雖然立場迥異,卻同樣抓住了「從文學革命到革命文學」這一時代主脈,並因應時勢給出自己的解釋。這也正是周作人所感覺到的新文學前途的危險所在。針對胡適《國語文學史》推重的「平民文學」「大眾的文學」,或成仿吾等創造社成員提倡的第四階級文學,周作人指出上述概念的「虛構性」,「如元曲等可算做平民文學了,可是把它歸納起來來審查一下,主要的意思不出富貴功名。」〔註 200〕需要注意的是,魯迅同期也有類似表述,如 1927 年在廣州黃埔軍校所作演講《革命時代的文學》指出「平民還沒有開口」的事實,「現在中國自然沒有平民文學,世界上也還沒有平民文學,所有的文學,歌呀,詩呀,大抵是給上等人看的」。〔註 201〕

重新回到周作人所著《源流》,如果說此前他對胡適《國語文學史》的批評主要集中在後者把「古文」拉入「白話/國語」,反造成「其取捨卻沒有很分明的一條線」〔註 202〕,即「白話」本身的概念亦隨之消解這一問題。那麼,1927 年 5 月胡適這篇演講又把「革命」拉入「文學」中,嘗試建構「平民/白話/活/為革命所用的文學」等一連串概念連鎖,包括作為其對立面的「貴

〔註 199〕 Hu Shih, "Cultural Rebirth in China Outlined", *The Trans-Pacific*, Vol. XIV, No. 20 (May 14, 1927): 13。譯文參考席雲舒:《胡適「中國的文藝復興」論著考(上篇)》,《社會科學論壇》,2015 年第 9 期。

〔註 200〕 周作人:《文學的貴族性》,《周作人散文全集》第 5 卷,鍾叔河編訂,廣西師範大學出版社,2009 年 4 月,第 415 頁。

〔註 201〕 魯迅:《革命時代的文學》,《魯迅全集》第 3 卷,人民文學出版社,2005 年 11 月,第 440 頁。

〔註 202〕 周作人:《中國新文學的源流(五)·文學革命運動》,《周作人散文全集》第 6 卷,鍾叔河編訂,廣西師範大學出版社,2009 年 4 月,第 99 頁。

族／文言／死／作為革命對象的文學」，從周作人的角度來看，其在語言、思想上是否「平民」或「白話」，包括由此延伸出來的所謂「革命」與「文學」自身的合法性都很成問題。

《源流》出版十餘年後，1945 年周作人著手重編「近代散文」選本〔註 203〕，為此特作序言一篇，隨後，很可能因為未能如願重返北大授課，編集一事亦未見後續。不過周作人所作序言定名為《關於近代散文》，收入《知堂乙酉文編》。文章著重回顧此間對晚明文的發掘，有意弱化作為話語策略而被《源流》徵用的公安、竟陵派。事實上，從 1922 年到 1945 年，在周作人不斷摸索、修正、確認與表述（即再確認）「近代文脈」這一可稱漫長的歷史過程中，隨著小品文、公安三袁等一度在其近代文論中佔據顯著位置的「話語策略」依次落盡，終而「老老實實」地直接顯現出「非聖無法」「反禮教的態度」〔註 204〕等周作人思想與文章觀念的根柢所在，「明末這些散文，我們這裡稱之曰近代散文，雖然已是三百年前，其思想精神卻是新的，這就是李卓吾的一點非聖無法氣之留遺，說得簡單一點，不承認權威，疾虛妄，重情理，這也就是現代精神，現代新文學如無此精神也是不能生長的。」〔註 205〕

二周繼 1908 年合力提倡新文章，「雜湊」出極具理論涵蓋力的《新生》乙編後，到 1930 年代前後各被時勢推湧，提出自己相對成熟的文學史敘述，雖然在這一過程中，具體意見或有出入，但在持論的來源、標準上，實則保有更切近的交通。概而言之，《綱要》《源流》旨在探討中國文章的理想形態，在這一過程中，二周以相似的方式處理了近現代純、雜文學關係，以及何為文章本體等重大問題，其切入點首先是「文章的」。因此，對魯迅、周作人 1930 年代自覺提煉至理論層面的文學史敘述，不妨合而觀之，或許可以呈現出更完整的形態。概言之，1920 年代中後期，二周分別在中古、近世打撈，看似異趣，實際把握到了文章變遷最關鍵的頭與尾。魯迅《綱要》重又調用「文筆」

〔註 203〕　查《周作人日記》，1945 年 7 月 23 日「抄李卓吾文」，24 日「抄王季重文，編《近代散文》」，25 日「校訂《近代散文》略了……寫序文未了」，26 日「寫小文了」，27 日「上午抄文，編《近代散文》全了」，30 日「下午長谷川來，交予《近代散文》稿。」參見周吉宜、周一茗：《周作人 1945 年日記》，《新文學史料》，2021 年第 1 期。

〔註 204〕　周作人：《〈燕知草〉跋》，《周作人散文全集》第 5 卷，鍾叔河編訂，廣西師範大學出版社，2009 年 4 月，第 519 頁。

〔註 205〕　周作人：《關於近代散文》，《周作人散文全集》第 9 卷，鍾叔河編訂，廣西師範大學出版社，2009 年 4 月，第 589 頁。

資源，所描述的實際是一個相對理想的「文章趨向自覺」的半面，或曰「前史」。周作人常以「文載道」與「詩言志」對比，以魏晉六朝文與唐宋文對比，以唐以前的儒家思想與唐宋以後的宋明理學比較，其《源流》解決的更多還是問題的反面，呈現的是同樣一種文章觀在「一榻胡塗的泥塘裏的光彩和鋒鋩」〔註206〕。二周所以在唐宋「文以載道」這一分界點上，表現出強烈的現實關懷，從而與同期胡適、傅斯年的文學史著述，包括內藤湖南「唐宋變革論」以及1930年代這一現實政治處境等諸多維度發生「衝撞」，正是因為文章過去一度或仍然也還是以一種「不健全」的方式，被迫與文化、政治、民族、道德等扭結在一起，喪失了自己的聲音。想要真正把握文章為何物，也就「不得不」借助否定性的動作，通過拋出外在於文章之物，重新恢復對本體的感覺，在此基礎上，才有自信以文章重新衡量與觀照外物。

〔註206〕 魯迅：《小品文的危機》，《魯迅全集》第4卷，人民文學出版社，2005年11月，第591頁。

結語　作為一種視域的近現代文章觀

　　與既有「文」的反思相比，研究界對「文章」之於現當代文學研究的意義少有關注。原因在於，認為「文章」與「文」意義趨同，之間殊少特殊性。因此，以「文章」為視角反顧新文學建立前後的歷史圖景，首先需要辨清的一點就是，「文章」概念自有區別於「文」的意義空間，而且，這種獨特性進入晚清近代，特別是經劉師培、章太炎之手又有新變，最終在周氏兄弟這裡自覺催生出「新文章」的穩定結構，並在此後浸潤到現當代文學的創作實踐和批評話語當中，不斷戟刺、牽制著二周對於傳統「文脈」的發見方式。比如，魯迅小說的散文化、戲劇體筆調，雜文所用的小說手法，《野草》《朝花夕拾》中詩與散文的相互交融，一定程度上都與傳統文章以文為詩、以詩寫文等基於語言文字層面的書寫記憶遙相呼應。更遑論自承「寫小說同唐人寫絕句一樣」〔註1〕的廢名，周作人一再稱許其弟子小說的文章之美，而這也正符合周作人早在1921年提出的更寬泛的「美文」標準，「讀好的論文，如讀散文詩，因為它實在是詩與散文中間的橋。」〔註2〕

　　周作人、魯迅常常會使用「文章」一詞來論說現代文學的諸創作，這一「文章」概念既非「古典散文」，也不是清末民初桐城派所謂「古文」，實際上，「文章」一詞在周氏兄弟這裡自有其多重來源，又在特定語境下被合力改造成為一種足以容續理想文脈、平衡西化文學的實存空間與描述方式。尤其是進入到二周創作後期，新文學起步階段曾被斷然割捨的一部分「非文學」成

〔註1〕 廢名：《〈廢名小說選〉序》，《廢名小說選》，人民文學出版社，1957年11月。
〔註2〕 周作人：《美文》，《周作人散文全集》第2卷，鍾叔河編訂，廣西師範大學出版社，2009年4月，第356頁。

分（與純文學相對的雜文章），與「非現代」的語言文字（與歐化、白話相對的傳統文言），以及創作實踐中不大合乎四體劃分的實驗性書寫形式（集中表現為文體滲透的「變體」），在日後創作中屢屢顛覆此前的理論預設。換言之，源自中國傳統「文章」的底色，構成近現代文學不容忽視的事實存在。

處在中西古今多重話語紛繁錯雜的角力場中，周氏兄弟清末「新生」運動時期建構起來的「文章」體系，與 literature、「文」（不僅包括傳統的文，還包括清季劉師培、章太炎關於「文」「文章」的重新闡發）等概念彼此衝撞的同時也在相互參照和滲透，視域重合之間的融合與拓展，共同構成滋養二周文學創作的潛在視野。也就是說，「文章」是魯迅、周作人自覺選擇的，用以容受傳統「文」到近現代「文學」過渡的理想載體，並且越到後期愈發顯現出其清晰的輪廓。

留日時期《摩羅詩力說》《論文章之意義暨其使命因及中國近時論文之失》等正式以「文章」換用當時已經通行的「文學」一詞，出發點即在要「正名辨物」，深恐名對實、文對質帶來的扭曲與虛設，這種每每要拷問到文字底下的「潔癖」與「精準」，與大多數直接襲用「文學」一詞翻譯 literature 的同時代人形成了鮮明對照。需要注意的是，這種用法在周氏兄弟其實一以貫之，直到新文學後期，魯迅在 1927 年《讀書雜談》的演講中還特別指出當下「往往分不清文學和文章」的問題，強調嚴格區分「文學」與「文章」兩個概念，「研究文章的歷史或理論的，是文學家，是學者；做做詩，或戲曲小說的，是做文章的人，就是古時候所謂文人，此刻所謂創作家。」〔註3〕

正是在此「正名辨物」的思路主導下，「文章」為傳統文章學與現代文學提供了一個視域融合的空間，並逐步催生出周氏兄弟以漢字為工具的對於主體情思的自由書寫。一方面，之於「文」包括傳統「文學」，「文章」是一個經過提純的、面向現代性（modernity）、文學性（literariness）敞開的概念，擺脫了作為經、道附庸的地位，更側重個人性與情感性因素。另一方面，之於 literature，「文章」一詞則更多留存了作為漢文的傳統質素，也保證了即便在無限趨近於對方的情況下，以漢字書寫而成的文章亦無法完全被對方消納，甚至還可能反過來重新改寫（或撼動）純文學的預設框架，這一點是「文章」與近代以來「舊詞新譯」的「文學」概念相比最重要的不同，1935 魯迅《徐懋庸作

〔註3〕 魯迅：《讀書雜談》，《魯迅全集》第 3 卷，人民文學出版社，2005 年 11 月，第 459 頁。

〈打雜集〉序》一文特別提到「我們試去查一通美國的『文學概論』或中國什麼大學的講義，的確，總不能發見一種叫作 Tsa-wen 的東西。」〔註4〕周作人亦有類似表述，如1937年《自己所能做的》自陳「不懂文學，但知道文章的好壞」〔註5〕，又1945年《雜文的路》申明「我不是文學者，但是文章我卻是時常寫的」〔註6〕等等。實際上，早在1925年「文學店關門」後，經過短暫的迷茫期，「文章」便成為周作人從「純文學」退回自身的一處轉圜空間。

從這一點上來說，二周「文章觀」處在擁有多個面向的參照系中，由此形成一個不斷調適、生產的，並不完全對位但無限趨近於「動態」的文章系統，包括章太炎對於「漢文之所以為漢文」的無句讀性之發掘，劉師培圍繞美術文章的理論闡釋，之間亦無根本對立，相反可以在這一系統中互相補充，以一種「獨特」的方式聚合在此一文章參照系及其周邊。即便後來「新文學」確立起合法地位，「文學」一詞約定俗成，二周對「文章」的偏好，仍潛在地作用於各自的創作實踐與對新文學的言說中，雖然後來兄弟分道揚鑣，但在文章觀念上表現出深層次的契合。這種契合的來源之一即是，二周在文藝起步階段通過拆解重組，得出的一個普適（在世界文苑的視野上論說，以「世界大文」為鏡像）而又特殊（落實到中國文章的具體語境中），自成系統而與整體文化「新生」的理想同步的「文章」觀，此後魯迅、周作人分別也是在充分佔有此一資源的基礎上，嘗試反撥或至少試圖平衡「文學概論」「純文學」等初期曾為現代文學預設過美好「模型」或「圈套」的概念。可以認為，作為一種被忽視的「潛流」，文章幾乎與新文學的醞釀、發生、發展相始終。

本研究以周氏兄弟文章觀的生成為話題，目的也並非要在得出一個足以與 literature 相抗衡的、永恆不變的「文章」概念，而在通過以二周為個例的文章觀念分析，探討近代文章觀變革對中國現代文學視域更新的重要意義。事實上，從漢語言文字這一根柢出發，周氏兄弟的側重點在於要梳理出一條與近代歐洲 literature 相當的、立足世界視野的近現代文章脈絡，試圖通過建構並不斷完善這一文章觀念，進一步以文章接續、更新中國文化，由此完全可以

〔註4〕魯迅：《徐懋庸作〈打雜集〉序》，《魯迅全集》第6卷，人民文學出版社，2005年11月，第300頁。

〔註5〕周作人：《自己所能做的》，《周作人散文全集》第7卷，鍾叔河編訂，廣西師範大學出版社，2009年4月，第699頁。

〔註6〕周作人：《雜文的路》，《周作人散文全集》第9卷，鍾叔河編訂，廣西師範大學出版社，2009年4月，第422頁。

延展出更開闊的歷史命題。即如柄谷行人所指出，對於東亞世界而言，現代意義上的「文學」（literature）是一種被植入的認識裝置，並以此為前提重新回溯「古代文學」傳統，二者均被視作近現代以後在特定意識形態基礎之上形成的「風景之發現」。與域外輸入的「文學」這一認識裝置相比較，「文章」則是一個「前現代性」的概念，其內部並不包括現代性所要求的「自我認同」和「自我確證」，與此同時，卻在最大程度上容受了漢語言書寫本身可以釋放的能量。應該看到，近現代以來諸多文章寫作現象，大多具有「反現代性」的意義，其與所謂「文學」恰構成一對相互排斥、彼此參照的概念。由此出發，「文章」也便成為從章太炎到周氏兄弟所主動選擇的、足以容受傳統「文」到近現代「文學」過渡的理想載體。

需要說明的是，此前討論二周文章觀，考慮到魯迅對漱石小說的閱讀興趣，特別是周作人對寫生文理論的關注，研究者或將其與夏目漱石的「漢文學」理想並論，一併歸入東亞漢漢字圈對近代以歐洲 literature 為標準的話語體系的反抗中。夏目漱石志在追問「使得文學成為文學的東西」，他試圖抓住具體多種多樣的文學現象的根基，在主張文學形態多樣性／民族性的同時，想像並追求一種「古今東西文學之標準」，即《創作家的態度》一文所稱「適用於古今東西的，離開作家與時代的，僅在作品上表現出來的特性」（原文「古今東西に涉ってあてはまる様に」，「すでに時代を離れ、作家を離れ、作物の上にのみあらわれた特性」）。漱石晚年將其提煉為更徹底、接近禪語化的表述——「則天去私」〔註7〕。這與章太炎「不齊之齊」的理論觀念之間，無論就問題意識（對歐洲壓倒性文學標準的反思）還是根柢處所導向的「無」而言，都有了某種相通的可能性。事實上，兩種思想經驗確實也在周氏兄弟文章觀的形成過程中彼此照亮，進一步確認了當時二周正在萌生的關於某一種更開闊文章觀的可能性。換言之，夏目漱石對 literature 背後所隱含的歐洲中心主義視點的懷疑，及其勇於追究「文學為何物」的理論衝動，同樣也是章太炎、周氏兄弟觸及的話題。

只不過，具體到夏目漱石《文學論》這一理論著述，（F＋f）這一代表「文學普遍性標準」的公式，其得以成立的前提正在於，需要預先假定一個「均質的有」，並將其視作決定「文學所以為文學」的最本質的東西。但是需要注意

〔註 7〕指去掉「我」之種種被動接受的固有成見，隨順外界客觀事實的諸般變化，漱石同期亦使用禪語「花紅柳綠」表達這一層意思。

的是，此一「均質的有」的預設，本身卻與夏目漱石最初萌生的問題意識——「何謂文學」——相悖離。與其說，《文學論》為文學概念提供了一個真正的解決方案，倒不如說，漱石誠實地呈現出了近代東亞文人面對的困惑本身。與漱石相比，二周的態度則較為從容，這部分地基於魯迅、周作人自身即內在於「漢學に所謂文學」這一認知傳統內部的文化身份。

那麼需要追問的是，最初在 literature 之外，還有什麼因素參與構成了二周「文章觀」最重要的骨架？在 1908 年實際上是基於兄弟二人共同意見撰寫的《論文章之意義》一文中，一方面切入到中國文學語境中，同時在理論上力求彌合新舊中西，構建出一個以「文章」為中心的完整體系。文中多次強調「擇其折衷之說，和平而不倚」，而這也正是《論文章之意義》一文的立意所在，即以「文章」打通「文」「文學」及 literature 之間事實上存在的堵塞關節。換言之，雖然有可能存在對於日本經驗的參照，周氏兄弟選用「文章」一詞更新中國文苑，更深層的動力還在於自身對中國文脈與世界文學的理解。從二人後來的創作和相關表述來看，1907 年這一場有關「文章」疆界、使命和獨特性的劃定，其試圖接續與轉化的「實體」對象，除了從異域拿來、被樹為理想的 literature，根本立足點還在於從中國傳統「文脈」中打撈，也確確實實打撈出了「文章」一物。需要特別注意的是，在闡明文章的意義與使命之後，為說明理想文章其實並不存在，《論文章之意義》一文啟用了韓非「死象之骨」的譬喻：

> 雖然，吾為此言，故非偏執一說，奉為臬極，持以量文章，求全責備，必悉合於是而後可也，亦不過姑建此解，為理想文章之象。韓非有言：人希見生象，而得死象之骨，案其圖以想其生。然則至文不可多見，聊以此為之象圖耳。天下之文，浩何所極，才性異區，文詞繁詭，欲為品別，斯信難矣。第且主一說焉，以為吾心之的，則讀書自易，而不至隨波逐流，意為謬解，有如囈譫，為大方笑也。

周氏兄弟在參照西方文學概論而為中國新文章框定一個大致邊界的同時，也在強調這樣一種「普遍鏡像」的虛幻性，並把它比喻成一堆「死象之骨」。其中，前者成為後來新文學接續的思路，後一種卻被人們逐漸忽略，同時這也導致今天當我們面對二周在「後新文學時代」仍舊可以被稱作「野蠻生長」的一系列文章實踐時，在相當長一段時間內都缺乏足夠匹配的應對或闡釋能力。

「死象之骨」這一譬喻出自《韓非子・解老》，太炎《齊物論釋》亦曾化用此喻，這裡不排除二周在名實之辨的思路上受到章太炎啟發，並留下相應痕跡的可能性，至少在強調實體相對於定義的變通性、豐富性上，師弟之間異曲同工。事實上，在二周看來，所謂「文章」（literature）的概念或邊界，就像是我們能夠看見的「死象之骨」，只是當下勉強說出的、因此也是暫時的一條路徑，卻非規律所在，更重要的在於可以通過這一堆「死」物，想像並創造出屬於個體自身的、表現真情實感的文章書寫形態。或者說，當下關於文學、文章的諸多概念（「死骨」）更多是對來源於現實生活的多樣性創作事實（「生象」）的歸納，而非概念化演繹。實際上，倘若僅僅拘泥於所謂的「死象之骨」，當真正的「象」或者「文章」出現時，我們也只會習慣性地指著那一堆瘦骨嶙峋的死物說，「瞧啊，這才是它。」與此同時，真正鮮活的、與天地精神相往來的大自由書寫，反而被稱作「非象」與「非文學」之物，即如周氏兄弟不斷挑戰純文學（literature）這一「普泛性」標準、當時及此後都備受爭議的一系列實驗性創作，具體包括二周後期所作舊體詩、魯迅的雜文、周作人的讀書隨筆等等。換言之，任何試圖為「文章」框定一個經典框架，或想像一種普遍性存在的努力，從出發點上就已經自證徒勞。

以清末「新生」運動為開端，二周在文學生命的起點上無疑保留相通的底色，但與此同時，即便在前期兄弟親密無間的合作時期，魯迅、周作人也分別顯現出他們各自不能夠被對方化約的獨特性，這主要緣於二周性格、興趣方面的差異。如同樣描述客觀環境（外緣）與主體「我」（內曜）之間的互動，周作人《哀弦篇》更突出外緣對喚起主體內心感受的作用，「夫物色所動，情思為牽。……中心之哀樂，恒與外物之盛衰為因，而不能少假也」，尤其「重以外緣來乘，人事益賾，而心聲隨以遷流」一句，勾畫出「心聲」隨「外緣」遷流的圖式。與此相較，魯迅《破惡聲論》則更強調主體內心意志（內曜）的重要性，提出「其（指人類）遇外緣而生感動拒受者，雖如他生，然又有其特異……天時人事，胥無足易其心……蓋惟聲發自心，朕歸於我」的文章理想，雙方構成一組直接的對話關係。事實上，細察《河南》時期魯迅、周作人已經初現個人風格的文論話語，不難發現敘述的和聲以及諸多難以忽略的縫際。

後期周氏兄弟之間的差別進一步放大，這與他們各自圍繞「文章」的近現代重構，或曰對「域外」（literature）與「傳統（文）」兩種資源的容受和轉換

方式直接相關。這裡主要就文章「復古」與「反復古」之間的關係來看，魯迅主要用力於漢字形、聲分析，在逐步深入的過程中導出「白話」「通韻」等諸多可能性，這是他充分消納並克服章太炎語言文字之學的結果，正文對此已有詳述。與此相比，周作人顯然更關注域外「異質性」文體／詩體在塑造漢語言文章體式上的作用，而非枯燥的文字學本身。無論「第一篇白話文」、譯自古希臘詩人諦阿克列多思的《古詩今譯》，還是 1940 年代仿偈頌所作雜詩，均得益於這一古今中外的文明框架。周作人先後收攏起古希臘、古印度、中國傳統文化等思想資源，包裹進其文章「反復古」與「復古」的行進邏輯中，這樣一種文明溯源式的、或曰文藝復興式的解題方式，凸顯出周作人典型的「古今中外」的想像方式，即調和古今中外多重話語資源切入本土文化層面，這同樣可以上溯到清季章太炎以古希臘、古印度文明為參照提出的「文學復古」框架。事實上，如果考慮到 1909 年間周作人曾應命陪伴章太炎學過一段時間梵文，並嘗試助其翻譯《鄔波尼沙陀》（即《奧義書》），這種對整體性文明結構的關注興趣，在當時追隨章太炎左右、主要吸收其文字學和音韻學等專門知識的諸弟子中亦屬少見。

應該看到，20 世紀前後隨著西方文學理論經由日本傳入中國，並在這一時期引發強烈地震，在以西方文學、文學概論為範型的熱潮中，「文學」與 literature 之間確立了一對一的正式關聯。與此同時，「文章」之名雖然在與「文學」的競爭中退出新文學的視域，不過潛在的「文章」傳統仍在延續，或者更準確地說，「文章」通過一種獨特的方式融入到近現中國文學的演變脈絡中，「文章」的品性、氣質、審美趣味和精神基因，比如「立誠」「尚用」、文無定法、援「學」入「文」等特點，散播和表現在作家的語言表達與著述當中，通過古今文體滲透，可能創造出新的文體，也潛在地改造著來自西方的小說、戲劇等文體。特別是在周氏兄弟這裡，「文章」更被明確作為一種新的傳統提出，此後雖略有調整，若干質素也都在日後影響到二人的寫作實踐。可以說，「新文章」內涵如何重新定義，是一個關係到舊文學如何保留、新文學如何起步的時代共同命題。也就是說，「文章」不僅僅是從「文」到「文學」近現代過渡中的一個中介，也不僅是「文學革命」得以發生的前奏和基礎，此後新文學的文體建構與創作實績表明，「文章」傳統本身也是補充與建構「新文學」現代性不可忽視的重要表徵。

參考文獻

一、**報刊類**（音序排列）

1.《北京大學日刊》

2.《北京大學月刊》

3.《北京大學週刊》

4.《晨報副刊》

5.《國粹學報》

6.《國立北京大學文學院課程一覽》

7.《國立北京大學一覽》

8.《國立北京大學中國文學系課程指導書》

9.《國立中山大學校報》

10.《國聞週報》

11.《國學叢編》

12.《國學叢刊（南京）》

13.《國學季刊》

14.《教育部編纂處月刊》

15.《教育今語雜誌》

16.《民報》

17.《清議報》

18.《四川國學雜誌》

19.《師大月刊》

20.《新晨報副刊》

21.《新青年》

22.《新世紀》

23.《新月》

24.《現代》

25.《廈大週刊》

26.《學術叢編》

27.《小說月報》

28.《語絲》

29.《宇宙風》

30.《知新報》

31.《制言》

二、中文著作類（以下按時間排序）

1. 東京博文館輯：《日本維新三十年史》，羅孝高譯，上海：廣智書局，1902年。

2. 章炳麟：《國學講習會略說》，東京秀光社，1906年印行。

3. 林文慶：《民國必要孔教大綱》，上海：中華書局，1914年。

4. 〔日〕本間久雄：《新文學概論》，章錫琛譯，北京：高等教育出版社，1926年。

5. 〔日〕鈴木虎雄：《中國古代文藝論史》，孫俍工譯，上海：北新書局，1928年。

6. 〔日〕兒島獻吉郎：《中國文學概論》，胡行之譯，北京：北新書店，1930年。

7. 〔日〕小泉八云：《文學十講》，楊開渠譯，上海：現代書局，1931年。

8. 〔美〕韓德：《文學概論》，傅東華譯，上海：商務印書館，1935年。

9. 陳柱：《中國散文史》，上海：商務印書館，1937年。

10. 夏丏尊、葉聖陶編：《文章講話》，上海：開明書店，1937年。

11. 葉聖陶編：《文章例話》，上海：開明書店，1937年。

12. 蔣伯潛、蔣祖怡：《駢文與散文》，上海：世界書局，1941年。

13. 趙元任：《現代吳語的研究》，上海：科學出版社，1956年。

14. 高名凱、劉正埮編：《現代漢語外來詞研究》，北京：文字改革出版社，1958 年。

15. 羅常培、周祖謨：《漢魏晉南北朝韻部演變研究（第一分冊）》，北京：科學出版社，1958 年。

16. 劉勰：《文心雕龍注》，范文瀾注，北京：人民文學出版社，1958 年。

17. 北京魯迅博物館編：《魯迅手跡和藏書目錄》，北京：北京魯迅博物館，1959 年。

18. 舒蕪編：《近代文論選》，北京：人民文學出版社，1959 年。

19. 黃侃：《黃侃論學雜著》，北京：中華書局，1964 年。

20. 于省吾：《甲骨文字釋林》，北京：中華書局，1979 年。

21. 甘孺（羅繼祖）輯述：《永豐鄉人行年錄（羅振玉年譜）》，南京：江蘇人民出版社，1980 年。

22.〔日〕北岡正子：《摩羅詩力說材源考》，何乃英譯，北京：北京師範大學出版社，1983 年。

23. 唐弢等著：《魯迅著作版本叢談》，北京：書目文獻出版社，1983 年。

24. 薛綏之主編：《魯迅生平史料彙編（第四輯）》，天津：天津人民出版社，1983 年。

25. 劉麟生：《中國駢文史》，上海：上海書店，1984 年。

26. 柳亞子：《柳亞子文集（書信輯錄）》，上海圖書館編，上海：上海人民出版社，1985 年。

27. 沈兼士：《沈兼士學術論文集》，北京：中華書局，1986 年。

28. 謝櫻寧：《章太炎年譜摭遺》，北京：中國社會科學出版社，1987 年。

29. 段玉裁：《說文解字注（附六書音均表）》，上海：上海古籍出版社，1988 年。

30. 徐中舒：《甲骨文字典》，成都：四川辭書出版社，1989 年。

31. 阮元：《揅經室集》，鄧經元點校，北京：中華書局，1993 年。

32. 陶東風：《文體演變及其文化意味》，昆明：雲南人民出版社，1994 年。

33. 童慶炳：《文體與文體的創造》，昆明：雲南人民出版社，1994 年。

34. 北京大學校史研究室編：《北京大學史料（第二卷）》，北京：北京大學出版社，2000 年。

35. 黃侃：《文心雕龍箚記》，周勳初導讀，上海：上海古籍出版社，2000 年。

36. 劉師培:《中國中古文學史講義》,程千帆等導讀,上海:上海古籍出版社,2000 年。

37. 〔英〕卜立德:《一個中國人的文學觀——周作人的文藝思想》,陳廣宏譯,上海:復旦大學出版社,2001 年。

38. 湯餘惠:《戰國文字編》,福州:福建人民出版社,2001 年。

39. 陳允吉:《古典文學佛教溯源十論》,上海:復旦大學出版社,2002 年。

40. 〔日〕島崎藤村:《千曲川速寫》,陳喜儒、梅瑞華等譯,石家莊:河北教育出版社,2002 年。

41. 趙家璧主編:《中國新文學大系(影印本)》第 7 集,上海:上海文藝出版社,2003 年。

42. 陳平原:《中國小說散文史》,上海:上海人民出版社,2004 年。

43. 黃開發:《文學之用——從啟蒙到革命》,北京:十月文藝出版社,2004 年。

44. 胡壯麟:《西方文體學辭典》,北京:清華大學出版社,2004 年。

45. 林少陽:《「文」與日本的現代性》,北京:中央編譯出版社,2004 年。

46. 〔日〕木山英雄:《文學復古與文學革命——木山英雄中國現代文學思想論集》,趙京華編譯,北京:北京大學出版社,2004 年。

47. 郭英德:《中國古代文體學論稿》,北京:北京大學出版社,2005 年。

48. 夏曉虹、王風等著:《文學語言與文章體式——從晚清到「五四」》,合肥:安徽教育出版社,2005 年。

49. 〔日〕竹內好:《近代的超克》,李冬木等譯,北京:生活·讀書·新知三聯書店,2005 年。

50. 劉世生、朱瑞青:《文體學概論》,北京:北京大學出版社,2006 年。

51. 李怡:《日本體驗與中國現代文學的發生》,北京:北京大學出版社,2006 年。

52. 羅振玉:《殷虛書契考釋三種》,北京:中華書局,2006 年。

53. 陳雪虎:《「文」的再認——章太炎文論初探》,北京:北京大學出版社,2008 年。

54. 劉禾著:《跨語際實踐:文學、民族文化與被譯介的現代性(中國,1900～1937)》,宋偉傑等譯,北京:生活·讀書·新知三聯書店,2008 年。

55. 〔日〕木山英雄著:《北京苦竹庵記:日中戰爭時代的周作人》,趙京華

譯，北京：生活·讀書·新知三聯書店，2008 年。

56. 陳平原：《千年文脈的接續與轉化》，上海：復旦大學出版社，2010 年。

57. 郜元寶：《漢語別史——現代中國的語言體驗》，濟南：山東教育出版社，2010 年。

58. 沈國威：《近代中日詞彙交流研究——漢字新詞的創製、容受與共享》，北京：中華書局，2010 年。

59. 〔德〕約翰·哥特弗雷德·赫爾德著：《反純粹理性——論宗教、語言和歷史文選》，張曉梅譯，北京：商務印書館，2010 年。

60. 姚孝遂：《姚孝遂古文字論集》，北京：中華書局，2010 年。

61. 章太炎講授，朱希祖、錢玄同、周樹人記錄：《章太炎說文解字授課筆記》，王寧整理，北京：中華書局，2010 年。

62. 〔日〕鈴木貞美：《文學的概念》，王成譯，北京：中央編譯出版社，2011 年。

63. 王水照、朱剛編：《中國古代文章學的成立與展開：中國古代文章學論集》，上海：復旦大學出版社，2011 年。

64. 劉寧：《漢語思想的文體形式》，上海：華東師範大學出版社，2012 年。

65. 林少陽：《「文」與日本學術思想——漢字圈 1700～1990》，北京：中央編譯出版社，2012 年。

66. 周作人：《近代歐洲文學史》，北京：北京十月文藝出版社，2013 年。

67. 呂紅光：《唐前文體觀念的生成與發展》，杭州：浙江大學出版社，2014 年。

68. 〔德〕尼采：《查拉圖斯特拉如是說》，錢春綺譯，北京：生活·讀書·新知三聯書店，2014 年。

69. 王水照、侯體健編：《中國古代文章學的衍化與異形：中國古代文章學二集》，上海：復旦大學出版社，2014 年。

70. 劉春勇：《文章在茲——非文學的文學家魯迅及其轉變》，長春：吉林大學出版社，2015 年。

71. 歐明俊：《古代文體學思辨錄》，北京：人民出版社，2015 年。

72. 王風：《世運推移與文章興替——中國近代文學論集》，北京：北京大學出版社，2015 年。

73. 劉禾主編：《世界秩序與文明等級：全球史研究的新路徑》，北京：生活·

讀書·新知三聯書店，2016 年。

74. 〔日〕平田昌司：《文化制度和漢語史》，北京：北京大學出版社，2016 年。

75. 王水照、侯體健編：《中國古代文章學的闡釋與建構：中國古代文章學三集》，上海：復旦大學出版社，2017 年。

76. 林少陽：《鼎革以文——清季革命與章太炎「復古」的新文化運動》，上海：上海人民出版社，2018 年。

77. 錢毅：《宋代江浙詩韻研究》，北京：中國社會科學出版社，2019 年。

三、外文著作類

1. 〔日〕羅存德原著，井上哲次郎修訂：《訂增英華字典》，東京：藤本氏藏版 1884 年。

2. 〔日〕太田善男：《文學概論》，東京：博文館，1906 年。

3. 〔日〕夏目漱石：《漱石全集（第九卷）文學論》，東京：岩波書店，1966 年。

4. 〔日〕夏目漱石：《漱石全集（第十卷）文學評論》，東京：岩波書店，1968 年。

5. 〔日〕木村毅：《丸善百年史（上卷）》第二編，東京：丸善株式會社，1980 年。

6. Morrison, R. *A dictionary of the Chinese language, Part the third, English and Chinese*. Macao: The Honorable East India Company's Press, 1822.

7. Medhurst, W. H. *English and Chinese Dictionary*. Shanghae: Printed at the Mission Press, 1847~1848.

8. Hunt, Theodore W. *Literature: Its Principles and Problems*. London: Funk & Wagnalls Company, 1906.

9. Nietzsche, Friedrich Wilhelm. *Also sprach Zarathustra*. Leipzig: Alfred Kröner, 1930.

四、作品、自傳及回憶錄類

1. 會稽周氏兄弟纂譯：《域外小說集》二冊，東京：神田印刷所，1909 年。

2. 章太炎：《文始（九卷）》，杭州：浙江圖書館，1919 年。

3. 〔英〕淮爾特等著：《域外小說集》，周作人譯述，上海：群益書社，1921 年。

4. 魯迅：《彷徨》，北京：北新書局，1927 年。

5. 許壽裳：《亡友魯迅印象記》，上海：峨眉出版社，1947 年。

6. 嵇康：《嵇康集》，魯迅輯校，北京：文學古籍刊行社，1956 年。

7. 廢名：《廢名小說選》，北京：人民文學出版社，1957 年。

8. 宋教仁：《宋教仁日記》，湖南省哲學社會科學研究所、古代近代史研究室校注，長沙：湖南人民出版社，1980 年。

9. 〔日〕增田涉：《魯迅的印象》，鍾敬文譯，長沙：湖南人民出版社，1980 年。

10. 胡適口述，唐德剛譯注：《胡適口述自傳》，臺北：傳記文學出版社，1981 年。

11. 蘇曼殊：《蘇曼殊全集（二）》，柳亞子編，北京：中國書店，1985 年。

12. 金毓黻：《靜晤室日記（第七冊）》，瀋陽：遼瀋書社，1993 年 10 月。

13. 周作人著，魯迅博物館藏：《周作人日記（影印本）》，鄭州：大象出版社，1996 年。

14. 戴震：《戴震全集（第五冊）》，戴震研究會、徽州師範專科學校古籍整理研究室、戴震紀念館編纂，北京：清華大學出版社，1997 年。

15. 劉師培：《劉師培全集（第二冊）》，北京：中共中央黨校出版社，1997 年。

16. 王為松編：《傅斯年印象》，上海：學林出版社，1997 年。

17. 吳宓：《吳宓日記（第二冊）》，吳學昭整理，北京：生活·讀書·新知三聯書店，1998 年。

18. 錢玄同：《錢玄同文集（第六卷）》，北京：中國人民大學出版社，2000 年。

19. 黃人：《黃人集》，江慶柏、曹培根整理，上海：上海文化出版社，2001 年。

20. 胡適：《胡適日記全編》，曹伯言整理，合肥：安徽教育出版社，2001 年。

21. 傅斯年：《傅斯年全集》，歐陽哲生主編，長沙：湖南教育出版社，2003 年。

22. 胡適：《胡適全集》第 2 卷，季羨林主編，合肥：安徽教育出版社，2003 年。

23. 許壽裳：《許壽裳文集》，倪墨炎、陳九英編，上海：百家出版社，2003 年。

24. 魯迅：《魯迅全集》，北京：人民文學出版社，2005 年。

25. 顧頡剛：《顧頡剛日記》第 1 卷，臺北：聯經出版事業公司，2007 年。

26. 廢名：《廢名集（第二卷）》，王風編，北京：北京大學出版社，2009 年。

27. 魯迅：《魯迅著譯編年全集》，王世家、止菴編，北京：人民文學出版社，
    2009 年。

28. 周作人：《周作人散文全集》，鍾叔河編訂，桂林：廣西師範大學出版社，
    2009 年。

29. 王國維：《王國維全集（第十五卷）》，謝維揚、房鑫亮主編，杭州：浙江
    教育出版社，2010 年。

30. 朱希祖：《朱希祖日記（上冊）》，朱元曙、朱樂川整理，北京：中華書局，
    2012 年。

31. 周作人、俞平伯：《周作人俞平伯往來通信集》，孫玉蓉編注，上海：上海
    譯文出版社，2013 年。

32. 劉師培：《劉申叔遺書（第一冊）》，萬仕國點校，揚州：廣陵書社，2014
    年。

33. 錢玄同：《錢玄同日記（整理本）》上冊，楊天石主編，北京：北京大學出
    版社，2014 年。

34. 章太炎：《章太炎全集》，上海：上海人民出版社，2014～2017 年。

五、論文類

（一）單篇論文

1. 〔日〕藤井省三：《日本介紹魯迅文學活動最早的文字》，《復旦學報》，
   1980 年第 2 期。

2. 林長偉：《陸游詩用韻中「濁上變去」的考察》，《福建師範大學學報》，
   1992 年第 4 期。

3. 王向遠：《文體材料趣味個性——以周作人為代表的中國現代小品文與
   日本寫生文比較觀》，《魯迅研究月刊》，1996 年第 4 期。

4. 吳安其：《關於歷史語言學的幾個問題》，《民族語文》，1998 年第 4 期。

5. 夏曉虹：《中國現代文學語言的形成》，《開放時代》，2000 年第 3 期。

6. 牟發松：《內藤湖南和陳寅恪的「六朝隋唐論」試析》，《史學理論研究》，
   2002 年第 3 期。

7. 陳平原：《分裂的趣味與抵抗的立場——魯迅的述學文體及其接受》，《文學評論》，2005 年第 5 期。

8. 陳平原：《有聲的中國——「演說」與近現代中國文章變革》，《文學評論》，2007 年第 3 期。

9. 〔日〕石川禎浩：《李大釗早期思想中的日本因素》，《社會科學研究》，2007 年第 3 期。

10. 彭明偉：《周氏兄弟的翻譯與創作之結合：以魯迅〈明天〉與梭羅古勃〈蠟燭〉為例》，《魯迅研究月刊》，2008 年第 9 期。

11. 張鑫、汪衛東：《新發現魯迅〈文化偏至論〉中有關施蒂納的材源》，《中國現代文學研究叢刊》，2008 年第 12 期。

12. 文韜：《散文的轉換與文章的裂變——關於「文學之文」與「應用之文」的論爭》，《中山大學學報》，2009 年第 1 期。

13. 肖振鳴：《周啟晉藏魯迅〈說文解字劄記〉影印本題記》，《魯迅研究月刊》，2009 年第 11 期。

14. 郜元寶：《從「美文」到「雜文」——周作人散文論述諸概念辨析（上）》，《魯迅研究月刊》，2010 年第 1 期。

15. 郜元寶：《從「美文」到「雜文」——周作人散文論述諸概念辨析（下）》，《魯迅研究月刊》，2010 年第 2 期。

16. 袁國興：《魯迅小說和「雜感」類「文章」的文類體式互侵——兼及中國現代文學發生期的「小品小說」問題》，《魯迅研究月刊》，2010 年第 4 期。

17. 〔日〕小川利康：《論周作人〈老虎橋雜詩〉——從白話詩到雜詩之路》，《汕頭大學學報（人文社會科學版）》，2011 年第 3 期。

18. 丁曉原：《「過渡語言」與晚清散文文體的變異》，《文學評論》，2011 年第 4 期。

19. 石堅：《「士先器識然後文章」——周作人的文章做法之三》，《現代中國文化與文學》，2013 年第 1 期。

20. 董炳月：《「文章為美術之一」——魯迅早年的美術觀與相關問題》，《文學評論》，2015 年第 4 期。

21. 席雲舒：《胡適「中國的文藝復興」論著考（上篇）》，《社會科學論壇》，2015 年第 9 期。

22. 劉春勇：《論魯迅雜文文體的確立與「文章學」視野的關係》，《中國現代

文學研究叢刊》，2015 年第 12 期。

23. 侯桂新：《章太炎東京講學史實補正》，《魯迅研究月刊》，2016 年第 1 期。

24. 張濛濛：《從〈說文解字授課筆記〉看章太炎對古音學理論的應用》，《民俗典籍文字研究》，2016 年第 1 期。

25. 董婧宸：《章太炎〈說文解字〉授課筆記史料新考》，《北京師範大學學報（社會科學版）》，2017 年第 1 期。

26. 張勇：《魯迅早期思想中的「美術」觀念探源——從〈擬播布美術意見書〉的材源談起》，《中國現代文學研究叢刊》，2017 年第 3 期。

27. 何亦聰：《「反文章學」與「後文章學」——浙東文人與中國現代散文三元格局之形成》，《中國現代文學研究叢刊》，2017 年第 4 期。

28. 孫郁：《非文章的「文章」——魯迅與現代文學觀念的轉型》，《中國現代文學研究叢刊》，2017 年第 4 期。

29. 熊鷹：《魯迅德文藏書中的「世界文學」空間》，《文藝研究》，2017 年第 5 期。

30. 季劍青：《「聲」之探求：魯迅白話寫作的起源》，《文學評論》，2018 年第 3 期。

31. 宋聲泉：《魯迅〈漢文學史綱要〉命名新解》，《首都師範大學學報》，2018 年第 3 期。

32. 湯志輝：《錢玄同致沈兼士未刊信札四封考釋》，《現代中國文化與文學》，2018 年第 26 期。

（二）學位論文

1. 張小玲：《夏目漱石與近代日本的文化身份建構》，北京語言大學博士論文，2007 年。

2. 張麗華：《現代中國「短篇小說」的興起——以文類形構為視角》，北京大學博士論文，2009 年。

3. 王博：《周作人舊體詩創作論》，華東師範大學博士論文，2016 年。

後　記

　　最初來到成都，作為頑固北方人，首先經歷了一段時間的水土不服，間歇性過敏嚴重。敏而只過在臉上，尤其使我不平。但是這類體驗，總難以和其他的好故事一樣與別人分享。一次放假回家，坐在候車大廳裏忽逢過敏，眼見周圍人的神色逐漸好奇與古怪起來，於是我掏出準備好的口罩，頂著一顆正在迅速腫脹的「豬頭」，被川式過敏一路尾隨歸鄉。再之後發覺過敏藥消耗特快，非必要不敢再嗑，躺平等待恢復，這樣周而復始，生理反應可能慢慢被馴化成了心理因素，以至第二年情況好轉，一度還不習慣去圖書館等公共場所，可稱過敏期遺留。

　　「過敏」之外，是「愚鈍」。碩士階段跟隨碩導黃開發老師，黃老師的研究方向是周作人思想與散文研究，學識淵雅、風度蕭散，亦與我理想中的周二先生極為貼合。碩士三年在黃老師的指導下，特別以周作人為中心，觀照魯迅、章太炎、胡適等，基本完成了我研究生期間的知識儲備，同時，碩士論文的選題《近現代「散文」的命名——以章太炎、胡適為中心考察》也為後來讀博時圍繞「文章」的進一步研究奠定了基礎。如果說碩士階段的起勢好比初生牛犢，還擁有一點懵懂的自信，憑藉對文字、情緒的良好感受支撐起閱讀和寫作，那麼當我工作兩年後讀博，期間知識結構的更新、思維模式的轉換，最初催生的是斷崖式的「愚鈍」體驗。2016 年秋來到川大，跟隨李怡老師接觸社會史、思想史方面的著作，在此一歷史視野下理解與激活近現代作家的大文學書寫，這與以前我所認定的純文學思路不同，豐富歷史細節帶來的衝擊強烈但一時難以歸類，過於遲鈍的反應使我在反覆挫敗中第一次產生短暫的自我懷疑。

　　2017 年底開始準備一篇小論文，關注到二周留日時期的「新生」運動，於是遇見了魯迅。當時魯迅有意將英國畫家瓦茲的《希望》用作《新生》創刊號的封面，可惜後來雜誌夭折，未能付諸現實。今天我們重新來看這幅油畫，一位孤獨的盲樂人，懷抱只剩一根琴弦的希臘七絃琴，她坐在也許象徵著整個世界的孤零零的星球上，頭顱低垂，似乎正在聆聽琴音。無論《希望》的色彩還是氛圍，它所透露出來的悲憫與溫柔，迥異於此前我對於魯迅的一般印象。喜愛這樣一幅作品並且把它選作自己文學事業象徵的青年，實在也應該是一位內心過於溫柔的人。這也導致我下一次翻開《魯迅全集》，看到他的照片，好像才第一次真正地看見他，這之後，魯迅從一位作家變成了值得我永遠信賴的長輩和朋友。

　　當我最初野心勃勃，計劃將博論的整體視野擴展至近代中日文學變遷史時，特別注意到夏目漱石《文學論》的著述思路。1906 年夏目在為他即將出版的《文學論》所作序言中，坦承自己未能夠從根本上解決原初問題的遺憾，後來《我的個人主義》一文直接將這部理論著作喻為「畸形兒的遺骸」，是「建築群還沒有建成就遭遇地震而成了一片廢墟」。後來，隨著博論寫作的推進，我自己也經歷了類似「未建成就遭遇地震而成廢墟」的過程，再來看這句話，終於明白底下的痛心與不甘。

　　本書是由我的博士學位論文修訂而成。因為原定要研究的問題並未得到根本上的解決，計劃中的五章只落實了不到一半，目前所呈現出的是一個「未完成品」的原始狀貌，這些「缺失」令我慚愧不安，但也只能等待日後繼續補充與完善。博論寫作是一段以枯燥、孤獨為底色的旅程，感謝身邊的師友一路上給予的極大溫暖與幫助。在我最無助、焦慮的時刻，李怡老師為我提供了盡可能寬鬆的環境，引導我不再懼怕「文章」這一龐然大物，以二周為師，直面一個可能會不盡如人意的世界；碩導黃開發老師幫助我放平心態，盡量減少情緒上的自我拉扯，堅信「輕舟即過萬重山」；妥佳寧師兄一句「相信自己，也相信迅迅」的鼓勵，推動我在一度完全寫不出的惡性循環後，拼湊出一篇差強人意的文章；邱煥星老師不斷地提醒「要給自己以信心和希望，不要分心」，鼓勵我敞開自己、積極面對。在漫長的論文寫作過程中，感謝沈慶利老師、袁昊師兄、君蘭師姐、陳瑜師妹一直以來的關心與支持。

　　六年前剛來到川大讀博，一切還懵懵懂懂，李老師有一次談起，相比聰明而言，格局才是決定研究者學術高度的關鍵。在我後來準備和寫作博士論文

的整個過程當中，隨著一次次地靠近章太炎與周氏兄弟，我無數次地重新想起並加深對這句話的理解，雖不能至，心嚮往之。博士六年，於我而言也是一場內心的試煉與升級，現在終於翻過了這座名為博論的大山，回首時莫名體味到作為一個新生兒的喜怒哀樂等活生生的情緒，在新的人生階段重新整理與認識自我——這種力量即便微弱，一旦出現，再也不會輕易離開。

2022 年 8 月 24 日於成都